KB088069

토
지

박경리 대하소설

토지

3부 4권

12

다산
책방

차례

제4편

긴 여로

15장 – 18장

15장 살해

　일월성신(日月星辰)에게 올리는 봄의 대제(大祭)와 교주(教主)의 쉰여덟 번째 탄일을 곁들인 잔치는 온종일 거창하였고 상납(上納)도 막대한 것이었다. 일 년 중의 가장 규모가 큰 행사를 무사히 치른 청일교의 회당은 요기(妖氣)를 품은 채 어둠 속에 묻혀 있다. 검은 도포, 도금한 관을 쓴 지삼만이 일월궁이라 자칭하는 회당 높은 곳에 좌정하여 회중을 굽어보는 모습도 사라졌다.

　"가긍한 내 백성들아! 칭송하라! 칭송하라! 우리 청일교를 칭송하라! 어둠 속으로 새벽이 오나니, 그날이 오면 억조창생이 사함을 받을 것이요 영생불멸할 것이로되, 청일교를 믿지 아니하는 무리는 그때를 기하여 금수로 환생될 것이요 청일교를 비방하고 이 나를 비방하는 무리는 다시 생을 받지 못할 것인즉, 복되도다 내 문전에 선 자들이여! 복되도다 내 앞에 앉은 자들이여! 복되도다 내 품에 안긴 자들이여! 모든 내 백성들아! 칭송하라! 칭송하라! 그대들의 맹주(盟主)를! 일월같이 옹위할 것이며 부모같이 섬길 것이며 내가 있음으로 그대들이 살 것이로다! 장차 칼과 창을 든 수만 신장이 내게로 올 것이니 그때는 산이 무너져 바다가 될 것이요 바다가 솟아 산이 될 것이며 내 창업을 도울 것이니라!"

등등, 누리끼한 수염을 흔들며 비대한 몸을 흔들며 고래고래 지르던 그 소리도 사라졌다. 신도들은 손뼉치고 예배하며 통곡하고…… 회당과 뜰을 메운 그 광란의 물결도 이제 사라지고 없다. 먹고 마시고 가락에 흥겨웠던 사람도 잔칫상도 다 걷혀버리고 없었다. 회당 높은 용마루에 초승달만 멍청히 떠 있었다. 연이어진 방에는 팔신장(八神將)에다 십오수문장(十五守門將), 그리고 전령(傳令)들, 그러니까 전령이란 포교사들인데 소위 청일교의 간부급의 인물들이 진종일 마신 술에 녹아떨어져 업어가도 모르게 한잠에 빠져 있었다. 코 고는 소리, 이빨 가는 소리, 무엇에 쫓기는지 소리치는 잠꼬대, 진정 그날이 오면 그들은 홍포도사, 청포도사, 황포도사가 될 것을 꿈꾸는 것인지, 전력도 각색 각양의 사내들이 야수같이 시근거리던 즐비한 그 방에는 불이 다 꺼져 있었다. 젤 늦게까지 남아서 일을 하던 주방의 여신도들도 이제 잠자리에 든 모양이다. 자정이 넘어서 한 시각은 더 지났을까? 봄을 시샘하듯 꽃바람이 불고 숲에서 부엉이가 운다. 장비며 관운장을 그린 회당의 벽면, 단청을 입힌 처마며 휘늘어진 수양버들, 그리고 초승달, 인가 먼 곳에 사교의 전당은 무시무시한 요기를 뿜으며 어둠 속에 서 있다. 일진의 바람이 지나간다. 덜커덕 하고 방문 하나가 열린다. 바람 탓이 아니다. 소피를 보러 나오는가 희미한 어둠 속에 장대한 몸집의 사내가 마당으로 내려섰다. 흐트러진 상투, 어둠 속에서도 머리털은 희끄무레하다. 술 냄새를 피우며 사내는 용마루에 걸린 초승달을 향해 씩 웃는다. 그날 밤, 그러니까 화개 주막에서 김환을 본 한가가 새벽길을 줄달음쳐서 이곳까지 왔을 때 마당에서 마주친 그 늙은이다. 그는 그때 칼을 들고 있었다. 칼을 갈다 말고 나왔다고 했었다. 성씨는 지가, 지삼만과 인척관계는 아니었지만 하여간 같은 성씨였으며 늙었다고는 하나 저눔의 첨지 동삼 삶아 먹었나 보다 하며 쑤군거릴 만큼 힘이 장사요, 서열은 낮지만 지삼만의 심복 중 한 사람이며 육십을 넘은 나이에 처자는 물론 일가붙이 한 사람도 없는 처지여서 지삼만의 의심에서 벗어난 유일한 인물이라 할 수도 있었다. 나이에도 불구하고 음탕한 것이 그의 병이었으며 젊었을 시절 망나니였다는 둥 백정이었다는 둥 말이 있었으나 근거가 없는 것이었으며 거론될 만한 존재도 아니었다.

어슬렁거리듯 뒤꼍으로 돌아간 지서방은 얼마 후 칼을 들고 나타났다. 손가락 끝으로 칼날이 무딘가를 점검하듯 만져본다. 심야에 칼은 왜 들고 나온 것일까. 진일 마른일 안살림을 돌보아주는 지서방인 만큼 칼을 가는 것이 그의 소임임엔 틀림이 없다. 이따금 잠이 안 온다 하여 새벽녘에 일어나 칼이랑 낫을 갈고 산에 가서 잡목을 베어오기도 했으나 지금은 한밤중이 아닌가. 지서방은 하늘도 땅도 두려워하지 않는 듯, 잡신이 우글거리는 회당도 그 속에 모셔놓은 갖가지 신주도 두려워하지 않는 듯 꼿꼿한 허리를 세우고 성큼성큼 걸음을 옮겨놓는다. 지삼만과 그의 처첩이 기거하는 살림집 일각대문 앞에 가서 대문을 한번 밀어본다. 다시 몸을 왼편으로 꺾어 돌담을 따라 여남은 발짝 떨어진 곳까지 걸어온 지서방은 돌담 가까이 선 해묵은 소나무 한 그루를 올려다본다. 솔잎 사이로 별이 한창인 듯 반짝이고 있었다. 지서방은 허리춤에 칼을 찌르고 두 손바닥에 침을 뱉는다. 엉금엉금 늙은 곰처럼 소나무를 타고 올라간 그는 젊은 사람같이 가볍게 돌담 위로 건너뛴다. 다시 안마당으로 내려서서 허리춤에서 칼부터 뽑아 들고 대문의 빗장을 풀어놓는다. 그리고 아까처럼 용마루 위에 걸린 초승달을 올려다보는데 미친 사람처럼 끼룩끼룩 웃는다. 불이 켜져 있는 방은 한 곳도 없었다. 밤잠이 없다면서 늦게까지 등잔불을 켜놓던 별궁이라 불리는 여자의 친정어미, 그 방도 불은 꺼져 있었다. 거창한 행사 때문에 이곳에서도 모두 지쳐 떨어진 것 같다. 학이 날개를 뻗친 것처럼 치올라간 지붕 처마 끝과 기와를 얹은 돌담 사이를 발소리를 죽이며 걸어가던 지서방은 어느 방 앞에서 걸음을 멈추고 방문을 살며시 열어본다. 여자가 혼자 잠자고 있었다. 월궁이라 불리는 여자, 별궁 때문에 밀려난 여자다. 지서방은 학춤이라도 출 듯 양어깨를 들어 올리며 팔을 펼쳤다. 이때였다. 뒷담을 넘어선 짝쇠와 강쇠는 길모퉁이를 돌아 나오려다 말고 방 안을 들여다보고 있는 허여끄름한 사내 모습에 주춤한다.

"누, 누가 오요, 성님!"

방문을 닫아주고 난간으로 돌려진 쪽마루를 지난 지서방은 짚신을 신은 채 그림자처럼 대청으로 올라간다.

"누, 누구까요?"

당황하여 짝쇠가 소곤거렸다.

"아가리 닥치고 있어."

"서둘러얄 긴데, 서둘기는. 성사도 못하겄소."

"좀 기다리믄 처자빠져 자겄지. 아가리 닥치고 있어!"

강쇠는 짝쇠 옆구리를 쥐어박는다.

"어, 언제꺼지."

"계집이더나 사내더나?"

"계집은 아닌 것 겉고,"

"그라믄 지가 그놈이라 말가?"

"아, 아니요. 키가 후, 훌쩍하니 크고 버마재비겉이 팔도 길고,"

"재수 더럽기 됐다!"

강쇠는 담벽에 몸을 붙이고 주저앉으면서 담배를 붙여 문다.

"성님도 참 어지간하요."

"초조하기 기다리느니보담은, 어쨌거나 잠이 들 때꺼지 참아야 한께."

"어쩐지 그놈의 첩지 겉기도 하고……."

"머라 카노?"

"지서방이라고, 하지마는 그 늙은이가 멋 땀시? 야밤에 이곳으로 올 리는 없일 기고 지가 놈이 불러서 왔다믄 불이라도 킬 긴데 이상타?"

강쇠도 초조했던지 곰방대를 물고 자리 걸음을 하며,

"말할 때는 말 못하고, 니도 겁이 난께 헷소리가 자꾸 나오나?"

하는데 별안간 방문 열어젖히는 소리와 함께,

"엄니! 사람 살려요! 지, 지서방이 칼부림! 아앗!"

비명 소리, 마루를 구르는 발소리, 뛰쳐나가는 소리, 강쇠와 짝쇠는 납작하게 땅바닥에 엎드린다.

"샐인이야! 샐인났다아!"

이윽고 바깥마당 쪽에서 여자의 외치는 소리가 밤을 찢는다.

"안 되겠다! 우선 담 밖으로 넘어가 있자!"

강쇠와 짝쇠는 허둥지둥 담장 밖으로 뛰어내린다.

"샐인이야! 샐인났다!"

여전히 외치는 소리가 들려온다.

"서, 성님 이기이 대관절 우, 우뜷기 된 일이겄소?"

짝쇠는 부들부들 떤다. 졸지에 생긴 일이라 강쇠도 어지간히 당황한다. 담벽을 따라 살금살금 걸어간다. 한참을 돌아갔을 때 즐비한 행랑이 보였고 마당이 보였으며 방방이 문을 열고 사람들이 쏟아져 나오는 판이었다. 몇몇 장정들은 까대기 쪽으로 쫓아가서 관솔불을 켜들고 나온다. 노파는 여전히 샐인이야! 하며 외쳐대고 있었다. 산발을 하고 나온 여자, 몽둥이를 든 남자, 일대 혼란이다.

"주, 죽기는 누가 죽은 모앵인데 누가 죽었이까요?"

강쇠는 묵묵히 담벽에 몸을 숨기고 마당 쪽을 지켜본다.

"교주가 죽었다아!"

누군가가 외쳤다. 돌아가셨다가 아니고 죽었다는 것이다. 그 말투는 구세주가 아니며 착취자였다는 것을 알고 있었음을 뜻하는 것이다.

"성님!"

짝쇠는 강쇠의 옷소매를 잡아끌었다.

"성님!"

대답이 없다.

"이러고 있일 때가 아닌 기라요."

"허허어 참, 일이 우찌·이렇기 돼가노?"

"태펭한 소리를 고만하고 다, 달아나입시다. 여기서 어물쩍 거리고 있다가 들키는 날이믄 애멘 때 입겄소."

"……."

"성님!"

"방정 고만 떨고, 갈라거든 니 혼자 가라모!"

신경질을 낸다.

"죽었이믄 됐지, 이자는 여기 볼일 없일 성싶거마는,"

"허허어!"

지삼만이 죽었다면 삼 년 묵은 체증이 내려간 듯 시원할 터인데 그러나 강쇠는 무슨 까닭인지 기분이 매우 좋잖은 것 같다.

"나는 잡신들 노는 꼴 좀 보고 갈 긴께 니 먼지 가거라."

"혼자 살겄다고 내가 갈 성싶어서 그요?"

"죽기는 어느 놈이 죽어?"

"별궁도 죽었다!"

누군가가 또 외쳤다.

죽었다는 딸에게는 가볼 생각도 않고 노파가 땅바닥에 펄쩍 주저앉으며 통곡한다. 그러니까 지삼만을 죽이려 들어간 범인이 범행을 했을 때 별궁이라는 여자가 깨어 있었거나 아니면 범행하는 기척에 깨었거나 해서 비명을 지르며 도망쳐 나오는데 당황한 범인이 뒤쫓아서 칼질을 한 모양이며 딸의 비명에 노파는 본능적으로 행랑을 향해 뛰쳐나온 것이라고 강쇠는 추측한다. 이윽고 관솔불을 치켜든 장정들이 지서방을 끌고 나온다.

"저, 저거는!"

찍쇠는 깜짝 놀린다.

"이상타! 저 늙은것이 지가 놈을 와 직있이꼬?"

범인이 잡힌 것에 안심을 한 찍쇠는 가자고 조르는 대신 호기심에 차서 마당에 벌어지고 있는 광경을 숨어 본다.

지서방을 질질 끌고 나오면서 장정들은 연신 발길질을 하고 상투를 잡아 끌고 밟아 죽여라! 찢어 죽여라! 아우성이다. 그중에서도 선창(先唱)하듯 죽여라! 죽여라! 고함을 치는 사내는 지삼만의 제일가는 심복이요 참모격인 임가였다. 날이 밝기 전에 지서방을 죽여서 매장이라도 해놔야만 직성이 풀릴듯 임가는 거의 필사적인 몸짓이었다. 교주의 죽음을 실감할 수 없고 슬픈 생각이 드는 것도 아닌데 사람들은 임가 명령에 따르는 사냥개처럼, 그리고 참극이 빚어낸 피비린내에 미쳐가고 있는 듯싶었다. 그런데 돌연 지서방은 성난 황소같이 소리를 지르며 달라붙는 사람들을 뿌리치고 일어섰다.

"네 이노옴! 임가야!"

임가는 그 소리를 덮어씌우듯,

"저 늙은 놈의 혀를 뽑아라!"

사나운 짐승같이 이빨을 드러낸다.

"네 이놈 임가야!"

지서방은 피투성이가 된 얼굴을 흔든다.

"네놈이 시키 한 짓인디, 발각이 됐인께로 관가에 끌려갈까 그래 날 직이자는 거여!"

"저 악종 보게나? 물귀신겁이 뉘를 끌어딜이자는 게야!"

임가는 옆의 사람이 들고 있는 몽둥이를 빼앗아 지서방에게 돌진한다. 그러나 다음 순간 지서방 발길에 채여 나가떨어진다.

"이 벵신 겉은 것들아! 몸뚱아릴 찢든지 지지든지, 말할 주둥이만은 남겨두란께!"

미쳐 날뛰던 사람들의 손길이 순간 느슨해진다.

"그려, 그려, 내 말 잘 새겨 듣더라고, 날 직여서 관가에 불려댕길 것 없이 새는 날 관가에 넘기면 될 거 아니더라고? 죽는 놈도 헐 말은 허고 죽어야 쓰겄제?"

"이 숭악허고 무도헌 늙은 놈아! 사람을 둘씩이나 숨통을 끊어놓고!"

거품을 물며 임가가 또 달려든다. 어느덧 사람들은 구경꾼으로 변해 있었다. 지서방은 끼룩끼룩 웃으며 임가를 메치고 나서,

"감쪽겉이 했더라면, 나 좋고 네놈 좋고, 허나 워쩔 것이여? 단념하더라고, 운이 이것뿐인께로. 교주를 직이면 월궁하고 나는 살림 차렸을 것이고 자네는 전주 부자가 청일교 재산을 몽땅 주었을 것이고. 아 금매 나는 자네 시키는 대로 하지 않았남?"

"짝쇠야."

"야."

"가자."

"가다니요?"

"머 볼 거 있다고, 가자. 알 만치 알았인께."

등을 민다. 언덕길을 내려오면서 강쇠는,

"박살이구나."

하고 길섶에 침을 뱉는다.

"성님."

"와."

"그놈의 첨지 말대로 임가가 시킸이까요?"

"두말하믄 잔소리제."

"기가 맥히요."

"기가 와 맥히노? 우리도 샐인하러 왔인께."

"우리사, 아 우리사 사정이 다른께요."

"버러지보다 못한 놈들!"

"그런데 전주 부자, 그 말은 무신 말이까요?"

"그놈도 버러지겄지. 무슨 몹쓸 짓을 했길래……. 평생 쥐여사느니보다 죽이는 편이 낫겄다 싶었겄지."

"그런께 임가한테 축축거렸다* 그 말이오?"

"십중팔구."

"사람을 직이놓고도 그놈의 첨지 능큼해가지고 두럽어하는 기색 한 품 없더마요."

"사람? 죽은 놈이 사람가?"

"남우 목심 끊은 것도 그렇지마는 지도 죽을 긴데 우째 그리 하낫도 안 무섭은 얼굴이까?"

"그런 놈이 간혹 있기는 있지. 타고난 악당이다. 지삼만이보다 임가 놈, 늙은 그놈이 몇 배나 악종일 기다. 어째 속이 느글느글하구마."

"우리 할 일을 대신해주었으니 고맙기는 하지마는 능지처참할 놈들,"

한참 가다가,

"담배 한 대 태우고 가자."

하며 땅바닥에 주저앉았다. 담배를 붙여 문 강쇠는 한없이 많은 별이 나돋은 밤하늘을 올려다본다.

"성님."

"……."

"가다가 술이나 하입시다."

"짝쇠야."

"야?"

"니는 그리 기분이 좋나?"

"그라믄 성님은 안 좋다 말입니까? 우리 대신, 이리 맘 놓고 앉았이니 얼매나 좋십니까."

"짝쇠야."

"야."

"니는 우짤래?"

"머를요?"

"남원서 살래?"

"그러씨요. 이자는 머,"

"산으로 들어갈래?"

"……."

"산으로 들어가거라."

"들어가라니, 성님은 또,"

"산으로 들어가서 편키 살아라. 아무것도 하지 말고 화전이
나 해묵고 숯이나 굽고……."

"성님도 그랄랍니까?"

"니 얘기 하는 거다. 그동안 니를 고생 많이 시킸다. 구박도
많이 하고,"

짝쇠는 불안한 듯 눈을 치뜨며 담배를 빨아대는 강쇠 얼굴
을 살핀다.

"세상이 이치대로만 되는 거는 아닌갑더라. 사람우 맘도 이
치대로만 되는 것도 아니고, 이제는 다 갔다. 쓸모없이 늙은
혜관스님하고…… 일할 사람은 관수 하나가 남았제. 생각해
보믄 환이성님도 잘 죽었다. 애통해할 것도 없일 성싶구나.
석포 그 양반, 지삼만이 말로가 얼매나 비참하노, 성님은 성
님답게 죽은 기라."

강쇠는 울먹인다.

"허전하고 맘 한구석이 텅 빈 것 겉에서 갈 바를 못 잡겄다. 아무리 생각해봐도 우리 당대는 아무것도 이룰 수 없일 기다."

"……."

"짝쇠야."

"야아,"

"눈먼 말이 요롱 소리만 듣고 따라온다 카더마는 니가 그 짝이다. 이자는 내가 흔드는 요롱 소리 그만 듣고 산으로 들어가는 기라. 세상에 나오지 마라."

"그, 그라믄 성님은 어디로 갈 깁니까?"

"작정한 바는 없다."

"……."

"가자."

강쇠는 곰방대를 털어 허리춤에 찌르며 일어섰다. 짝쇠 집에 닿았을 때 새벽으로 접어드는 시각이었지만 아직 사방은 캄캄했다.

"아주버니 오십니까?"

삽짝문을 따주며 짝쇠댁네는 말했다.

"낮에 묵던 술이 남았일 긴데 술상 보라 칼까요?"

짝쇠가 붙는다.

"일없다. 한잠 자야겠구마. 제수씨 밤늦기 미안합니다."

"별말씀을 다 하십니더. 술상 차리겠십니다."

"아, 아니오. 나는 좀 잘랍니다."

"작은방에 잠자리는 보아났십니다마는,"

"그라믄 됐소."

작은방으로 들어간 강쇠는 불도 켜지 않고 그냥 자리에 든 모양이다.

"이녁은 여기 와 이리 준범겉이 서 있십니꺼, 들어가입시다."

"음, 응? 그러지."

대답은 했으나 짝쇠는 그냥 우두커니 선 채다.

"새북바램이 찬데 감기 들었소."

"술, 술은 내가 좀 마싰으믄 싶은데,"

"얄궂어라? 질기지도 않음서 깨꽝스럽기 술은 와 찾소?"

"속이 느글느글해서,"

강쇠가 한 말을 그도 한다. 사실 짝쇠는 맘 놓고 앉으니 얼마나 좋으냐 하기는 했지만 어리둥절한 기분이었고 아닌 게 아니라 속이 느글느글했던 것이다.

"그라믄 들어가시이소. 술상 보아 갈 긴께요."

차려다 준 술상 앞에서 술을 들이켠 짝쇠는 새삼스럽게 흥분하기 시작한다. 조금 전에 있었던 일들이 꿈 같기도 했고 거짓말 같기도 했다. 관솔불 밑의 산발하고 피로 물들어 있는 지서방 얼굴이 눈앞에 떠올랐다.

"꿈자리에 밟힐라."

중얼거리는 말에,

"야?"

짝쇠댁네가 얼굴을 쳐다본다.

"머라 캤십니까?"

"아, 아무것도 앙이다. 임자,"

"야."

"이자부터는, 산으로 들어갈 긴데,"

"또 이사요?"

"음,"

"아이구 무서리야 또 이사, 우째서 한곳에 못 있고, 무신 일
이 생깄습니꺼?"

"무신 일이 생기?"

"순사가 또 쫓십니꺼?"

"그런 일 없다."

건성으로 대꾸하며 짝쇠는,

'정말로 지가 그놈이 죽었이까?'

잠시 눈을 붙였다 일어난 강쇠는 아침이라도 먹고 가라는
짝쇠댁네의 말을 뿌리치고 새벽길에 나섰다. 화개까지 와서
강쇠는 주막으로 들어간다.

"오늘 또 장사는 다 했거마는,"

주모 비연이 강쇠를 보고 눈을 흘긴다.

"가재미 될라꼬 저기이 저러나? 눈까리 좀 바로 떠라."

"사팔때기 안 될 긴께 걱정 마소."

술판 위에 술잔을 거칠게 놓으며 비연이 내뱉는다.

"상판을 보아하니 간밤에 혼자 잤는갑다."

"상판을 보아하니 간밤에 이장(移葬)하고 왔는가 배요?"

"저눔우 가시나가 뭐라 카노?"

"가시나라꼬요? 이 머심아가 뭐라 카노?"

비연은 눈썹을 곤추세운다.

"쪽도리 안 썼으믄 할매가 돼도 가시나 앙이가? 술이나 어서 부어. 하기사 고렇기 톡톡 쏘아야 맛이지 헤롱헤롱 사내놈 옷자락 잡고 늘어지는 꼴, 그건 다시없는 추물인께."

"얼씨구 벵신 멋 한다 카더니,"

"오늘은 술판 안 엎을 긴께 벵신 육갑한다 해라."

강쇠는 부어주는 술을 단숨에 들이켠다.

"자 한 잔 더,"

마시고 다시 내민다.

"부어."

"사레들겠소. 천천히 마셔도 잡으러 안 올 긴께."

빈 술잔을 또 내린다.

"국상이 났나? 와 이러요?"

"국상이 나믄 음주와 가무를 금하는 법인데,"

"나라가 있일 적에 그랬겠지요. 야장스럽게, 이름이 좋아 국상이제,"

"니도 제법 말할 줄 아는고나. 하기는 국상이 아닌 것도 아니다.”

“그라믄 또 독약을 믹이서 직있다 그 말이오?”

“독약을 믹이 직인 기이 앙이라 칼부림해서 직있제.”

“목을 쳐 죽일 놈들!”

“비연아.”

“와요.”

“니도 청일교 믿었나?”

“남원에 있다는 그거 말이오? 내가 와 그걸 믿소?”

“교주가 죽었인께 국상 난 거 앙이가? 그놈이 옥새를 받았다고 허풍을 떨었이니. 하하핫 하하하…… 으하하핫…….”

“나는 또, 실업쟁이 겉은 소리 대강 허소. 만세 소동이 나고 우리 주막에서도 술 좀 팔아묵겄고나 싶었더마는.”

한결 마음을 누그러뜨리며 비연은 농조로 말했다.

“하하핫…… 핫핫핫핫!”

“숨넘어가겄소. 무신 웃음이.”

“술이나 부어.”

“천천히 드소.”

“날 생각해줄 때도 있나?”

“미운 것도 정이라 카던가요?”

“비연아.”

“그렇기 부른께 징그럽구마는.”

“니 춘매 그 할망구 알제?”

"이 지리산 근동에서 그 할매 모릴 사램이 있겄소? 우리 이모하고도 아는 처지였인께,"

"니 보기가 우떻더노?"

"산 구신이지 그기이 사람우 형상이겄소? 납독이 올라서 시퍼런 그 얼굴 인가를 피해서 산에 살았이니 망정이지."

"니 눈에도 그렇더나?"

"아, 죽은 사람 가지고 와 그러요?"

"니는 더 빠르기 그렇기 될 기다."

"머라 카요!"

"그 할망구, 본시 심성이야 안 나빴지. 젊은 시절, 그 시절이 나빴던 기라, 니도 좀 생각해야 할 기구마."

비연의 얼굴이 새파래진다. 자주색 저고리의 빛깔도 우중충하게 변하는 것 같다.

"머, 이래도 저래도 한평생 아니겄소!"

빨끈했으나 불시에 봉변을 당한 듯 그의 낯빛은 회복되지 않았다.

"못생기고 어줄이 겉은 놈이라도 찾거든 살림 채리라. 젊은 한철은 잠시고 늙고 벵든 날이 긴께."

"누가 그때꺼지 산답디까!"

"젊었을 때는 다 해보는 말이제."

"치우소! 남우 걱정 말고 술 마시러 왔이믄 술이나 마시고 가소!"

"내 가고 나거든 곰곰이 새기보아라. 지 멩대로 못 사는 기이 다행이지."

뒤의 말은 강쇠 스스로 누굴 향해 한 말인지 알 수 없었다.

"어허어, 참새가 방앗간을 두고 그냥 지나갈 순 없지."

두 사나이가 들이닥친다. 강쇠와 나란히 술판에 앉은 사내들은 성급하게 술 달라고 서둘렀다.

"거 술안주는 낙지로 하고."

"에이, 낙지는 그만두고."

"와?"

"생각이 나서 안 되겄다. 속이 느글느글하구마."

"오늘은 속이 느글느글한 사램이 많네. 무신 일로 속이 그리 느글느글하요?"

강쇠가 술잔을 입으로 가져가며 묻는다.

"송장을 만졌지요. 그것도 물에 빠져 죽은 송장 말이오. 낙지 말을 하이."

"저승차사도 사람을 물물이 잡아가는 모앵인데 이분에는 칼 맞아 죽은 송장 앙이고 물에 빠져 죽은 송장이라? 어디서 그랬소?"

수염에 묻은 술을 손바닥으로 닦으며 강쇠 옆에 앉은 사내가 얼굴을 놀린다.

"화심리 근방이었소. 배를 타고 오는데 시체가 떠 있지 않았겄소? 기생이라 카는데 생시에는 인물 좋았겄십다. 비단

옷에다가 살성이 어찌나 희던지."

"여자구마."

우울해 있던 비연이 기생이라는 말에 귀가 쫑긋해지며,

"어디 사는 기생이라 캅디까?"

하고·묻는다.

"최참판댁에서 살았다 하고 송장도 그곳으로 옮겨갔는데,"

"최참판댁?"

강쇠는 놀란다.

"형씨도 아는 여자요?"

"모르요."

"어째 죽었이까요?"

비연이 또 묻는다.

"아펜쟁이라 카던가? 아펜을 못 맞인께 미쳐서 물에 빠졌 겄지."

"나이는요?"

"서른너댓? 그렇기 안 됐일지도 모르지."

"아무튼지 간에 최참판댁 그 집터가 안 좋은 기라."

끝에 앉은 사내가 중얼거렸다.

"무신 소리 하노? 봉황이 집 짓고 살던 자리 앙이가,"

"그 소리는 또 처음 들겄다."

"그 말이사 머 그런 기고 대대로 만석 살림을 누리는데 집 터가 나쁘다 할 수는 없지."

"만석 살림도 좋지마는 씨가 말랐는데 무신 소용고. 사내는 대대로 소년 죽음이오, 근자에 와서는 샐인에다가 곱새(꼽추)가 살았는가 하면 또 물구신이 둘이나 났고."

"물구신이 둘이라니?"

"그것도 옛날 일이구마. 삼십 년은 못 됐일 기고 내 나이 스물 안짝의 일인께. 종년이 하나 물에 빠지 죽었제. 그 밖에도 험한 일이 많았구마."

"어느 집치고 사람 안 죽어 나가는 집 있더나? 우환이야 있기 매련 앙이가."

"우환도 우환 나름이라, 어디 집집마다 샐인나던가?"

"허허어, 그렇지가 않네. 아 그러씨 조씨네한테 뺏긴 것을 모조리 찾아낸 거를 보더라도."

"비싼 술 마시고 별 할 일 없는 사람 다 보겄다. 남우 일에 와 그리 용을 써쌓알꼬."

강쇠는 술판에 돈을 놓고 일어서며 말했다.

"비연아 잘 있거라."

강쇠는 횡하니 나간다. 쌍계사 쪽을 향해 어슬렁어슬렁 걸어 올라간다.

'지가 그놈이 정말로 죽었이까?'

이상하게 안 죽었으면 어떻게 하나 싶은 생각은 조금도 일지 않는다. 죽어주어서 좋고 그것도 남이 죽여주어서 얼마나 다행인가 그런 마음도 없다.

'그놈이 미쳤지. 더럽게 죽을라꼬 그리 미쳤던가.'

지삼만의 성글고 노리끼했던 머리털이 생각났다. 독사처럼 꼿꼿하게 대가리를 쳐들던 옛날의 그 독살스런 얼굴이 떠오른다.

'그놈이 환장한 기라.'

강쇠는 허전했다. 다리에 힘이 빠져버린 듯 허전한 것이다. 여러 해 전에 굴속에서 그와 맞붙어 싸운 광경이 생각났다. 코피로 물들었던 얼굴, 관수가 허리춤에서 수건을 빼어 던져주었으나 지삼만은 그것을 쓰지 않고 손바닥으로 얼굴을 닦았었다. 그리고 비스듬히 드러누운 자세로 제 옷고름 한 짝을 잡아 뜯어서 한쪽 귀퉁이를 찢어 콧구멍을 막고 나머지 고름 짝으로 산발 된 머리를 걷어 이마빼기를 동여매던, 그때 광경이 선명하게 눈앞에 보인다.

'그놈이 이런 말을 했지. 어느 땐가 네놈의 그 막걸리 살이 허옇기 오른 배때기를 푹 찔러서 돼지우리에다 던져줄 긴께로, 확실허게 명념혀둘 것이여, 하고 그놈은 너털웃음을 웃었다.'

강쇠 얼굴에 쓴웃음이 지나간다.

'환장한 놈, 하기사 모두 친일파로 탈바꿈을 해가는 세상인데 지삼만은 잡신의 교주로 탈바꿈한 것인가, 그렇게밖에 갈 수 없었던 길까. 미칠 수밖에 없었던 길까. 사방이 첩첩, 길이 맥힜인께 그 모지고 독한 놈이 헛,'

휘청휘청 걸어 올라가는 강쇠의 얼굴에 옛날 동지였던 지삼만의 변신과 배반과 죽음에 대한 한 줄기 눈물이 흘러내린다. 들리는 말에 의하면 환이 죽은 뒤 지삼만은 더욱더 깊이 주색에 빠졌다는 것이며 몸짓은 허황하게 더욱더 호들갑스러워졌고 웃고 울고 광대 같은 옥황상제 놀음에다 여자 옷을 입고 잠자리에 드는가 하면 동침하는 계집 가슴을 더듬으며 비수를 내놓으라고 소리소리 치곤 했다는 것이다.

쌍계사에 가까워졌을 때 강쇠는 문득 주막에서 들은 말이 생각났다.

'기생? 그렇담, 봉순이라던지 그 여잔가?'

강쇠는 기화를 직접 만난 일이 없다. 혜관한테선지 아니면 관수한테선지 얘기는 더러 들었던 것 같았다.

'옳지, 맞다! 그때 그런께 환이성님이 잽혔일 적에, 진주로 왔일 때구나. 생각이 나누만. 석이가 페양 갔는데 그 기생을 데불러 갔다 캤지?'

깨닫기는 했으나 그의 죽음에 대하여 강쇠는 별 관심이 없다. 그에게 죽음이란 늘 곁에 있는 일이었으니까.

16장 잠든 것같이

돋보기를 벗어놓고 일어선 혜관은 합장하며,

"송안거사(松安居士)께서 어인 일이시오."

내방한 노인은 깡마르고 얼굴은 유순해 보였다. 남원에 사는 길서방, 그는 불교에 귀의한 지 오래였고 신심도 매우 깊었다. 우관선사가 살아 있을 적에 그를 신임하여 윤씨부인이 아들 김환에게 주라고 맡긴 토지 오백 석지기를 길서방으로 하여금 관리케 했으며 그는 또한 하동의 장서방, 그러니까 연학의 부친과도 매우 친분이 두터운 사이였다.

"앉으시지요."

"예."

길서방은 웃으며 자리에 앉았다.

"방이 밝아서 좋은디, 요즘도 출타가 잦은 게라우?"

"옛날 같지는 않지요. 힘이 남아 있을 때 지그시 앉아서 시왕[十王]관음을 그릴 작정인데……."

"그러잖애도 이 점 저 점, 스님헌티 의논 좀 헐러고 왔지라우."

"의논이라면?"

"스님도 아시다시피 중 없이 수삼 년을 지내고 본께로 도솔암이 산짐승 놀이터가 되지 않았겠소? 헌디 이분에 젊은 중 한 분이 수도허겄다고 도솔암에 드싰지라."

"그래요?"

"말이 암자지 작은 절이라 혀도 과언이 아닌디 우리가 너무 무심혔던 것 같단 말시. 늦기나마 퇴락헌 암자를 바로 허자니, 지금 목수 한 사람을 보내서 잡아보곤 있는디,"

"그러니 탱화 한 폭 장엄하라 그 말씀이지요."

"바, 바로 그렇소."

길서방은 빙그레 웃는다.

"하하핫 핫핫하 송안거사께서 수고하시는데 소승도 힘을 보태야지요."

"고맙구만이라우."

상좌가 작설차를 날라 왔다. 찻잔을 들고 차 향기를 맡으며,

"송안거사를 만나뵌 지가 사오 년이 넘었을 터인데 어째 그런지 엊그제 본 것 같은 생각이 드는구먼요."

"맴이 가까이 있는께로 그럴 것이오."

"그 말씀이 옳아요. 우리가 서로 알게 된 것도 삼십여 년, 우관선사 생존 시부터니까 세월도 많이 흘렀소이다."

"죄만 짓고, 쌓아놓은 공덕도 없이 허헛, 세월만 보냈지라우."

"그런 말씀 하시면 이놈의 중 얼굴 들기 부끄럽소. 송안거사께서는 극락왕생할 것이오."

"부처님의 말씸을 깨닫지도 못헌 주제에 극락왕생이라니, 허허헛……."

"요즘에도 하동 장서방 더러 만나시오?"

"가끔 만나는디,"

"장사는 어떻소?"

"아들놈이 맡아서 허고 나는 거드는 편인디 늘도 줄도 않은

께로."

"그게 좋지요."

"나도 그리 생각허요. 장사라는 것도 생각허기 나름인디 갑
재기 늘게 되면 갑재기 줄 수도 있고 천지지변이야 비단 장사
꾼헌티만 미치겠소? 가령 물건 실은 배가 바닷속에 가라앉았
다 그런 일, 실상 밑지고 남겼다는 것이 그리 대단찮은 일이
란께요. 욕심이 큰일이지라우. 대개 밑졌다 헐 것 같으면 본전
치길 것이고 많이 남겼다 헐 것 같으면 이익이 배가 되았다 볼
수 있는디, 다음 이치가 워떻그름 되느냐, 시세의 오르내림새
따라 값의 고하는 있어도 물건의 수량에는 변동이 없인께 그
런께로 밑진 사람은 싸게 판 것이요, 많이 번 사람은 비싸게
판 것인즉 한두 번 지나고 난달 것 겉으면 자연고로 형편이
꺼꾸로 된다……. 허허헛…… 장사꾼이 서둘지 않고 과욕허지
않는다면은 허허헛 맘 편키 사는 것이 제일 아니더라고?"

"그래서 상업이 성하면 백성은 방종해진다 하였소. 이익을
추구하다 보면은 장사는 커지고 대신 맘은 비천해지기 마련
이지요."

"그런 것은 모리겠는디 살다 보이."

상좌가 왔다.

"손님 오셨습니다."

"누군데?"

혜관이 묻는다.

"저기 사팔뜨기,"

"이놈아, 사람의 성씨를 물었지 눈까리를 물었냐?"

"성씨를 몰라서 그랬습니다."

하는데 강쇠가,

"시님!"

하고 불렀다.

"들어오게."

신발을 벗고 방 안으로 들어온 강쇠는,

"아이고, 어르신네가 웬일이십니까?"

"자네는 웬일이여?"

"예. 지나는 길에 들렀십니다."

자리에 앉는다.

"어르신."

"웨찌 그려?"

"남원으로 돌아가시면 희한한 소문을 들을 깁니다."

"희한한 소문?"

"예. 지삼만이가 죽었십니다."

"청일교의?"

혜관의 낯빛이 달라진다.

"간밤에 칼에 찔려 죽었지요."

"그럴 수가,"

혜관은 강쇠를 노려본다. 강쇠의 소행인 것을 믿었고, 그 소행을 노여워하기보다 길서방 앞에서 거리낌 없이 말하는 행위를 노여워한 것이다.

"자업자득 아니겠십니까?"

"그러씨, 남원 일대를 족쳐났인께 그 소위는 벌받아 마땅허겠으나, 누가 죽였는고?"

"기른 개한테 물어뜯긴 거지요."

"기른 개라니?"

처음으로 혜관이 입을 뗐다.

"그곳에 함께 있는 늙은것이 계집을 탐내고 저지른 모앵인데 사주는 임가 놈이 했다는 겁니다."

"자네는 워디서 그리 소상허게 얘기를 들었는감? 간밤의 일을."

"볼일이 있어 그곳에 갔다가."

혜관이 숨을 크게 내쉰다. 그리고 한다는 말이,

"천운이야."

강쇠는 쓴웃음을 흘린다. 길서방은 영문을 모르기 때문에,

"그런 곳에 뭣 땀시 갔단가?"

하며 눈살을 찌푸렸다. 조용한 절간의 한나절 숲속에서 산비둘기 우는 소리가 들려온다.

"나는 주지스님을 만내서 인사디리고, 그럼 먼저 가겄는디, 스님 안녕히 계시시오."

길서방이 나가자마자,

"아까 한 말 정말인가?"

혜관이 성급하게 물었다.

"거짓말을 와 하겠십니까. 그 어른까지 기시는데,"

"자네, 일 치러 갔던 게지?"

"죽일라고 갔지요. 그것도 발등치기하는 놈이 생겨서 뜻을 못 이루었소."

"참말 무슨 조환지 모르겠다. 살다가도 아찔아찔해지니까 말이야."

"내가 한발 먼저 갔었더라믄, 임가 놈이사 언제 가도 내 손에 갈 놈이었지만 칼질한 늙은것, 그놈은 횡재했을 깁니다. 박복한 버러지였지요."

"관대로?"

"손 싹 씻고 앉아서 악종 세 놈, 아니 네 놈이 가로 간 게지요."

결코 유쾌해질 수 없는 일인데 그러나 강쇠는 신이 난다는 몸짓을 하며 지껄이는 것이었다.

"넷이란 또 무슨 소린고?"

"청일교에 돈을 대주었다는 전주의 그 부자가 또 임가한테 지시를 했다는 것입니다."

"나무관세음보살, 강쇠야."

"예."

"이제 나한테 그런 말 하지 말게. 금어(金魚)로 돌아가야겠네."

"언제 스님께서 일하겠다 말씸하신 적이 있었습니까? 안 하겠다 안 듣겠다 하심서 하시야 했고 들어야 했인께요."

"이제는 신물이 나고 넌더리가 난다."

"환이성님 원수를 갚은 셈인데 시님은 반갑지도 않십니까?"

"반갑기는 머가 반가워! 명색이 중놈인데 샐인을 반갑다 할까!"

"명색이 중인데 동학 일 보신 거는 우짜고요."

"이눔이 날이 갈수록 죽은 환이를 닮아가는구먼."

"서당 개 삼 년이믄 풍월을 안다 카는데 와 안 그렇겠십니까. 반평생을 함께 있었는데."

노닥거린다. 울적하여 견딜 수 없으면서 강쇠는 노닥거리는 것이었다. 혜관이라고 입 밖에 내는 말과 심중이 같았을 리는 없었다. 김환에 대한 애정이 강쇠와는 또 다른 면에서 각별했으니까. 그러나 반가워할 수도 슬퍼할 수도 없는 복잡한 심리는 강쇠와 같았을 것이다.

"지가 그놈이 죽으려고 그랬던가."

입맛을 다신다.

"와요? 무신 일이 있었십니까?"

"얼마 전에 그놈이 졸개들을 끌고서 나를 찾아왔더구먼."

"해서요?"

"뭣 땜에 왔는지 가고 난 뒤에도 알 수가 없어. 씨도 안 먹는 말을 혼자서 잔뜩 지껄여놓고, 미친놈이지 그게 온정신인가."

"머라 카던가요."

"지가 옳다는 게야. 지가 한 짓이 옳고 지가 판단한 게 옳았다는 게야. 불티같이 신도들이 늘어나고 수삼 년 내로 왕시 동학을 뺨치게 될 거라는 게야. 숨어서 일할 필요도 없고 고방마다 곡식은 가득하고 자금 조달쯤 누워서 떡 먹기요, 부자놈들 몇몇 목을 치면 황금이 쏟아져나온다. 그런 말을 지껄이면서 다시 회동하자던가? 제정신이 아니더구먼. 미친놈."

한동안 침묵을 지킨다.

"한데 자네는 무슨 일로 왔나."

"관수가 오기로 돼 있는데 행여 싶어서 와봤십니다."

"아직은 안 왔네."

"예."

"석이도 온다며?"

"관수하고 함께 올 깁니다."

혜관과 강쇠는 서로 맥 빠진 시선을 교환한다.

"이곳에 들르게 되든 저이 집 말고 전에 환이성님이 거처하든 그곳으로 오게 말씀하십시오."

한동안 침묵이 지나간다.

"서울에 있는 사람이 돌아오면은,"

"최참판댁의?"

"천수관음을 조성케 할 게야."

"무신 말씸입니까."

"우관스님의 소원이었다."

"그렇게는 안 될 깁니다."

"와 안 돼?"

"그거는 시님의 꿈이지요."

"다시 만주로 갈 성싶은가?"

"아마도."

"왜놈이 가게 두지는 않아."

"그라믄 우리가 다 가까요?"

"흠,"

"……."

"자네는 남아야 할 게야."

"와 그렇십니까."

"관수하고 석이가 떠나야 하니,"

"……."

"도시 세상이 어찌 될 것인고, 선 자리가 날로 줄어드니 하늘로 날아올라야 하는 겐지…… 아닌 게 아니라 답답해서 서울에나 한번 다녀올까 싶은데, 내 나이 좀 젊었더라면 중 옷 벗고 싶은 심정이야."

혜관은 아까 한 말을 뒤집어놓는다.

"환이성님만 살아 기시도,"

"심약한 소리,"

"힘찬 말씸 아무리 해도 시님은 이곳에서 부처님이나 그릴 수밖에 없일 깁니다."

이번에는 강쇠가 아까 자신이 한 말을 뒤집어버린다. 두 사람은 겉보기에 화창한 봄 날씨, 노곤한 한낮의 한가로운 사람들처럼 허허헛 하고 웃는다.

강쇠가 혜관과 작별하고 동구 밖으로 나왔을 때 길편 숲속에 사내가 한 사람 담배를 피우며 앉아 있었다. 그는 강쇠를 보자 엉덩이를 털고 일어섰다.

"석이 앙이가?"

"네. 저는 손님이라기에 누군가 싶었습니다."

"관수는 안 오고?"

"내일쯤, 진주의 나형사 그놈이 따라붙길래 따로 행동했습니다."

석이 얼굴은 말할 수 없이 수척했다.

"또 들어가기가 뭣하니께 나랑 가자. 관수가 오면 만나게 연락이 돼 있으니께."

"그러지요."

쿵쿵 소리를 내며, 바위틈을 굴러내리는 개울물 소리를 들으며 두 사내는 내리막길을 내려온다.

"나형사 그눔의 새끼 때문에 큰일이제."

"……"

"그만 콱 직이부릴까."

"일 커지지요."

"점점 일하기 어렵어진다."

"장소가 넓어지니 그물 구멍이 커지는 겁니다."

석이는 걸으면서 담배를 꺼내어 강쇠에게 권하고 자신도 붙여 문다.

"나형사 그놈이 최참판댁 바깥사람 따문에 바싹 달라붙은 모앵인데,"

"그렇지요. 연학이 그 사람도 꼼짝할 수 없게 됐지요. 관수 형님을 잡을려고 혈안이 돼 있습니다."

"그쪽뿐인가, 부산서도,"

"관수형님만 안 잡히면 다른 사람들은 안 다치게 돼 있긴 합니다만, 아무래도 강쇠형님이 부산으로 가셔야 합니다."

"니는?"

"관수형님과 비슷해졌지요. 게다가 학교에선 쫓겨나고."

"거기까지 손이 뻗쳐왔다 그 말가?"

하다 말고,

"저기 가서 좀 앉자."

숲속을 가리킨다. 나무를 등지고 나무 밑둥에 퍼질러 앉은 석이는,

"학교에서 떨려난 것은 순전히 제 일신상 문제 때문인데 어떻게 보면 그걸 이용할 수도 있을 것 같습니다. 부산으로 파고들어가는 기회일지 몰라요. 형님같이 완전하진 못합니다만

나형사나 부산의 경찰에서도 관수형님만 추적하고 있어요. 관수형을 찾기 위해서 연학이, 양필구, 그리고 나 세 사람을 지목하는데 세 사람 중에 제가 젤 흐미한 셈이지요."

"빌어먹을! 수년 전의 일을 와 되삶는고 모리겠네. 아무 흔적도 없는 일을 가지고."

"김선생께서 자살을 하셨기 때문이지요."

"하고 싶어서 했나? 그 길밖에 구할 길이 없은께 했지."

"물론 그렇습니다. 그러나 그렇기 때문에 그놈들 머릿속의 의혹은 짙게 남아 있는 게지요."

"그러나 서울 까막소에 있는 사람하고 줄을 긋는 거는 순억지다."

"억지라면 김선생을 잡아간 것부터 억지였지요. 아무 증거도 없이."

"그거는 그렇다마는, 밥이 되기도 전에 재를 뿌린 부산의 일이 억울코나."

"억울할 것도 없습니다. 그대로 있으니까요. 만주 국경이 가까운 원산하고 부산의 사정이 다르고."

부산서 관수가 쫓기게 된 건 극히 작은 실수 때문이었다. 술집에서 술을 마시고 나올 때 등사판으로 민 반일구호의 삐라 한 장을 호주머니에 넣었던 것을 잊었고, 술값을 치르면서 그게 돈과 함께 딸려 나와 땅바닥에 떨어졌던 것이다. 그가 나가자마자 심부름꾼 머슴아이가 주웠으며,

"아지매, 이기이 머요? 이상한 말이 씌어 있소."

하는데 술을 마시고 있던 형사가 낚아챈 것이다. 그러니까 사건은 삐라 한 장에 관수 한 사람, 우선 그 범위에서 벗어나지 않고 있긴 있었다. 관수가 피신을 하였고 가게까지 추적을 당했지만 가족들의 거처나 관수의 신상이 일체 비밀로 부쳐져 있었기 때문에, 비밀에 부쳐져 있었다는 사실이 경찰서의 긴장을 초래했으며 관수를 찾는 데 혈안이 되었던 것이다. 그러나 강쇠가 구축한 부두의 조직은 완전히 은폐되어 있었고 관수가 부상(浮上)된다 하더라도 표면상으로는 부두 노동자들 조직과 관수는 아무런 관련이 없는 것으로 돼 있다. 그리고 또 한 가지는 전적지가 불명하고 변성명을 했기에 나형사가 찾는 송관수와 부산 경찰에서 찾고 있는 인물이 동일하다는 것은 모르는 형편이어서 다행이었다.

"그보다 부산 일을 그냥 주저앉혔기 때문에 간도에서 가져온 자금을 지가 보관하고 있는데요, 그걸 강쇠형님이 맡으셔야겠습니다."

"관수한테 안 주었나?"

"되돌려 받았지요."

"내가 맡을 순 없어. 혜관시님한테 드리도록 해라."

"그렇게 할까요?"

"아마 관수가 오믄 함께 오실 기다. 그는 그렇고 아까 핵교 쫓기나온 것이 일신상 일 따문에 그렇다 했는데 일신상 일이란 멋고?"

석이는 대답을 안 한다.

"말 못할 일이라믄 그만두고……. 이자 생각하이께 한심스럽고 우스운 생각도 들고, 사람우 맴이란, 헛 참."

"……."

"담배 하나 더 도라."

"네."

담뱃갑을 건네준다. 담뱃불을 붙이고 깊숙이 한 모금 빨아당긴 강쇠는,

"니 지삼만이 죽은 거 모리제?"

"죽었습니까?"

"음."

"형님이 일 쳤군요."

"앙이다. 일 치러 갔다가 횡재 만났지. 온 그게 횡잰지 먼지 모리겄다마는,"

"……?"

"일은 남이 치러준 기라."

하고 강쇠는 간밤의 일을 대강 설명한다.

"하하핫…… 하하하핫, 일은 그렇기 된 기라."

석이도 쓴웃음을 머금는다. 그것은 비극이기보다 희극이었다. 언젠가 봉기늙은이가 마을 사람들 앞에서 속죄하고 몰매를 맞던 그 이상의 희극이라 석이는 생각하는 것이었다.

"그 말을 한께 생각이 나는데 전에 니가 평양 가서 기생하던 머? 봉순이라 카던가? 그 여자를 데리고 왔나?"

석이 눈알이 순간 새빨개진다. 그는 고개를 숙이고 지난가을에 시든 잡풀을 뜯는다.

"아편쟁이라믄? 아까 혜관시님보고 물어본다는 기이 깜박 잊었구나."

"그것은 순전히 제 일신상의 일입니다. 아무도 관여할 수 없지요."

고개를 숙인 채 말한다.

"머라 카노? 내 말은 그 여자가 죽었다 그 말이다."

"뭐라구요?"

고개를 들고 강쇠를 물끄러미 쳐다본다.

"그것도 물에 빠져 죽었다 카던가? 시체를 건져서 최참판 댁으로 옮겨갔다던가?"

"뭐라구요?"

"놀랠 것 없다. 죽는 일은 우리하고 늘 가까운께……. 주막에서 술 묵다가 귀담아들은 얘기제. 죽은 넋이 지가 놈하고 동행하겠고나 싶었다."

"기화가 죽었다구요?"

"봉순이 앙이가? 유모 딸이라 카던가?"

석이는 벌떡 일어섰다.

"가볼라꼬 그러나? 아서."

석이는 쏜살같이 숲속을 누비며 뛰어 내려간다.

"저 아아가 와 저라제?"

강쇠도 일어선다.

"석아! 석아!"

그러나 석이 모습은 시야에서 사라지고 없었다. 계속 뛰던 석이는 화개까지 와서 걸음을 늦추었다. 그는 휘적휘적 걷기 시작했다. 겨울을 이 땅에서 보내고 아직 조춘이라지만 떠날 차비도 아니하는가, 섬진강 위를 나는 철새가 석이 눈에 보인다. 나는 철새, 그 철새만 석이 눈에 보인다.

'거짓말이다! 오다가다 들은 헛소문이다!'

그러나 기화는 죽었을 것이라고 생각했다.

'거짓말이다! 주막에서 하는 말, 헛소문이지. 기화가 죽기는 왜 죽어? 지금까지도 살아왔는데.'

여전히 석이는 기화가 죽었을 것이라고 확신하는 것이었다. 그는 걸으면서 두 손으로 머리를 감싼다.

"석아, 기별 받고 오나?"

보리를 밟다 말고 밭둑에 우두커니 앉아 있던 야무네가 석이를 보고 달려왔다.

"그 불쌍한 기이 어이구."

지맛사락을 섬으며 운다. 갈고리 같은 손, 잿빛 손등은 갈라져서 피딱지가 앉았고 팔목에도 피딱지가 점처럼 붙은 험악한 손이 떤다. 꽃샘바람, 흙바람은 아직도 야무네 손을 위해선 매운가 보다.

"그 불쌍한 기이 하필이면 와 강에 빠지 죽었겄노. 아이구 불쌍해라. 내 딸 푸건이를 보듯기 했더마는."

석이는 야무네를 떠밀어내고 넋이 빠진 것처럼 최참판댁을 향해 휘적휘적 걸어 올라간다.

"아이고, 기별이 벌써 갔을 리가 없는데 벌써 오시오?"

언년의 남정네가 말했다. 마루 끝에 지팡이를 짚고 앉아 있던 용이 슬며시 일어서며 백지장 같은 석이 얼굴을 빤히 쳐다본다. 집은 대궐같이 컸으나 상갓집 같지 않게 조용했다. 하기는 침모의 딸이 어디 이 집 식구던가.

용이를 향해 석이가 다가갔을 때 용이는,

"정신 차리라."

하면서 석이 정강이를 지팡이로 후려쳤다.

"기화는 어디 있습니까."

"뒤채에 있다."

용이 지팡이를 짚고 앞서가고 석이 느릿느릿 뒤를 따라간다. 마루로 올라갔을 때 용이는 시신이 누워 있는 작은방을 피하며 큰방으로 석이를 밀어 넣는다.

"기화는 어디 있습니까?"

"앉아라."

"네."

석이는 병신같이 무너지듯 자리에 앉는다.

"우찌 알고 이리 속히 왔노. 하마 진주에 기별이 갔이까 하고 생각했는데."

"쌍계사에 왔다가,"

"그래? 그라믄 오믄서 얘기 다 들었겠구나."

"……."

두 무릎을 짚고 석이는 방바닥을 내려다본다.

"봉순이는 니를 망쳐났다믄서, 아마 그래서 지 목심을 끊었는갑다."

"누가, 누가 그런 말을 했지요?"

"누가 하기는, 연학이가 와서 나보고 한 얘기를 봉순이가 밖에서 들은 모앵이라. 핵교를 그만둔 얘기를 했제. 니 안사람 때문에 그랬다믄?"

"……."

"평생을 남우 폐만 끼친다 함시로, 죽으믄 애기씨한테 누가 되니 죽을 수도 없다 하기에 설마 이리될 줄이야 몰랐제."

"제가, 제가 기화를 죽인 것입니다."

그 말은 너무나 생소했다. 핏기 잃은 입술과 황황히 빛나는 눈동자에 비하여 그 말은 너무나 생소했다.

"누가 직인 것도 아니고 지가 지를 직인 것도 아니고 멩이나, 팔자라. 처음에 살못되는 끝까지 잘못되는 기고."

용이는 석이 마음을 자신의 마음같이 헤아리고 있었다. 아니 석이 아픔은 자기 자신의 아픔이기도 했다. 사나이로 태어

나서 하고많은 일들이 있겠으나 창공을 나는 철새같이 짝을 찾고 짝을 잃는 그 절절한 염원과 절대적인 고독을, 용이는 그 비슷한 생각을 한다.

"기화는 어디 있습니까?"

"저 방에, 볼라나?"

"네."

"잠든 것 겉다. 물도 덜 마싰는가."

용이 음성은 평정했다. 그들이 막 방을 나서는데 울어서 눈이 퉁퉁 부은 개똥이가 지난가을 열매를 맺어놓은, 새빨간 열매가 주렁주렁 꽃같이 매달린 망개나무를 꺾어 한 아름 안고 마루로 올라섰다. 한 손에는 백자병을 들고 있었다. 석이 걸음을 멈추고 망개 열매를 쳐다본다. 그리고 시신이 있는 작은 방 문을 열고 들어가는 개똥이를 따라 석이도 용이도 말없이 들어간다.

"염은 했다만 입관은 아직 못했다."

개똥이는 망개나무를 백자병에 꽂아 촛불과 향이 타고 있는 상 위에 올려놓고 흐느껴 운다. 서럽게 흐느껴 운다.

"보순아, 와 주었노. 시, 시지(시집)도 모, 모 가오(못 가고) 와 주었노!"

발을 탕탕 구르며 울다가 그는 나갔다.

"얼굴 한분 볼라나?"

용이는 얼굴에 씌운 것을 걷었다. 용이 말대로 기화는 잠든 것 같았다. 꿈을 꾸고 있는 것 같았다. 가지런한 눈시울, 백랍 같은 낯빛, 얼굴 위에 쓰러지려는 석이를 용이 막고 선다. 도로 얼굴을 씌우고 하얀 홑이불을 덮어준 용이는,

"분향하고 나가자."

간신히 분향을 한 석이는 비틀거리듯 방을 나섰다. 대청의 기둥을 잡고 채마밭을 바라본다.

"처음 잘못되믄 끝까지 잘못되는 기라. 니는 앞길이 길고 할 일도 있인께 남 보기 거북하게……. 니가 그러믄 봉순이도 나쁜 계집 안 되겄나."

"……."

"그만한 지각은 있일 기다마는, 관이 되믄 니가 입관하고 그동안 술이나,"

하다가 들어오는 한복이를 본 용이는 좀 난처해한다.

"석아."

"네. 한복이형님 오시오."

석이 기둥에 기댄 채 말했다.

"우찌 알고 니가 이리 빨리 왔노?"

"쌍계사에 갔다가 소문을 듣고 왔단다. 모두 들어가자."

용이 대신 말했다. 한복이와 석이는 방으로 들어가고 용이는 언년이를 불러 술상을 차리라고 이른다.

"졸지 간에 무신 일이 이렇기 됐는고 기가 맥히서, 모도 안 좋은 일만 생기서 우짜노."

한복은 태연한 채 말했다. 자살은 언제나 그에게 어미 함안댁의 죽음을 상기시킨다. 안 좋은 일만 생긴다는 것은 석이가 학교를 물러난 것을 두고 하는 말이다. 그리고 또 형을 찾아간다는 명목으로 간도에 간 한복이는 공노인으로부터 적잖은 돈을 받아와서 석이에게 수교했는데 관수가 경찰에 쫓기고 있다는 말을 들었기 때문이다.

"안 좋은 일이 있이믄 좋은 일도 있겄지."

용이 들어오면서 말했다.

"솖아감서 살아야제요."

"금년 보리 농사는 우떨꼬?"

"그러씨요. 독새풀 때문에 애 좀 묵을 것 겉십니다."

17장 카페

"아재씨 안녕하십니까?"

"아니, 이기이 누고?"

"삼석이 친구 홍이 아닙니까."

"아아 참 그렇고나? 이거 어디 말 안 하믄 알아보겄나?"

"여전하구만요."

홍이는 지난날 일본 가려다 말고 주저앉아서 반년 동안 일을 했던 자전거포를 휘이 둘러보며 웃는다.

"니 운전수 됐는가 배?"

"야."

"잘됐고나. 삼석이가 그런 말 하기는 하더라만."

"재식이는 장가갔지요."

"그러모. 아아 애비다. 도청 서기로 있지."

"네. 저같이 공불 하기 싫어하더마는 그래도 관리가 됐구만요."

"우찌 왔노?"

"자동차가 고장나서 공장에 넣고 오는 길에 들렀습니다."

"앉거라."

"요새 재미가 어떻습니까?"

"이 장사 말가?"

"네."

"밥 묵고 사는 정도지."

"아주머니는 안녕하십니까?"

"다 늙어빠졌지 머. 손주를 보고 나서 더 늙었다."

"그때는 철이 없어서 애 좀 멕였습니다."

"흠, 가끔 니 말을 하지, 인물 좋았다고. 여자란 늙으나 젊으나 면판 반반한 것만 친께."

자전거포 주인은 웃는나.

"요즈막에는 살림집을 따로 해서, 가게는 나 혼자 보는데 손주 재미가 깨가 쏟아지는 판이라. 영감은 뒷전이고,"

"아저씨."

"음."

"저기 건너편에 이발관이 그대로 있는데 아직 상길이라는 사람 저기 있습니까?"

"상길이? 얼마 전까지만 해도 있었지. 그 아이도 늘 푼수가 없어서 남의 고공살일 영 못 면한다. 아아새끼가 셋이나 되니 허리 필 날이 없을 기라. 너는 성공했는데."

"고공살이는 매일반 아닙니까."

"그래도 다르지. 기술자치고 운전수라면 월급 칭아가 얼매나 난다고?"

"어디로 옮겨갔습니까?"

"옮기간 곳은 아니 먼 곳이다. 이편 모퉁일 돌아나가믄 거기 이발관이 하나 또 있는데, 월급 몇 푼 더 주겠다고 뽑아갔는데 맘에 안 맞는 모양이라."

"성질은 착한데."

"심성이야 괜찮지."

"옛날에는 지가 구박도 많이 했지요."

"그러믄 가다가 술이나 한잔 사주어라. 푼돈이지만 술 좋아하는 것도 돈 못 모우는 원인인갑더마."

"이거 빈손으로, 지나치다가 문득 생각이 나서 왔더마는."

"지나치다가 딜이다보는 것만도 고맙지. 요새 젊은 사람들이야 어디 그런 인사성이나 있던가? 잘될수록 모른 척하기 일

쑤고, 세상이 전과 같지 않아. 부산 어디서 사노?"

"부산 있는 기이 아닙니다. 진주 있어요."

"아 그래? 그라믄 삼석이 가아는 요새 우떻더노?"

"맘 잡고 여관집 주인 노릇 자알 합니다."

"나이가 나인데 지도 맘 안 잡고 우짜겄노."

"그럼 아저씨,"

"갈라나?"

"네. 다음 부산 오면 또 들르지요. 안녕히 계십시오."

"음, 야무지게 해라."

자전거포를 나온 홍이는 자동차 수리가 끝나기까지 별 할 일이 없고 갈 곳도 없어서 가르쳐준 대로 길모퉁이를 돌아 이발관을 들여다본다. 이발관 안은 한산했다. 상길이 의자에 걸터앉아 신문을 읽고 있었다. 옛날같이 지쿠 기름을 바른 머리는 반들반들했고 햇볕을 못 보아 창백한 얼굴, 염증을 느끼게 하는 하얀 손, 모두 옛날 그대로였다. 문을 열고 들어간다.

"어서 오십,"

신문에서 눈을 떼고 하던 말을 마셔버린다. 홍이 웃는다.

"호, 홍이 앙이가!"

신문을 팽개치고 벌떡 일어난다. 신문이 발밑으로 떨어진다.

"왜 아니라."

"어, 어떻게 알고 왔지? 자전거포 아재씨가 그러더나?"

홍이는 그냥 웃기만 한다.

"참말 반갑다. 나를 찾아준께 고맙다."

"이발관을 보니 생각이 나데."

"나 니가 그리될 줄 알았다."

"뭘?"

"운전수, 모자 본께."

"바쁘나?"

"월요일이라서 별 손님도 없다."

"그라믄 나가서 점심이나 하자."

"그, 그러자."

상길이는 연장자요, 기술도 좋았기 때문에 기죽을 처지는 아니었던 모양으로 점심 먹고 오겠다, 뽐내는 투로 말하고 홍의 등을 밀며 이발관을 나섰다. 근처 식당으로 들어가다 말고,

"술집에 갈까?"

홍이 돌아보며 묻는다.

"아, 아니 대낮부터,"

상길이는 팔을 내저었는데 술 마시고 싶은 유혹을 간신히 누르는 것같이 보였다. 식당에 마주 앉아 설렁탕을 청해놓고,

"몇 년 만이고?"

"칠팔 년 됐는가?"

"그렇기 되겠고나."

"아이들이 많다며?"

"말도 마라. 어디 도망이나 갔이믄 싶다. 처음부터 길을 잘

못 든 기라. 와 하필이믄 이발을 배웠는지 모리겠다."

"유리창 밖에서 보면 제법 근사하니까 그랬겠지."

"하기는, 촌에서 나와보이 내 눈에 그리 뵈더마. 흙 하나 안 묻히고 하얀 옷 입고 머리에 기름 바르고, 촌놈이 실속 없는 직업이라는 걸 알았어야 말이지."

"지금 내 눈에도 넌 편안한 사람으로 보인다. 기름때 속에서 사는 나보담은."

"공연히 날 위로할라꼬 그러제?"

"돈은 좀 벌어도 고되서 못해먹겠다."

"부산서 하나?"

"진주,"

"음. 고되기 아니라 뼈가 뿌러져도 좋으니 지금 심정으로는 돈 좀 벌었이믄 싶다. 식구는 많지, 고향에 돈푼이나 부치주어야지, 여핀네 아아새끼들 헐벗겨놔도 돈 한 푼이 안 모인다."

날라 온 설렁탕을 홍이 편에 밀어주고 자기 앞에도 당겨놓으면서 상길이는 비관스럽게 말했다.

"그때 너 친구, 벽돌 쌓는 기술자라 카던가? 그 사람은 성공했나?"

"덕용이 말이구나."

"착실해 뵈넌 ㄱ 사람, 그때 벌써 고향에다 논 사고 밭 사고 해놨다며?"

"말도 마라, 말도 마. 가아는 지금 까막소에 있다. 거기 비하믄 내 사는 거는 정승이다, 정승."

"왜 그리됐지? 나쁜 짓 했나?"

"나쁜 짓? 흥, 그것도 법을 어긴 일인께 나쁜 짓은 나쁜 짓
이겠다만,"

"무슨 짓을 했는데?"

"무슨 운동을 했단다."

"무슨 운동?"

"식는다, 어서 묵어."

얼굴을 찌푸리며 상길은 설렁탕을 먹는다.

"그러면 무슨 사회주의운동을 했다는 거야?"

"그렇지. 바로 그거, 노동운동을 했단다."

세월이 무섭다. 마음이 착해도 다소 경망했던 상길은 아주
신중하게 보였다.

"그 당시만 해도 나는 덕용이를 부럽아했는데, 사단은 그
아아 기술이 좋아서 시기를 받았다는 것, 또 왜놈 오야카타
밑에 있었다는 것, 그것 때문인데 성질이 무던해서 웬만했이
믄 견뎠겠지. 다 같은 일꾼이면서도 왜놈들 등쌀에, 그것도
그렇거니와 그놈의 오야카타 그놈이 덕용이를 놔주지 않았거
든. 일본까지 따라갔다가, 일자리를 옮기기만 하믄 야료를 부
리고 아이쿠치*로 얼굴까지 그어놓는 판국이라."

"알 만하구나. 그러니까 일본에서 그런 운동에 가담했다,
그 말이야?"

"그렇지. 조선에 나온 후에도, 말도 마라. 집안이 쑥밭이고, 촌사람들이 뭘 아나? 변호사다 머다, 오고 가고, 논밭 있는 것 다 날렸지. 효자라고 소문난 아인데 어매가 울고불고 해도 통 맘을 고쳐먹지 않는다 하더구만. 나도 한분 가아 어매를 따라 면회하러 갔더마는 본인이 거절한다 해서 면회도 못하고 왔다."

"딱하군."

"딱할 정도가 앙이다. 사람 인심 참말로 고약하데."

"……."

"촌에서 밥술이나 묵을 때는 아들 잘 두었다고 칭송이 자자하더마는 아들이 그 지경 되고 논밭 전지 날리고 보이 살아갈 근거는 없고, 친척들도 화 입을까 봐 외면을 하더라는 거지. 할 수 없이 까막소에 있는 아들 근가죽에 있일라고 부산으로 나왔는데, 겨우 딸아이가 고무공장으로 나가 입에 풀칠을 하더마는, 그것도 오래비가 그리된 거를 우찌 알았던지, 인벵할 놈들! 쫓겨났다 안 카나?"

설렁탕 국물을 입 속으로 떠넣는데 숟가락과 이빨이 부딪는 소리가 났다.

"그러면 어떻게 살지?"

"모진 목심, 못 죽세. 보녀가 뱃머리에 나가서 반텅이 상시를 하는데 뱃머리 그곳이 좀 험한 곳가? 별의별 인종이 모이서 하루살이하는 곳인데 과년한 처자아이가 그 짓을 할라 카이, 참혹해서 못 본다. 왕치기 꽁보리밥에 숭년 들믄 나무뿌리 캐어 묵고 살아도 촌사람들 양반 앙이가. 처자들 집젝이는 거사 인종지말자(人種之末者)가 하는 일이고. 내가 있는 이발관이 뱃머리에서 가까운께, 오래비 함서 울고 뛰어온 기이 한두 번이 앙이다."

"그새 장가는 안 가고?"

그 말에 상길이는 머쓱해진다.

"왜? 안사람이 달아났나?"

"달아났다 할 수도 있일 기다. 성례는 안 했어도 혼인할 거를 믿었는데 덕용이가 저리되고 보이 뭐 후실 자리로 갔다 카던가? 그기이 그놈 아한테 큰 못을 박은 것 겉은데, 하기사 자식 낳고 사는 계집도 달아나는데……."

그 말을 듣는 순간 홍이는 석이의 경우를 생각했다.

'봉순이하고 어쩌고저쩌고 그거 다 핑계라. 그 계집이 안 살라꼬 그러는 기다. 살아볼 생각이믄 남정네 얼굴에 먹칠을 하고 학교 가서 모가지꺼지 짜르게 했겄나. 아, 아이새끼를 죽게 처박아둔 순 악종인께 막설할라 카믄 진작 하는 기라. 새끼들이 불쌍치마는 그런 에미 있이나 마나, 애새끼들보다 석이어매가 거무겉이 돼가지고 손주새끼 때문에 우는 거는 차마 못 보겄더마.'

영팔의 말을 생각하며 홍이는 저도 모르게 한숨을 내쉰다. 석이 처 양을례의 경우는 어떤 의미에선 홍이에게도 공포감을 안겨주었다. 아내 보연이도 그럴까? 자식을 버리고 등을 돌리는 여자— 그보다 무서운 존재는 없을 것만 같았다.

"그거는 혼사를 안 했으니 그럴 수도 있는 일이겠지. 남자의 경우를 생각해보면."

쑥스럽게 웃는데 순간 홍이 뇌리에 장이 얼굴이 스치고 지나갔다.

"그럼 일어설까?"

숟가락을 놓고 이를 쑤시는 상길의 을씨년스런 모습을 쳐다보며 홍이는 불에 덴 사람처럼 일어섰다.

"그래."

나를 찾아왔는데, 하며 점심값을 내려는 상길을 밀어내고 계산을 한 홍이는 밖으로 나왔다.

"그, 그래 니는 언제 갈 기고?"

상길이는 마치 외로운 강아지가 매달리듯 물었다.

"내일은 가야 할 건데."

"어디 유할 기고?"

"해가 지면 아무 데나 여관에 들어야겠지. 어젯밤엔 차 속에서 잤지만."

"그, 그라믄 저녁에 한 분 더 만내자. 이대로 갈라지믄 만내기 어럽울 긴데 내 술 사께."

"술이야 누가 사든 상관 있겠나만 공장에도 한번 들러야겠고, 조수를 놔두고 왔는데."

"그래도 여관에 와서 자기는 잘 거 앙이가."

"밤새 술 마시고 내일 일은 어찌할려고? 면도하다가 남의 목줄기 찌르면 큰일 아니가."

"잔소리 말고 저기 봐라."

"뭘?"

"저기, 부일여관이라 간판이 붙었제? 그 여관에 들어라. 니가 일찍 오믄 먼지 들어서 날 기다리고 내가 먼저 가믄 방 잡아놓고 기다릴 긴께, 알겠나?"

다지듯 말했다.

"참,"

"니가 안 오믄 여관비만 내 손해본께 꼭 부일여관에 오니라."

"그래 알았어."

비로소 상길이는 벙긋 웃는다. 홍이를 만나 반가워하면서도 우울한 빛을 감추지 못했던 상길이 처음으로 밝게 웃은 것이다. 손이 곱고 청결하다 하여 찌든 생활의 때가 보이지 않는 것도 아니며 머리칼에 지쿠 기름을 발랐다 하여 노동자가 아니라 할 수 없는 이발사 상길이, 저보다 활달하게 발전한 홍이의 출현은 이루지 못한 꿈, 눈부신 존재였을까.

홍이는 바지 주머니 속에 두 손을 찌르고 마치 건달처럼 부둣가로 이르는 길을 걸어간다. 삐뚜름하게 쓴 운전수 제모(制帽)는 후리후리하게 큰 키에 잘생긴 그의 얼굴을 한층 돋보이게 했으며 우울한 것 같은데 한편, 자동차를 공장에 넣어버려 잠시나마 그 거대한 물체에서 놓여났다는 홀가분함, 해방감이 없었던 것도 아니었다. 길편을 지나가는 여인들의 의상은 봄답게 산뜻한 것 같았고 바다 쪽에서 불어오는 바람도 한결 부드러운 것 같았다. 그리고 상길에 대한 우월감도 장난스럽게 고개를 치켜들었다. 식당에서 들은 어두운 얘기도 거리에 나서자 무산되고 말았다. 석이의 딱한 처지, 보연의 경우, 아이들도 머릿속에서 사라졌다. 통증처럼 잠시 지나간 장이의 얼굴도. 왜 부둣가로 왔는가. 홍이는 부둣가 큰 배 작은 배가 정박한 방천가에 여전히 바지 주머니 속에 두 손을 찌른 채 항구를 바라보고 서 있는 것이다.

'훨훨 한번 날아보았으면, 멀리 먼 곳으로 가보았으면,'

마음속으로 중얼거리면서 홍이는 참 오래간만에 그런 생각을 해보는구나, 하며 웃는다.

"배 들어올 시간이다. 봄날의 개 팔자 늘어져 자빠져서, 밥 멕이줄 주인이라도 있나? 일어나라!"

지게를 받쳐놓고 햇볕을 담뿍 받은 채 입을 헤벌리고 낮잠을 자는 동료를 지게 한쪽 질빵만 어깨에 건 지게꾼이 발길질을 하며 깨운다.

"고농 소리 듣고 일어나도 늦잖어. 먼지 가나 늦기 가나 운수가 좋아야 짐을 얻지."

헤벌렸던 입을 우물거리며 눈은 감은 채 중얼거린다.

"내비나두어. 짐 얻어봐야 술 처묵을 긴데 마누라 머리끄뎅이 좀 성하게 내비나두라니께."

"흥, 그런다꼬 내 마누라 니 줄까 봐?"

부시시 일어나며 흐릿한 눈이 항구를 바라본다. 홍이는 내 마누라 니 줄까 봐? 하는 말이 우스워 발끝을 내려다보며 웃는다. 배는 보이지 않는데 먼 곳에서 뱃고동 소리가 들려온다. 부둣가의 지게꾼들이 슬금슬금 모두 일어선다. 떡장수, 사과장수, 팥죽장수, 국수장수, 목을 뽑으며 항구 쪽을 본다. 기선회사 사람들도 어슬렁어슬렁 걸어나간다. 항구는 갑자기 활기를 띠기 시작했다.

"지금 들어오는 배는 어디서 오는 거요?"

홍이 지게꾼한테 묻는다.

"여수 배요."

"아아."

배는 항구에 들어오면서 또 한 번 고동을 울렸다. 사람들은 산판 쪽으로 밀려간다.

'배 들어오는 거나 보고 갈까?'

방천 쪽에서 걸음을 옮긴 홍이는 산판으로부터 큰 거리로 이르는 통로 쪽에 우두커니 멈춘다. 낮 배 타고 오는 사람의 마중 나온 것처럼. 삼판에 닿고 작은 배들이 심하게 그네를 뛰고, 뱃고동이 둔중한 울림으로 사방에 퍼지고, 그러자 부둣가는 삽시간에 고함과 소음의 도가니로 변한다. 산판을 통해

선객들이 꾸역꾸역 밀려 나온다. 짐짝같이 밀려 나온다.

"아아니, 이게 누군가?"

구식이기는 했지만 의복이나 패물이 값진 초로의 부인이 홍이를 보며 걸음을 멈춘다. 홍이는 그 부인 뒤에서 걸음을 멈춘 젊은 여자를 멍청히 쳐다본다. 순간 여자의 얼굴이 빨개졌다.

"거 이서방 아닌가."

"네?"

초로의 부인에게 눈길을 옮긴 홍이 당황한다. 그는 장모의 시외숙모, 그러니까 보연의 할머니뻘 되는 사람이었다. 홍이와의 혼사를 극력 반대했던 사람이다.

"자네가 여기 웬일인가? 누구 마중 나왔나?"

했으나 어투에는 손톱만큼의 친밀감도 없었다.

"아, 아닙니다."

얼굴을 붉혔던 젊은 여자와 또 그 옆의 젊은 남자가 의아해하는 표정으로 홍이를 쳐다본다.

"아, 안녕하십니까?"

홍이는 모자를 벗고 허겁지겁 인사를 한다.

"어머님, 이 사람이 누굽니까?"

나이는 동배, 아니면 한두 살쯤 아래인 듯싶은데 젊은 남자가 이 사람이라 한다. 상길이는 우러러보았건만 이들에겐 운전수가 천업이었던 모양이다.

"음."

장모의 시외숙모는 시답잖은 것, 너희들이 알아 뭐 하겠느냐는 표정이었지만,

"음, 너, 보연이 그 애를 아나?"

"네. 전에 한두 번 본 일이 있지요."

"그 애 남편이다."

"아아, 그 사람이오?"

웃음을 참는 얼굴이다. 이쪽이 누구라는 얘기만 했지 그쪽이 누구라는 말도 없이, 이 사람이오, 하며 웃음을 참는 그들의 태도는 더할 수 없이 모욕적인 것이었다. 그러나 홍이는,

"제가 보연의 남편올시다."

하고 고개를 꾸벅한다. 젊은 여자는 물론 젊은 사내도 홍이의 인사를 묵살했다. 그들은 부부인 것 같았다. 그러니까 안늙은이의 아들과 며느리겠다.

"자네 요즘에도 보연이 속 썩이는가?"

그 말 대답은 없이,

"바쁘실 텐데 어서 가보시지요."

웃음을 참던 젊은 사내는 태연할 수 없는 처지에 태연한 홍이 태도에 약이 오르는지 불쾌해하는 빛이 역력한 얼굴을 쓰윽 돌리며 지나간다.

'개새끼!'

왜 웃음을 참는가 홍이는 그 이유를 안다. 별 지체도 아닌

집안을 내세워 상민인 데다가 어미가 어떻다 하여 홍이를 멸시하는 것도 그러려니와 통영서 있었던 사건, 장이와 만난 그날 밤 차고에서 있었던 사건은 그들에게 꽤나 화젯거리였던 모양이다. 홀가분했던 홍이의 기분이 꾸겨지고 말았다. 그는 사람들을 헤치고 거리로 나왔다.

모멸을 나타내는 태도에 대하여 홍이는 벌써 오래전에 그것을 극복했다. 그러나 차고 속에서의 사건, 그 수치감은 여전히 홍이 내부에서 극복되지 못하고 있는 것이다. 수치와 더불어 장이에게 향한 연민도.

'개새끼! 웃는 얼굴은 그야말로 후안무치(厚顔無恥)다!'

홍이는 그런 유의 인간이 내 마누라 니 줄까 봐! 하던 주정쟁이 지게꾼보다 천하다는 것을 알고 있었다. 아무리 교육을 받고 높은 지위에 있다 하여도 비천함은 고쳐지지 않는 법이다. 그것은 인성이 나쁘다는 것이며 근본적으로 인간에 대한 애정이 없다는 것이다. 홍이는 공장에 가본다는 것도 팽개치고 무작정 거리를 쏘다녔다.

'상길이같이 심술도 없고 시기심도 없고 결코 인성이 천하지도 않은데 왜 세상에선 그를 업신여기나. 잘난 체하고 돈이라면 족보라도 팔아먹을 것이요, 시기심 많고 강자에게 빌붙는 천한 것들이 왜 세상에선 우대를 받는 것일까?'

땅거미가 질 무렵 홍이는 오기 바람에 번화가에 있는 카페를 찾아 들어갔다. 일본 있을 때 동료들과 몇 번 가본 일이 있어서 익숙할 것까지는 없었지만 촌놈 티는 내지 않았다. 어두컴컴한 조명 밑에 여급들 얼굴은 꽃같이 모두 예뻤다. 신파에 나오는 여배우같이 모두 예뻤다.

"당신 마도로스예요?"

몸을 한들거리며 여급 하나가 다가오며 물었다. 붉은 조명에 여급 얼굴은 복사꽃 같았다.

"아니, 그런 것 아니야."

"그럼? 나 앉아도 돼요?"

"마음대로."

여급은 홍이 옆에 바짝 붙어 앉았다. 목둘레를 많이 판 드레스, 목덜미 쪽에서 향수 냄새가 풍겨왔다.

"마도로스 아니면 뭐예요?"

"운전수."

"아아 그래요? 운전수 돈 많이 번다지요?"

"술값이 궁하지 않을 만큼은 벌겠지."

"당신 참 미남이네요?"

"얼굴보다 호주머니 사정이 더 중요하지 않을까?"

"그리고 또 유식해 뵈구요."

"흥!"

"바가지 안 씌울게요. 우리도 기분이거든요. 돼지같이 더러운 자식한텐 인정사정 볼 것 없지만."

여급은 손뼉을 쳐서 웨이터를 부르고 술을 주문한다.

"저기 저 구석에 앉은 더러운 자식을 피해 나왔더니, 나 이래 봬도 이 집에서 넘버원이거든."

"술 마시고 나가다가 뒤통수 맞으면 어떡허지?"

홍이의 수작도 제법이었다. 거칠고 입 빨라야 하는 운전수, 몇 해 해먹고 보니 홍이의 배짱도 어지간히 두둑해졌던 것이다.

"주먹에 자신 없으세요?"

"운전수치고 주먹 못 쓰는 놈 없지. 그러나 뒤통수에 눈이 있어야지."

여급은 목소리를 굴리며 재미난 듯 웃었다. 아닌 게 아니라 구석에 앉은 사내의 눈이 순간 희번득였다.

"운전수치고 주먹 못 쓰는 사람 없다지만 이곳은 험한 곳이에요. 일전에도 왜놈 하나가 아이쿠치를 휘두르는 바람에 손님 하나가 다쳤어요."

"주인이 공술을 아꼈거나 호주머니에서 돈 내는 게 늦었기 때문이겠지."

"어마, 어떻게 그리 이곳 사정을 잘 아세요? 하지만 그 왜놈은 요타모노*는 아니었어요. 여급을 사이에 두고 쌈이 붙었다니까요."

술을 마시면서 홍이는,

"그 여급이 너였지?"

"그렇다 하면은 혼쭐날까 봐 손님이 피할 거구, 안 그렇다면 내 인기가 없는 거니까 어떡허죠?"

홍이는 여급과 수작을 하며 꽤 많은 술을 마셨다. 유성기에서 음악이 흘러나왔고 붉은 불빛, 그야말로 홍등가(紅燈街), 홍등가의 밤이 저무는데 상길과의 약속은 까맣게 잊고 홍이는 기분을 낸다.

"손님 장가갔어요?"

"간 것 같나?"

"갔을 테죠 뭐. 아이는?"

"술맛 떨어진다!"

"어떤 여잘까? 복도 많지 뭐유?"

"언더막에 앉았다가 산태복을 만났지."

그 말은 장이를 두고 한 말이었다. 처가 아닌 여자, 다른 남자한테 시집간 여자……. 통영의 그 음침한 차고 속에서 장이는 산태복을 만난 것이다. 얼마나 더 술을 마셨을까? 사내가 와서 홍이 여급의 팔을 끌었다. 음악이 귓가에서 왕왕거렸다. 여자가 몸을 흔들었다. 여자의 혀 꼬부라진 소리가 들려왔다. 이번에는 머리채를 잡아챈다.

"왜 이래?"

홍이 비틀거리며 일어섰다. 주먹이 날아왔다.

"나를 쳤어?"

여자의 비명 소리, 홍이 주먹이 사내 턱을 젖혔다. 비명 소리, 사내가 자빠지면서 홍의 정강이를 걷어찬다. 남자들이 달려왔다. 남자들이 홍이를 카페 밖으로 떠밀어낸다. 사내를 끌어낸다.

"밖에서 싸워!"

치고, 받고, 두 사내는 치고받고 뭣 때문에 싸우는지 무조건 치고받고 싸우는 것이었다. 서로가 지쳐서 나가떨어졌다. 구경꾼들을 의식한 것이다. 정신이 들었다. 그러나 뭔지 모르게 후련하다. 홍이는 비틀거리며 일어섰다. 사내는 숨을 헐떡거리며 땅바닥에 주저앉은 채다.

"재수 더럽다!"

내뱉었으나 재수 더럽다는 생각은 아니었다. 홍이는 카페로 다시 들어가 모자를 찾아들고 좀 억울하지만 굉장히 비싼 술값을 계산했다.

"손님 저 땜에, 미안해요."

풀이 죽어서 사과하는 여자 얼굴에 눈물 자국이 남아 있었다. 지배인한테 야단을 맞은 눈치다.

"술값은 제가 계산할 수도 있었는데,"

"남의 술값 낼 여유가 있으면 이런 데를 왜 나와!"

홍이는 소리를 팩 질렀다. 지배인인 듯 사내가 달려와서 굽실거린다. 술값 떼일 작정하고 밖으로 내쫓았는데 들어와서 술값 치르는 것이 의외였던 모양이다.

"죄송합니다 손님, 여급의 잘못이지요. 이봐! 싫고 좋고가 어디 있어! 적당히 놀아야지! 어디 한두 번이야? 아이 죄송합니다.”

“그만두시오.”

나오는데 지배인은,

“또 오십시오.”

홍이 뒤통수를 향해 말했다.

“또 와? 누구 패가망신시키려고?”

홍이는 거리로 나왔다. 땅바닥에 주저앉아 헐떡거리던 사내 모습은 보이지 않았다. 홍이는 일본서 배운 유행가를 흥얼거리며 방향도 잡지 못하고 걷는다. 유행가도 그만두고,

“개새끼! 산태복! 개새끼! 산태복!”

소리를 지른다. 밤하늘은 까마득했다.

“여보!”

“네? 날 불렀소?”

하다가 다시,

“개새끼! 산태복!”

“이봐!”

이번에는 여보가 아니다.

“왜 그러십니까, 뭐가 잘못됐소?”

걸음을 멈추고 빙그르르 돌아선다. 순사가 사벨을 짤락거리며 다가온다.

“주정 부리면 경범죄에 걸리는 것 모르나?”

“어이구, 나으리.”

홍이는 모자를 벗고 꾸벅 절을 한다.

"술 좀 마셨습니다."

"떠들지 말고 가아."

"네, 네."

모자를 도로 쓰고 홍이는 비틀거리기만 하며 걷는다.

'제에기, 나으리? 지깟 놈이 나으리? 똥개 같은 놈이 나으리?'

한참을 더 걷다가 홍이는 고개를 흔든다. 상길이 생각이 났다.

"몇 시나 됐을까? 약속은 지켜야지. 없으면 그만이고."

사방을 둘러보았을 때 부둣가, 그곳과는 상당히 먼 거리에 있는 것을 깨닫는다. 카페를 나온 뒤 부둣가하고 반대되는 방향을 향해 사뭇 걸었던 것 같다.

"밤새도록 걷겠다. 제에기랄!"

방향을 잡는다. 거리에 사람이 오가는 것으로 보아 한밤중은 아닌 것 같다.

부일여관을 찾아들었을 때,

"이홍 씹니까?"

여관 종업원이 묻는다.

"그렇소."

"저어기 들어가믄 7호실이 있십니다."

손가락질해 보인다.

"사람 있소?"

"기다리고 기실 겁니다."

"오래됐소?"

"벌써 왔십니다."

홍이는 7호실이라 씌어진 방문을 열었다. 상길이는 방바닥에 팔베개를 하고 드러누워 있었다. 눈은 천장을 보고 있었다.

"미안하다."

"기다리노라고 목이 뿌러지겠다."

하며 상길이 일어나 앉았다.

"아아니, 니 그 얼굴이 와 그 모양고?"

"응?"

"눈두덩이 시퍼렇고 입술에는 핏자국이고, 어느 놈이 그랬노!"

"어느 놈이 그러긴, 왜? 찾아내서 그 새 뼉다구 같은 손으로 원수 갚아줄래?"

"경우에 따라서는 우리 집 아아들 다 끌고 갈 수 있다! 안 되믄 뱃머리 불량배 한두 놈 응원해달라 할 수 있인께 니를 친 놈이 누고?"

"니 말 들으니 이젠 부산 와도 걱정 없겠구나."

"실실 웃어?"

"내 눈두덩이 시퍼렇고 입술에 피딱지가 앉았다믄 그놈은 아마 팔이 뿌러졌거나 가슴팍에 피멍이 들었을 게야."

"어이서 그랬노?"

"술 마시다 그랬지."

"제에기,"

"미안하다. 지금부터라도 술 마실까?"

"미친 소리,"

"아아 또 마실 수 있다니까."

"내일 차 몰고 가야 안 하나."

"걱정 마."

"정말로 공매 맞인 거는 아니겠제?"

술에 대한 유혹, 상길은 그것을 이기려고 애쓰며 화제를 돌린다.

"내가 어떤 놈인데 공매를 맞나. 옛날 헌병 놈한테 붙잡혀 가서 공매 맞은 것밖에 없다. 술이나 하자. 아직 초저녁이야."

홍이는 손뼉을 쳐서 심부름꾼을 부른다. 상길이 눈에 희열의 빛이 돈다. 혀끝에 느껴지는 술맛과 좋은 친구와의 대화, 고독한 사나이가 고독을 푸는 밤. 부둣가에서 밤배가 들어오는지 뱃고동 소리가 꼬리를 물며 들려온다.

18장 기인(奇人)인가

"중도 늙으면 별수 없는 게야. 이제는 탁발도 못하게 생겼으니 마지막인 셈 치고 공노인을 한번 만나봐야겠네. 그 늙은 이도 오래 사는구먼."

아침에 그런 말을 남겨놓고 혜관은 소씨(蔬氏) 집을 떠났다. 관수는 지리산에서 강쇠와 석이를 부산으로 보내놓고 혜관과 동행하여 서울까지 왔는데 숙소를 시구문 밖 소씨 집으로 정한 것이었다. 스물대여섯 칸쯤, 사랑채가 따로 있고 본사는 탄탄하게 지은 집인 것 같은데 오랫동안 손을 못 보아 그런지 황폐해 있었으며 식구가 적어 절간같이 조용했다. 게다가 당주인 소씨는 집을 비우기 일쑤였다. 소씨란 누군고 하니 이범준의 외사촌 형으로서 소지감(蘇志甘)이란 사람이다. 나이는 관수보다 두세 살 위였으니까 오십을 바라보는 중년으로서 세상에선 그를 두고 기인(奇人)이라 하는가 하면, 학문이 도저하다 했고, 더러는 천박한 한낱 야바위꾼에 지나지 않으며 지조없는 인간이라 했고, 고자가 아니냐는 말도 있었다. 문중에서는 소씨 가문 족보에서 할명(割名)해야 마땅할 놈이라 했다. 소씨 가문이 경향에서 이름을 떨친 명문은 아니었지만 그런대로 하자 없이 이어져왔었고 무반으로서 현직(顯職)은 아닐지라도 벼슬길에 오른 사람이 적었다 할 수 없었는데, 당대에 이르러 국운이 쇠하여 주권을 잃게 되니 이런 부류의 반가(班家)가 영락의 경로를 밟은 것은 대동소이한 것이었다. 소지감이 이십 년 가까운 방랑 생활을 시작한 것은 의병에 가담한 형이 포살당하고 을사보호조약 체결을 본 부친이 자결하는 격랑을 겪은 뒤부터였다. 그는 부친의 상을 벗자마자 홀연히 입산하여 명산대찰을 전전하며 승적(僧籍)에 드는가 싶었는데 오 년 만에 그는 노모 곁으로 돌아왔다. 집안에서는 절손을 근심하여 혼인을 서둘렀으나 한사코 마다하며 그는 또다시 엉뚱하게 성당을 드나들었던 것이다. 유교를 숭상하며 불교를 배척하고 특히 천주교에 대해서는 완고한 편견을 가지고 있던 문중 사람들은, 하여 소지감을 두고 족보에서 할명해야 마땅할 놈이라 지탄하고 외면하게 되었던 것이다. 그 후 성당을 드나들던 일도 때려치운 소지감은 일본으로 건너가 그곳에서 무엇을 하였는지 알 길이 없으나 사십이 다 되어 노모 곁으로 다시 돌아왔다. 그리고 오랜 방랑을 청산한 것처럼 술회했으나 주위에선 그 말을 믿지 않았다. 그는 여전히 대처(帶妻)를 아니하고 가끔 광주로 나가는 일이 있었는데 겨우 명맥을 잇고 있는 그곳 가마에 가서 도공(陶工)들과 어울려 그릇을 굽곤 했던 것이다.

관수가 소지감 집에 묵게 된 것은 이범준의 주선에 의한 것이지만 왕시 승문에 들려고 사찰을 찾아 돌아다녔을 무렵 소지감과 혜관 사이에 면식이 있었고, 혜관이 금어였었던 것을 상기하여 소지감은 관수를 흔쾌히 받아들였던 것이다. 혜관은 이곳에서 이틀 밤을 관수와 함께 묵고서 떠났다.

"형님, 오늘 제가 여기 왜 온지 아십니까?"

"우리 집 묵은 술 생각이 나서 왔겠지."

관수가 혜관을 따라나간 뒤 소지감은 젊은 친구를 맞이하여 사랑에서 술을 마시고 있었다. 젊은 친구란 다름 아닌 극작가요 잡지 《청조》의 발행인 권오송이었다. 젊은 친구라지만 그도 사십을 넘겼으니,

"항상 호주머니는 빈털터리지만 술이야 어디 가나 만수판입니다."

"흐음."

소지감은 허우대가 좋았다. 정수리가 성글어지기 시작한 것이 약간의 험이지만 눈이 검실검실하고 면도 자국이 새파란, 낯빛이 깨끗한 사내였다. 표정이 움직일 때 반듯한 이마에 밀리는 듯한 굵은 주름이 지곤 한다.

"다름이 아니라 오늘은 형님 장가드시게 하려구요. 그래 왔지요."

중키에 다부지게 생긴 권오송이 소지감 앞에서는 작아 보인다.

"내 걱정은 말구 자네 앞이나 가리게."

"총각이 먼저 가야 홀아비도 가게 되는 것 아닙니까? 무슨 염치로 한 번도 아니요 두 번이나 순서를 바꾸겠습니까."

"뺨 세 차례로 끝나지 않을걸? 죽어서 이별하는 거야 인력으론 아니되는 일이지만 독수공방도 유만부동, 어느 계집이 생과부로 살려던고?"

"누가 형님 행장을 모를까 봐서 그러시오? 멀쩡한 양반이

음흉스럽긴."

소지감은 술잔을 들고 껄껄껄 웃는다.

"내가 다 알지."

"뭘 말입니까?"

"네놈이야말로 흉물이다. 제 먹기 싫으면 남이나 주지? 그런 말이 있긴 있더라만."

"무슨 뜻인지 모르겠는데요?"

권오송은 시치미를 뗀다.

"청존가 뭔가 그놈의 잡진 뭣하러 해. 무익 무해한 것 있으나 마나."

"첫술에 배부릅니까."

"여자 돈까지 댕겨 쓸려니 그놈의 궁상이 좀 하겠나?"

이번에는 권오송이 껄껄껄 웃는다.

"선우일이 그놈이 고자질을 했군요."

"앉아서 구만리 밖을 보는데, 몰랐나?"

"비신술(飛身術)을 가졌다는 소문이야 들었지요만, 하하핫…… 하하하핫……."

흉허물 없이 한바탕 웃고 나서 술잔을 든다.

"형님."

"또 장가 얘긴가."

"왕사는 일단 논외로 하고 순수한 입장에서."

"이 사람아, 소씨 집안에서도 내가 마지막 보루라는 걸 몰라 하는 소린가? 혼담을 가져와도 하필 데릴사위."

"허허 그리고 보니 형님께서도 관심은 있었던 모양이지요? 미주알고주알 어찌 그리 잘 아시오?"

"당연한 얘기 아닌가. 장가 안 간 총각, 시집 안 간 처녀, 관심이 없을 수 있나? 기대는 항상 있는 법이야."

"그렇다면 간단하지요. 아주 간단합니다. 데릴사위 안 하면 될 것 아닙니까. 재물이 썩어나는 판인데 양자 갈 놈 없을라구요. 남들은 뭐라고들 하지만 제 생각엔 아주 순진한 여잡니다. 마포강 강서방이든 어쨌든 돈 많고 전문학교 나왔으면 귀부인 흉내는 못 내도 새침데기 흉내야 왜 못 내겠습니까? 순사 누이도 잘 해나가는데 이건 굴레 벗은 말같이 그 나이 하고서도 순진하다 그 말입니다. 지물포 황태수는 점잖은 영국 신사 아닙니까?"

"그거야 그 사람 인품에서 온 거 아닌가."

"하지만 주판을 잘 놓는다는 특성을 배제할 순 없지요."

"주판 잘 놓기론 자네 편이 면수 아니던가?"

"왜 이러십니까. 방직회사를 요리하는 사람과 딱종이로 그것도 일 년에 서너 번 나올까 말까, 그런 잡지 요리하는 사람을 두고 누구 놀리시는 겁니까?"

"자네가 그런 자리에 앉아보아. 주변에 얼마만큼이나 사람이 모일까?"

"그런 자리 앉고 싶은 생각도 없지만 글쎄요."

"황태수를 과소평가하지 말게. 성질이 눅은 것은 타고난 것이라 하더라도 절도란 상당한 수양에서 이루어지는 게야. 맺고 끊고, 판단이야 자네가 능하겠으나 음, 그렇지, 자네에게 있어서 냉정하다는 것은 일종의 처세술 아닐까? 술(術)이란 수양보다 처지는 것이요 본색으로 볼 것 같으면 눅고 격한 차인데 그 역시 눅은 편이 덕성(德性)에 가깝고 격한 것은 편협에 빠지기 쉬운 만큼, 하기야 자네는 예술 하는 사람이요 황태수는 장사하는 사람이니 적소에 적재라…… 그러나 주변에 사람은 많아도 황태수는 외로운 형편일 것이며 자네는 홀로 있어도 외롭지 않을 수 있는 처지고 보니 글쎄, 허허헛……."

권오송은 쓴웃음을 띤다. 정곡을 찌른 말이었기 때문이다.

"형님은 어느 편입니까?"

"나야 폐인이지. 보다시피 장가도 못 가게 된 폐인이야."

"뜨물에도 아이 생긴다는 말이 있어서, 하긴 기대하고 온 건 아닙니다만."

"술이나 하게."

"형님한텐 태평성세군요."

권오송은 술을 마시고 나서 중얼거리듯 말했다.

"술맛 떨어지게 무슨 소릴 또 하려는 거야?"

"만사를 구경만 하고 계시니까 말입니다."

순간 소지감의 한쪽 눈썹이 치올라갔다.

"출발부터 그러했지. 형이 총에 맞아 죽은 것을 보았고 아버님이 자결하시는 것을 보았다. 소씨 가문의 씨받이로 홀로 남아 구경을 해야만 했지. 허허허허허⋯⋯."

권오송은 아차 싶었던지 입을 다물어버린다. 그리고 마음속으로 아직 소지감의 방황은 끝이 나지 않았구나 하고 생각한 것이다. 이때 마침 이범준이 관수랑 함께 들어왔다.

"술들 하시는군요. 오래간만입니다, 권선생님."

이범준이 싹싹하게 인사를 한다.

"어이구 투사, 오래간만이야."

"지깟 놈이 투사는 무슨 놈의 투사, 공연히 덤벙대는 거지. 아참, 권군 인사하게."

다소 겸연쩍게 서 있는 관수를 바라보며 소지감이 말했다.

"시골서 올라오신 우리 조선 동포시다."

묘한 소개말이다. 그러나 조금도 농이 섞인 투는 아니었다. 권오송이 엉거주춤 엉덩이를 든다.

"송형, 이 사람은 극쟁이요. 앞으로 알고 지내도 무방한 인물이오."

소지감은 관수에게 상당한 비중을 두고 소개를 했으며 권오송도 직감적으로 관수의 작은 눈매가 보통은 아니라 생각한다.

"권오송이올시다."

"예. 나는 송관수요."

하여 네 사람이 술상 앞에 앉았다.

"스님은 떠나셨소?"

소지감이 묻는다.

"예."

이범준이 대신 대답했다.

"어멈더러."

소지감이 이범준에게 눈짓을 했다. 밖으로 나간 이범준은 술잔부터 가져왔고 그리고 이 집에 비자(婢子)로 있다가 그냥 눌러서 사십 년을 한결같이 봉사해온 중늙은 어멈이 새로운 술상을 차려왔다.

"범준이 넌 빠졌으면 좋겠다."

술을 치는 범준에게 곁눈질을 하며 소지감이 말했다.

"그런 고루한 말씀 마십시오. 제가 몇 살인데 그러시지요?"

"아무리 그러셔도 형님은 아이고 범준이는 어른입니다."

네 사람은 술을 마시며 한바탕 웃어젖힌다. 그리고 관수와 권오송은 초면인 만큼 서로를 의식하며 술을 마신다. 이런저런 세상 돌아가는 얘기를 하다 말고,

"계명회사건, 그거 말이야,"

하고 소지감이 화제를 돌렸다.

"기치가 뚜렷하지 않아."

"그건 무슨 뜻입니까?"

하고 이범준이 반문한다.

"사회당인지 공산당인지, 어느 거야?"

"당은 무슨 당이겠습니까, 요즘 흔히 있는 연구단체지요. 군이 붙인다면 독립당, 독립사상을 고무한 반일단체로 기소 됐으니 말입니다."

권오송이 대수롭지 않다는 듯 슬쩍 흘러버리려 든다. 관수 는 잠자코 술만 마시고 있었다.

"권군은 겉보기보다 소심하군그래."

"소심한 건 사실입니다만 그 문제에 대해선 소심할 이유가 없지요. 나는 그 어느 것도 아니니까."

"자네하고 나하고, 그런데 당이 되려면 한 사람이 모자라. 찬성하는 사람, 반대하는 사람, 중립하는 사람, 최소 세 사람 은 돼야 당이 구성되는데 말씀이야?"

하며 소지감은 관수를 힐끗 쳐다본다.

"그럼 형님 말씀대로 뚜렷한 기치는요?"

이범준이 웃으며 물었다.

"그야 구경당이지 뭐겠나."

권오송이 술잔을 들며 대답한다.

"어떻습니까 송형? 우리 당 하나 안 만드시겠소? 범준이 놈이야 이미 사회당이니까요."

"고려해보겠소. 하하핫……."

실없는 말이 오가면서 술자리는 차츰 어울려져갔다.

"한데 말입니다. 왜놈들이 조선에 있어서도 독립사상보다 공산주의를 더 두려워하는 것 같아요."

범준이가 권오송 술잔에 술을 부으며 말했다.

"그야 말할 나위 없지. 조선이야 저희들 전리품(戰利品)이요 이미 기득권을 가졌으니 독립 독립 해봐야 물어뜯는 모기 정도 귀찮겠으나, 공산주의야 그렇지는 않지. 재작년인가, 다나카(田中)가 시정방침을 발표할 때 중국에 있어서의 공산당 활동은 일본과 무관할 수 없다 한 것을 보더라도 그들이 내심 얼마나 당황하고 있는가를 알 수 있거든."

소지감 말에 관수는,

"소형 말씸을 들은께 그라믄 우리 조선 백성은 모기다 그 말씸이오?"

"호랑이지요. 원숭이 눈에 우리가 그리 뵌다 그 말 아니오. 과욕은 눈을 멀게 하는 거 아니겠소?"

"서의돈 그 형님 말씀이 생각나는군요. 물산장려운동을 소극적으로 관여하거나 방관하는 총독부의 속셈은 장차 허울만의 민족자본진영을 사회주의, 혹은 공산주의 방패막이로 삼겠다는 포석이라고 한 말이."

권오송 말에,

"그 사람과는 면식이 없어서 그 고견을 들어볼 기회는 없네만 대체로 옳은 의견 같구먼."

약간 비꼬는 투로 소지감이 말했다.

"그리고 보면 황태수는 그 방패막이가 아니겠습니까?"

"아까 한 내 말을 그런 식으로 둘러치긴가?"

"설마, 그럴 리가 있겠습니까."

"허나 그런 것쯤은 알고 있는 사람일 게고, 그렇게는 안 할 궁리는 하는 사람이니 어렵지."

"황태수 혼자 안 하겠다 해서 되는 일입니까? 자본이라는 구조 자체가 제멋대로 돌아가게 마련인데 자본금을 노동자들한테 나누어 주고 공장 때려치울 용기가 황태수한테 있단 말씀인가요?"

"너무 극단적으로 몰아치는 것은 금물이야. 그게 실패의 원인이 되기도 하고 소위 소아병적이란 말을 듣게도 되는데 연장은 쓰기 나름이라 했다."

"하지만 원리원칙은 어디까지나 원리원칙이니까요."

"원리원칙대로 안 할 수도 있는 일이고 원리원칙대로 안 되는 일도 얼마든지 있어."

"그건 시간문젭니다."

"그 말엔 동감이다. 그러니 불은 시간을 보아가며 서서히 붙여야, 성급하면 원리원칙으로 도달하기 전에 동강이 나든지 역전될 수도 있거든."

"독소가 넓게 퍼져도 말입니까?"

"흠싹 곪게 두었다가 째야지 곪기 전에 째면 어떻게 되나?"

"반대의 비유는 얼마든지 있겠습니다마는 그렇게 되면 계란과 닭의 얘기가 되겠기에 한 가지만, 이건 제 얘기가 아닙니다. 서의돈형님의 말씀인데요, 우선 다 함께 굶주려야 한다는 겁니다."

"그런 이상론이 어디 있어? 그 사람 생각한 것보다 무척 어리석군."

소지감이 비웃는다.

"물론 그건 극단적인 말이겠지요. 그러나 민족의 분열을 얼마나 두려워하고 있는가, 그것을 한마디로 어리석다 하며 비웃을 순 없을 것 같아요. 옛날의 당쟁이란 그런대로 명분이 있었고 또 권세에 눈이 뒤집힌 무리라 하더라도 최소한도 명분이나 구실은 내세울 수 있었지요. 매국노라는 지경에서 보면 안전지대에서의 쌈질이었으니까요. 지금 친일파나, 본의 아닌 것이지만 친일하지 않고는 명맥을 이을 수 없는 사람, 반일 사상을 가졌음에도 이적의 함정이 기다리고 있는 사람, 그런 무리들을 통틀어서 생각할 때, 오늘, 혹은 장래에 있어서 그들이 서야 할 자리는?"

"물론 매국노, 민족 반역자가 설 자리겠지. 자네한테도 이적의 함정이 기다리고 있을지 그걸 뉘 알겠나."

소지감은 실실 웃으며 말했다.

"제가 말하고자 하는 것은 이제부텁니다. 그들 매국노, 민족 반역자들의 정신적 궁지, 명분이나 구실이 절대로 허용될 수 없는 정신적 궁지, 그 상태를 우리는 생각해둘 필요가 있을 것 같습니다. 의식하건 아니하건 그런 정신적 궁지는 생존하는 데 있어서 마지막 절벽 같은 것이라고 나는 생각하지요.

마지막 절벽에서 이성이나 양심이나 여유를 가질 자가 과연 있겠습니까? 왜놈들은 적어도 애국이니 충성이니 하는 명분이나마 내세우고서 군국주의를 찬양하고 침략을 자행하고 무자비하게 식민지를 통치하는데, 낡은 인조견 같은 것이지만 눈가리개 같은 명분은 있단 말입니다. 그러니까 그네들과 우리 서로가 분명한 적이기도 하구요. 그러나 민족 반역자들은, 우리가 그네들의 적입니까? 대일본제국이 그네들의 동집니까? 대의명분이 없는 적과 동지가 있을 수 있습니까? 말하자면 기막힌 외톨이지요. 이들의 생존본능이 얼마나 비천한가를 설명할 필요는 없겠습니다만 그러나 포악성만은 적의 유가 아닐 것이며 교활한 것 역시 적의 유가 아닐 것이며 정신적인 그 아무것도 지킬 것이 없는 자들이야 무슨 일인들 못하겠습니까."

"그러니까 앞잡이가 아닌가."

이범준은 사촌 형과 권오송의 대화를 심각한 표정으로 듣고 있으며 관수는 무관심한 듯 술만 마시고 있었다.

"어느 시대, 어느 사회건 배신자는 반드시 있게 마련이며 특히 타민족에게 정복당한 땅에서는 민족 반역자란 독버섯처럼 자라게 마련이고, 또 식민정책의 궁극적인 목적은 정복한 민족의 마지막 한 사람까지 민족 반역자를 만드는 데 있는 것이고 보면, 침략의 군대를 막을 수 없었던 것과 마찬가지로 반역자도 막을 수 없는 것은 필연이 아니겠나? 내가 이런다고 해서 사태를 절망하며 체념한다고 생각지는 말게. 왜냐하면 일본도 불가사의한 존재가 아니기 때문에 그들 식민정책의 궁극적 목적은 결코 달성할 수 없는 것이며, 또 운명에 맡기고서 인위적인 힘을 과소평가하는 것도 아닐세. 하기야 내 얘기도 따지고 보면 서의돈인가 그 사람의 이상론과 별다른 것이 없다 할지도 모르지. 그러나 가능한 한 족치고 메어치는 것보다 안아들이는 것이 교활한 방법이지만 전략전술의 견지에서 본다면 못할 것도 없고 절벽에다 몰아세우는 것보다 평지로 몰아내리는 것이 긴 안목으로 볼 때 유리하지 않을까? 오늘 황태수 그 사람 귀가 가려울 것이네만 그 사람을 예로 들더라도 어째서 자네들은 그 사람을 적의 수중으로 넘겨주지 못해 안달이냐, 나는 그 말이 하고 싶네. 연장은 쓰기 나름이요, 또 굵어야 한다는 구령(口令) 하나로 모든 사람이 그렇게 한다면 애당초 남한테 내 나라를 빼앗겼을 리도 없지. 사람의 마음이나 살아가는 방법이 천태만상이니 이론대로 틀 속에 끼우려 들면 그 이론은 쇠붙이처럼 굳어져서 사람들 마음속에 스며들질 못하고 사람들 배만 째는 결과가 되는 게야."

"그렇지만 나는 형님 말씀에 승복 못합니다. 온건주의와 기회주의를 구별하는 것은 매우 어려운 일이지요."

"그래? 내 기억엔 극좌와 기회주의란 말노 있었넌 섯 같은데?"

"그럼 제가 극좌파다 그 말씀입니까?"

"그럼 나는 온건주의다 그 말인가?"

하다가 두 사람은 껄껄껄 웃고 이범준도 웃는데 관수는 그들의 말을 이해하지 못하는 듯한 표정으로 앉아 있었다.

"그나저나 요즘 국제 정세가 어떻게 되는지, 큰 변화가 있지 않겠습니까?"

이범준이 두툼한 입술을 모으듯 하며 물었다.

"큰 변화라…… 글쎄,"

"변화가 있지 않겠느냐가 아니지. 이미 변화는 시작되고 있어."

권오송이 이범준에게 말했다. 소지감은,

"장강[楊子江] 일대가 붉은 깃발로 메워졌던 시절이 가는 거지."

"그렇게 쉽게요?"

권오송의 어투는 강경했다.

"누가 뭐라든 손문은 거인이야. 손문이 살았더라면 국민당 내부의 좌우대립이 그리 심각했을까?"

"나는 그렇게 보진 않습니다. 손문이 살았어도 마찬가지 현상이 나타났을 거란 생각입니다."

"어째서?"

"심복인 장개석(蔣介石)을 소련으로 보낸 것은 물론 보로딘의 영향이며 소위 손문의 용공정책을 위한 포석이겠지만 그의 용공책은 어디까지나 중국의 현실이 빚어낸 것에 불과하며 정치 이념에서 작정한 것은 아니지 않습니까? 그의 삼민주의라는 것도 널리, 시끄럽게 퍼진 데 비하면 실상 별 보잘것 없는 것이며 오히려 분주했던 정치적 행동에 의의가 있었던 것 아니겠습니까? 그는 골수에서부터 부르주아의 민족주의자, 의도는 당세(黨勢)의 확장 이외 아무것도 아니었을 겁니다. 손문이 죽었건 아니 죽었건, 장개석이 돌아왔건 아니 돌아왔건 사태는 매한가지였을 겁니다. 공산당이 국민당에 가입하면서부터 대중을 획득하는 운동은 성공하였고 노동자 농민들의 조직이 급진전했다는 것은 국민당의 우파로선 좌시할 수 없는 일 아닙니까? 그 물결을 탄 것이 소련서 돌아온 장개석이 아니었을까요? 국민당의 좌파가 재작년에 무한정부(武漢政府)를 따로이 수립한 것은 필연적인 일이라 나는 생각합니다."

"바스라지기 시작하면 한없이 바스라지게 마련이지."

"네, 그 뜻 압니다. 형님의 종전의 이론과 상맥하는 말씀인 줄 잘 압니다. 분열은 분열을 부른다. 그러나 형님 빙탄불상용(氷炭不相容)은 엄연한 진리 아닙니까? 국민당의 좌파 무한정부에서 공산당이 떨어져나간 것은 바로 빙탄불상용이기 때문이며 손문이 살았어도 그 진리는 진리대로 통할 수밖에 없었을 것입니다. 농민협회 회원이 오백만, 5·4운동을 기점으로 하여 상해 정노를 비롯한 각저에서의 노동자들의 격렬한 스트라이크, 그런 힘의 팽창은, 그것이 공산당의 침투로 생각할 때 국민당 우파는 물론 좌파에게 있어서도 공포 아니겠습니까? 해서 무한정부 왕조명(汪兆銘)이 공산당을 축출하려 했고 공산당은 또 자퇴하는 사태를 빚었는데 그것은 장개석을 위해선 그럴 수 없는 요행이며 어부지리를 얻었다 할 수 있지 않을까요? 오늘날 장개석은 무한정부 토벌령을 내리고 있으니 말입니다."

소지감은 웃었다.

"그래서 지금 일본은 장개석하고 손을 못 잡아 환장하고 있질 않나. 자네가 말하고 싶은 것은 장개석의 국민당 정권과 우리 조선독립의 유관(有關)이지?"

"그렇습니다. 일본과는 전쟁하고 싶지 않다는 것이 장개석의 속셈일 겁니다. 일본이 던지는 추파를 받아들이지 않더라도 말입니다."

"음……."

"일본의 보수파가 사회주의, 공산주의를 두려워하는 것은 거의 광적인 것인데 이 몇 해 동안 중국을 흔들어대고 있는 노동자들의 파업과 시위는 거의가 일본인 경영의 방직공장, 혹은 동척에서 자금을 대는 위탁 경영업체에서 발생했는데, 물론 영국도 같은 처지지만 그런 운동이 중국을 석권한다면 일본이나 영국의 자본이 축출될 것은 물론 집권당이 무너질 것은 뻔한 일 아니겠습니까? 영국이나 일본이 결코 국민당과 친구가 아니면서도 이들은 공동의 적을 맞이한 셈이지요. 그러나 영국과 일본의 사정이 다른 것이, 영국은 자본이 축출

당하고 시장을 잃는다는 것, 그 직접적인 이해관계가 화급한 일이겠으나 일본의 경우는 중국으로부터 탈취한 권익을 잃는 것도 그러려니와 보다 심각하고 치명적인 것은 중국과 소련의 접근이지요. 따낸 기득권은커녕 그들의 발뿌리가 흔들릴 테니 말입니다. 아까 형님이 말씀하신, 다나카가 중국에 있어서의 공산당 활동은 일본과 무관할 수 없다, 그 말에서도 우리는 그간의 사정을 충분히 알 수 있지요. 우리 처지로서는 국민당이건 공산당이건, 그 어느 당이건 상관없어요. 일본과 전쟁만 해주면 좋다, 그 말입니다."

"서로 치고 싸우지 않으면 생존하기 어려우니까 결국 싸우기는 싸우겠지만."

"언제 싸우느냐, 우리로선 빠르면 빠를수록 좋은 거 아닙니까?"

"무조건? 그렇게 돼서도 안 되지. 청일전쟁, 노일전쟁은 어떤 결과를 가져왔나?"

"그야 이기는 전쟁이라야겠지만 그때와 지금은 다르지요. 그땐 선잠 깬 아이 같은 우리의 형편 아니었습니까. 총검 든 얼마간의 군사가 궁궐을 지키는 정도, 웃기는 일이었지요. 하지만 지금은 다릅니다. 적어도 사람들의 의식은 무장되어 있으니까요."

"그건 오산이야. 연극을 만드는 자네 머리의 판단이고, 싸움이란 물량이 앞서는 게야. 내 생각엔 일본을 향해 덤비기보다 일본에 의해 일본의 적을 향해 총대를 들게 되지 않을까?"

"우리가요?"

긴 얘기를 하면서도 다부지고 냉정한 자세를 허물지 않았던 권오송 얼굴에 처음으로 분노의 빛이 떠오른다.

"등바닥에 총대 들이대면 별수 없지. 게다가 그들은 아주 확실한 인질을 붙잡아놓고 있으니 말이야. 나같이 허랑한 사람에게도 늙으신 어머님이 계신데, 안 그런가?"

"……"

"모두 굶어야 한다, 하듯이 모두 싸워야 한다…… 안 통하지. 만셀 불렀다고 군대를 풀어 학살을 자행한 소위 대일본제국, 뿐이겠나? 제 나라 인민들의 소요를 막기 위해 그 인민들로 하여금 조선인을 살육하게 한 관동진재의 사건은 아직 생생해. 흠, 전쟁이 어떤 건데? 호전적인 그놈들 미치지 미쳐. 제 나라의 제 백성들을 개 끌듯 전선으로 몰아내는 판국에 하물며 식민지 백성들, 사람 백정의 군부에서 무슨 짓인들 못하려구."

관수의 눈썹이 꿈틀거렸다. 이범준이 당황하며 관수의 빈 술잔에 술을 붓는다.

"군대뿐일까?"

"……"

"계급과 착취를 부정하는 소위 사회주의자들, 사실은 그 사회주의자들이 안고 있는 허약성은, 지식인으로서 착취를 당하는 계급이 아니라는 점, 하여 일본의 사회주의 지도자들 거반이 학벌이나 가문을 볼 때 명문 출신이며 선택받았다는 의식이 새로운 사상을 영합하게 한 것이고 따라서, 보호받고 잘 자란 아이가 새로운 세계를 엿본 흥분이나 호기심이라 할 수 있는데 과연 그네들이 자신들 계급과 완전히 절연하겠는가? 하여 국가의 경우도 마찬가지 아니겠느냐 그 말인데, 논리적으로 계급과 착취를 부정한다면 식민지 정책도 부정해야 마땅하거늘 편리하게도 사상 놀음은 어디까지나 집안에서만, 허허헛…… 강식약육의 팽창주의를 지탄하기는커녕 군부의 앞잡이로, 옛날 남의 궁궐을 넘나들며 남의 나라 국모를 시해하던 낭인들과 근본적으로 생각이 다를 것이 없으니,"

"군부의 앞잡이라는 것은 좀 심한 말씀이군요."

이범준의 말이었다.

"거짓말 같은가?"

"탄압받고 투옥에 살해까지 당하고 있는 것은 엄연한 사실 아닙니까."

"저희끼리일 때는,"

"무슨 뜻입니까?"

"저희끼리 대할 때는 사회주의 공산주의 군국주의 자본주의 국수주의, 별의별 것이 다 있겠으나 일단 타민족을 상대하여 이해타산을 따질 적에는 어려울 것 없이 모두 군국주의자가 된다 그 얘기야. 내 말이 틀린 것 같은가? 그것도 동양의 평화라는 그럴듯한 깃발을 치켜들고서."

소지감은 마른 명태를 질겅질겅 씹으며 메마른 표정으로 이범준을 응시한다.

"민족의식이란 가지가지 낯판대기를 지닌 요물이야. 악도 되고 선도 되고 야심의 간판도 되고 약자를 희생시키는 찬송가도 되고……. 피정복자에게 있어서 민족의식이란 항쟁을 촉구하는 것이 될 테지만 정복자에게 있어서의 민족의식이란 정복욕을 고무하는 것이 되니 말씀이야. 민족의식, 동포애, 애국심, 혹은 충성심, 따지고 보면 그것들은 인간 최고의 도덕이면서 참으로 진실이 아닌 괴물이거든. 집단의 생존본능이요 집단의 탐욕을 아름답게 꾸며대는 허위, 어디 민족이나 집단뿐일까? 일가에서 개인은 어떻고? 결국 뺏고 빼앗기지 않으려는 투쟁 아니겠나?"

"너무 자학적으로 그러지 마십시오."

"사실상 그렇지."

"형니임! 인간은 말입니다, 고귀한 것도 아니며 비천한 것도 아닙니다."

"허허헛……."

"현실적 동물일 뿐이지요. 자아, 술이나 드십시다."

자포자기하는 투로 권오송은 내뱉으며 술잔을 든다.

"고귀한 것도 아니며 비천한 것도 아니라…… 아니지. 비천한 거야. 말할 수 없이 추악하고, 제 밥그릇 작은 것을 곁눈질하면서 뭣인가로 항상 가리면서 감추면서 사는 게 인간이야. 어쩌면 인간이란 죽음 그것까지도 허위로 장식하는 동물이 아닐까?"

권오송은 눈살을 찌푸린다.

"그만해두십시오. 그렇다면 도대체 사람은 뭣 때문에 삽니까? 인생이 아무 의미도 없다 그 말씀인가요?"

"어째서 의미가 없나. 뭣인가로 가려가면서 사는 그 자체가 의미 아니겠나?"

"그런 역설이 어디 있습니까? 허위가 사람이 사는 의미라구요?"

"나는 아니야!"

순간 소지감의 얼굴이 새파래졌다.

"나는 살고 싶은 본능 때문에 살아온 게야. 그러니 인간 이하 아니겠나?"

메어친다. 이범준은 소지감의 갑작스런 얼굴빛의 변화가 무엇을 의미하는지 아는 기색이다. 그는 얼굴을 숙여버린다.

"내 부친이 이조 오백 년, 운명을 같이하시고 형이 의병으로 총살당한 그때 장성했던 내가 홀로 살아남은 것을 두고 말하기를 대를 잇기 위하여, 소씨 가문의 단절을 막기 위하여, 그것은 참으로 타당한 내 생존의 이유라 할 수 있었지. 남도 내 자신도. 그러나 그것은 진실이 아니었다. 나는 죽음을 두려워했어. 대를 이어야 한다, 소씨 가문의 문을 닫아서는 안 된다, 하는 의무도 죽음에 대한 공포, 그 불명예스런 감정을 교묘하게 안성맞춤으로 은폐해주더군. 하하하핫핫······."

권오송과 관수는 놀라며 온통 웃음으로 주름이 잡힌 소지 감의 얼굴을 쳐다본다. 이범준은 더욱 깊이 고개를 숙이고 있었다.

"그것은 심정적으로 국가에 대한 반역이며 부친과 형에 대한 배신이었다. 뜨거운 낙인같이······ 달팽이가 집을 짊어지고 다니듯이 평생 배신자의 죄책감을 짊어지고 다녀야 했으니······ 그놈의 짊어진 짐을 부리려고 온갖 지랄을 다 해보았으나 무슨 소용이 있어? 여전히 배가 고프면 게걸스럽게 음식을 먹었고 눈꺼풀이 무거워지면 잠자리를 찾았고, 연명할 이유도, 연명해가며 해야 할 일도 없으면서 죽음은 여전히 두려운 것이더군."

아무도 그 말에 대하여 입을 여는 사람이 없다. 관수와 권오송의 눈이 마주친다. 그새 여러 차례 술을 날라 왔고 상당한 주량이 창자 속으로 흘러들어갔을 터인데 술에 취한 기색이라곤 없는 네 사나이. 이범준은 연소자라 다소 삼갔었겠지만. 소지감이 훌쩍 일어섰다. 툇마루 쪽의 장지문을 활짝 열어젖힌다. 햇볕에 녹은 공기가, 그러나 아직은 냉기를 품은 바깥 공기가 방 안으로 흘러들어온다. 해는 서편에 기울어가고 있었다. 황폐한 고가, 돌담 위의 용마루 기와는 부서지고, 다만 삼십 년은 족히 될 성싶은 목련 한 그루가 있어서 하얀 꽃이 사랑 앞마당을 가득 채우고 은은한 향기를 뿜는다. 지는 해를 받은 목련의 하얀 꽃가지는 장관이었다. 잠시 동안 목련을 바라보며 마음을 가라앉히는 듯하던 소지감이 제자리로 돌아온다.

"면대한 지 며칠도 안 되는 터에, 송형, 추태를 보여 미안하외다."

이범준이 마음을 놓은 듯 피시시 웃는다.

"지한테 미안할 것 머 있었십니까?"

관수의 무뚝뚝한 대답이다.

"여기 두 사람은 내 성품을 익히 아는지라, 또 짖어대는구나, 할 테지만."

"본시 배운 기이 없어서 언해 꼬꾸랭이도 실하지 못한께 알아들을 말씀도 있고 못 알아들을 말씀도 있고 그런대로 심심치는 않았소만 답댑이, 서울 사람들은 입으로만 일을 다 보는 모앵이다 그 생각은 드느만요. 하하핫……."

관수 웃음에 따라 소지감이 함께 웃고 권오송은 담배를 피우다 말고 재떨이에 눌러 끈다.

"송형, 제 잔 받으십시오."

권오송이 술잔을 내민다.

"아이고 이거 미안하구마요."

부어주는 술을 마시는 관수를 살펴본 권오송이,

"실은 형님 장가보내려고 찾아왔는데, 아 글쎄 뜨물에도 아이 선다는 시골의 속담이 있지 않습니까?"

너스레를 떤다.

"있지요. 허허헛⋯⋯."

제5편

젊은 매[鷹]들

1장 - 20장

1장 번뇌무한(煩惱無限)

십칠팔 년 전이었던가, 기화랑 함께 간도의 용정을 찾아온 것이. 그 후 다시 한번, 그러니까 이번으로써 혜관은 세 번째 용정을 방문한 셈이다.

"하동을 떠나올 때 진달래가 피기 시작한 걸 보았는데 역시 북쪽이라 봄이 더디 오는 모양이오."

"그야 아무래도,"

공노인은 곰방대를 문 채 말했다.

"옛날에는 이 집을 대궐같이 크다고 생각했는데, 그때는 새 집이었고, 많이 낡았습니다그려."

"용정도 그새 많이 발전했지요. 큰 건물도 많이 들앉아서,

그래도 아직은 이 집이 큰 편이오."

"안주인이 누워 계셔서 어렵겠소이다."

"누워 있지 않았다 하더라도 나이가 있질 않소? 몸이 성할
때는 그런 말 입 밖에 내지도 않더니만 드러눕고부터 고향 간
꿈을 꾸었으니 어쩌니 하며 타국살이 시킨 나를 원망하는 거
요."

"허허어 그러시겠소. 허나 소승 같은 운수(雲水)는 머무는
곳이 처소요 고향이 어디 있을까만 사바세계에서는 가족이
함께 있는 곳이 고향 아니겠소? 또오 나라가 있다면 모르겠
는데 타국이긴 그곳도 매한가지요. 그래 그때 하시던 객줏집
은 어떻게 됐소?"

"남한테 넘겨주었지요."

"소승이 처음 간도에 온 것이 십칠팔 년 전인가 싶은데 그
새 세상을 뜬 사람이 많소이다."

"……"

"복장 터지는 얘기는 새삼스럽게 할 것 없고 그때 함께 왔
던 봉순이가 죽은 것은 노인장께서 모르시지요?"

"예?"

"소승이 떠나오기 전에 죽었지요."

"어떻게, 병이 들어 죽었소?"

"병이…… 글쎄올시다. 그것도 병이라면 병이겠지요. 나무
관세음보살, 나무아미타아불."

"참상이었구만. 박복하게 안 생겼더마는,"

"그렇게 박복할 수가 없었지요."

"허허어 참,"

하다가 공노인은 언짢은 감정을 피하듯이 말했다.

"주갑이가 알면 눈물 바가지나 흘리겠소."

"네?"

"곧 대사도 만나보게 될 거고 봉순이 가아 얘기를 하면 주갑이 가락이 나올 게요. 허허어."

"그나저나 젊었을 시절에 산삼을 많이 잡수셨다는 그 소문이 과연 헛소문은 아니었던 것 같소."

혜관도 봉순의 죽음을 떨쳐버리듯 화제를 돌린다.

"어째서요?"

알면서 능청이다.

"장수하시니 하는 말 아닙니까."

"젊은 사람들이 퍽퍽 쓰러지는데 유감이다 그 말인가요?"

"무슨 그럴 리가,"

"남의 나일(팔십 세) 먹으려면은 이삼 년을 더 보내야 하는데 무슨 나이가 많다고 지천인고?"

일부러 성난 척한다.

"욕심도 많소."

"나보다 대사야말로 육십을 넘긴 지 오래일 텐데 수천 리 길을 멀쩡하게 찾아왔으니 아무래도 지리산의 동삼을 혼자서 결딴낸 것 같소."

"기차가 실어다주어서 수천 리 길은 왔고 중놈이 무슨 수로 동삼을 먹겠소? 아시다시피 본래 중이란 섭생을 하게 돼 있는 거고."

상노인과 중늙은이 두 사람이 산삼을 먹었느니 아니 먹었느니 농담 삼아 말을 주고받는데 그러나 이들은 결코 노익장의 쾌적한 건강상태론 보이지 않았다. 비대했던 몸이 다소 줄어든 것 같았지만 혜관의 얼굴과 손의 살가죽은 늘어져서 흐물흐물했다. 긴 여행에 체력이 부쳐서, 풍치가 말썽을 부리려는지 이따금 이빨 사이로 바람을 불어넣는 소리를 내곤 했다. 울퉁불퉁한 머리빡만은 옛날과 변함이 없고 힘이 남아 있는 것처럼 착각하게 했다. 작은 체구였지만 깡마르고 참나무같이 단단해 보였던 공노인, 그도 이제는 아주 쓸모없이 쭈그러들어 굶주린 새같이 가뿐하게 무게가 없을 것만 같이 보였다.

집 안은 절간같이 조용했다. 혜관은 문득 용정으로 오는 도중 구름을 뚫고 이동해 가는 철새의 무리를 본 생각을 한다. 힘찬 날갯짓, 날개 하나로 수만 리 창공을 오직 인내와 지혜로써 나는 새, 그 힘찬 날갯소리가 귓가에 울려오는 것만 같다. 산삼 타령만 하고 있는 인생을 거의 다 살아버린 두 늙은이, 오히려 일사불란 나는 데 모든 것을 바치는 철새에 비하여 인간이 미물인 것만 같이 느껴진다.

"할망구나 묻어주고 죽어야 할 텐데 중풍으로 저리 누워만 있는 할망구보다 내 몸이 더 빨리 쇠해가니."

재떨이에 담뱃재를 떨며 공노인은 중얼거렸다. 혜관은 쭈그러든 공노인의 얼굴을 멍하니 쳐다보며 수미산(須彌山)에 있다는 사대주(四大洲) 중에서 가장 행복하다는 인간계를 잠시 생각한다. 인간의 수명은 천세요, 아기는 길가에서 오가는 사람들 손끝으로부터 나오는 젖을 빨고 이레 동안 어른이 되며 고통이나 고민이 없고 의식의 걱정도 없으며 노쇠도 없으며 죽음은 슬픈 것이 아니요 길가에 꾸며서 내놓은 시체는 큰 새가 날아와 실어가고……. 혜관은 묘한 미소를 띠며,

"그러기 중 팔자가,"

하는데 가로막고서,

"자식이 없는데 중 팔자와 다를 거이 뭐 있겠소."

혜관의 웃음이 비위에 거슬렸던지 빨끈한 목소리다.

"가숙은 애물이 아니란 말씀이오?"

"흥, 중 팔자도 옛말이오. 요즘의 중놈들 계집자식 거느리기 예사 아니던가요?"

심술궂은 노인 특유의 표정으로 변한 공노인이 혜관을 빤히 쳐다본다.

"허 참, 소승이 뭘 잘못했기에 노인장께서 이리 역정이시오?"

"세상만사가 뜻대로 되는 것이 하나 없고,"

"……."

"세월이 가는 것이 안타까운데 해는 또 왜 이리 긴지 모르겠소."

"그러니 저울대 한복판에서 기울지 않고 사는 게요. 그게 못 견딜 노릇이지요. 세월 가는 것이 안타까운데 해는 길고, 자식이 있어 걱정, 없어도 걱정, 너무 사랑해도 외롭고 사랑이 없어 외롭고, 재물이 많으면 세상이 좁고, 재물이 없어도 세상이 좁고, 인간 고해 허우적거리긴 매한가지 아니겠소? 해가 길면 극락왕생이나 빌어야지요."

"대사 말씀이 맞기는 맞소. 빈손으로 세상 밖에 나왔다가 빈손으로 갈 곳도 모르는 곳으로 가는데 소리치고 했다는 일도 지나놓고 보면 티끌이고 세월이 잡아묵고 가버리면 그만인 기라. 악하면 얼마나 악하고 선하면 또 얼마나 선할꼬? 또 극락이 어디 있으며 지옥은 어디 있는 기든고? 일장춘몽, 다 덧없는 일이오."

눈빛이 흐릿해진다.

"내가 늙었기 때문에 이런 소리 한다 하겠지마는 김환이 그분이 죽은 뒤로는 자다가 눈을 뜨면 허무한 생각이 들고."

"그런 생각은 하나 마나. 그보다 이곳의 사정 얘기나 좀 들려주시오. 조선의 형편은 소승이 소상하게 말씀을 드렸고오."

"대사는 아직도 무슨 일이 될 거라 생각하시오?"

"글쎄올시다. 소승은 그런 생각 해본 일이 없고, 또 안 될 거라는 생각도 해본 일이 없소이다."

"예……. 내 비록 몸집은 작았지마는 세상을 겁 없이 살아왔는데, 한번은 가시덤불이 키를 넘는 왕청현의 서태포(西太浦)라는 곳에서 마적단한테 붙들린 일이 있었지요. 그때도 담력 하나로 살아났고, 흠, 한창 시절에는 하룻밤에 백 리 이백 리 식은 죽 먹듯……."

하다 마는데 눈빛은 더욱더 흐려진다.

'이 노인도 이젠 멀지 않았구나. 깐깐한 성미에 목소리도 카랑카랑하더니만.'

"참, 아까 이곳 사정 얘길 물었지요?"

"네."

"이곳 사정이라, 실은 나도 어떻게 돌아가는 판국인지 자세히는 알 수 없고 하는 얘기를 들어도 이제는 명념이 흘해서…… 늙어빠진 당나귀 꼴이 된 게지요. 바깥출입도 잦질 않으니, 환국이 부친이 연해주에서 왔다 갔다 할 때는 그래도 괜찮았소만,"

"……."

"환국이 부친이 이 집에서 잡혀간 후로는 모두들 조심하노라 내왕도 않고 있으니 소식도 캄캄절벽이고 며칠 새 주갑이라는 사람이 올 것이니, 그 사람한테 얘기를 들으시든가, 뭣하면 연해주를 다녀가시지요."

"글쎄올시다. 그게 쉬운 일일지 모르겠소."

안방에서 인기척이 났다. 공노인은 꾸부정한 허리를 펴고

할멈이 누워 있는 안방에 건너갔다 와서,

"하노라고 해도 남의 속에서 빠진 거는 소용이 없더구먼요. 양자니, 양녀니 그것 다 밸이 빠진 놈들 하는 짓일 게요. 제 핏줄이 아니면 아무리 해도 남은 남이고,"

또다시 눈빛이 흐려지며 중얼중얼 중얼거린다. 옥양목 겹 옷이 이리저리 도는 역시 초라한 모습, 자리에 앉기가 바쁘게 곰방대부터 찾는다.

"공덕을 쌓는다 생각을 하십시오. 예, 그렇게 생각하시야지요."

풍치가 드디어 성질을 내는 모양이다. 뺨에 손을 갖다 대며 건성으로 말한다.

"한두 번이라야지, 대사는 모를 게요. 한두 번이라야지?"

"허허어."

"처음에는, 내 말 들어보시요. 처음에는 송애라는 계집애를 양녀로 삼았는데 아 글쎄 그 죽일 놈 그놈 김두수가 꼬여내서 신세를 망쳐놨고, 뭣이 어떻게 됐는지 길러준 양부모를 원수 취급을 하더란 말씀이오. 다음에는 그놈의 임이 년, 대사께서도 임이는 아시지요?"

"임이네 딸 말씀입니까?"

"예, 바로,"

"본 일은 없지요. 혹 어릴 적에 보았는지 모르겠습니다마는,"

"하여간에 인복이 없을라 카이,"

"그 애가 지금 마흔쯤 됐을 걸요?"

"그쯤 됐지요."

"지금 어디서 삽니까?"

"허 참, 기가 맥히서, 지금 용정에 있소. 그것이 또 맹랑한 짓을 했단 말입니다. 양녀라 할 수는 없지마는 길을 두고 메를 못 가더라고 재작년에 난데없이 나타나서, 꼴을 보아하니 거지 중 상거지라. 내 한복이 그 사람이 왔을 때는 임이 말은 하지 않았소만. 임이네 말도 듣기 거북할 게고 또 김두수 말도 나오게 될 거고 해서 한복이 그 사람한테는 잠자코 있었소."

"……."

"임이넨가 그 계집 생각을 하면 그까짓 것, 거들떠볼 필요도 없는 일이지만 이서방을 생각해서 거둬주었지요."

"그 전에는 어디 있었기에,"

"그러니까 이서방이 용정에 온 후 임이를 통포슬에서 농사를 짓는 허가한테 시집을 보냈지요. 아들아이 하나까지 낳아놓고 그 몹쓸 것이 바람 잡아 나간 기라."

"아이도 버리고?"

"그렇지요. 서방 놈이 미친 듯이 찾아댕깄지마는 십여 년 동안, 그렇게 되고 보니 남정네 아들놈도 종무소식이 되고 죽었는지 살았는지, 뭐 과거사는 접어두고라도, 타고나면 할 수 없는 겐가 일 년을 내 집에서 붙어살면서 사람 꼴을 찾게 되니 또 지랄이라요. 어떤 놈팽이하고 눈이 맞아서, 차라리 그까짓 것 잘됐다 싶었지요. 한데 알고 보니 그놈이 앞잡이라. 김두수하고도 손이 닿고."

"알겠소이다. 환국이 부친이 여기서 잡힌 것은,"

"맞소. 바로 임이 년이,"

"마목이군요."

"그 빌어먹을 년만 아니었으면 왜경들이 환국이 부친 얼굴을 모르는 터이라 얼마든지 피신할 수 있었겠지요. 김두수는 그때 봉천에 있었기 때문에 직접으로는 손이 닿지 않았고, 그러나 그놈이 이쪽 동태를 살피게 한 것만은 틀림이 없을 게요. 그놈이야 큰 고기 낚으려고 항상 노리고 있었으니까."

"어째 한배 속에서 동쪽 서쪽으로 자식이 태어났는지 모를 일이오."

"왜 아니겠소."

"봉천서는 헌병대에 있는가요? 아니면 경찰서에 있는가요?"

"여관이랍시고 하는 모양인데 그게 본업은 아니겠지요. 뒷구멍으로 안 하는 일이 뭐 있겠소. 재산도 상당히 모았다는 소문이며 회령에서 순사부장할 적에는 식범(칡범)같이 생긴 왜년을 데리고 살더니 그 후 하얼빈에서 독립운동을 하는 여인네를 집 안에 가두었다가 욕심을 채울 수 없으니까 머리통을 바수어서 죽였다 하더구면요. 능히 그런 짓 할 놈이지요. 해서 이쪽에서도 그놈을 없애버리려고 무던히 뒤쫓는 모양인데

그물을 빠져 달아나는 거는 귀신 같은 놈이라, 그런 만큼 그
놈 역시 독립투사라 카면 눈에 쌍불을 키고."

"나무 될 것은 떡잎 적부터, 그러기 한번 인연을 잘못 맺으
면 인연이 인연의 고리를 걸고 끝이 없는가 봅디다."

"결국은 그놈이 독립군 총검에 찔려 죽고 말 게요. 만주땅
이 어떤 곳이라고? 왜놈이 날고 뛰어도 구석구석에 박혀 있는
독립군을 이 잡듯이 할 수는 없을 거고 백두산에서부터 흑룡
강 유역 일대 하늘을 찌르는 산림 속에 우글거리는 우리 독립
군을 제 놈들이 무슨 재주로? 해서 그놈들이 도처에 친일파
를 내세워 조선인민흰가 그런 것을 맨들기도 했지만 우리 독
립군은 그걸 보고만 있었겠소? 모가지를 댕강댕강 짜르고 보
니, 그런 시시한 거를 맨들어 독립운동이 근절될 기든가? 청
산리 싸움 후 우리 동포들이 죽기도 많이 죽었지요. 방비 없
는 조선인 부락을 습격해서 아이 어른 여자 남자 할 것 없이
왜놈들은 참살하고 불 지르고, 그런다고 해서 쌈이 결판 나
겠소? 토벌대랍시고 큰 병력을 풀어놔봐야 이 구석 저 구석
에서 독립군 몇 명, 그러니 방비 없는 부락을 습격해서 불 지
르고 아녀자 노인들을 죽이고, 속이 타니까 중국정부에 지랄
발광을 하지마는 중국정부도 일본이 뭐 그리 이뻐서? 만만디
지 뭐. 만주의 마적단이라는 것도 그렇소. 물론 양민의 재물
을 약탈하고 왜군과 내통하는 마적단도 있지마는 마적단이
다 같질 않소. 사실 만주의 군대라는 것은 마적단일 수도 있

고 마적단이 군대로 변할 수도 있는 형편이고 보면 우리 독립군도 그들과 손을 잡는 만큼 때론 마적단으로 행세하게도 되며 또 왜군들 성화를 받는 중국의 형편을 생각하여 독립군을 마적단으로 변장하게도 되는 모양인데 물론 독립군이 왜군을 만주서 몰아내진 못하겠지요. 그러나 왜군도 우리 독립군을 만주서 몰아내지 못할 게요. 누군가가 이런 말을 하더만요. 내가 말하기를 어째서 독립군은 산산이 흩어져서 모두 독불장군이냐고. 농담 비슷하게 대답하기를 만주 벌판에 독립군이 한 덩어리가 돼서 깃발을 높이 쳐들게 되면 왜군과 일대 결판을 내게 될 것이며 그렇게 될 때 왜군을 당적하기 어렵고 한입에 먹으라고 내주는 격이 된다, 농담이지만 그 말을 새겨보니 일리가 있는 것도 같더만요."

말을 끊은 공노인은 볼일이 급하여 뒷간으로 가는 사람처럼 후다닥 일어섰다. 종종걸음으로 마루를 지나 안방으로 들어간다. 나직한 목소리가 들려왔다. 얼마 후 방에서 나온 공노인은,

"영선네! 영선네 거기 없나?"

뜰 아래를 향해 부른다.

"여기 있소꼬망."

"방에 들어가보게. 자주 들여다봐야지."

"그러쟎애두,"

공노인은 돌아왔다. 독립군 얘기를 할 때와는 달리 몹시 심

란해하는 얼굴이다. 그새 마누라가 죽었는지 모른다는 생각에서 급히, 허둥지둥 안방으로 건너갔을까? 아니면 이부자리에 오물이 고였을까 봐 급히 건너갔을까. 혜관은 새삼스럽게 마누라가 저 지경 되지 않았더라면 공노인은 여전히 깐깐하고 다부졌을 거라는 생각을 한다. 혜관이 어제저녁 늦게 이 집을 찾아왔을 때 공노인은 마당 한복판에 서 있었다. 어두운 하늘을 올려다보고 있었다. 어슴푸레한 어둠 속에 소년이 서 있는 것같이 혜관은 한순간 착각을 했었다. 그것도 집 잃은 소년. 휑뎅그렁하니 넓기만 한 집 안에는 안방과 행랑 쪽에서 희미한 불빛이 새 나왔을 뿐이다. 혜관은 악신거리는 잇몸을 볼 위에서 누르며 민망할 만큼 무뚝뚝하고 심술궂고 때론 애처롭기조차 한 공노인의 앉은 모습을 쳐다본다.

"남의 속에서 빠진 것 그것들, 거둬보아야 다 헛일이오."

또 시작이었다. 어쩌면 요즘 그의 일과가 그런 불평에서 시작되고 끝나는 것이었는지 모른다.

"왜 또 그러시오?"

"예?"

힐끗 쳐다본다. 그 눈에 원망이 가득 차 있었다.

"아까 하시던 말씀이나 계속하시지요."

"하나 마나 한 얘기, 해보아야 나올 것은 먼지밖에 더 있겠소. 별수 없는 기라요. 별수 없소. 아, 독립군이면 모두 독립군인 줄 아시오? 내 잘났다 니 잘났다 하는 놈들은 그나마 체면치레라도 하지마는 남의 재물 뺏아가는 것이 목적인 비적 놈도 있을 것이요, 동포에게 독립군을 빙자하고 사기치는 놈인들 왜 없겠소. 원수하고 내통하는 놈들이야 전부터 있어온 터이고……. 일하는 사람은 이름이 없소. 일하다 죽은 사람은 무덤도 없소! 이게 만주 바닥의 우리 독립군의 실정인데 대사는 뭣 하겠다고 꼬치꼬치 알라고 덤비는 게요! 아 그래 그 복쟁이(복어) 같은 몸 하고서 강우규가 될라는 게요! 흥! 아직은 이 공가보다 젊다 그 말이 하고 싶은 게요? 공산당, 조웅지! 민족주의, 그것도 좋구말구요. 그걸 한데 붙여놓으면 우리 가난한 동포! 안 그렇소, 대사? 그런데 그 배애지를 찢어 죽일 놈들이, 가난하지 않기를 바라고 동포와는 등 돌리는 것이 능사이니, 공산당! 민족주의! 하고 갈라지는 것 아니겠소? 의리 없는 놈들! 엉성하고 팔푼이 겉은 중국사람들, 다부지고 야멸차고 민첩한 조선놈들, 그 팔푼이 같은 중국놈 하나를 다부진 조선놈들 몇이 못 당한다면 거짓말 같은 얘기 아니겠소? 우리 동포! 우리 동포! 외치는 조선놈은 동포에게 해악을 끼치고 우리 동포, 우리 동포, 하지도 않고 하늘이 있고 땅이 있으니 우리는 산다 하는 중국놈이 우리네같이 동포한테 해악을 끼칠까?"

"노인장, 그거는 억지 말씀이오."

"뭐가 억지란 말이오."

"동포에게 해악을 끼치는 점을 말할 것 같으면 우리 조선의 경우는 구우일모(九牛一毛)요. 해악을 끼칠 힘이나 있습니까?
나라가 있어야 힘이 있질 않겠소?"

"⋯⋯?"

"노인장께서는 중국을 과찬하시고 우리를 짓밟았는데 그게
그렇지가 않소이다. 중국의 군벌들을 생각해보십시오. 오히
려 등잔 밑이 어두운 모양이오. 너무 땅이 넓어서 보이지 않
았던가. 군벌이 가난한 백성에게 무거운 세금을 부과하여 기
름을 짜는 것은 제 동포에게 끼치는 해악이 아닙니까? 그들
자신의 권력투쟁을 위한 전쟁 생각도 해보시오. 전쟁을 위해
불환지폐(不換紙幣)를 발행하여 상공업을 망쳐놓고, 그들의 전
쟁을 위하여 식량과 가축을 징발함으로써 농촌을 망쳐놓고,
그리하여 유랑민 비적들이 들끓게 되고, 그것은 동포에 끼
치는 해악이 아닙니까? 그런 정도는 약과지요. 열강의 후원
을 얻기 위해 혹은 차관을 얻기 위해 제 몸뚱이 중요한 부분
을 일본이다 영국이다 떼어주고, 그 잃은 것을 찾겠다고 나서
는 학생들, 노동자, 병사, 시민들의 시위를 철퇴로 내리쳐서
그들 상전의 눈치를 보는 놈들, 그것은 동포에게 끼치는 해악
이 아니란 말씀이오? 이미 조선은 한 놈이 먹어치웠고, 일본
이 약해지면 어떤 놈이 또 손을 내밀지 그건 모르겠소. 그러
나 중국은 아직 갈라 먹기 시대요. 중국이 통일이 되면은 갈
라 먹기 시절이 끝나는 거고 해서 열강들 손끝에서 춤을 추는
앞잡이들은 계속하여 동포에게 해악을 끼칠 것이오. 영국놈

방직공장에서 파업이 일어나면 영국놈과 합세하여 제 백성을 치고 일본놈 방직공장에서 사건이 벌어지면 일본놈과 합세하여 제 백성을 치고, 하기야 뭐 그네들은 앞잡이라 생각지는 않을 게요. 장차 자신들의 뿌리를 뽑을 백성들의 힘을 두려워하는 게지요. 그들의 적은 외세가 아니라 바로 제 나라 제 백성이니까 이래도 제 동포에게 해악을 끼친다 할 수 없겠소?"

"대사는 어찌 그리 잘 아시오?"

"목탁만 뚜드리고 있었더라면 까맣게 모르고 있었을 일이지요."

"흠,"

공노인은 한풀 꺾인다.

"그러면 나보고 물어볼 것도 없거마는,"

"그거야 중국 사정이지요. 조선에서 신문이나 훑어보고 남의 말에 귀기울이면 그만 정도는 다 알게 되는 거구요."

"결국 중국 정세 따라 독립군도 운동가도 이리 가고 저리 가고 할 테니까."

"아라사도 있지요."

"대사 말씀대로 하자면 중국과 일본이 한판 붙기 어려운 거 아니오?"

"허허헛 공연한 소리 해가지고, 귀동냥한 얘기 아니겠소. 소승이 뭘 안다고, 그런 일엔 연추, 하얼빈 등지에 귀신같이 훤한 사람들이 있을 터인데,"

"모두 하는 말들을 들으면 일본과 중국이 싸워야 한다."

하다 말고,

"도둑놈들 입만 까가지고 무슨 일을 얼마나 했다고, 가산 잃고 처자 잃고 그런 사람들은 말이 없는데 양복쪼가리라도 걸친 놈들은,"

근질근질하고 악씬악씬거리기 시작한 풍치도 그러했으나 혜관은 공노인에게 짜증이 났다. 주거니 받거니 하느니보다 도망가는 것이 상책이라 생각한다.

"그러면 많이 쉬었으니 슬슬 거리 구경이나 해볼까요?"

혜관은 만지작거리고 있던 염주를 목에 걸고 일어섰다. 혜관 못지않게, 아니 그 이상으로 신경질적이던 공노인 얼굴에 순간 서운해하는 빛이 돈다.

"거리 구경, 뭐 할 거나 있어야지……."

입 속으로 우물거린다. 대문을 나설 때 따라나온 공노인은,

"대사."

"네."

"곧 돌아오시오?"

"글쎄올시다."

이번에는 혜관 쪽에서 퉁명스런 대답이다.

"뭐 저녁 준비 땜에 물어본 게요."

매달리듯 하던 표정을 거두고 실쭉해지며 응수하듯.

"저녁 준비는 마시오."

돌아서서 지신지신 땅을 짓누르듯 밟고 가는 혜관은 마음 속으로 킬킬대며 웃는다. 돌아보면 손가락이라도 입에 물고 있을 성싶은, 팔순이 가까운 늙은 소년의 모습이 있으리란 생각을 하며.

'빌어먹을, 네가 이기나 내가 이기나 어디 견디어보자. 어이구.'

혜관은 풍치를 지근지근 씹는다.

'아프다 생각하면 더 아프고, 잊어야지. 이놈의 풍치야!'

혜관은 거리에 나섰다. 지나가는 청인들이 혜관을 신기하게 쳐다보고, 혜관은 그네들을 또 신기하게 쳐다본다. 남십자가(南十字街)로 이르는 상가를 거쳐서 혜관은 작정 없이 걷는다. 이곳 특유의 바람이 부는 거리, 모래바람이다. 하늘은 맑고 푸르고 멀리 해란강 강물이 햇빛에 희번득인다.

'많이 변하긴 변했군……. 흠, 갈 수 있다면 흑룡강 그쪽을 쭉 따라서 올라가보았으면 좋겠는데.'

걸음을 멈추고 강물을 바라본다.

'얼음은 녹았지만 아직 수량은 모자라는데 뗏목이 흘러내려오는군.'

다 같은 강물이요 다 같은 뗏목인데 혜관은 섬진강과 해란강이 왜 다를까 하고 생각한다. 아름답기론 섬진강 편이다. 조촐한 여자같이, 청아한 소복의 과부같이. 백사는 또 얼마나 청결하였는가. 산간의 강물과 대륙의 강물, 모두 숱한 사연을 흘려보낸 강물. 혜관은 섬진강에 몸을 던진 기화를 생각한다. 십칠팔 년 전에 처음 이곳에 동행하여 왔을 때 법단 남치마에 옥색 두루마기 미색 목도리를 둘렀던 아름다운 기생 기화의 모습이 뚜렷하게 강물 위에 떠오른다.

"나무아미타아불, 나무관세음보살."

변발한 청인을 보고 머리를 반쯤 깎았으니 반 중이 아니겠느냐 했을 때 끼루룩 웃던 기화의 웃음소리가 귓가에 들려오는 것 같다. 살가죽이 늘어지고 이빨은 모조리 거덜이 나서 성한 것이라곤 앞이빨뿐인데, 육십을 넘은 몸이, 인간과의 인연을 버린 몸이 벼랑의 꽃 같은 여자, 이제는 섬진강 푸른 물에 넋을 버린 여자, 그 여자를 중생의 한 사람으로 생각하지 못하는 혜관. 괴물 같은 혜관의 마음속에 엷은 한 같은 것이 솟는다. 최서희의 일행이 간도로 떠난 후 홀로 남아서 절로 은신해왔었던 꽃다운 처녀 봉순, 절 마당을 왔다 갔다 하던 그 자태에 젊은 사미승들은 오뇌의 밤을 보내야 했었고 중년이던 혜관마저 남모르는 한숨을 내쉬었다. 그 후 봉순이는 기화가 되었고 노류장화, 그러나 출가한 중에게는 여전히 꺾지 못할 벼랑의 꽃이었다.

혜관은 한순간에 해란강 강물 위에 진분홍 복사꽃, 흩어진 꽃이파리가 떠내려가고 있다는 환상에 빠진다.

'나무관세음보살, 제행무상(諸行無常), 제법무아(諸法無我), 반야적정(般若寂靜), 찰나에 생멸하고 떠나서 또다시 크게 사멸전

변(死滅轉變)함을 피할 수 없나니, 여하한 곳에도 고정 존속하는 내가 있을 수 없으며 주재자(主宰者)도 없느니라. 번뇌 떠난 곳에 빛이 오나니 그것이 반야로다. 시끄러운 번뇌의 동요가 멎을 때 그것이 적정…… 번뇌의 속박을 떠나 대자재(大自在)에 이르면 그것이 불보살이 아니고 무엇이랴.'

혜관은 염주를 걷어 해란강 강물 속에 넣고 발길을 돌린다. 강변을 따라서 남쪽 육도구(六道溝) 쪽을 향해 기약 없는 걸음을 옮긴다. 마침 육도구 강변 사장에는 소시장이 벌어지고 있었다. 수백 마리, 헤일 수 없이 많은 우마(牛馬)와 돼지가 와글거리고 사람이 와글거리고 나뭇배, 나무 실은 우마차가 수백 대, 제행무상과는 아득한 삶의 활기가 넘쳐 흐르는 강변, 혜관은 멀찍이 자리를 잡고 앉아서 순간순간의 목숨을 부지하는 인간들의 길고 짧은 얼굴들을, 늙고 젊은 모습들을 바라본다. 인간의 힘을 당하고도 남아도는 우마는 고삐를 맡긴 채 하늘을 우러러보고, 큰 눈에 하늘이 비치고 구름이 비치리라. 그 묵시적(默示的) 모습은 자연인가 제행무상인가. 주재자는 없다 하였거늘 어찌 삼라만상이 저리 한결같이 다르고 또 저토록 한결같이 같을 수 있는 것인가.

'갈 수 있을까? 이곳에서 북쪽으로 치올라가면 흑룡강이고 그 흑룡강 너머가 시베리아 아라사 땅, 그곳에서 서쪽으로 가면 몽고, 다시 남쪽으로 내려오면 서장이다. 『서유기』, 흠, 삼장법사가 서천취경(西天取經)의 길을 떠날 때 손오공, 사오정,

저팔계를 거느렸는데 흠, 내 꼴이 저팔계는 아닐까? 허허헛!'

초라한 농부 모양의 젊은 사내가 어린 송아지 한 마리를 몰고 휘적휘적 소시장 쪽을 향해 걸어간다.

"여보시오 젊은이,"

"나르 불렀슴?"

젊은 사내가 혜관을 본다.

"좀 더 키워서 팔지, 그 어린것을 장바닥에 몰고 나오다니,"

"앙이 팔 수 없으이, 그러문 어쩌란 말입매까."

화를 낸다. 별놈의 중을 다 봤다, 웬 간섭이냐 하듯. 그러나 젊은 사내는 힘없이 송아지를 몰고 터벅터벅 소시장으로 들어간다. 그의 모습은, 어린 송아지는 이내 많은 우마와 많은 장꾼들에 가려져 보이지 않게 되었다.

2장 손목 잡고 하는 말

술집 유리문을 열고 나온 홍서방이 흔들흔들 어깨를 흔들며 걸어오는 사내를 보자,

"이보게 주갑이."

하며 어깨를 툭 친다.

"아이고, 성님 아니란가요?"

"왜 아니랴. 너 언제 왔어?"

"방금 오는 길이여라우."

"그래?"

홍서방은 벌거숭이 전구가 유난히 붉어 보이는 길 건너편 포목점을 바라본 채,

"큰놈이 돈 좀 주어서 오래간만에 기갈은 면했는데,"

"술 못 묵어서 기갈 들었다는 이야그는 처음 듣겄소잉."

"능청스럽기는, 밀밭에도 못 가본 놈겉이, 흥."

"대강, 대강 허소. 딱허니께 허는 말 아니겄소?"

"이놈아! 언제 내가 술 사라 했냐? 훈계는 무슨 놈의 훈계고!"

"아따아, 술 사달라시면 사드리겄으라우."

"뭣?"

눈알이 오므라든다.

"성님 술값쯤, 그만헌 돈이 없을 것 겉으면 이 주갑이 접시 물에 빠져 죽을 것이오."

"곧 죽어도 주둥이는 살아서, 인마!"

"허헛엇 그러지 마시란께? 인마, 거 듣기가 심히 거북허요. 어디를 가도 이자는 할애비 대울 받는디,"

"너스레는 그만 떨고 남아일언 중천금이라, 술을 산다고 했으니,"

"야, 알겄소. 용정 와서 첫 개시헙시다요."

두 사내는, 아니 두 늙은이는 등지고 섰던 술집 유리문을

열고 들어간다.

"애구망이나, 또 옵매?"

주모가 술판에 걸레질을 하다가 딱하다는 듯 홍서방을 쳐다본다.

"손님이야 또 오고 또 와야지, 뭐가 이상해?"

홍서방은 민망한 마음을 감추듯 엉거주춤 자리에 앉으며 눈을 까뒤집는다.

"손님도 손님 나름 앙이겠소꼬망."

"손님 따라 금돈, 은돈, 쇠돈으로 달라지기라도 한단 말이야?"

"글쎄 말입꼬망."

"술이나 빨리 내놔,"

놓칠세라 서둔다. 주갑이는 궐련을 피워 물고 벽에 기대듯 담배 연기에 흐려진 홍서방의 초조한, 그러나 기대에 찬 얼굴을 바라본다. 주독이 올라 빨개진 코, 술 때문에 추하게 늙어버린 얼굴이다. 홍서방은 삼사 년 전에 환갑을 보냈고 주갑이는 아직 환갑 전인데, 하기야 뭐 환갑잔치 차리지 않기론 마찬가지겠으나. 홍서방은 십여 년 전에도 그랬지만 여전히 가난하고, 이제 늙었기에 떠도는 생활을 청산했지만 대신 주량은 더 늘어서 염치없는 마음이 선량한 마음을 압도하고 술 없이는 못 사는 신세가 된 것이다. 독한 소주 한 잔을 허기진 창자에 들어부은 주갑은 파전을 젓가락으로 찢어서 입 속에 밀어 넣는다.

"성님,"

"들으나 마나 또 훈계, 좋다! 술 얻어먹는 죄가 있으니 할 말 있으면 해봐."

"할 말이야 많지라."

"제에기, 늙은 놈이 가리 늦기 과거 볼 겐가? 서산에 지는 해, 다 살았는데 수신제가할 새가 어디 있어?"

"다른 것은 모리겠소. 허지만 한 가지 아들아이헌텐 손 내 밀지 말더라고요. 고것이 돈 쪼깨 벌어서 많은 식구 거나리고 사는디 애처럽지도 않소?"

"그것도 옛날 얘기야. 아 궂으나 좋으나 애비고, 애비가 못 나서 호강스럽게 커지 못했다고, 또 재산을 못 남겼다고, 아 그러면 애비 아니란 말이야? 이렇거나 저렇거나 숲속에 안 버 리고 키웠으니,"

"성님이 키웠단 말시?"

"아암, 안 버렸으니 키운 게지."

"안 버렸음 다 절로 컨단가? 아 생각해보시더라고요. 식구 들 양식값보다 성님 술값이 더 든대서야,"

"그 죽일 놈이 자네보고 그런 말 하던가?"

"그 아이가 입 밖에 말이라도 낸달 것 겉으면 널 불쌍하지 라우."

"……"

"일허는 데까지 가서 손 내미는 짓만은 제발 그만두시시오. 죽고 싶을 게요."

"박가 그놈의 첩지, 주둥아릴 문드러버려야지. 밥술 먹고 살게 됐다고 지가 암만 그래 봐야 갓바치, 내가 제 놈을 사돈 삼을까? 흥."

용이가 간도를 떠날 때 갓바치 박서방과 엿장수 홍서방에게 월선이 살던 집을 주었는데 그들은 십여 년을 그 집에서 함께 살았으며 아직 함께 살고 있었다. 박서방은 근검절약하여 신집을 늘려서 운동화며 고무신을 팔고 있으며 당혜를 짓는 일, 신발을 고치는 일은 그만두었고 세월 따라 짚신도 팔지 않게 되었다. 한편 엿도가를 차린다던 홍서방의 그 꿈은 꿈으로 끝났고 이제는 허풍도 떨지 않게 초라해진 홍서방, 큰아들이 성당의 잡역부로 나가서 근근이 살림을 꾸려가고 있는 처지다.

"그 성님쯤이나 된께로 한집에서 살았제요."

"내가 그놈의 집에서 살았나? 아, 그 집이 뉘 집인데?"

"허헛엇, 술병 말고는 경위가 훤헌 성님이 설마 모르고서 허는 말씸은 아니겠지라우?"

"하기야 뭐, 박가 그놈도 이제는 탕숫국 먹을 나이라, 자식 놈들이 실권을 쥐고 있으니,"

자식들이 실권을 쥐고 있다는 말은 박서방이 전과 같이 술잔이나 사줄 형편이 못 된다는 뜻이다.

"그는 그렇고 공노인댁 안노인은 아직 그대론가?"

"그 병이 나을 병도 아닌디, 그렇다고 쉽기 돌아가실 병도 아닌께로."

"공노인 팍싹 늙었는데?"

"나이가 얼만데 안 늙겄소?"

"얼마 전까지만 해도 짱짱해서 우리가 먼저 갈 것 같았지."

"……."

"길서상회 그 양반 잽히가고서 그리된 거 아니야? 기력도 쇠한 것 같지만 노망까지 든 것 같더란 말이야."

"괜헌 소리 마시시오. 그 어른이 노망들었었으면 우리는 벌써 공동묘지 갔을 것이여."

"전에는 안 그랬는데 볼 때마다 남의 속에서 빠진 것 소용없다, 소용없다, 한두 번이라야지? 그 옛날에 송앤가 뭔가 기집앨 두고 그렇게까지 할 건 없는데, 말이 양녀지 뭐 강보에 싸인 것을 길렀나? 그것도 언제 일인가? 십오 년이나 되는 옛일 아니야?"

"나보고도 뭐 그런 말씀을 허기는 허던디, 본심은 따로 있을 것이여."

"본심이라면?"

게걸스럽게 술잔을 비우고 굽은 능을 더욱 굽히며 주갑을 치올려본다. 기름기라곤 없이 겨울바람에 바싹바싹 말라버린 것 같은 주갑은,

"아따 늙으면 다 안 그렇겠소? 외롭고 쓸쓸한께 그렇지라우."

휘저어버린다. 주갑의 얼굴에도 외롭고 쓸쓸한 빛이 지나갔다. 공노인의 본심과 주갑의 외로움과, 그것에는 상통되는 뭔가가 있는 것 같다.

"이보게 주갑이."

"왜 또 그런다요?"

"저 구석에서 술 마시고 있는 사내 누군지 아나?"

목소리를 죽이며 말했다.

"내가 알기는 워찌 알겠소?"

오십이 좀 넘은 듯, 한 사내가 옆모습을 보인 채 혼자 술을 마시고 있었다. 주모의 눈길이 이따금 그곳으로 가곤 한다.

"누군고 하니 송병문 씨 큰아들이라."

거의 귀엣말이다.

"송병문 씨를 내가 워찌 안다요?"

"싯!"

사내는 주갑의 목소리를 들었던지 부시시 일어나 술값을 치르고 나가버린다. 그의 뒷모습을 쫓아가던 홍서방이 다시 주갑에게 돌아온다.

"부친 이름을 들었는 모양이다. 그래도 살던 찌꺼기가 있어서 차림은 그만하구먼."

"누군데 그러요?"

"송병문 씨라 하면 용정뿐만 아니라 간도 일대, 멀리 연해주까지 알려진 어른이었지. 용정 제일가는 부자요, 덕망이 높고 해서 그분이 하고 간 일이 많았는데, 허 참 그 어른 돌아가시고 나니 일패도지, 큰아들이 이런 술집을 찾게 됐으니 세상일이란."

"워째서 망혔지라?"

"방금 나간 그 사람이 못난 탓이지. 게다가 천하절색인 마누라가 중놈하고 붙어묵었다는 소문이 자자하더니 아편쟁이가 되고 속내막은 모르겠는데 아까 그 사람도 아편을 했다는 말도 들리더군."

"그러면 송선생 형님 아닌게라우?"

"맞어, 송선생 형님이지."

"그래요? 그렇그름 진실한 송선생이 워쩌다 그런 형을 두었을까요잉."

"이 사람아, 그거야 하느님이 하신 일 아니겠나? 순서가 바뀐 게지. 송선생이 형으로 태어났더라면 송씨 가문도 안 망했을 것이며 좋은 일도 많이 했을 건데, 일이란 좋게 되게 돼 있기보다 안 좋게 돼 있는 경우가 훨씬 많지 않던가?"

"허긴 언제나 착헌 사람이 고생허게 돼 있는개 비여. 워째 그렇단가? 아무리 생각을 혀도 모르겠으라. 하느님 뜻이 그렇지는 않을 것인디 세상이 잘못되고, 세상이 잘못되얐다는 것은 사람의 잘못이다 그 이약 아니겠소잉? 말허잘 것 겉으면 성님 겉은 사람 말씀이오."

"뭐?"

"구름 겉은 허풍을 잔뜩 머금고서, 반평생을 떠돌며 어려운
일은 아니허고서."

"내 말이야 너 말이야? 피장파장이다."

"그런 말씸 마시오. 나 이래 뵈야도 누구 고생시킨 일 없
고오, 넘헌티 몹쓸 짓은 안 혔지라우."

"그러면 내가 남한테 몹쓸 짓을 했다 그 말이야?"

"아 금매, 권속들을 내뻗지고 아직꺼지 자식 괴롭히는 그
이상 몹쓸 짓이 어디 있을 것이여?"

"네놈은 홀몸이라 큰소린가?"

"아아문이라우."

"제기, 사사건건 거기다 갖다 붙이는군그래."

"허허헛헛, 허기사 뭐 무슨 말을 혀도 그 병 못 고치는 것
모를 내가 아닌디, 허허헛헛…… 드시시오. 성님, 많이 드시
란께로? 주모! 여거 술 싸게싸게 날라 오더라고!"

"옳거니, 그래야지. 그래서 자네만 보면 저승에서 할아부지
만난 것처럼 좋다니까. 이봐! 주모, 봉 한 마리 날라들었으니
군소리 말고 어서,"

"염치 좋습매."

주모는 술을 가져오며 홍서방에게 눈을 흘긴다. 피차 사정
을 다 아는 처지였으니까. 얼근히 취한 주갑은,

"주모!"

"옛꼬망."

"내 지금으로부터 소리 한판 부를 것이니 지금으로부터 마시는 술은 공술이다 그 말씸인디,"

주모는 웃는다.

"워찌여? 부를까, 아니 부를까?"

"좋습매다. 오래간만에 주서방 노래 듣겠슴,"

"으흠!"

주갑은 술판 위에 주먹 쥔 두 손을 올려놓고 등을 꼿꼿이 세운 뒤 눈을 감는다.

"으흠! 〈새타령〉을 헐 것이여."

또다시 기침을 하고,

새가 새가 날아든다.

온갖 잡새가 날아든다아!

남풍 쫓아 떨치나니 구만장천에 대봉새

문왕이 나 계시니 기산조양에 봉황새

무한기우 깊은 회포 우고 넘는 공작새

소선적벽 칠월아에 우연장명 백학이

글자를 뉘 전하리 가인상사 기러기

생중장액수고란 어여쁠사 채란새

약수 삼천리 면면 길 서왕모의 청조새

위보가인수기서 소식 전든 앵무새

성성제혈 염화지 귀촉도 불여귀!

......

눈물이 주름진 얼굴 위로 흘러내린다. 주모도 행주치마를 걷어 눈물을 닦는다. 한구석에서 술을 마시던 젊은 층의 두 사나이도 귀를 기울이고 있었다. 모습은 달라졌어도 주갑의 한맺힌 목소리는 변함없이 청아하고 보잘것없는 한 인간이 홀연 고귀한 모습으로 주변을 압도한다.

"주서방 〈새타령〉으 들을 때마다 창자가 끊으지느 것 같잖잉요? 애그머니, 무시기 한이 그리 많답매?"

주모는 연신 행주치마로 눈물을 닦는다.

"저놈의 청성, 저러니 몽다리귀신 될밖에,"

홍서방은 계속하여 술을 부어 마신다. 〈새타령〉을 끝낸 주갑은,

"성님, 몽다리귀신도 그리 나쁜 거는 아니란 말시. 한이 많은 것도 반드시 불행한 거는 아니여라우. 나는 한평생을 이리 살았는디 그래도 후회는 허지 않소. 내 옆에 지금은 없지마는 보고 접은 사람도 많고 나헌티 잘혀준 사람도 많고……. 허허헛, 답댑이 그놈의 계집허고만 인연이 없는 것이 자다가 생각 혀봐도 억울허고 눈물 나는디 지내놓고 보이 그것도 견딜 만했지라우. 이 만주 바닥으로 흘러들어오길 잘혔지요."

"미친놈, 내 땅 두고 쫓겨온 신세가 뭣이 잘한 일인고? 흥, 미친놈."

"서러운 사람이 많으면 위로를 받은께. 나보담도 서런 사램이 많은께 세상을 좀 고맙기 생각허게도 되제요. 조선에 남았이면 그 더런 놈의 왜놈우 새끼 똥닭개나 됐일 것이오. 누가 뭐라 뭐라 혀도 여기 온 사람들, 나쁜 놈보담이사 좋은 사람이 많질 않더라고? 이 주갑이야 본시부터 사람도 재물도 없는 혈혈단신, 잃을 것이 개뿔이나 있었간디? 사람 잃고 재물 내버리감시로 설한풍 모진 바람 마시가며 내 동포 내 나라 생각허고 마지막 늙은 목숨 바친 어른들 생각허면…… 목이 메어 강가에서 울 적에 별도 크고오 물살 소리도 크고 아하아 내가 살아 있었고나, 목이 메이면 메일수록 뼈다귀에 사무치는 설움, 그런 것이 있인께 사는 것이 소중허게 생각되더라 그 말 아니더라고?"

"어이구, 듣기 싫다. 무슨 염불 같은 소릴 하는 게아? 서런 맘이야 술 마시고 딱 잊어버리는 것이 제일이지. 아암."

늦게까지 술을 마시고 술집을 나설 때 주갑은,

"아짐씨."

비틀거리며 주모의 손목을 와락 잡는다.

"애구망이나 어찌 이러지비? 늙으가므스리 앙이할 짓으 한답매?"

"늙고 젊고가 워디 있다요? 평시 아지마씨 손 한번 잡아봤으면, 이자 됐구만이라우. 거 보란께? 얼굴이 빨개지지 않았소잉? 하하핫……."

"미쳤다이. 앙이 하던 짓으."

"오십이 넘어도 여자는 여자, 하하핫…… 얼굴 붉히나 안 붉히나 보고 접었소. 하하핫……."

바람 부는 날 수수깡 같은 몸을 흔들며 주갑은 나간다. 먼저 나간 홍서방은 땅바닥에 퍼질러 앉아 있었다.

"성님 펜허게 집으로 가시시오. 그러고 한 열흘, 많이도 말고 열흘 속앓이 허고 나오지 마시시오. 알았지라?"

주갑은 건들건들 상체를 흔들어대며 홍서방의 엉덩이를 걷어차고 몸을 돌린다.

옛날 최서희가 살던 집 그 큰 대문을 밀고 들어선 주갑이는,

"아재씨! 아재씨!"

큰 소리를 지른다.

"주갑이 왔어라우!"

"저놈의 인사 또 술 처먹었구나."

방문을 열고 방에서 기어나오듯 공노인이 마루로 나앉는다.

"밤바램이 찬데 들어가시시오. 예, 술 좀 마셨지라우."

공노인의 팔을 잡아 일으키며 주갑이 방으로 들어간다.

"아짐씨는 좀 어쩌신지 모르겠소잉."

"어떻기는, 노상 그 타령이지. 어서 죽어야만 나도 이것저

것 따둑거려놓고."

자리 이불을 밀어붙이고 앉으며 말했다.

"오다가 홍서방을 만났지라우."

"해서 술타령했고나."

"못 고칠 병이라면 할 수 없인게."

"이 빌어먹을 중놈은 함흥차사가 됐는가 나간 뒤론 소식이
없네?"

"예?"

"하동서 혜관이란 중이 그저께 왔더마."

"예. 그러면 조선의 소식은?"

"뭐 별달리 변한 것은 없고오, 한복이 그늠 아아가 왔을 때
한 얘기, 그 얘기가 그 얘기라."

"그러면 그 스님이 어디로 갔을까요?"

"설마 붙잡히기야 했을라구."

"⋯⋯."

"전에도 두 번인가 왔었지. 그때도 산개처럼 사방을 불불
기어댕기더마는. 나잇살이나 먹었으니 설마 상해 겉은 곳으
로 빠져나가진 않았을 게야."

"홍이랑 용이성님."

"그까짓 것 소식은 알아 뭐해."

주갑이 힐끗 쳐다본다.

"저녁은 우쨌나? 영선네보고 차리라 할까?"

"술 먹은 속에 밥은 무슨 밥이겄소. 일찍 자야 쓰겄소."

"긴긴 밤에 뭘 벌써부터, 간 일은 잘됐나?"

"잘되고 말고 지는 전하고만 왔인께요."

"음……."

"참 하얼빈에서 두수 그놈 아아를 보았지라우."

공노인은 슬그머니 주갑을 바라보다가 그 말 대꾸는 하지 않는다. 곰방대를 챙겨서 담배를 넣고 불을 붙이고 뻑뻑 빨아당긴다.

"주서방."

"예."

"자네 봉순이, 아니 기화를 알지?"

"워찌 그걸 물으시오?"

주갑의 표정이 금세 시무룩해진다. 반대로 공노인의 시무룩하던 표정이 장난스럽게 변한다. 아니 심술궂게 변한다.

"거의방한 계집한테 욕심을 가져도 가져야지. 그런 웃음거리가 어디 있을꼬?"

"아이고매, 워찌 이런다요? 그 기생이 서방 얻어 아들딸 낳고 산답디여?"

"죽었다."

담배를 뻑뻑 빨아당긴다.

"죽어요? 청춘이 구만리 겉은데 죽기는 왜 죽는다요?"

"이놈아! 죽음에 노소가 있더나!"

"그러면 죽기는 정녕 죽은개 비여."

여전히 심술궂은 공노인의 눈이다.

"그 소리 들은께 쪼깬 안됐기는 안됐소잉. 그렇그름 꽃같이 이쁜 사람도 죽는개 비여."

"선잠 깬 소리 하네."

주갑은 서글프게 웃기만 한다. 이때 마침 혜관이 돌아온 것이다.

"노인장께서 구박이 자심하여 탁발이나 하고 다닐까 싶었는데, 해가 길다는 말씀이 생각나서 왔소이다."

공노인은 반가우면서도,

"중이 돌아다니기에는 만주땅이 좀 시끄러운께."

하며 외면을 한다. 주갑이와 혜관이 서로 인사를 하고 상호간 소식을 전하는데 공노인은 또 시작이었다. 남의 속에서 빠진 것 소용없다는 그 얘기였다. 주갑은 하던 말을 끊고 입을 다물어버린다.

"또 그 말씀이오?"

"대사는 모를 거요."

"모르기는 왜 모르겠소. 실이 노가 되도록 말씀하시지 않았소?"

"아, 그 아이를 모른다 그 말이오!"

"……"

주갑이 혜관을 보고 눈을 깜짝인다.

'허허어, 이 노인이 정녕 노망이구먼.'

"모를 게요. 알 턱이 없지. 어떻게 된 아인고 하니, 어릴 적부터 우리 내외가 돌보아주었지요."

"예. 김두수가 꼬여냈단 계집아이 말씀 아닙니까."

"잠자코 들어보면 알 거 아니오?"

"말씀하시오."

"자식 없는 우리 내외 그놈 아아한테 공이 안 들었다 할 수 없제. 맘이야 내 친자식, 부모의 맘이 그런 걸 거요. 어떻게 된 아인고 하니 애비 에미가 없는 천애고아라, 에미는 얼굴도 모르고, 애비는 아이새끼를 공부시키겠다고 용정으로 데리고 나와서, 송장환이라고 그 사람도 대사는 모를 게요. 여기 상의학교 교사였제요. 무던한 사람이었소. 홍이가 잘 알 게요. 아 글쎄 그 교사한테 학비랑 아이새끼를 맡겨놓고 떠난 후 뭐 총이 잘못돼 그랬다던지, 죽었지요. 포수라 카더만. 한데 그 아이놈이 기차게 머리가 좋고 마 신동이라 할 만치, 인물은 또 좀 좋았으야지. 해천에 용이 난 거라. 복에 과해서 애비는 자식놈도 못 보고 죽었지. 한데 그 남의 자식이란 소용없더만요."

"이녁 자식인들 뜻대로 되던가요?"

"아 그놈 아아야 군관학교를 나와가지고 장차 왜놈을 쳐부수겠다는 결심으로 앞길이 훤한데 지 애비가 살았으면, 애비에 대한 정이 그렇기 절절할 수가 없고. 핏줄 안 닿은 우리가 섭섭해서 그렇지. 놈이야 어다다 내놔도……. 죽은 애비는 그리 못 잊어하면서 살아 공이 든 우리 내외는 그냥 은인으로밖에 안 생각하는 괘씸한 놈!"

"……"

"삼 년 전에는 환국이 부친이 권해서 장가도 들었지요. 환국이어머님이 들으시면 섭섭해하겠지마는 그런 과수가 하나 있었지요. 그 여자의 소생인데 아이가 영민하고 에미가 미국 선교사 집에 있으면서 딸아이는 가르칠 만큼 가르쳤고, 그 새아기가 지금 이곳에서 선생질을 하고 있지요. 내가 이런다고 환국이 부친을 오해는 마시오? 사내란 맺고 끊는 것이 확실해야겠지만 멀리서나마 잘되기를 바라는 맘까지 끊어서야 안되지요. 우리 그 새아기도 어릴 적에 환국이 부친을 몹시 따랐다 하더구먼."

"예."

혜관으로서는 금시초문이었다.

"그는 그렇고 그놈이 아무리 독립운동이 바쁘기로, 흠, 그래도 전에는 바람결이 왔다가는 가곤 했는데 근자에 와서는 얼굴조차 구경하기 어렵게 됐단 말이오. 달포 전에는 훈춘까지 왔다는 소문을 들었는데 기여 오지는 않고 인편에 편지 한 장 보내고는 그만이라. 할망구가 언제 죽을지 모르는데 남의 자식 아니라면 그러겠소? 다 소용없는 것들. 조카자식이라도 내 붙이가 있었더라면 이리 적막강산일까? 할망구가 죽어도 머리 풀 종자 하나 없으니."

"섭섭한 마음이야 모를까마는 얘기를 듣고 보니 마음이 없어 그런 것이 아니지 않소?"

"어디 두매 그놈뿐이겠소? 홍이 그놈은 어떻고? 대사도 아시다시피 내 조카딸 월선이가 그놈한테 어찌했소? 무덤 하나 댕그마니 맨들어놓고 가버린 후 종무소식 아니오? 천 리 길 아니라 만 리 길이라도 찾아와서 벌초라도 한번 하는 것이 사람의 도리 아니겠소? 이서방도 그렇지. 요즘같이 편리한 세상 기차 타면 올 건데 괘씸한 놈들 같으니,"

'흐흠, 그러니까 홍이 얘기가 하고 싶었던 거로군. 처음부터 그럴 일이지 늙은이도 참,'

"의리 없는 놈들! 나쁜 놈들!"

담뱃대 든 손이 떤다. 얼굴도 핼쑥해졌다.

"이서방 심정은 소승이 잘 알지요."

"알기는 뭘 알아! 그까짓 것들,"

"이서방은 몸이 불편한 데다가,"

"누가 그걸 모른답디까?"

"그간의 사정이,"

"내가 하는 말은 이서방이 안 온다 그 말이 아니오. 지가 사람 놈 같으면 계집에 대한 전정도 전정이거니와 홍이 그놈을 어떻게 키웠다고? 자식놈을 타일러 한번 보내는 게 옳은가 그른가! 흙 속에 묻혀 썩기로, 그리 매몰차고 박정할 수 있이까? 옛날에도 타국 수만 리, 기차 없는 시절에도 부모의 뼈를 찾을라고 음, 그런께 남은 소용없다는 말이 나올밖에. 하기야 뭐 죽은 내 조카딸 그년이 병신이지. 지 일신 하나 편하게 살다 갔으면 가슴이 이리 메일까? 제 놈들이 명 보존한 게 누구 덕인데? 최참판네 덕인가?"

곰방대로 재떨이를 두드린다.

"여비가 아까우면 성묘 오는 비용을 내가 못 줄까?"

"노인장."

"내 말이 글렀소?"

"아니오. 당연한 말씀인데 그 사람들을 잘못 생각하고 계시오. 이서방은 성묘 정도가 아니라 홍이를 아주 이곳으로 보내려 했지요."

"보내?"

"예."

"……"

"그것은 이서방만의 생각이 아니지요. 영팔이도 그렇고, 홍이도 틀림없이 그럴 생각인 줄 소승은 알고 있소이다. 그간의 사정이, 어미 일도 그렇거니와 예, 처음엔 그 에미 때문에……. 인륜상 안된 애기 같지마는 홍이로서는 아비 마음을 편하게 하고 싶었을 것이고, 에미를 이서방한테서 떼어놓고 싶은 심정, 소승은 잘 알지요. 다행인지 불행인지 임이네가 먼저 갔으니 일은 해결이 된 것 같았으나 아시다시피 이서방의 몸이 성찮고 홍이로서는 부친의 사후정리를 위해서 고향

근가죽에서 떠나지 못한 모양인데,"

"듣기 싫소! 떠나지 않기는? 일본으로 간 것은 떠난 게 아니란 말이오?"

"처를 두고 갔었지요. 물론 돈을 벌려고 갔겠지만 홍이 속셈으론 돈보다 기술을 확실하게 배워두고 싶었을 겝니다. 처음 조선으로 나왔을 때는 아이 버리겠다 하는 생각을 했으나 지금은 의젓하고 생각이 깊어서,"

"흠."

했으나 공노인 얼굴에는 뚜렷하게 희색이 돌았다.

"지 애비 장사 치르고 올라면 그땐 우리 두 늙은인 이 세상 사람이 아닐 텐데……."

혼잣말같이 중얼거렸다. 주갑이는 두 무릎을 세우고 두 팔을 얹은 채 말이 없었다.

3장 마차를 기다리다가

망망한 대륙, 사위는 아득한 지평선뿐인데, 모래바람만 휩쓸어오고 주춤주춤 봄조차 발길은 더디다. 사월이 중턱을 넘어섰건만 간밤에는 창밖에 눈발이 희뜩거렸다.

혜관과 주갑은 왕청(汪淸)으로 가기 위해 초온(草穩) 가도에서 가야하를 바라보며 마차를 기다리고 있었다. 주갑은 벌목

꾼과 같은 차림으로 목에는 때 묻은 타월 한 장을 매고 있었으며 지팡이를 짚고 서 있는 혜관의 뭉실한 코끝은 불그레했다. 서북풍이야 불거나 말거나 실구름 한 오리 없는 맑고 푸른 하늘이 길가는 사람에겐 얼마나 다행인지 모른다. 진눈깨비라도 내린다면 그렇잖아도 험난한 길, 사람이나 말이 고생을 하게 되니까. 온성과 백초구(百草溝)의 대강 중간지점이라 마차를 기다리는 사람도 있고 도보로 가는 사람도 있다. 백초구로 직행하는 사람들은 마차를 기다리는 것 같았고 왕청 동영(東寧) 등 오지(奧地)로 가는 축들은 대개 보행자, 그리고 장사꾼들은 마차편을 이용하는 듯, 가난한 이주자(移住者)들은 도보를 택하는 것 같다.

"땅도 넓기도 하다."

혜관이 중얼거렸다. 땅바닥에 다리를 뻗고 앉아서 담배를 말고 있던 사내가 힐끗 눈을 치뜨고 쳐다본다.

"파종은 했을까요?"

"아직이야, 오월도 넘어가야지요."

담배를 말던 사내가 말했다. 주갑은 긴 목을 뽑고 저만큼 서 있는 사내의 녹핀지, 짐승 가죽으로 만든 망태를 부러운 듯 바라보고 있었다.

"오월이라면, 양력으로 말인가요?"

"그렇지요."

"조선서는 똥장군 지고는 올라갈 수도 없는 까꾸막* 땅도 얻기가 힘드는데 참 넓구먼."

"여기선 사방에 삽 들어갈 땅이 굴러 있지요. 이곳이 내 나라 땅이면 얼마나 좋겠소."

사내는 말아서 침을 바른 담배를 피워 문다.

"청나라 적에 봉금이 된 땅이니까 그렇지요. 마음대로 드나들게 했다면 땅 한 치가 남아났겠소?"

"글쎄올시다."

주갑이 고개를 휙 돌린다.

"옛적에는 이곳이 모두 우리 땅이었다 허던디 조상을 잘못 두어서 우리가 군식구 된 게 아니여라?"

화제 속에 끼어든다.

"지금 와서 그런 소리 해봐야 못 잡은 가오리가 멍석만 하다던가?"

혜관이 비웃듯 말했다.

"한 시절 전만 해도…… 요즘에야 어디, 깊숙이 들어가야 삽질이라도 하게 되니."

사내도 주갑을 못마땅한 듯 외면을 하며 중얼거렸다.

"삽질도 삽질이지만 비적은 어떡허구요?"

"하기야 뭐 비적뿐이겠소? 왜병 놈들 독립군 잡겠다고 설치는 것도 큰일이지요. 도방에서는 남의 나라 눈들이 있으니, 그래도 그만하지만 깊은 구석에서는 구덩이 파놓고 몽땅 생매장한대도 나라 없는 백성, 조선사람 지켜줄 법이 있어야지요."

"그려. 몇 해 전만 혀도 젊은 사람들 방바닥에 등 붙이고 자질 못혔인께로. 뿐인감? 그 밟아 죽일 놈들, 그 원수 놈들이 연장을 마구 들내놓고서 댕기는 개쌍놈의 새끼들이 아 금매,"

긴 팔을 훌렁훌렁 저으며,

"시아부지 앞에서 며느리를 범하는디 그런 일들이 부지기수였다니, 젊은 사내는 보는 쪽쪽 작살내고 젊은 여인네는 보는 쪽쪽 겁탈이라, 혀서 목매어 죽고 물에 빠져 죽고."

"몇 해 전의 얘기만도 아니오. 저기 올망졸망 지고 이고 가는데, 차라리 흑룡강을 넘어서 시베리아로 가는 편이 살기가 나을 게요."

사나이는 씹어뱉듯 말하며 피우다 만 담배를 길섶에 던진다. 그리고 일어섰다.

"제에기, 기다리느니 걸어가야겠구먼. 스님, 저는 먼저 갑니다."

사내는 주갑을 무시하고 가버린다.

"나무관세음보살,"

"누가 자게보고 뭐랬남? 나이도 훨씬 아래인가 본데 볼촉스럽긴(별스럽긴)."

주갑은 사내 뒷모습을 향해 눈을 흘긴다.

"철이 널 들어 보여서 그넌가 부시."

"시님꺼지 이러시면 참말이제 접시 물에 빠져 죽어야겠어라우."

벌목꾼 같은 차림의 주갑이 건들건들 몸을 흔든다. 아닌 게 아니라 수숫대같이 비쩍 마른 몸집은 옛날과 별 다름이 없었고 흰머리도 눈에 잘 띄지 않아 주름진 얼굴을 가까이서 보지 않는다면 그의 육십 가까운 나이를 헤아리기 어려웠다.

"시님."

"접시 물에 빠질 것 없이 저기 시퍼런 강물이 있구먼. 얼음도 녹았고."

"허기야 소싯적에는 듣기 싫은 말이었지마는…… 철 덜 들었다는 말도 이제는 반갑다면 반가운디, 날씨도 좋고 헌께 우리도 그만 걸어가십시다요."

"그럴까?"

"가다가 저물면 삼두구(三頭溝)나 신흥(新興)서 자고 가도 무방 헌께요."

"뭐 마차는 편한가? 엉덩뼈가 아파서. 서둘러야 할 것도 없고 먼 길도 아니니 그러면 걸어가볼까?"

"그게 좋겠소."

바랑을 짊어진 혜관과 보따리 하나를 든 주갑이 걸음을 옮겨놓는다. 그새 풍치는 가라앉았는지 비대하고 늘어진 살가죽하고서는 혜관도 지친 기색은 아니다. 두 사람은 꼿꼿한 자세로 걸어간다. 늙는다는 것은 걸음걸이에서 나타나는 법인데 운수(雲水)의 일생, 뜨내기로서의 생애, 쇳덩이같이 다져진 다리만은 힘차게 땅을 밟고 간다.

망망한 지평선이다. 야트막한 구릉(丘陵)이 없었던 것은 아니지만 훤하게 트인 시야, 얼굴을 치는 것은 모래바람뿐이다. 이따금 밭둑에, 강가에 우뚝 선 고목(孤木)이 유랑민의 심사를 산란하게 한다. 움은 트고 있었겠지만 멀리서는 죽은 나무같이 가지는 엉성하고 이역 벌판에 수없이 쓰러진 실향민들의 고혼, 마지막 순간 뭔가를 움켜쥐려는 손짓과도 같이 엉성한 나뭇가지. 이곳에서 죽음과 같은 땅 시베리아의 벌판은 어디메쯤인가. 북쪽으로 북쪽으로 치올라가면 비옥한 농경지와 넘치는 물고기와 풍부한 수렵지가 있다는 흑룡강 유역, 그 강을 넘으면 시베리아인가. 거대한 빙산이 무너져내리는 소리, 흰곰이 느물대고 끝없이 끝없이 살육당하는 해마며, 물개며, 제 새끼를 기르기 위해 남의 새끼를 먹이로 하는 잔혹한 생존의 투쟁이 그곳 빙산에서도 벌어지고 있는 알래스카는 어디메쯤이며, 일찍이 동방에의 길을 찾아 대상(隊商)들이 사막을 건너서 오던 돈황(敦煌), 그 실크로드는 이곳에서 어디메쯤에 있는 것일까. 이별할 때 옷을 찢어주고 말을 몬다는 몽고인, 구라파를 짓밟고 세계정복의 꿈을 안았던 영웅이 태어난 가장 강건했던 민족이 사는 곳이며, 노영(露英) 양국이 남진을 위해, 또 남진을 저지하기 위해 간단 없는 각축전을 벌였던 신강(新疆) 밖의 중아지대(中亞地帶)며, 서상(西藏) 넘어 인도는 어디메쯤인가. 빙산과 열사(熱砂)와 만년설(萬年雪)의 가장 냉혹한 자연을 딛고 서서 생존을 계속하는 인간들이 있는 곳, 땅은 있으되 소유하는 토지는 거의 없고 목초와 물을 찾아 떼 지은 가축을 몰고 지나가는 땅, 초록(哨鹿)을 불면서 사슴을 따라가는 광대한 설원 일엽편주(一葉片舟), 고기 떼를 쫓아 해빙한 바다를 지르는 사람들, 짐승 가죽이 침구요 의복이며 생선뼈, 짐승뼈는 바늘에서 연장, 장신구까지, 동물의 피지는 등유(燈油)로 쓰이며 가축의 배설물조차 땔감이 되는, 자연에 반역하면서 자연에 순응하는 그네들, 토지(소유)관념은 거의 없으며 머무는 곳에 지은 가건물은 떠난 뒤 오는 사람이 쓰고, 소위 흉노(匈奴)요 북적(北狄)이요, 남만(南蠻)이라 불리던 미개한 민족과 각박하고 험난한 지리(地理)에 둘러싸인 금송아지 같은 대륙이 중국이다. 현란한 문화와 방대한 토지를 점유한 수억의 민족이 한족인 것이다. 동이(東夷)니 북적이니 하던 여진족(女眞族)이 발해(渤海)와 금(金)을 거쳐 성쇠 거듭하더니 근세에 와서 남만주 무순(撫順) 동쪽에 할거하다가 또다시 대두하여 한족을 정복하고 한(漢), 만(滿), 몽(蒙), 회(回), 장(藏)의 오족(五族)과 오대 지방의 땅을 장악하니 대청제국이라, 유례 드문 독재정치를 완성한 대청제국의 육대 황제 고종(高宗)은 말하기를, "주가(周家)는 가색(稼穡)으로써 기틀을 잡았거니와 이 나라는 나무 화살[弧矢]로써 천하를 정하였느니라."

마상에서 천하를 얻었음을 상기시켰고 나무 화살이 수천 년 문화의 한족을 꿰뚫는 것과 마찬가지로 한족의 유구한 문화가 또한 여진족의 나무 화살을 무력하게 할 것임을 예상했을 것인즉, 그네들 소수민족의 정권유지에의 유념이야말로 어찌 처절했다 아니할 수 있겠는가. 민족의 순수를 지키기 위하여, 강건한 기풍이 나약한 문화에 물들지 않기 위하여 그 방책의 일환으로 청조 발생의 땅을 성역화했으며 산해관(山海關)에서 개원(開原), 길림(吉林)에서 봉황성(鳳凰城)에 이르기까지 유조변장(柳條邊牆), 변문(邊門)을 설치하여 타민족의 내왕을 금하였던 만주 일대, 아직 도처에 벌판은 있고 개간할 만한 땅은 가는 곳마다 있건만 타민족에 의해 이미 만주는 봉금(封禁)된 땅은 아니요, 대청제국도 망한 지 이십 년이 가까워온다. 문(文)은 무(武)에 의하여 주살(誅殺)당하고 무는 문에 의하여 쇠망하는 역사의 이치는 생과 사와 같이 인류와 더불어 영원히 끝이 없는 것인가.

고목 한 그루, 경우(耕牛) 두 마리, 해빙한 가야하의 물살, 망망한 벌판을 수숫대 같은 사내가 건들건들 몸을 흔들듯 하며 가고 늙은 중은 법의를 펄럭이며 간다. 토지하고는 관계없는 두 사내가 땅을 밟고 가는 것이다. 평생이 운수요, 평생이 뜨내기, 바랑과 보따리 하나면 족하고 그것조차 잃는다면, 그래도 그만인 것이다.

"시님."

"모래가 씹히는데 입 다물지 못하겠소?"

"아따, 한 섬지기 염불도 겁낼 것 겉지 않은디 모래알갱이가 그리 무섭소잉? 그렇다면 듣기만 허시시요이. 이런 정도의 모래바람이야 사철 부는 거니께, 그래도 청국놈들 벙어리 없는 것 겉고오."

곁눈질을 한다.

"한 섬지기 염불도 겁낼 것 같지 않다? 그건 또 무슨 소린고?"

"대나 깨나* 나오는 대로 헌 말인디, 옛적에 늙은 영감 할멈이 주야로 왼 염불을 담은 빈 섬, 그런 이약이 있었지라우. 아무도 그 빈 섬을 들질 못했다는 이약이 있질 않습디요? 시님이야 염불이 한 섬지기만 되갔건디?"

"알겠소, 알겠어."

"뭐 말이여라! 뭘 알겄다 그 말씀이란가?"

"안태 밖에 나왔을 때 천개골 구멍이 따바리(똬리) 구멍만 했을 거라."

"무신 말씀이다요?"

"주서방 말이오."

"천개골 구멍이 어찌여?"

"갓난애길 보면은 정수리에 말랑말랑하고 빨락빨락 숨 쉬는 곳이 있지."

"야. 있지라우?"

"그 구멍이 따바리 구멍만 했다면은 골이 덜 여물었다, 그러니 달을 채우지 못하고 나왔다 그 얘기라."

"얼씨구, 그러니 팔푼이다 그 말씀이란가요?"

"아니면?"

"허허헛 허허헛…… 그러면 돌대가리는 스물넉 달 채우고 나왔다 그런 이약이 되겄는디 듣자니께 돌대가리 속에 먹물이 못 들어간다, 시님 대가리는 차돌도 아니고 울퉁불퉁하니께 지리산의 바윗돌 아닌가 모르겄소잉?"

"에키! 이 못된 송아지야."

"피장파장 아니겄소?"

혜관은 껄껄껄, 퉁겨나온 배를 안듯 하며 웃는다.

"시님."

"또 무슨 소리 할려고? 회초리 꺾으려면 한참 가야겠는데?"

"버릇이야 이십 전에 가르치는 법이고 그보다도 지금쯤 고향에 있었으면 보리국을 먹을 것인디, 파릇파릇하게 돋아나는 것 연하디연한 것을, 뜨물 붓고 된장을 연허게 풀어서 끓인 국 냄새가, 봄 냄새여. 깡보리밥을 말아서 무짠지허고."

침을 꿀꺽 삼킨다.

"오동지섣달에 죽순 구해 오라는 사람이 있었다던데 내 옆에도 노망든 사람이 하나 있구먼."

"갑아. 양이 덜 차지야? 불쌍한 내 새끼, 꼬막 겉은 새끼 배를 채우들 못허니 사람이 뭐찌 금수보나 낫나 헐 것이어. 우리 엄니 허시던 말씀이지라우."

"점점 병은 깊어가는군."

"지가 생각혀도 그런 것 겉소잉. 오만 잡생각이 끝도 없이 찾아드니 아무래도 좋잖은 징조 아니겠소?"

"……."

"시님,"

"어헛어!"

"워따매, 모래바람 들온다 그 말씸이여라? 이젠 바람도 어지간히 잦는디, 중이 몸 되게 섬기요잉. 부처님 말씀대로 허잘 것 겉으면 삼라만상이 공(空)이요 없는 것이라는디, 목구멍에 모래알갱이 좀 넘어갔기로 육신이 없다 생각헐 것 겉으면 모래알갱이도 없는 거 아니겄소?"

"흠, 중도 중 나름이지 땡땡이중보고 그런 말 해봐야 소용 없고. 나무관세음보살! 원래는 없는 거구 끝에도 없는 건데 어쩨 가운데 토막이 있는 건지……."

"가운데 토막이랄 것 겉으면은,"

"어디서 오고 어디로 가는 건지, 그것을 알지 못하니 알지 못 하는 것은 없는 것이라. 오고 가는 중간이 가운데 토막이니 즉 인생,"

"그러면은 극락도 없고 지옥도 없다 그 말씸이란가요?"

"누가 없다 했소!"

"오매, 누구 닮아가는개 비여? 앞뒤가 없다면 가운데 토막이 길어야 허들 않겄소잉? 성질 부리지 마시시오."

"누가 없다 했소? 모른다 했지!"

허공과 바람을 쳐부수려는가 혜관은 가는 방향을 향해 주먹질을 하며 화를 낸다.

"그 말이 그 말 앙이간디? 아 금매 아까는 원래가 없는 거고 끝도 없는 거라 허시던디요?"

"그게 모르겠다는 얘기 아니오."

변덕스런 여름 날씨처럼 혜관은 웃는다.

"허허헛 허허헛, 세상에 요상스런 시님을 다 보겠소. 허허헛⋯⋯."

혜관도 따라서 웃는다. 호걸웃음과 해해거리는 주갑의 웃음 소리가 인적 끊어진 길가 들판에 울려퍼진다.

"워쨌거나 배짱 맞는 말씀이여라. 좋구만요. 중들은 모두 지옥이 있다 허고 야소쟁이도 지옥이 있다 허고, 혀서 겁을 주는디 시님은 안 그러신께로 속이 씨원허요."

"죄 많이 지었구먼."

"아암요. 죄 많이 졌제요. 지금도 제집을 보면 손목 잡아보고 접고 부모 공양 못허고 마지막 가시는디 사잣밥도 못 지어 드린 죄가 좀 클 것이여? 남 속이먹는 일은 식은 죽 먹듯 혔고 욕허고 거짓말허고 아 금매 마음속으로 짓는 죄는 또 얼마겠소? 수백 섬이 넘을 것인디 염라대왕께서 불쌍헌 몽다리귀신 왔다고 동정을 허신대도 지옥 면허기가 어려울 섯이요잉. 그래도 이승에서는 조선, 대국, 노국, 두 다리가 성헌께로 세 나라를 왔다 갔다 산개처럼 싸돌아댕깄는디 지옥열화 속에서 워찌 견딜 것이여? 더군다나 반평생을 북쪽 설한풍 속에서 지낸 놈이."

"그러면 한빙(寒氷) 지옥으로 가면 되겠군."

"그런 말씀 마시오. 그런디 스님, 지금 무슨 생각을 지가 허는지 그거는 모르실 것이요잉."

"모르기는 왜 모를꼬?"

"야?"

주갑은 궐련을 꺼내어 붙여 물다 말고 혜관을 쳐다본다.

"봉순이 생각을 하고 있었겠지."

"야?"

성냥개비를 버리고 허기진 사람같이 급하게 담배를 빨다가,

"워찌 고것을 안다요? 희한허단께로? 이거 참말로 놀랍소잉?"

정말 주갑은 놀란 것 같다. 목덜미의 잔주름이 땟자국같이 밀리는데 입을 병신같이 헤벌리고 혜관을 쳐다본다.

"푼수 없이 봉순이를 좋아했던 모양인데 죽었다는 소식 듣고도 도통 말이 없었으니 생각하고 있었던 게 분명하지."

"허허헛…… 으허허헛, 시님도 가만히 본께 한가락 허시는디 허허헛……."

"나이가 몇인데 부끄럽지도 않는가 부지."

하면서 혜관은 해란강에 염주를 떠내려 보낸 자기 자신의 행동이 부끄러운 마음과 함께 상기되는 것이었다.

"나이는 워찌 됐거나, 사모관대 못혔으니 총각이고, 그렇다고 혀서 손을 한번 만져보았겄소, 품에 안아보았겄소? 맴으로 기리는 거는 남녀노소 다를 거 있겄으라우? 사람의 상정인디, 그뿐이겄소? 사람뿐이겄소? 짝 잃은 외기러기 슬피 운다 안 헙디여? 만고의 영웅호걸 성인인들 안 그럴 것이여?"

혜관은 심술궂은 웃음을 흘린다. 멀리 인가가 나타났고 검정 조끼에 흰 수건을 두르고 밭둑길을 지나가는 조선인 농부의 모습이 멀리 보인다. 혜관은 머릿속에 안개가 가득 찬 그런 기분이었다. 목적 없이 떠나온 여행이라 그런지 모르지만, 목적이 전혀 없다 할 수도 없고, 어쩐지 짜증스럽고 심술이 불끈불끈 솟아오를 것만 같다. 왜 그런가 자신에게 따져보는 것도 귀찮았다. 그냥 발이 제 혼자 가고 있다는 생각이다.

"문득 생각이 나는디, 이 주갑이가 살아온 것이 죽도 밥도 아니었다, 야 그런 생각이 든단 말시. 죽이면 죽, 밥이면 밥."

"밥은 뭣이며 죽은 또 뭣인고?"

"들어보시시오. 옛적에 그렁께 소싯적인디 어떤 사램이 나를 보고 소리 공부 허는 게 좋겄다는 말을 하더란께요. 틀림없이 명창이 될 거라 장담을 허더란 말시. 솔깃허더마요. 명창이 되면은 허리 휘도록 농사짓고오 보리죽 먹는 신세는 면할 것인께요. 헌디 명창 되기꺼시 뭘 먹고 산나요? 그것도 뭐 건덕지가 좀 있이야, 수숫대 움막에서 농사보다 나무꾼인디 오르지 못할 나무 쳐다보는 꼴이었제요. 그나저나, 그보다도 그때 동학 난리가 나들 않았겠소? 내 아부지가 동학당이었지라우. 그런저런 연고로 이날 이곳을 이리 걷고 있는디 그때 소리공부를 허고 명창이,"

"봉순이 얘기구먼."

"야, 맞소. 섬진강 푸른 물에 함께 풍덩 빠져 죽었을지 뉘 알겠소?"

"송장이 일어나서 제 관 짊어지고 가는 그따위 시시한 얘기는 그만두고."

"그럽시다요."

주갑은 순순히 입을 다물어버린다. 그러고는 무슨 생각을 하는지 턱을 쳐들고 하늘을 올려다보며 걷는다. 보따리는 엉덩이에 붙이고, 따라서 두 어깨가 꾸부정했으며 종전의 주갑과는 사뭇 다른 늙은이로 보인다.

"왠지 이번에는 조선에 돌아가고 싶지 않구먼. 어디 암자라도 하나 있었으면 좋겠는데."

혼잣말같이 하는 혜관 말에,

"이곳에선 목탁 뚜디리곤 못 먹고산단께로."

"어째서?"

"왜놈허고 손잡으면 그야 모르지요."

"……."

"공산당 천지 앙이란가요?"

"공산당은 왜 중을 싫어하는고?"

몰라서 묻는 말은 아니었다. 몰라서 묻는 말이 아니라는 것도 주갑이 안다.

"지옥 극락이 없는디 가만히 앉혀놓고 중 먹여 살리겠소?"

"금강산 중들이 그래서 중 옷을 벗었나? 밥벌이 못할까 봐서?"

"그 사정이야 모르겠소. 길서상회 김선생이 어서 와야 허는디."

"그건 이미 종결된 일이고 기다릴밖에 없소. 잘못되기는 분명 잘못된 일이지만 그 정도로 막아버렸으니 다행이라고나 할까. 머리도 여러 번 풀면 눈물도 안 나온다 하더니만 전자에 하 험악한 꼴을 당해서."

김환의 죽음을 두고 하는 말이었다.

"이곳도 마찬가지 아니겠소. 처신허기론 조선이 어렵겠지마는 희생자는 이곳이, 비할 게 못 되지라우."

"죽을 때 죽더라도 숨이나마 크게 내쉬니 살 것 같구만."

그 말 대답은 없이 주갑은 별안간,

"어화아 저 오작(烏鵲)아, 네 어데로 향하느냐아ー."

하고 소리를 질렀다. 밭둑에 내려앉았던 까마귀 몇 마리 후두둑 날개를 털며 날아오른다.

　칠월 칠석 멀었으니

　은하수 깊은 물에

우녀성 가련허고
강남의 기러기
짝을 잃고 우는 소래
계명산 추야월에
사향함과 같다마는
고향 소식 네 알쏘냐
고당상 학발 양친
이별헌 지 몇 해던고—

악을 쓰듯 〈사향가(思鄕歌)〉를 불러젖힌다. 그러나 목에 핏대를 세우며 고함을 질러대듯 하던 주갑의 소리는 차츰 본래의 노래로 가라앉기 시작했다. 혜관의 눈이 둥그레진다. 주갑은 보따리 안 든 편의 팔을 학의 날갯짓처럼 펼치며 몸부림치듯 몸을 흔든다.

관산만리 찬바람은
낙매곡이 서러워라
운무에 싸인 달은
상심빛을 띠어 있고
원포의 여울소리
단장성 화답헌다아—

'허허어 참, 저 사내는 전생에 새였을까? 노송 위에 홀로 앉은 한 마리 학이었을까?'

혜관은 용정 올 때, 구름을 뚫고 이동해 가는 철새 생각을 한다.

'저 사내 어느 구석에 저리 귀한 곳이 있었던고? 반하게 예뻐 보이는군그래. 소리 공부 안 해도 명창이다. 허 참.'

그러나 혜관은,

"관세음보오살! 관세음보오살! 관세음보살! 관세음보살! 관세음보살!"

우렁우렁 울리는 음성을 크게 높이며 염불을 하는 것이었다. 주갑은 노래를 멈추고,

"그러잖아도 목이 말라서 그만둘라 혔지라우. 물이나 마시고 가야 허겠소."

강으로 내려간 주갑은 엉덩이를 하늘로 치켜들듯 엎드려 강물을 마신다.

"이자 정신이 나는디. 시님! 쉬었다 안 가시겠소?"

혜관은 못 들은 척 강 언덕에서 강을 바라보며 목탁을 치고 독경을 하고 있었다.

"울퉁불퉁 돌대가리 중이 그래도 불경 욀 줄은 아는디."

수갑은 숭얼거리다가 킬킬대며 웃는다. 그리고 소끼 주머니 속에서 궐련을 꺼내어 붙여 물고 피어오르는 연기 속의 강 건너편 나무 한 그루를 바라본다.

"참 세월 좋다. 이리 강물은 맑고 하늘은 높기도 헌디, 수수알갱이 서너 주먹 넣고 끓이면 주린 창자 채울 것을, 워찌 세상의 인심은 그리 험하던고. 고대광실 높이 앉을수록 인심이 험한 것은 무슨 이치며 계급이 높을수록 사람을 많이 직이야 허는 것은 무슨 이치며 배불리 먹고 힘이 솟아오르는디 게을러지는 것은 무슨 이치며…… 어린 자식 배고파 우는 꼴을 차마 못 보고 천지신명 원망허며 남의 곡식 훔쳤다고 이 뺨 맞고 저 뺨 맞고 아랫도리 벗어야 허는 것은 무슨 이치던고? 어하 이놈의 세상 언제 끝이 날꼬."

목탁 소리, 염불 소리가 바람 타고 윙윙 울려온다.

"저놈의 미친 중 지옥이 없다면서 극락왕생 비는 거여? 사람은 모두 나면 죽는 것, 나도오 조만간에 이 세상을 하직헐 것인디, 워떻거림 죽으까이? 사방을 바라보니 봄도 아니 멀고 저 뚝에는 새파란 풀이 돋아나겠제잉. 그러나 내 인생은 추색이라, 헌 일 없이 가는 것도 원통허지마는 저승이 없고 보면 불쌍헌 우리 부모 다시 만날 길 없으니, 강선상님은 어디 가서 또 만날 것이며, 기화아씨도 흙 속에서 썩어부리면 그만인가. 어헛! 아서라! 잡생각 고만허고 가던 길이나 갈 것이여."

주갑은 보따리를 집어 들고 짧아진 궐련을 아까운 듯 끝까지 피운 뒤 버린다.

"시님! 날 저물겠소."

두 사람은 다시 걷기 시작한다.

"나는 왕청 가서 송선생님 만내본 뒤 연추로 갈 것인디 시님은 워찌하시겠소?"

묻는다.

"연추까지 따라갈 수는 없는 일이고 소승은 발 닿는 대로 떠나겠소."

"그래도, 어느 방면으로 가시겠소?"

"글쎄요. 흑룡강을 따라가봤으면 싶은데 가도 못 가면은 용정으로 돌아가겠소."

"청국사람들은 불교를 안 믿는디 동냥도 못헐 것이고, 그 사람들이야 쪼로마하나 쪼로마마를 믿지."

"그게 뭔데?"

"나도 잘 모르겠소. 그런 거이 있다 하던디요? 무당 같은 것 아니겠소?"

조르마하[石頭公]와 조르마마[石頭婆]는 모두 석상(石像)으로서 여진족의 종교, 샤만[薩滿]의 여러 가지 신 중의 하나인데 말하자면 병을 고치는 보호신인 것이다.

"추서방이 있었으면 편하게 갔다 올 수 있을 것인디."

"그 사람은 어디 있는 사람인데?"

"죽었지요."

"죽었다면은 하나 마나의 얘기."

"본래 그 사람은 모피장사였는디, 공노인허고도 절친한 사이였지라우. 사람의 심성이 곱고 애국자라 헐 수 있고오, 헌

161

디 흑룡강 근방에 사는 만주인들은 우리가 아는 다른 만주사람허고는 딴판이라요. 말씨가 다르고 습관도 다르고 짐승겉이 산다던가, 추서방 말씀이, 중국놈들 아편 때문에 그곳 사람들 다 망친다, 아편, 소금, 화약 겉은 것으로 값진 모피를 그저 뺏아온다 험시로 늘 욕을 허더란 말시."

"한데 추서방인가 그 사람은 왜 죽었소?"

"비적 놈들이 모피를 뺏고 직였지라우."

"허허어."

"시님, 잘 생각혀서 용정으로 돌아가시는 게 좋겠소."

"글쎄……."

4장 주사(酒邪)

상현이 하얼빈에 주거를 정하고 있는 신태성(申泰成) 집에 온 것은 지난달, 그러니까 달포 가까이 된다. 신태성을 알게 된 것은 상해 시절이었다. 그는 길상과도 지면이 있었으며 십여 년 전 용정에 있는 길상의 집에 권필응이 묵었을 때 상해서 찾아온 일이 있는 사내였다. 그는 상해임정, 이동휘 계열이었으며 참담한 동족상쟁이었고 후일 공산당 내부분열의 분수령이 되었으며, 작년에는 코민테른 제6회 대회에서 조선공산당 승인 취소의 굴욕을 겪지 않으면 안 되었던 원인, 흑하

사변, 그 참변을 야기시킨 결과가 되고 만 국제군 창설시에 수많은 독립군, 그들 인솔자 지도자들이 소만(蘇滿) 국경을 넘어서 시베리아로 들어갈 때 행동을 같이하지 아니하고 상해에 잔류했던 인물이다. 몸집은 작았으나 중후한 중년 신사로 변모한 신태성은 여전히 싸늘하고 정확하고 이론에 밝았으며 여유 있는 미소를 잃지 않고 있었다. 그가 어찌하여 상현의 장기체류에 싫어하는 낯색을 보이지 않고 직장알선도 하겠다 자청하며 편리를 보아주는지 그 이유는 알 수 없었다. 상현의 부친 이동진이 연해주 일대에 심은 공적에 대한 보답인지, 아니면 권필응을 염두에 둔 계산이었는지, 그도 야심가인 만큼 권토중래(捲土重來)의 장차를 위한 포석이었는지 모른다. 현재의 그의 활동은 뭔지 모르게 침체된 느낌을 주었으니까. 그러나 그와 동서하고 있는 여자 이은혜(李恩惠)는 결코 상현에게 호의적이지는 않았다. 귀찮은 식객이라 그럴 만도 했으나 그러나 보다는 상대적인 것이었을 것이다. 여자에게 불친절했고 모멸적인 언동을 서슴지 않는 사내, 자존심이 강하고 남녀동등을 주장하는 은혜로 하여금 증오감을 갖게 했던 것 같다.

"옹졸한 졸장부! 저런 사내는 해당분자야!"

하면은 신태성이,

"그 친구 당원 아니야."

"그럼 뭣 땜에 공짜로 먹어요?"

신태성은 애매하게 웃는 것이었다.

저녁을 먹은 뒤 식탁에 앉은 채 은혜는 뜨개질을 하고 있었고 신태성은 뭔가를 열심히 쓰고 있었다. 상현은 비스듬히, 은혜와 또 마주 본 자리에 앉은 신태성에게 등을 돌린 자세로 신문을 읽고 있었다. 월세로 빌려 든 집이지만 침실이 두 개, 거실도 상당히 넓어서 실내 분위기는 아주 넉넉하게 느껴진다. 그건 생활이 어렵잖다는 얘기가 되겠다.

"이봐요."

눈을 내리깔고 바늘에 실을 감으며 은혜가 말했다.

"왜 또 그래?"

신태성 역시 글을 쓰면서 말했다.

"생활비 내놔요."

"내놓으라니?"

"다 썼단 말예요."

"알았어."

상현은 신문을 뒤집어 든다. 은혜는 미인이 아니었지만 상당히 매력적인 여자다. 나이는 삼십이 넘은 듯, 아무렇게나 동여맨 머리에 검정빛 다브잔스를 입은 화장기 없는 얼굴이 창백할 만큼 희다. 상해 있을 때 은혜는 조직에서 일한 일이 있고, 그러니까 신태성과는 동지였다 할 수 있을 것이다. 이들이 만나 함께 살게 된 것은 일 년 남짓, 연애도 결혼도 아닌 그야말로 동서 생활인데 보기와 달리 신태성은 여성관계가 꽤 복잡한 사내였다. 정식 결혼은 한 번도 한 일이 없었고, 실은 복잡했다기보다 화려했다고나 할까? 카바레에서 이름을 날린 댄서, 백계 러시아 여자, 여교사와 매춘부 출신, 그러나 그는 여자 때문에 일을 저지른 일은 한 번도 없었다. 이은혜도 조금은 알려진 독립지사의 딸이었는데 그 역시 결혼에 실패한 여자였다.

"이봐요."

"허 참, 왜 그래!"

"어머? 왜 신경질이야?"

"너 말버릇 안 고칠 거야?"

"난 고집이 세거든. 우리 아버지도 못 고쳤어. 중국 바닥의 생활이 한가하지 못했던 거야."

"아버지는 못 고쳐도 남편은 고쳐준다."

"남편? 우리가 언제 결혼했지?"

"함께 살면 그게 결혼이다."

"흠,"

"그래 무슨 얘기야?"

"나 이 옷 벗으면 봄옷 없다구요."

"내 옷 입으면 되겠군. 스무 살까지는 남자 옷 입었다며?"

신태성은 쓴 것을 접어서 봉투를 훅 불어 그 속에 넣는다. 처음에는 이들의 말버릇이나 행동이 아니꼬웠던 싱현도 이제는 무관심하게 됐는지 신문을 던지고 하품을 한다. 상현은 중국에 와서 아무것도 하지 못했다. 그가 발붙일 곳은 아무 데도 없었다. 그러나 그는 연해주로 갈 생각을 안 하는 것이다. 최근에 와서 한번, 귀국이라는 생각이 퍼뜩 스쳐간 일이 있었다. 그 생각을 떠올리며 상현은 혼자 웃었다.

"웃기는 세상이오."

상현이 내뱉는다.

"신문에 무슨 얘기가 있소?"

봉투에 침을 바르고 봉한 뒤 접어서 호주머니 속에 넣으며 신태성이 물었다.

"아니요. 송병준이가 조선소작인상조회(朝鮮小作人相助會)를 만들었다니 웃기는 일 아니겠소."

"오래된 얘기 아니오?"

"오래됐거나 말거나 웃긴다는 얘기지요."

"그보다 더 웃기는 얘기는 조선 내정독립 청원운동이지요. 허허헛…… 친일파 송병준한테 총리 자리 줄지 뉘 알아요? 허허헛헛……."

상현은 자신이 말을 꺼내놓고는 싱거운 생각이 들었던지 담배를 꺼내어 붙여 문다.

"만화지 만화, 완전히 만화요."

"흠, 케케묵은 그따위 얘기 뭐가 재미있어요?"

은혜 말에 상현의 눈꼬리가 까끄름해진다.

"웃기는 얘기는 또 있지요. 한일합방 조인에 가담했고 대일본제국의 작위를 받았던 김윤식이 죽자 사회장(社會葬)으로 하

166

자고 주장한 민족주의자들 얘기 말입니다. 사회장 대접을 받게 되는 공로가 뭔고 하니 3·1만세 때 후안무치하게도 작위를 일본 정부에 반환했다 그거요. 굿 뒤에 날장구 친다는 속담은 후한 것인데, 뭐 김윤식이란 본래 반역자의 배짱도 못 가진 겁쟁이지만, 세상이 다 아는 민족주의자들 노는 꼴이 뭡니까? 만화지요. 신형 말씀대로 만화란 말입니다."

상현은 은혜가 얄미워 일부러 빗대서 말하는 것 같았다.

"그거는, 그렇게만 말할 것도 아닌 것 같소."

신태성이 팔을 저으며 말했다.

"단순하게 생각하면은 그렇지요. 친일파를 반일주의자들이 떠받쳐 사회장을 주장한다는 게, 물론 그 민족주의자들을 좋아하지 않지만. 또 장차 그들하고 싸워야 하는 것을 압니다. 그러나 그네들도 능구렁이오. 세상이 다 아는 인물을 찝찔한 그따위 감상 땜에 그러했겠소? 사람은 상관없었지요. 작위를 반환한 사실만 상기시키면 됐던 거요. 왜놈들 약 올려주고 사회장으로 떠들썩하게 떠들어본다는 것은 밑지는 일이 아니거든요. 《동아일보》 일파의 독선이 우리 사회주의 진영에서는 가증스런 것이라 하더라도 말입니다. 어쨌거나 휘저어주는 것은 좋아요."

상현으로서는 호되게 당한 셈이다. 약관(弱冠)의 이 도련님아, 하는 야유가 어투에서 배어났던 것이다. 은혜는 조롱하듯 웃었다. 상현의 얼굴은 파리해진다. 반격을 할 수도 없었다.

얘기의 시작부터 유치했다고 느꼈기에 상현은 자기혐오를 수습하기에도 벅찼던 것이다. 결국 상현은 자신의 본래의 것을 하나도 극복하지 못한 것이다. 오 년 넘게 상해 뒷거리를 헤매며 의식도 해결 못한 세월을 보냈으면서도.

"누구 온 거 아니야?"

신태성이 말했다. 문 두드리는 소리가 난다.

"나가 보아."

"일찍 자야겠는데 누가 또 오는 거야?"

은혜는 짜증을 내며 뜨개질감을 던지고 일어섰다.

"어머! 웬일이세요?"

"신선생 계신지요?"

"있어요."

"지나다가 들렀는데,"

"들어오세요."

문간에서 주고받는 목소리다. 은혜와 함께 들어온 사내는 뜻밖에도 송장환이었다.

"아니, 이거 이선생 아니시오?"

송장환은 상현을 보자 깜짝 놀란다. 상현도 반색을 하며 일어섰다.

"오래간만이오."

굳게 악수를 한다. 그리고 송장환은,

"신선생, 그간 별고 없었소?"

하며 신태성한테도 인사를 하고 신태성도 반갑게 손을 내민다.

"언제 오셨어요?"

자리에 앉으며 송장환은 상현에게 물었다.

"달포쯤 될 게요. 그곳은 모두 안녕하신가요?"

"네. 그간 고생 많이 하셨지요."

힐끗 쳐다보는 송장환 눈에는 힐난의 빛이 있었다. 초라한 행색과 의기소침한 모습에 대한 노여움이었던 것이다. 삼 년 만의 대면인가. 용정서 만났었는데 연해주로 가자고 권했을 때 단호히 거절하던 상현.

"내가 하는 고생이야 무슨 값어치가 있으며 무슨 보람 있는 것이겠소? 출가한 몸이라면 남들도 그러려니 하겠으나 뒷간에서 허우적거리는 구더기 같은 인생이지요."

상현은 처절하게 자학하듯 말하며, 그러나 부드러운 몸짓으로 송장환에게 담배를 권한다. 은혜의 눈이 커다랗게 벌어진다. 처음으로 상현의 참모습을 본 모양이다.

"이선생께서 여기 계시는 줄 알았다면,"

잠시 말을 끊었다가,

"혜관스님을 뫼시고 오는 건데,"

"혜관스님? 그 중이 왔었다 그 말씀이오?"

낯빛이 변한다. 그 얼굴을 보지 않으려고 담배를 붙여 문 송장환은 타는 성냥개비를 재떨이에 놓으며,

"네. 용정을 거쳐서 왕청으로 오셨더군요. 그곳에서 만나 함께 여기까지 왔었는데,"

순간 상현은 도망이라도 칠 듯 자리에서 일어섰다가 무너지듯 도로 앉는다.

"발 닿는 대로 가보겠다 하시면서 아침에 숙소를 떠났어요."

"어딜 간다 하던가요?"

역력히 안도의 빛을 띠며 의례적으로 묻는다. 상현의 그런 변화를 신태성은 냉철히 관찰하고 있었다.

"글쎄요, 말렸는데⋯⋯ 뭐 흑룡강을 따라가보시겠다고, 고집이 여간 아니더군요."

"승려라 고행하려는 거 아닐까요?"

마음과는 딴판으로 상현은 비꼬듯 웃는다.

"나이가 적잖으니 그렇지요."

"열반하려고 자리 찾아간 게지요. 중들은 흔히 그런다더군요. 홀가분했을 것이니 걱정 마시오."

"⋯⋯."

"그러면 각별히 볼일이 있어 온 것은 아니겠군요?"

다시 불안해지는 상현은 확인하려 든다. 송장환은 너그러운 형님같이 그런 상현의 못난 모습을 평정하게 받아넘긴다.

"그런 모양인데, 그러나 국내 사정, 특히 길서상회 김형에 관한 소식은 자세히 들을 수 있었지요."

신태성이 화제에 끼어든다.

"송선생은 외곽단체에 불과한 계명회사건에다 매우 큰 비중을 두시는가 부지요?"

"그것은, 순전히 개인적 친분, 네, 김길상 씨하고는 오랜 우의 관계가 있어서요."

"그런 자질구레한 거야 사건이랄 수도 없고."

옛날 길상과 대면한 일이 있는 신태성은 그때도 그러했으나 현재도 모멸적인 투로 말했다.

"우리 동지들이 천 명 가까이 검거된 사건에 비하면 새 발의 피 같은 거지요."

송장환은 눈을 껌벅껌벅하며,

"천 명 가까이 검거됐다는 얘기지만 조선에 그리 많은 공산당원이 있었다고는 믿어지지 않아요."

심약한 듯 신태성의 기색을 살핀다.

"그만한 숫자는 아닐 게요만 어쨌거나 조선에서는 공산당이 전멸이오."

"중국의 사정도 마찬가지 아닙니까?"

"그, 그런 셈이지요."

"중앙군이 한구(漢口)까지 함락시켰으니, 국민당은 앞으로도 공산당의 씨를 말리려 들 게요."

"한구 함락이야, 남경(南京)과 무한(武漢), 저희들끼리 싸움인데 공산당하고 무슨 관계가 있나요?"

"그래도 무한정부는 왕시 국민당의 좌파 아니었소?"

171

"보수당의 좌파란, 오히려 공산당 영역을 먹어 들어오는 독충 아니겠소? 재작년에 있었던 일, 무한파의 그 추악한 배신을 모르고서 하시는 말씀인가요?"

"글쎄올시다."

"중국공산당도 무너지고, 그보다도 우리 조선의 혁명 세력 정예부대가 완전히 괴멸한 사실,"

신태성은 탁자를 짚은 자기 손등을 물끄러미 내려다보며 뇌기를,

"재건하는 게 살아남은 우리들이 앞으로 수행해야 할 임무요."

"신형,"

"네."

상현을 쳐다본다.

"우리라는 말은 마시오."

내뱉는다.

"어째서요?"

"나야 중국 바닥에 빌어먹으려고 찾아온 사람이지, 독립운동이나 이념을 위해 투쟁하러 온 사람은 아니니까요."

"불변의 법칙입니까?"

농치듯 말하며 신태성은 웃고 은혜는 슬그머니 일어선다.

"이여사."

신태성이 재빨리 불러 세운다.

"왜요?"

"안주 좀 내와요."

눈으로 압력을 가한다.

"알았어."

은혜는 술잔과 안주가 든 접시를 챙겨서 내왔다. 술은 신태성이 꺼내왔다.

"이 집 주부께서는 요리솜씨가 엉망이라 주로 이런 안주를 애용하지요."

은혜는 흥 하는 식으로,

"그러면 많이들 드십시오."

뜨개거리를 안고 제 방으로 가버린다.

"앓던 이 빠진 것 같소."

상현은 아닌 게 아니라 기지개를 펴듯 말했다.

"중국 생활이 몇 핸데, 이선생은 아직도 여자 위하는 법을 익히지 못했구려."

송장환이 나무라듯 말했다.

"양반 의식의 잔재겠지만, 그보다 이형은 여자에게 한번 호되게 당하지 않았소?"

신태성이 정곡을 찌르듯 말했다.

"당했지요."

상현도 솔직하게 긍정한다.

"그러니 여자를 보면 저항을 느껴 자기 감정에 반발하여 불친절해지는 게요. 자랑 같지만 나는 어떤 여자를 보아도 그런 저항감은 안 느끼지요."

"그러니까 바람의 명수 아니오?"

술을 마시고 여자 얘기로 옮겨가면서 분위기는 한결 풀어진다.

"여성에게 저항을 안 느낀다는 것이 반드시 좋다고만 할 순 없지요."

송장환이 말했다.

"어째서요?"

"저항을 안 느낀다는 것은 노력에서 온 겁니까? 그러기로 작정을 했습니까?"

"조직 생활하는 사람으로서 작정도 했겠지만 본시 내 성정도 그랬던 것 같소."

"그건 결국 애정을 못 느낀다는 얘기지요. 갈등이나 압력으로 힘을 소비하지 않는 것은 바람직한 일이겠지만 때론 그런 갈등 때문에 힘이 솟는 경우도 있지요."

"그것은 운동을 자연에 맡긴다는 얘기와 다를 것이 없소."

"그럴까요? 나도 늘 여자한테는 저항을 느끼는 처지라서, 네. 이선생과 마찬가지로 출발 때 실연을 한번 했기에 하하핫⋯⋯."

송장환은 술을 마신다.

"그는 그렇고, 국내사정은 어떻다 하던가요?"

"대체적으로 변한 게 뭐 있겠소? 흐름이야 중국사정과 대동소이하겠지요."

송장환은 소극적인 태도를 취한다.

"독약에 사탕을 발라 내민 총독부 문화정치에 민족주의자들이 마비되어가고 있다는 것은 뻔한 일이겠지만 그럴수록 노동자 농민운동에서 역량을 축적해나가는 데 주력하는 것이 앞으로 해야 할 우리들의 과젠데 그 방면의 바탕에 대해선 나도 좀 알아두어야겠는데."

"그 스님의 말씀은 대체적인 인심, 그런 것이었고 다만 길서상회 김형의 일은 그 집안과의 오랜 유대 관계가 있어서 재판과정 같은 것 소상히 말해주었지요."

송장환은 역시 화제에서 비켜서듯 말했다. 상현은 또다시 우울해지며 술을 마신다. 김길상, 깊은 패배감이 엄습해온다. 사정없이 달려든다. 용정땅을 밟았을 때 예상을 했으면서도 김길상의 존재에서 받은 충격은 너무나 큰 것이었다. 그때 김길상의 존재는 부친 이동진의 존재로 대치된 것임을 상현은 뼈저리게 느꼈던 것이다. 김길상, 부친이 그의 앞에 섰던 거대한 바위였다면 김길상도 그의 앞에 우뚝 선 거대한 바위였던 것이다. 그것은 어쩌면, 단 일격으로써 상현을 쓰러뜨리게 한 것과도 같은 것이었는지 모른다. 이미 사랑의 적수라든지 하인 출신이라든지 그런 의미는 다 소멸하고 없었지만, 바로 그 숙적과 같은 감정이며 주종(主從)과 같은 의식이 완벽하게 무너짐으로써 상현은 자기 자신도 아주 완벽하게 무너져버렸다는 것을 자각했던 것이다. 이조 오백 년의 권위 의식. 그 존엄성이 흔적 없이 사라지는 순간 상현은 자신이 아무것도 아닌, 만주 바닥을 헤매는 들개 같은 존재임을 깨달았던 것이다. 그당시 길상이나 송장환은 연해주로 갈 것을 상현에게 간곡히 권하였다. 그러나 상현은 그것을 뿌리쳤다. 그리고 상해로 떠났는데 그곳에서의 세월도 심신을 피폐하게 하는 것 이외 아무것도 아니었다. 나는 아무것도 아닌, 중국 바닥을 헤매는 들개 같은 존재다! 뻗치게 한 것은 다만 자학에 가득 찬 그 독백, 아무 곳에도 갈 수 없는 절벽, 그런 것 때문인지도 모른다. 그러나 상현은 가장 중요한 시기에 변천이 눈부시고 격동이 물결치는 중국 역사의 현장에서 그것을 똑똑히 바라보았다. 그가 실행한 것은 아무것도 없었지만 영웅주의적인 테러리스트들이 역사를 움직일 수 없다는 것, 거대한 중국민중의 원동력을 무엇이 폭발하게 하였는가, 또 그들은 어떻게 괴멸당하였는가, 그 비극을 목도했으며 문어 발같이 소리 없이 뼈도 없이 감겨드는 식민주의 국가의 마수가, 홍수 같은 대자본의 위력이, 얼마나 거대하고 또 치밀한가를 알게 되었다. 완전히 와해된 상해임시정부, 중국혁명에 참가하여 거의 모조리 쓰러져버린 조선혁명의 지도자들, 그들의 정예부대, 한마디로 그것은 조선독립의 희망에 종언을 보는 것과 같은 양상이었다. 3·1만세 후 조선 국내에서 일고 있는 패배주의, 비관주의는 그 심각한 면에서 국외도 다를 것이 없었다. 민족자결주의라는 국제이념만을 태산같이 믿고 평화적 시위를 내걸었건만 열강은 일본의 기색만을 살피며 무자비하게 국제이념을 배신하고 조선 민족을 배신하였다. 그러한 국제적인 귀추는 오히려 국내보다 국외 편이 피부에 가깝다. 불교에, 삼계(三界)에 발붙일 곳이 없다는 말이 있는데 조선 민족의 현실은 오계(五界)에 발붙일 곳이 없는 형국이었다. 조선 국내에서는 이 잡듯 독립사상가를 색출하여 학살하고, 일본에서는 학생 노동자의 학살, 소련에서는 동족상쟁의 흑하사변을 비롯한 일련의 살육, 중국과 만주에서는 어떠한가. 독립군을 소탕하는 것은 비단 일본뿐이던? 누가 조선 민족을 두고 분열을 일삼는 민족이라 할 것인가. 사계, 오계에서 살아남을 사람들이 각기의 입지조건에서 각기의 방법에 익숙해지는 것은 민족성에 문제가 있는 것이 아니요, 그것은 바로 역학적(力學的) 결과일 따름이다. 또 그것은 일본을 위시한 열강들의 죄악상인 것이다. 그러나 상현은 그런 목소리들이 비행기 폭음에 지워지는 참새 울음에 불과한 것을 안다. 상현은 자기 자신에게 실망하고 민족 앞날이 암흑인 것에 실망하고 갈 데 없는 패배주의자가 된 것이다. 패배주의자의 변이란 아까처럼 송병준을 흉보고 김윤식을 사회장으로 대섭하고사 한 국내 민족주의자를 비웃고, 바로 그것이 패배주의자의 비애에 가득 찬 광대의 모습이었던 것이다. 신태성의 얘기 소리가 들려왔다.

"유태인은 그 독선과 선택 의식과 예수를 살해하게 한 죄목으로 하여 세계의 유랑민이 됐으나 우리 조선은 무슨 죄목으로 아시아 일대를 유랑하게 됐는지 모르겠소, 총부리에 쫓기면서 말이오."

"신선생은 민족주의잡니다그려."

송장환이 허허 하고 웃는다.

"지금은 민족주의와 공산주의는 동의어에 속하지요. 왜냐할 것 같으면 우리 민족을 내몬 것이 바로 제국주의자 자본주의니까, 앞으로 민족주의자들이 변질만 되지 않는다면 우리는 공동의 적을 가지는 것 아니겠소?"

상현의 눈이 게슴츠레해진다.

"신선생 객쩍은 소리 작작 하시오. 적이 어디 있어요? 우리가 활을 가졌어요? 그들이 산돼집니까? 그들은 하느님입니다, 하느님요!"

"허허 주정이 심하신데요?"

신태성은 슬그머니 웃는다.

"지구 끝까지도 내몰 수 있을 게요! 생각만 한다면! 선이어디 있고 악이 어디 있어요? 악도 힘이 세면 악신이 되는 게요! 네 맞아요! 힘이 세면 모두 악신이 된다 그 말이오! 힘 없는 놈이 선하지요. 네! 힘 없는 놈 항상 선했다 그 말이오. 나도 별수 없이 선한 놈 핍박받는 놈이 됐수다! 왜냐구요? 힘이 없거든요. 왜 힘이 없느냐, 못났기 때문이오. 못난 놈은 다 선해요. 못난 놈만이 천당으로 갈 거다 내 얘기는 그거요!"

"그 이론도 얼핏 듣기엔 그럴듯하군요, 하하핫."

"이선생."

송장환이 술을 부어 내민다. 술을 마신 상현은 담배를 붙여
물려는데 수전증인가 그의 손은 불을 붙일 수 없을 만큼 떨리
고 있었다. 신태성이 얼른 불을 켜서 붙여준다.

"신선생."

"말씀하시오."

"신선생은 왜 자꾸 악신이 되려 하시오?"

목소리는 낮았다. 신태성의 눈빛이 심하게 흔들렸다. 송장
환의 표정이 굳어진다.

"어째서 힘을 그리 원하시오?"

"그건 또 무슨 뜻이지요?"

"당신 너무 잘났어! 너무 머리가 좋다 이거야!"

"허허헛헛헛 그만들 하시오. 울분을 내게 풀면은 되겠소?"

"당신은 야심가야. 너무 힘을 원하고 있어. 당신은 테러리
스트를 조종할 사람이야. 바로 당신 자신을 위해서,"

"아아니,"

"방법은 무엇이든지 오케이! 당신은 돌아가서 설 자리가 있
거든. 인제나 마련해놓고 있지. 그러니까 머리가 좋다 그 애
기요."

"이선생, 주정이겠지만 너무 심하시오."

송장환이 나무란다. 그러나,

"당신은 누구든, 좀처럼 알 수 없는 사람이라 하지. 그러나 느낌으로는 알지. 당신의 언동은 완벽해. 바늘 하나도 안 들어가게 그렇게 방어가 철저할 수 없단 말씀이야. 잠자리를 같이 한 어떤 계집도 당신을 몰라."

"그야 당연한 일 아니오? 조직 생활 하는 사람의 에이비씨 (ABC), 새삼스럽게 무슨 소릴 하는 게요?"

"당신 우리는 어떻게 믿지? 난 공산주의자 아니야. 어째 나를 믿느냐 그 말이오. 밀고하고 상금 받고 삼십육계 놔버리면 그만인데 너무 확실하잖아?"

신태성의 얼굴이 시뻘게진다. 다음 순간 창백하게 변한다. 그러나 그는 웃고 있었다.

"당신이 공산주의자라는 것만은 나도 틀림이 없다 생각하지만 그리고 당신 머릿속에는 혁명을 위한 계획이 지도처럼 정확하게 짜여 있는 것도 짐작할 수 있는 일이지만,"

"그래 그게 어찌 됐다는 거요!"

드디어 신태성은 노성을 질렀다.

"신선생, 참으시오. 이선생은 주사가 심하니까 이해하시고."

송장환은 신태성의 등을 두드리며 한편 상현을 무섭게 노려본다. 신태성은 술잔을 기울이고 손수건을 꺼내어 이마를 한 번 문지른 뒤,

"나 이형 형편이 딱해서 숙식을 제공한 잘못밖에 없는데,

남이 좀처럼 나라는 인간을 알지 못하느니, 그러나 느낌으론 알 수 있다느니 그런 말을 아까 들었지만, 정작 알 수 없고 또 느낌으론 알 수 있다 그 말이 이형 언동에 해당되는 것 같소. 좀 더 명확하게 얘기해줄 수는 없겠소? 느낌만으론 나도 명확하게 답변을 할 수 없으니 말이오."

다가서듯, 그리고 상현의 눈을 빤히 쳐다본다. 느낌만으론 명확하게 답변할 수 없다는 말은 상현의 경우도 느낌만으론 명확히 말할 수 없다는 것이 된다. 신태성은 그 점을 잡고 다가서듯 따지는 것 같았다. 네놈도 내가 이렇게 말하면 답변할 수 없으리라는 확신에 차서. 아닌 게 아니라 상현의 눈에 당황하는 빛이 돈다.

"주사라고 들어 넘길 말이 따로 있지, 송형도 들었으니 거 묘한 말 아니었다 할 수 없겠지요?"

"화내실 만도 하지요. 이형 주사도 주사지만 본시…… 네."

"아무리 불우하기로 사람이 삐뚤어지지는 말아야지. 주변에 피해를 주어서야. 의지박약을 남의 탓으로,"

하다 만다. 상현의 눈에 핏발이 섰다.

"뭐 어째 이놈아!"

술잔을 움켜쥔다.

"하하하핫…… 하하핫핫…… 송형이 백민 원군인 모양이오. 저 친구 별안간 왜 저리 용을 쓰지요? 하하핫 핫핫……."

술잔이 신태성 얼굴 위로 날았다. 술잔은 어깨 쪽을 스쳐

마룻바닥에서 깨어지고 신태성 얼굴에선 온통 날아간 술이
물방울이 되어 떨어진다.

"이선생!"

송장환이 소리치며 상현의 한 팔을 비틀듯 잡는다.

"창피스럽지도 않소! 이게 무슨 추태요!"

수건을 꺼내어 얼굴을 닦으며 신태성이 응수한다.

"치사스럽구나. 내가 사람을 잘못 보았어. 아무리 못났다
해도 이동진 씨 아들이면 십분의 일이라도 닮았거니, 그게 잘
못이었지. 허 참,"

상현은 송장환의 팔을 뿌리치려고 몸을 흔든다.

"치사스럽다, 치사스러워. 여태껏 국으로 있더니, 계집하고
아웅다웅하는 것도 철없는 동생같이 보아주었는데 이젠 얻어
먹을 곳이 생겼다 이거야?"

"위대한 공산주의자 신태성 이 새끼야! 도대체 이 집은 누
구 돈으로 세냈지? 쓰고 먹는 것 냄새가 난다! 고약한 냄새가
난단 말씀이야!"

"신형, 술 먹은 개라니, 끌고 가겠소. 용서하시오."

송장환은 질질 상현을 끌어낸다. 상현은 욕설을 계속하며
몸을 흔든다. 이런 소동이 벌어져도 은혜는 기척도 내지 않는
다. 어두운 골목까지 상현을 끌고 나온 송장환은 상현을 담벽
에 처박듯 세우고,

"이상현 씨!"

"흥! 독립운동에 방해가 됐나요?"

"실망했소."

"언제는 실망 안 했던가요? 나, 독립운동! 애국지사! 혁명투사! 그런 것 모르오."

"이선생은 크게 잘못을 저질렀소."

"왜요? 위대한 혁명투사 면상에다 술잔 던졌다구요? 그까짓 왜놈한테도 주리를 틀리는데 약과지 약과 아니란 말씀이오?"

상현은 술 취한 정도 이상으로 상체를 흔들며 혀 꼬부라진 소리를 냈다.

"자아, 걸으시오! 이상현 씨 주량 많이 줄었구려. 걸어요!"

송장환은 구타라도 하고 싶은 심정인 것 같다. 상현은 걷기 시작했다. 그리고 말없이 송장환의 숙소까지 따라간다. 방으로 들어가 마주 보고 앉는다. 상현의 얼굴은 말이 아니었다. 송장환이 담배를 붙여준다. 한 모금 깊숙이 연기를 빨아 당긴다.

"아편쟁이가 따로 있겠소?"

"……."

"나는 이제 구제불능이오."

"따지고 보면 이선생만 그렇겠소? 최악이오."

"나야 언제나 최악이었지요. 제대로 서본 일이 없있으니까요."

"실은 내 이선생이 그곳에 계신 것을 알고 찾아갔었소."

"뭐라구요?"

"알고 갔단 말입니다."

"어떻게요?"

"얘기를 들었지요. 좀 일찍 들었더라면 낮에 갔을 거구 아까 같은 그런 일은 없었을 것인데,"

"그럼 송선생은 날 데리러 왔다 그 말씀이오?"

"그렇소."

"그렇다면 왜 아무 말 안 하셨지요?"

송장환은 대답 없이 상현의 얼굴만 쳐다본다.

"역시 이상했군요?"

"속단은 마시오. 다만 가정해본 거요. 만주 일대도 아주 험악하니까요. 장학량(張學良)은 우리 조선독립군에 호감을 갖는 인물이 아니지요. 하기야 종전에도 그랬었지만."

"그러면 송선생, 신태성이 어째서 나한테 선심을 썼을까요?"

"그 친구가 순수한 호의로 그랬다 할 수 없는 것만은 단언할 수 있지요. 가정한다면 일종의 보호색?"

"미안합니다."

한참 있다가 상현은,

"길서상회 김형은 어찌 되었소."

비로소 묻는다.

"이 년 언도요."

하고는 계명회사건을 간략하게 설명한다.

"그러면 서의돈형님이 주모자란 말씀이오?"

"그런 셈이오. 그분이 공노인댁에서 붙잡혔는데, 그래서 김 형도 연루된 거지요."

"작년이라구요?"

"네, 서의돈인가 그분, 속 시원하더군요."

"사내답지요. 몸은 대추씨처럼 작지만."

상현은 못 견디어하는 얼굴이다. 그는 자기 아이를 낳았다 는 기화를 연상한 것이다. 기화의 연상은 명희의 연상으로 옮 겨갔다. 부끄럽고 처참하고, 영원히 돌아갈 수 없으리라는 절 망감, 안 돌아갈 것이라는 결의, 가족에 대한 뼈를 깎는 듯한 죄책감, 그런 것이 한꺼번에 몰려온다.

5장 호호야(好好爺)

검정 치마에 자줏빛 저고리를 입은 여자는 마른 빨래를 걷 고 있었다. 망태를 짊어진 주갑이 다가간다.

"숙이엄니."

"어머, 오세요?"

여자는 돌아보며 웃었다. 눈매, 입매가 가냘프고 조신스러 워 보이는 여자는 지난날 김훈장 생시 때, 용정 밖에 한동안 묵었던 농가의 아들 박정호(朴廷皓)의 아내다. 김두수에 의해서 일군에게 넘겨졌고 처형을 당했던 의병장의 둘째 아들 박정호, 홍이와 함께 용정서 상의학교를 다니다가 숙부를 따라 연해주로 떠난 소년, 그도 스물아홉인가? 일찍이 모스크바로 유학했던 그는 러시아혁명을 겪었고 그는 지금도 모스크바에 체류 중이다. 형 정석은 지금 훈춘에 있었으며 연추에는 그의 모친, 지체 높은 반가의 여인으로 법도에 엄격했으며, 그러나 야채장사까지 하여 가난을 타개했던 기장한 신씨부인이 둘째 며느리와 손자 손녀랑 함께 살고 있었다.

"날씨 좋구만이라우."

엉거주춤 선 채 주갑이 말했다.

"네. 볼일은 다 보고 오셨어요?"

"본 셈인디, 아기들은 워디 놀러 갔단가요?"

"조금 전에 있었는데?"

여자는 주변을 둘러본다.

"아저씨 오신 것 보고 하마 쫓아올 거예요."

주갑은 연추에 오면 정호네 집에서 지낸다. 옛날 김훈장처럼.

"저기 오누만."

주갑의 눈은 당장 새우눈이 되고 눈 가장자리에 잔주름이 왈칵 모인다.

"어련할라구요?"

아이 엄마는 빨래를 안고 집 안으로 들어간다. 일곱 살 먹은 사내아이와 다섯 살짜리 계집애가 손을 흔들며, 마치 바람개비처럼 달려온다.

"할아버지이! 할아버지!"

주갑은 양 무릎을 벌리고 주저앉는다. 날개처럼 긴 팔을 벌린다. 계집아이가 총알같이 달려와 품에 안긴다. 사내아이는 목에 팔을 감고 늘어진다.

"아이고매, 할아부지 엉덩방아 찧겠이야."

아이들은 킬킬거리고 새처럼 재잘거린다.

"밥 잘 먹고 잘 있었지라?"

"네!"

두 아이를 앞으로 몰아 머리를 쓰다듬는다.

"할아부지 이번엔 일찍 왔네?"

"암, 숙이가 보고 접어서 한달음에 갔다 왔제잉."

"이번엔 얼마나 오래 계실 거예요?"

사내아이가 묻는다.

"금매, 할아버지도 오래 있고 접는디, 일이 생기면 또 가야 안 허겠남?"

"할아부지 없음 심심해."

주갑은 계집아이 볼에 입 맞추며,

"그려, 종훈이는 핵교 갔다 왔냐?"

"네!"

아이들은 주갑을 좋아한다. 동무들보다 주갑이 더 잘 놀아주었고, 또 긴 겨울엔 밖에 나가 놀 수 없기 때문에, 주갑은 다정한 할아버지면서 동무였다. 피리며 탈이며 연을 만들어주었고 노래도 불러주었고 들판에 나가면 뜀박질도 함께했다. 할아버지가 없음 심심하다 했는데 주갑이 역시 아이들이 없으면 쓸쓸해한다. 그러나 아이들이 주갑이 길 떠난 뒤 눈이 빠지게 그를 기다리는 것은 망태 속에 넣어오는 사탕이며 과자 때문이다. 명절을 앞두었을 때는 더욱 초조하게 아이들은 그를 기다리는데, 그때는 때 묻은 망태 속에 아이들의 옷이며 신발 같은 것을 마치 보물처럼 넣어가지고 주갑은 돌아오는 것이다.

"자아, 집에 들어가자고, 할머님께 인사디리야 헌께."

아이들은 신이 나서 주갑의 손을 잡으려는데 주갑은 망태를 지고 한 팔에 하나씩 아이를 안고 집 안으로 들어간다.

"주서방은 기운도 좋소."

신씨부인은 좀 나무라는 듯, 그러나 그 이상 뭐라 하지는 않는다. 아이들을 내려놓고,

"아주머니, 다녀왔습니다."

"점심은 어떻게 했소?"

"요기는 했지라우."

하면서 주갑은 망태 속의 사탕 봉지, 과자 봉지를 아이들에게 준다.

"아이들 버릇되게 그러지 말라는데도,"

"아이들은 잘 먹고 잘 놀고 그러면 된께로, 버릇이야 크면 절로 알게 되는디, 걱정허실 것 뭐 있다요?"

신씨부인은 쓰게 웃을 뿐. 옛날 자식들을 길렀을 때처럼 손자들에게는 그리 엄하지가 않은 모양이다. 아이 엄마는 아이들을 불러서.

"두었다 조금씩 먹는 거야."

사탕과 과자 봉지를 거둬들인다. 그리고 접시에 덜어서,

"할머님 갖다 드려라."

"네."

아이들은 과자 접시를 할머니 앞에 갖다 놓고 그들도 얼마씩 나누어 가진 뒤 깡충깡충 뛰며 밖에 나가 자랑하려고 쫓아나간다.

"훈춘의 우리 아이들은 모두 잘 있던가요?"

신씨부인이 묻는다. 훈춘에는 큰아들 말고도 딸네 식구들이 살고 있었다.

"예. 모두 별일 없이 잘 기시고, 막내가 홍역을 잘 치렀다 허던디요."

"다행이구먼. 아이들이 앓지만 않으면 한시름 놓는데,"

"그러고 듣자니께 외손녀 혼사가 마무리 졌다 그런 말 허더만요."

"에미가 바쁘겠구먼."

"바빠도 좋은 일인께로, 그런 일로만 바빴으면 얼매나 좋겄

어라?"

"온갖 풍파를 다 겪더니, 세월이 가면 아이들도 가게 되는 겐가."

"이치가 그렇그름 돼 있인께요."

"공노인댁은 아직 아무 차도가 없소?"

"아는 벵인께 가실 날이나 기다리는 판인디 공노인이 보기 딱혀서 맴이 안 좋구만이라우."

"……."

"그리고 조선서 중이 한 분 오셨지라우. 홍이도 아들 낳고 딸 낳고 운전수 함시로 잘 산다 그러질 않겠소."

"아들 낳고 딸 낳고 운전수 한다는 소식은 지난번에도 주서방이 말하지 않았소? 조선서 사람이 왔다면서,"

"아 그랬단가요?"

"우리 종훈애비가 늘 홍이 말을 하지요."

"무정헌 놈이여. 한번 못 올 것도 없는디."

주갑은 모처럼 한가하게 연추서 정호네 집 농사일을 도와주고 아이들과 놀아주며 날을 보냈다. 보름이나 지났을까. 외양간을 늘리려고 주갑이 통나무 몇 개를 잘라 짊어지고 오는데 멀리 양복 입은 두 사내가 걸어오는 것을 보았다.

"송선상이 이제 오는구나."

주갑은 나뭇짐을 내려놓고 그들을 기다리기 위해 담배를 붙여 문다. 두 사내는 멀리서도 뭔가 잔뜩 긴장해서 걸어오는 것처럼 느껴진다.

"무슨 일이 있단가?"

무슨 일, 그것이 어떤 것인지는 몰라도 가장 예민해지는 것이 이곳에 사는 사람들의 거의 공통적인 생리다.

"전라도 할아바이, 무시기 나무르 그리 해 온답매?"

지나가는 농부가 말을 걸었다.

"외양간 손볼려고 해 오는 거여. 당신네들 씨는 다 뿌렸단가?"

"게우했답매."

"담배 태울란가?"

"옛꼬망. 고맙소꼬망."

담배를 주고 불도 붙여준다.

"그러믄 먼저 간답매."

농부는 가고 송장환의 일행은 다가온다.

"얼래? 저쪽 사람은 누구라? 어이서 본 것 겉은디."

"주서방."

"야. 이제 오시오? 좀 더디었구만."

송장환의 옆에 선 이상현, 그는 주갑을 바라보고 있었다.

"뜻하지 않은 일이 생겨서 지체됐어요."

"뜻하지 않은 일이라면?"

순간 주갑의 표정은 오줌 마려운 사람같이 변한다.

"용정의 공노인댁 할머니가 돌아가셨어요."

"야?"

"우리가 상제 노릇 했지요. 그러노라 늦었소."

"어이구매! 그, 그러면 어째 이 주갑이는 부르지 않았단가?"

노기를 띤다.

"공노인이 폐스럽게 못하라 당부를 해서요. 그러나 용정서 사람들이 많이 와주어 외롭지는 않았소."

"그놈의 영감탕구, 나를 서 푼어치로밖에 안 보았구만. 어이구, 인정스런 안늙은이였는디, 전에는 내 옷도 빨아주고, 으흐흐흣…… 돌아가실 줄은 알았지마는, 어이구 으흐흐흣……."

길섶에 퍼질러 앉으며 운다.

"그놈의 영감탕구, 이녁이야 그렇겠지마는 내 맴이사, 마지막 얼굴 한번 못 보고 흙 속에 묻혀버렸으니, 어이구 으흐흐흣, 자식 없이 불쌍허고."

닭의 똥 같은 눈물이 뚝뚝 떨어진다.

"주서방 그만하시오. 돌아가실 때가 돼서 돌아가셨는데, 그보다 손님,"

하자 이상현은,

"어째 만날 때마다 우는 꼴만 보게 되는지 모르겠군. 주서방!"

울다가 주갑은 얼굴을 쳐든다.

"날 모르겠어요?"

"모르겠소."

"담벽에 붙어 서서 울었던 사람도 주서방 아니었소?"

"야?"

"서울서 말이오. 강의사 돌아가셨을 적에,"

"아아, 야 젊은 선상님,"

"어째서 만날 때마다 우는지 모르겠소?"

"내가 본시부텀 눈물이 헤픈 사낸개 비여."

송장환이 픽 웃는다.

"못 견딜 때는 절로 울음이 나온단 말시. 헌디 젊은 선상님 못 알아보겠소잉? 만낸 지가 십 년도 안 됐을 것인디 워찌 그리 변혔더란가?"

"무위도식을 하자니까 자연히 변했겠지요."

송장환 가로막듯,

"주서방, 짐 지시오. 이젠 자주 만나게 될 게요."

"야, 그러여라?"

"갑시다. 길가에서 이럴 게 아니라."

"가야제요,"

마을로 들어온 세 사람은 잠시 멈춘다.

"권선생님 만나뵙고, 주서방 내일 만납시다."

상현이 악수를 청했다.

"그럭허시시오."

지게를 짊어지고 정호네 집으로 돌아온 주갑은 나무를 풀

지 않고 지게에 올려놓은 채 양지바른 곳간 앞에 가서 등을
기대고 앉는다.

"참말로 인생이란 허망헌 거여. 멩이란 질기고도 약헌 것,
차례차례 세상을 떠나누만."

곳간 앞에는 파릇파릇 풀이 돋아나고 있었다. 시베리아의
무서운 겨울을 견디어내고 돋아나는 새 풀.

'가만있자. 그런께로 이동진 선상님 자제분을, 옳거니! 기
화아씨댁 그 댁 뒤곁에서 내가 울었제. 그런께로, 그, 그런께
기화아씨허고는 워찌 된 사이여?'

주갑이 머릿속에 기억이 살아난다. 생생하게 되살아난다.
이상현이 기화 집에 들어섰을 때 느낀 질투의 감정까지 되살
아난다. 함께 술을 마셨던 일이며.

'그때 나는 강우규 어른이 돌아가셨다는 말을 듣고오 억장
이 무너지고 온 천지가 새까맣게 보였는디, 그런데도 샘이 났
다 그 말인가? 허허어. 헌디 그 사람이 기화아씨 죽은 거는
모를 것이여. 상해에 있었다는 이약을 들었인께, 음 정녕 모
릴 것이여. 헌디 사람이 워떻그름 그리 변했이까이. 헌헌장부
였는디 워찌 그리 몰라보게 되았이까잉. 고생이 막심혔던 모
양인디, 훌륭허신 아바님만 못허다는 이약을 들었는디,'
하다가 소스라치듯 놀란다. 갑자기 주갑은,

"어이구, 불쌍헌 할매! 어이구우!"
하며 소리를 내어 울기 시작한다. 맨 먼저 종숙이가 달려왔다.

"할아부지, 왜 이래? 응, 왜 우는 거야?"

팔을 잡고 흔든다.

"어이구, 불쌍허고, 만리타국에 자식 없이, 어이구우 어우구우."

닭의 똥 같은 눈물이 방울방울 떨어진다.

"할아버지이! 울지 마! 울지 말래도!"

"숙아."

주갑은 울면서 팔을 뻗쳐 어린것을 안는다.

"어이구우 어이구우!"

"할아부지이!"

종숙이도 함께 운다.

"아니 왜 이래요? 주서방, 초상났소?"

신씨가 달려와서 말했다. 신씨는 주갑이 외로워서 우는 줄 안다. 전에도 한 번인가 그런 일이 있었기 때문이다.

"야아. 초상났단께로, 어이구 불쌍헌 할매! 그놈의 영감탕구를 내가 상면허믄 주갑이 네놈은 개새끼다! 어이구우."

"아, 글쎄 초상이 어디서 났단 말이오."

"공노인댁 할머니가 돌아가싰구만이라우."

"그랬구먼."

"아수머니 늘어보시시오. 세상에 이런 법도 있소?"

"아니 왜 또 이래요? 병으로 돌아가신 게 아니란 말이오?"

"공노인 얘기여라. 나도 외로운 놈이고 공노인 내외도 자식

이 없지 않이여? 혀서 만리타국 남의 땅에 와서 부모겉이 생
각허고 의지허고 살았는디 금매 부고 한 장 없이 장사 지냈
다 허들 않겄소? 공노인이 알리지 말라 혔다는디요, 나를 서
푼어치로밖에는 치부 안 혔다 그 말이여라. 그게 분혀서 자꾸
울음이 나들 않겄소? 어이구우 어이구우."

"그거는 주서방이 잘못 생각하는 게요. 부고를 받고 보면은
이곳에서 초상에 가야 할 사람이 한두 사람이겠소?"

"그야 그렇제요. 공노인 신세 안 진 사람이 몇이나 되겠소."

"그러나 지금 이곳에서 마음 편히 초상집에 갈 형편이 못
되니까 부고 받고 못 간다면 얼마나 괴롭겠소? 공노인은 세
상을 많이 살아서 그런 것을 다 생각했을 게요. 특히나 초상
이면 사람이 모여들 것이고 왜놈들한테 점이 찍혔으니 그것
은 공노인께서 잘하신 처사요."

신씨부인은 달래듯 말했다. 종숙이는 할머니와 주갑의 얼
굴을 번갈아 보며 손가락을 물고, 볼에는 눈물 자국이 남아
있었다.

"그 생각 못헌 것도 아니여라. 허지만 야속허요."

"야속할 것 없소. 주서방이 죽으면 다 모여들 테니까."

"워매? 무슨 말씀이단가? 지가 뭐."

주갑은 죽는다는 말이 섭섭하기보다 모두 모여들 것이라는
말이 부끄러웠던 것 같다.

"놀리지 마시더라고. 지가 무슨 독립지사라고 모여들 것이

여?"

화를 낸다.

다음 날 해거름에 상현이 주갑을 찾아왔다. 누구네 집이라는 것은 알고 있었으나 면식이 없고 여자들만 있는 곳이어서 상현은 노는 아이를 보고,

"아가, 주서방 좀 불러다오."

"할아부지 말예요?"

"음, 전라도."

"우리 할아버지 어제 막 울었어요."

종숙이 두 손으로 눈물을 닦는 시늉을 한다.

"그래? 할아버지 울보구나. 지금 어디 계시냐?"

"오양간 고치고 있어요."

하면서 아이는,

"할아부지! 할아부지!"

부르며 뛰어간다. 상현도 아이의 뒤를 따라간다.

"할아부지, 손님 왔어!"

톱질을 하고 있던 주갑이 등을 세운다.

"근력 좋소."

상현이 웃으며 다가간다.

"어시 오시시오, 젊은 선상님."

주갑은 할아버지라 부르는 종숙이가 자랑스럽고 자신도 어른 대접 받는 것을 상현이 보아주어서 매우 기분이 좋은 것

같다. 어제는 흐렸는데 오늘은 활짝 개 있는 것이다.

"일 치우고 우리 술 마시러 갑시다."

"야, 그럽시다요."

주갑이 연장을 챙기는 동안 상현은 토막나무에 걸터앉아 황혼의 서편 하늘을 바라본다.

"할아부지, 어디 갈 거야?"

"잠시 나갔다 올 것인께 숙이는 저녁밥 먹고 할아부지 없이도 발 씻고 자야 혀."

"알았어."

아이는 뛰어간다.

"이 집 손녀요?"

"야."

"제 아버지가 모스크바에 가 있다지요."

"그렇구만이라우."

상현은 서쪽 하늘을 바라본 채 기화가 낳았다는 계집아이 생각을 잠시 한다. 그러나 생각을 떨쳐버리듯 담배를 꺼낸다.

"참말로 분명허고 똑똑헌 청년인디, 홍이허고 친구란께."

"홍이가 누구요?"

"홍이를 모린다 말시?"

"누군가?"

"이서방도 모리겄소? 용정에 살다 간 국밥집의."

"그 사람을 왜 모르겠소. 잘 알지요."

"그 사람 아들인디 모른다 말시?"

"아아, 상의학교에 다니던…… 실은 이 집의 정호 그 애는 내 제자였소."

"야?"

"잠시 상의학교에서 교사질을 했기에."

"오매, 그러믄 잘 아시누만."

"똑똑했지요. 그런데 그 애가 귀화를 했나요?"

"야, 사정상 부득이……."

"음."

연장망태를 헛간 속에 집어넣고 손을 털면서,

"그러면 가십시다요."

"그럽시다."

몸을 일으킨다.

"옛날의 선상님이면, 그 댁 아주머니를 한분 만나보시들 않 겄소?"

"아니, 그만두겠소."

상현은 강한 몸짓을 했다.

"그라믄 먼저 가시시오. 내 곧 따라붙을 것이니."

상현은 천천히 들길을 걷는다. 술집이 있는 곳으로 나가자 면 들실을 한참 걸어야 한다. 연추라지만 농사를 짓는 정호네 집은 상당히 동떨어져 있었다. 그렇게 오지 않으려던 곳, 유 골은 고향으로 옮겼지만 부친의 반평생이 묻혀 있는 곳, 길상이 없는 연추라 온 것일까? 송장환의 간곡한 권유 때문일까?

"당분간이라도 연해주에 가시는 게 좋을 것 같소. 사람을 의심하는 것은 극력 피해야겠지만."

"아 그놈이 날 처넣을 거다 그 말씀이오?"

"그런 일은 없겠으나."

"처넣으려면 처넣으라지요. 유치장이든 감옥이든 현재 내게는 그런 곳도 황감하지요."

"만일의 경우가 있다면 그건 이선생 혼자 일인가요? 혼자만 겪게 될 일 아니지요."

그래서 이곳으로 왔단 말인가. 상현은 발부리의 돌을 걷어차며 웃는다. 어제 권필응 씨를 만났을 때 당분간 이곳에서 학교 일이나 보아주고 있으면 어떠냐는 말을 했었다. 상현은 아무 말도 하지 않았다.

'조용하다, 참 조용하군. 가라앉는다, 끝없이 가라앉는군.'

"자, 가십시다요."

주갑이 헐레벌떡 다가온다.

"참말로 오래간만이여라."

새삼스럽게 말한다.

"죽고 싶을 만큼 조용하군."

"지금이니께 그렇제요. 난리를 얼매나 겪었기에, 죽을 고비도 몇 번 넘겼는지 모르겠소. 백군 적군 함시, 우리 조선사람들 양새 낀 나무맨치로, 왜놈 군대꺼지 올라와서, 왜놈허고

아라사는 원수지간인디, 내야 무식헌게 잘은 모리겠는디요, 금매 백군을 도와서 싸운 기이 왜놈이라는 말도 있더마요. 백군 시체 속에서 왜놈 병정 시체가 나왔다 혔으니 참 세상 요상허게 돌아가제요. 아무래도 고놈들이 백군헌티 알랑방귀 껴서 연해주 조선사람들 다 직일 계획 아니었는지 모르겄소 잉. 그러이 수풀에 앉은 새맨크로, 참말이제 가나오나 조선사람들 워디서 맘 놓고 살겄소? 독립이 되기 전에는 발 뻗고 살기 어렵제."

지껄이면서도 주갑은 기화의 얘기를 할까 말까 망설인다.

"헌디 이선상은 여기 오래 기실 거여?"

"모르겠소."

"뭐가 잘못됐나 비여."

"잘못되기야 잘못됐지요."

돌을 차며 코트 주머니 속에 손을 찌른다.

"주서방."

"야."

"잊고 물어보질 않는데 장선생, 그 양반 지금 어디 계시오?"

"장선상이라믄 장인걸 선상 말씀이오?"

"장인걸 그 양반 말이오."

"그 선상님 돌아가셨지라."

"돌아가셨다구요?"

"그래서 권선상님 왼팔 하나 짤렸다고들 허들 않겠소?"

"어떻게 해서?"

"이곳에서 일허신다는 분들 방바닥에 누워서 돌아가시기 어렵제요. 왜놈헌티 붙들려가시다가 도망을 치시는디 뒤에서 총질당혔지라우."

"……."

"모두들 울었제요. 그 양반 한도 많고 일도 많이 허셨는디 안됐소. 하기야 뭐 버러지겉이 죽을 나 겉은 게 안됐기로야 더 안됐지마는……. 나쁜 놈들도 많지만 훌륭한 어른들도 많았제요. 내가 고생허는 것은 소분지애씨라, 이동진 선상님도 말씸허시는 대로 행신허시고, 입만 다물면 고향서 편키 사실 분들이 참말로 말로는 다 못헐 고생들 허셨지요."

"그만하시오."

"야, 그만하지라우. 말혀봐야 속에서 불만 붙은께."

한동안 침묵이 지나간다. 짧은 해는 서산에 깜박 숨어버리고 사방에 어둠이 묻어온다. 목덜미에 스며드는 바람이 차다.

"저기, 혜관스님 오신 것 아신다요?"

"알아요."

"그라믄 만났단가?"

"아니."

"못 만냈으면 소식 못 들었겠소."

"무슨 소식 말이오."

"고향의,"

"고향의?"

상현이 걸음을 멈춘다.

"야. 좋은 이약은 아닌디,"

"누가 죽었다 그 말이오?"

"야."

"누, 누가? 어, 어머님이, 송선생은 그런 말 안 했소!"

상현의 얼굴이 일그러진다.

"저기, 기화아씨가 죽었다 하더마요."

"기화!"

"야."

"……."

"그것도 물에 빠져서 자게 목심을 끊었다 하니, 딸아이도
하나 있다던디,"

상현은 멈춘 채 움직이지 않는다.

6장 민족개조론

"설렁하구면."

목도리를 두르고 급히 상현을 뒤따라가며 송장환이 말했
다. 밤안개를 헤치듯, 상현은,

"밤이라 기온이 쑥 내려가는군요."

"하긴 이곳에서 젤 지내기 좋은 철이지만, 가을은 겨울 오는 게 무섭구,"

"주서방은 용정 갔지요?"

"그 고집쟁이가 안 가고 배기겠어요?"

"좀 묘한 인물이오."

"좀 묘하다는 정도가 아니지요. 아주 교활하거든요."

"네? 교활해요?"

상현은 어리둥절해서 반문했다.

"지혜롭다 해야겠지만 하도 능청스러워서,"

송장환은 낄낄 웃는다.

"어떻게 보면 주서방 그 사람은 모든 인간적인 요소를 다 갖추었다고나 할까요? 욕심만 빼고, 그런데 조금도 위대하진 않단 말입니다. 비극적인 요소를 낙천적으로 발산하기 때문에 그런지 모르지만. 어린애같이 무심한가 하면 수천 년 묵은 구렝이 같고,"

"좋으면 화를 내고 싸움할 때 존대 쓰고,"

"네, 맞아요. 하하핫핫…… 염치 바르고 마음이 여리고 소심하면서 자존심은 하늘을 찌르지요."

"뭐라 할까, 여자들한텐 좀처럼 없는 성질인데 여성적인 걸 느끼거든."

"소설가라 그런지 관점이 매우 예리하오."

"소설가요? 누구 말입니까?"

상현은 따지듯 물었다. 너무 분위기가 강했던지 송장환은 대답을 못하고 상현도 빨끈했던 것이 멋쩍었던 모양이다. 잠자코 만다. 한참 만에,

"송선생."

하고 상현이 불렀다.

"네, 소설가 선생."

송장환은 좀 화가 났던지 놀리듯 대답한다.

"허 참,"

상현은 웃고 만다.

"이선생도 사십을 바라보는데,"

송장환이 곁눈질을 한다.

"바라볼 정도가 아니지요. 서른아홉입니다."

"좀 능청스러워도 되는데, 이십 대, 그 시절같이 생마음이오."

"생마음 같으면 연애소설이나 써서 돈 벌지 썩은 나무둥치 모양으로 이러고 있겠소? 나는 얘기꾼은 되기 싫소이다. 누구처럼 설교하는 소설도 싫구요. 싫고 좋고 그런 말 할 처지도 아니지만, 뭔지 몰라요. 전신에 진딧물이 달라붙는 느낌이 든단 말입니다. 소설가다 예술가다 하면 말이오."

"왜 그럴까요? 러시아의 톨스토이 같은 작가는 위대하지 않습니까?"

한참 있다가 상현은,

"도스토옙스키가 낫지요."

혼잣말처럼 뇌었다.

"그보다 송선생은 아들딸이 몇이오?"

상현이 가정에 관하여 물어보기는 처음 있는 일이다.

"내 형편에는 많습니다만, 딸이 둘, 아들이 하나지요."

"장가는 늦게 드셨는데 서둘렀군요."

"허허헛헛…… 삼신이 서둘렀지요."

"실례지만 부인을 사랑하시오?"

상현은 의식적으로 화제 방향을 돌려놓는다.

"왜 그런 걸 묻소?"

"글쎄요…… 오나가나 우국지론, 혁명 얘기, 지겨우니까요."

"……."

밤바람이 두 사나이의 얼굴을 치고 지나간다. 밋밋한 나무,
불빛 새 나오는 창문이 지나간다.

"내 죄상(罪狀)에 뚜껑을 닫아놓고 사는 것도 이젠 지쳤어요.
어떻게 하다가 죄인이 되었는지…… 어딘지 모를 곳에 동전
을 잃어버린 아이같이, 그리고 영영 찾지 못하는 아이같이……
네. 나는 죽을 때까지 그 동전 한 닢을 못 찾을 겝니다."

"……."

"왜 말씀이 없소? 옛날에는 의론을 즐기시던 송선생께서,
공격이라도 좀 하시구려."

"하얼빈에서 실컷 했지 않았소? 이젠 김 빠져서 못해요."

"박정호의 누님 생각은 어찌 되었소?"

"허허어, 이선생 왜 이러시오? 흘러간 세월이 얼만데 새삼스럽게. 이젠 만나도 친척만 같소이다."

"부인이 미인인 모양이지요?"

"박색이오. 짧다막한 팔다리며, 볼품없지요. 그러나 나 같은 놈 가장으로 받들고 자식까지 낳아 길러주니 고맙지요. 내 형수는 비단에다 은금보화로 싸서 모셔왔지만 아편으로 집안을 망치고 남편을 망쳤는데 말입니다. 우리 집안의 소식은 들으셨겠지요?"

"조금은,"

"이선생도 우리 형수라면 잘 아실 터인데,"

"알다마다요. 양귀비가 무색할 지경이었지요. 백치미인이어서 딱하긴 했지만,"

"결국은 형이 못난 탓이지요. 그놈의 중놈 탓도 있었고요. 그러나 현명한 아내를 보았더라면 그리 급속하게 집안이 기울지는 않았을 게요. 백치의 여인과 성격 이상자……. 아편은 다만 촉진제였을 뿐이며 구제할 길이 없었지요. 형은 산송장입니다."

"아편…… 아편 말입니까?"

어리둥절하다가 송장환은,

"그런 얘기 못 들었던가요?"

"얼마나 황홀했을까요. 세월을 잊을 수 있었을 게고 고통을 잊을 수 있었을 게고,"

"아아니 이선생, 무슨 말을 하시오?"

"내가 아는 어떤 여자도 아편쟁이였으며 강물에 빠져 죽었다, 그 생각을 했던 게요."

상현은 웃는지 우는지 목을 굴리며 이상한 소리를 냈다.

"한데 송선생, 형수씨한테 아들애가 하나 있었던 거를 기억하는데요?"

"그 애가 지금 스물둘이오."

"용정에 있소?"

아이의 얼굴이 기억나지 않는다. 운무(雲霧) 속에 부유하듯 아이의 형체는 있는데 얼굴이 뚜렷하지 않다. 어쩌면 뚜렷하지 않은 아이의 형체, 그것은 기화가 낳았다는 계집아이였는지 모른다.

"유섭이는 지금 북경에 있지요. 내가 데리고 있다가 북경으로 보냈습니다. 대학에서 공부하고 있어요. 아이가 좀 유약한 편이지만 머리가 좋고 학자형이라서, 그나마 다행한 일이라 생각합니다만,"

상현은 그 말을 귓가에 흘려듣는다.

"내게는 그 애 하나 건져낼 힘밖에 없었지요."

무거운 바퀴가 가슴 위를 지나가는 것 같다. 다리가 뻣뻣하게 저려오는 것 같다. 뜨거운 것이 상현의 눈앞을 가린다. 죄의식이 괴물같이 달려든다. 어머니를 버리고 아내를 버리고 아들을 버리고, 그러나 상현은 버렸다기보다 그들로부터 버림을 당한 것 같은 기분이 들 때가 있었다. 그들은 뿌리를 가진 식물 같은 존재였다. 그들에게는 가족이 있고 집이 있고 존엄을 간직하고 있었다. 그들에 대한 생각은 늘 아픔보다 그들로부터 도망치고 싶은, 그들 생각을 안 하려는 것이었다. 기화에게도 그랬었다. 며칠 전까지만 해도 기화, 그가 낳았다는 계집아이에 대한 기분이 그러했었다. 타인같이 연관이 없고 모르는 존재로 치부하려고 했었다. 한데 사태처럼 무너져서 덮쳐 씌우는 아픔과 연민을 상현은 이 순간 감당을 못한다. 상현은 자기 자신 속에 부성애 같은 것이 있으리라는 생각을 해본 일이 없다. 부성애가 아니었는지 모른다. 가슴을 찌르는 이 감정은 부성애하고는 다른 성질의 것인지 모른다. 그러나 너무 짙다. `

"그까짓 것!"

낮았지만 그것은 울부짖음이었다.

"네?"

의아해하며 송장환이 되묻는데 상현은 걸음을 멈추고 고개를 흔들며 담배를 입에 문다. 뒤돌아본 송장환은 성냥불에 비친 상현의 얼굴을 보고 충격을 받는다. 눈물에 젖은 얼굴, 장환은 담배를 빨며 얼른 다가갔다.

"왜 그러시오, 이선생?"

"……."

풍문이긴 했다. 조선에서 이상현의 처신에 관한 얘기, 사람이 우습게 변했다는 것이었다. 끝없는 여성편력과 음주로 지새우는 나날이라는 것이었다. 눈물의 찌꺼기 같은 시시한 소설을 쓰며 문사연한다는 얘기였다. 이곳으로 온 후에도 들려오는 얘기는 결코 향기로운 것은 아니었다. 그리고 얼마 전에 하얼빈 신태성의 집에서 보인 어리석은 추태는 어떠했던가. 그러나 지금 상현의 눈물 젖은 얼굴만큼 송장환을 놀라게 하지는 않았다. 송장환은 이 사람 이제 다 됐구나, 왜 이런 절망 같은 것을 느끼는지 자신도 알 수 없었다. 어떤 곳 어떤 경우에도 상현은 자기 삶의 지렛대 같은 자의식을 내동댕이칠 위인이 아니다. 신념이나 사명감 같은 것을 잃었을지라도 인생의 의미나 가치를 부인하고 허무에 주저앉는다 할지라도 허무 그 자체가 자의식의 방패로 될 것이며 부도덕과 방탕과 의무의 포기, 그런 지탄을 받아야 할 행위조차 상현에게서는 자의식의 보루 같은 것인지 모른다. 여성편력이 어느 정도인지 그것은 알 수 없으나 청교도적인 그의 여성관은 결코 극복되지 않았을 것이며, 주의와 주장이 없어도 자기 자신을 위하여 증오와 핍박을 받을지언정 항복하거나 빌붙거나 계책을 농할 인물이 아니라는 것을, 상현을 꿰뚫고 있는 그런 심지는 의지라기보다 천성이기 때문에 경도(硬度) 높은 자질이 비혁명적이라는 것도, 송장환은 대체로 그렇게 상현을 파악하고 있었다. 또 그것은 거의 옳은 파악이었다. 사람이 운다는 것은, 특히 사내가 운다는 것은 어떤 의미에서든 순수한 것이다. 순수한 인간적인 일면이다. 그러나 송장환이 충격을 받은 것은 그런 순수성에 감동하거나 상현의 앞날을 희망적으로 본 때문이 아니다. 오히려 그와는 반대였다. 반대였기에 송장환은 충격을 받은 것이다. 결코 상현을 비인간적이라고 생각한 일이 없었건만, 이상한 일이었다. 누구를 위한, 무엇을 위한 눈물이건 간에, 그 눈물은 자신의 포기, 포기보다 항복의 의미로 송장환은 받아들인 것이다.

"이선생 왜 그러시오?"

다시 되풀이했으나 타성이었다.

"어쩌다가 하나 떨어진 계집아이 생각을 했던 게요."

최초의 고백이었다. 송장환은 묵묵히 걷는다.

"어미는 아편쟁이, 물에 빠져 죽었다던가…… 허허헛헛……."

송장환은 여전히 말없이 걷기만 한다.

"기생이 뭣 땜에 아이는 낳았는지 모르겠소. 그나마 계집애였으니 망정이지, 허허헛헛……."

"……."

"얼굴도 한번 본 일이 없소. 이조 오백 년이 사라졌기 때문에, 대일본제국의 식민지가 되었기 때문에 내 눈에서 눈물 방울이 떨어졌을 게요. 인도주의적 견지에서 말입니다. 하하하…… 하하핫핫……."

상현은 웃으면서 눈물을 흘린다.

"양갓집의 규수, 혁명지사의 따님도 개명바람 사상바람이 불어서 남장하고 나서는 세월인데, 지까짓 게, 기생이면 기생답게 사내들 창자나 꺼내 먹고 살 것이지 아이는 왜 낳아!"

술의 힘을 안 빌리고도 주정이다.

"창피스럽고 수치스럽고 그래서 도망온 게요. 아시겠습니까, 송선생? 나 어느 여자 땜에 온 게 아니오. 남작인지 공작인지 그런 놈 집구석의 귀부인 땜에 온 거 아니란 말이오. 이동진 씨가 세상을 떠났기에 중국 바닥 연해주 천지가 넓어졌다고 찾아온 게 아니란 말이오. 나, 나 못 가겠소. 돌아가겠소."

발길을 돌리는데 송장환이 팔을 잡는다.

"그건 안 됩니다. 이선생을 위해 준비한 저녁이니까요."

"나를 위해서가 아니겠지요."

"왜 그런 건 따지시오."

"이동진 선생을 추모하기 위한 거겠지요."

"그럼 어떻습니까? 부친의 명성을 매물(賣物)로 삼고 다니는 못난 자식도 있지만 이선생같이 그러시는 것도 돌아가신 분을 욕되게 하는 겁니다. 참으셔야 합니다."

"못 참겠다는 얘긴 아니오. 위대한 부친에 개망나니 같은 아들, 그런 신세를 부끄러워한 세월도 지나갔구요, 지금 심정은 그런 것과 상관없어요. 하지만 참지요, 참아야지요."

뒷간에서 허우적거리는 구더기 같은 인생이지요, 하면서도 부드러운 몸짓으로 담배를 권하던 신태성의 거실에서처럼 상현은 묘하게 순순히 말했다.

이들이 초대받아 가는 곳은 쎄리판 심, 러시아에 귀화한 동포의 집이다. 본명은 심운회(沈運會), 부유하며 인품이 원만한 사람이다. 생시에 이동진과 장인걸은 곧잘 그 댁을 드나들며 망향의 시름을 달래곤 했었다. 금녀도 상당 기간 동안 그곳에 기거(寄居)했으며 그들 부부, 특히 부인으로부터 많은 영향을 받았고 또 두 딸에게 한글을 가르치곤 했었다. 상현도 물론 초행은 아닌 집이다. 처음 부친을 찾아 연추에 왔을 때 화조 아가씨라고 애칭하던 심씨의 두 딸 수련(水蓮)과 수앵(樹鶯)은 여덟 살, 여섯 살이던가. 쎄리판 심 저택 앞에서 상현은 걸음을 멈추었다. 이층 창문에선 불빛이 새 나오고, 발코니가 둥실 떠 있는 것같이 보인다.

"여전히 부유한 모양이지요?"

상현이 집을 올려다보며 말했다.

"옛날 같지는 않지요."

러시아풍의 건축양식에, 중국 취향을 약간 가미한 벽돌건물은 옛날과 변함없이 육중해 보였다. 그리고 평화스럽게 어둠을 바라보고 있었다.

맨 먼저 쎄리판 심의 부인이 쫓아 나왔다.

"어서 와. 이게 얼마 만이유?"

상현의 손을 잡는다. 부인의 손은 따뜻했다. 전보다 비대해졌지만 은회색 비단 치마저고리를 깨끗하게 차려입은 부인은 상현을 아들처럼 대한다.

"오래간만입니다, 아주머님. 많이 늙으셨군요."

"자네가 사십 길인데 무슨 수로 내가 안 늙겠나."

"그렇군요."

둘째 딸 수앵이는 검자줏빛 드레스에 진주목걸이를 걸고 웃고 있었다. 그의 옆에는 회색 양복을 입은 젊고 건강해 보이는 신사가 역시 미소를 띠며 서 있었다.

"수앵이도 이젠 훌륭한 부인이 됐구면."

"참 반가워요, 선생님."

"나도."

"그때 장례식 때 뵙고는 처음이죠? 소식은 가끔 들었지만요."

상현은 쓰게 웃는다.

"언니는?"

"하바롭스크에 있어요. 애를 낳았는데요, 너무너무 예뻐서 인형 같아요. 정말 너무너무 예뻐요."

"수앵아, 너 혼자 다 할 참이냐? 차례를 기다리고 있잖니?"

수앵은 깔깔깔 소리 내어 웃으며,

"알았어요, 엄마."

"언제 철이 들꼬. 애길 인형으로 알구 있으니,"

"천당 갈 때 철들 겁니다."

젊은 신사의 말이었다.

"이이는 언제나 엄마하고 합작이라니까. 인사하세요. 이상현 선생님이세요. 선생님? 이이는 저의 남편이구요."

삼십은 넘었겠는데 청년같이 쾌활한 신사는,

"윤광옵니다. 선생님 존함은 진작부터, 반갑습니다."

서로 손을 내밀어 악수를 한다.

"언젠가 선생님 소설 읽은 일이 있습니다. 『헐벗은 나무 밑에서』, 기생 얘기였지요?"

윤광오는 친밀을 나타내며 말했다. 송장환이 당황한다. 상현은 말없이 발끝을 한번 내려다본다.

"너무들 하시는군요."

송장환이 엄살을 떨듯 화제 속으로 밀고 들어왔다.

"무슨 말이든 저에게도 한 말씀 해주십시오. 이렇게 무시를 당해서야 서러워 어디 살겠습니까?"

모두 웃는다. 가족들은 상현을 따뜻하게 맞이해준 것이다. 둘러싸이듯 상현은 홀 안으로 들어간다. 넓은 홀에는 아늑한 가정의 분위기가 충만해 있었다. 페치카 가까운 곳에 은발을 곱게 빗어넘긴 쎄리판 심과 낯선 노신사 한 사람이 기다리고 있었다.

"오래간만일세. 어찌 이리 더디게 왔나."

가슴으로 끌어안듯, 쎄리판 심은 상현의 등을 토닥토닥 두드렸다.

"그간 안녕하셨습니까."

상현은 고개를 깊이 숙인다.

"안녕했다 할 수는 없지. 여러 가지 고비를 많이 넘겼다네. 아무 곳이나 사람 사는 데는 다 마찬가지 아니겠나?"

"여러 가지로 면목 없습니다."

"아니야. 와주어서 고맙네. 그는 그렇고 인사하게, 묵당선생이시다."

상현의 얼굴에 긴장이 나타난다. 묵당(默堂) 손유진(孫由鎭)이라면 석학으로 널리 알려진 인물이다. 지조 높은 선비로서, 서양철학에도 심오한 조예가 있다는 말을 상현도 들었다.

"처음 뵙겠습니다. 선생님의 존함은 익히 알고 있었습니다만."

정중하게 인사를 하며 상현은 이 어른이 이곳에는 무슨 일로 와 있을까 하고 생각한다. 묵당은 고개만 끄덕였다. 키가 작고 둥근 얼굴이며 노리끼한 낯빛, 별 특징 없는 노인인데 다만 큰 눈이 어린애처럼 무심해 보였다. 나이는 쎄리판 심과 동배쯤, 육십은 넘지 않았을 것 같다.

"앉게."

상현은 쎄리판 심이 권하는 자리에 앉았다. 부인은 식당 쪽으로 사라졌고 수앵이, 윤광오(尹廣吾)는 송장환과 어울려 자리에 앉는다.

"문사라던가?"

묵당이 물었다.

"아, 아니옵니다."

상현은 당황하여 얼굴을 붉힌다.

"음풍농월(吟風弄月)하던 시절은 아닐세. 광대 갖바치도 자기 직능을 부끄럽게 여겨서는 아니 될 것이야."

따끔한 일침이다. 송장환이 상현을 힐끗 쳐다본다.

"그런 뜻이 아니옵고, 감히 문사라 칭할 처지가 아니어서,"

"흠, 그렇다면 갈고닦아야겠군. 나는 벌목꾼이요, 나는 미장이요, 자기 직능을 똑똑히 말 못할 만큼 자신이 없다면 그건 어딘가 잘못돼 있는 게야. 잘못 살고 있다는 얘기지."

"이군, 아직 초장이네."

쎄리판 심의 말이었고,

"아저씨, 이선생님은 겸손하게 말씀하신 거예요."

수앵은 묵당을 아저씨라 부르며, 어리광 피우듯이 상현을 옹호하고 나선다.

"지나친 겸손은 오만보다 나빠. 위선이며 비굴해진다. 허허헛……."

웃는다. 상현은 상대가 연만하여 그랬던지 저항 없이,

"앞으로 명심하겠습니다."

의외로 시원스럽게 나온다.

"그러면 자네가 문사라니까 내 한마디 묻겠는데 이광수를 어떻게 생각하나. 훌륭한 소설가인가?"

화살을 꽂듯 묻는 말에 상현은 얼떨떨해하고 나머지 사람들은 매우 흥미로운 표정을 지으며 상현을 쳐다본다. 계집아이가 마실 것을 날라 왔지만 그것을 든 사람은 쎄리판 심 혼자였다.

"훌륭한 소설가임엔 틀림이 없습니다."

"그런가?"

"싫고 좋고는 각인의 취향에 달린 것이겠습니다만."

"자네는?"

"저는 싫습니다."

"어째서?"

"설교자의 옷을 늘 입고 있어서 진실이 가려져버렸다는 느낌 때문에 싫습니다."

"음."

"그런 의상은 성직자나 교직자의 것으로서, 저는 그 옷을 방편으로 생각하기 때문에 그런 방편의 문학이 따로 있어야 하는지 의문입니다."

"방편이라면 무슨 뜻인지요?"

윤광오가 물었다.

"세상을 다스리기 위한 방편이라 해야겠지요."

"그러면 철학이나 종교, 교육을 방편으로 보신다 그 말씀입니까?"

"철학이나 종교, 교육은 물론 진리거나 진리를 탐구하는 것이겠지만 그것을 관장해온 사람들에게 있어선 방편이었다, 그게 역사적 현실 아니었을까요?"

"보다 진리는 문학, 혹은 예술에 있다 그런 말씀이 되겠군요."

"그것은 윤광오 씨의 착각이오. 아까 나는 진실이라 했지 진리라 하지는 않았소."

묵당은 싱긋 웃었다.

"물론 진리와 진실은 다르겠습니다만 문학에 있어서 그 문제를 어떻게 보십니까. 특히 이광수의 경우를 들어서 말씀하신다면."

"글쎄…… 문학보다 소설의 경우를 말한다면 소설은 구체적인 것이지 추상적인 것이 아니라 할 수 있겠지요. 종교가 인간을 신의 피조물로 귀납시킨다든지 철학이 인간에게 사상적 지침을 제시한다든지, 교육이 사회에 적응하게끔 인간을 훈련하고 지식을 넣어준다든지, 그러니까 진리로, 방편으로도 볼 수 있겠는데 어떤 범주 속에 사람을 집어넣는다, 극단적으론 그렇게 말할 수도 있지 않겠소?"

"그러면 소설은?"

"이것 참, 땀 빼겠는데요? 음, 그러니까 그와는 반대다 확언할 수는 없지만…… 추상적인 것에 인간이 이끌려가는 것이 아니라 개인을 둘러싼 모든 것은 그 개인의 운명을 창조하는 데 파생되는 것으로 보는 것이 문학의 입장 아닐까요? 물론 작가가 만드는 것은 선택이니까 엄격하게 말한다면 공식이 있을 수 없지만."

"이광수의 경우는 어떻습니까?"

"그 사람이 탁월한 소질을 타고난 것만은 부인할 수 없겠지요. 그러나 그의 이상주의를 펴기 위한 문학으론 역부족 아닐까? 설교가 눈에 띈다는 것은 불쾌하니까요. 선생님, 죄송합니다."

"죄송할 것 없네. 나보고 공박하는 거 아니니까."

"이선생님께서도 계몽문학을 반대하신다, 그 말씀인데 우리 민족이 처한 이런 시기엔,"

성미가 여간 끈덕지지가 않다. 상현이 쩔쩔매기 시작하는데 윤광오는 결론을 내려는 듯 물고 늘어진다. 송장환은 안심한 듯 의자에 등을 기대고 느긋한 자세로 앉아 있었다.

"구태여 반대할 것까지 없지만 이마빼기에 써붙일 필요까지 있을까요? 애매하면서 민족지도자연하는 것도 아니꼽고, 문학과 운동이 양립 못한다는 얘기는 아니오. 그에게는 양립이 안 된다, 그 얘기지요. 차라리 그 재주 가지고 칩거하여 문학이나 할 일이지 능도 없으면서 운동은 무슨 놈의 운동이오. 그러니까 마각이 드러나지."

마음으로는 엉덩이를 빼면서 오히려 입으론 격렬하게 내뱉는다.

"아닌 게 아니라 저도 「민족개조론」인가 그거 읽고 실망했습니다. 선생님께서는 어찌 생각하시는지요."

윤광오는 묵당에게 시선을 돌리며 묻는다.

"놀랄 정도로 졸문이더군. 너절해. 그 글 길이의 십분지 일만 가지고도 할 말 하고 남았을 게야. 젊어서 그랬겠으나 아는 것 자랑이 심해."

묵당은 씹어뱉듯 말했다.

"저는 문장가가 아니어서 그런 걸 가지고 논할 자격은 없겠습니다만 거 이상한 얘기가 여간 많지 않더군요. 영국의 식민지 정책이 어떻고 어떻다는 그런 대목이 있었는데, 어째서 이광수는 하필이면 「민족개조론」에서 영국의 식민지 정책을 추켜세웠을까요? 일본이 아닌 불란서의 식민지 정책과 비교는 하고 있었습니다마는 도대체 그 저의가 뭐냐 그 말입니다."

"뻔하지."

쎄리판 심이 말했다.

"일본도 영국식으로 조선을 다스려준다면 용납하겠다 그 얘깁니까? 아니면 영국을 본받아 좀 잘 봐달라는 얘깁니까? 아 글쎄 노골적인 것은, 그래도 영국은 실리를 취했다 그러고 노닥거리지 않았겠습니까? 그 반역자가 따지고 들면 뭐라 대답할까요."

느물대듯 끈질기던 윤광오가 드디어 입에 거품을 물고 흥분한다.

"민족을 위해서, 왜놈들에게 눈가리개 해놓고 표면상 합법적으로 조직을 확대한다 답변할까요?"

한마디 말도 없던 송장환이 이유하듯 말했다. 윤광오는,

"그러면 그것은 합리주의 책략인데「민족개조론」에는 도처에 도덕을 운운하고 있지 않아요? 그건 모순입니다."

"지적할 것도 없이 모순을, 그것도 솜씨 사납게 엮어놓은 게야."

묵당이 말했다. 말괄량이 기질인 수앵이 얌전하게 이 얼굴 저 얼굴을 번갈아 보며 흥미 있게 듣더니,

"그 사람 애인 때문에 변절했다면요?"

자세히 더 알고 싶다는 듯 상현을 쳐다본다.

"그런 풍문이 파다했으나, 애인 때문이라기보다, 지금은 부부가 됐지만,"

"그럼 애인 때문이 아니라는 거예요?"

"수앵이도 여자라 그 문제에 흥미가 있는 모양이군."

"그럼요. 딱딱한 얘기보담,"

"사내새끼가 일개 계집 때문에,"

"어머! 이이 좀 봐! 일개 계집이 뭐예요? 나는 그렇게 생각 안 해요. 사랑을 위하여, 얼마나 괴로웠겠어요? 그 점은 동정할 만할 것 같은데, 광오 씨는 그럴 경우 날 헌신짝같이 버릴 거예요?"

"아예, 자네 상대하지 말게. 인형이나 안겨주고 사탕이나 물려주면 돼."

쎄리판 심의 놀려주는 말이었고,

"옛날 같으면 골목이 좁다고 쫓겨났을걸?"

했으나 손녀를 바라보는 할아버지 같은 묵당의 눈이었다.

"아저씨까지 그러시기예요? 제가 어릴 적에는 업어주시고
해놓고서,"

모두 웃는다.

"후회막심이다. 업어주지 말구 종아리나 때릴걸."

"그럼 아저씨 겨울 셔츠 안 짜드릴 거예요."

"수앵이가 고생이지 내가 답답할까?"

"어머, 왜 제가 고생이에요?"

"덩치들을 봐. 실이 내 두 몫은 들걸?"

수앵이 깔깔대며 웃는다. 웃다가,

"이선생님 아까 얘기 끝내주시지 않았어요. 애인 땜에 안
그랬다면 뭣 땜에 이광수 그 사람 그랬을까요?"

"부부가 닮았구면."

"네?"

"말을 물고서 안 놓아주는 점이 닮았다 그 말이야."

"이거 참,"

윤광오는 머리를 긁적인다. 버릇없는 수앵, 결혼을 했으면
서도 늘 안을 뛰어다니며 재롱꾼이었던 옛날의 모습을 그대로
간직하고, 하여 사람들은 버릇없는 것을 나무라기보다, 세월
이 흐르지 않았거니 하고 위안을 받는 걸까. 조선땅이 아니요,

또 조선 백성도 아닌 심씨 일가, 아라사 기풍을 다소는 따랐을 터이고 한편 피부 빛깔로 동화되지 못하는 소외감, 모국을 그리워하는 맘, 그런 것을 달래는 데는 단란한 가정이 최상이던가.

"수앵이가 실망하겠으나, 내 생각엔 말이야, 무슨 일을 한다 하는 남자는 좀처럼 여자 때문에 굽히는 일이 없을 것 같다. 이십 전후에 혜성같이 나타났던 이광수, 그리고 그의 경력을 살피더라도 그의 야심은 보통을 넘거든. 그리고 3·1운동 그 무렵엔 거의 영웅이 되다시피한 인물이야."

얘기하는 상현의 얼굴은 자신의 고뇌를 잊은 듯 보였다. 밝고 아늑한 가정 분위기에 차츰 싸여들어 어느덧 그의 어세는 많이 부드러워져 있었다.

"그러한 사람이 생나무 가르듯 허씨, 그 여자와 갈라서게 될 처지도 아니겠고, 보고 싶고 함께 있고 싶은 마음만으로 상해서 발길을 돌렸겠나? 그 사람은 자신의 명성 때문에 조선으로 돌아갔을 거야."

"변절을 했는데 어떻게 자신의 명성을 유지하나요?"

"본인은 변절이라 하지 않았을 게고 변절이라 생각지도 않았을 게야. 어째서 명성 때문에 그랬겠느냐, 내가 생각하기론 상해에서 독립운동을 하는 일보다 국내로 돌아가 소설을 쓰는 것이……. 생활이 어려웠다는 변명도 있음 직하지만 이광수처럼 다작(多作)의 작가가 지면을 얻을 수 없다는 것은 거의 치명적인 일 아니었을까? 그것은 명성의 종언을 의미하는 것 아니겠어? 참고 견딘다 하더라도 이광수의 판단으론 독립이 쉬이 오지 못하리라, 대부분 그렇게들 생각했지."

묵당은 쎄리판 심과 술잔을 나누며 웃는다.

"생각해보아. 그 약점을 애인이 찌른 거야. 이광수가 「민족개조론」이다 뭐다 하고 시시한 것을 발표하는 이유는, 그가 어째서 한때 영웅이 되었는가 그것을 누구보다 그 자신이 잘 알지. 그의 문학과 그의 반일 사상 그 두 가지가 합친 때문이라는 걸. 그 야심가, 명성에의 노예는 양자 중에 보다 유리한 것을 택하였고 그러고도 연연하여 자기 문학에다 애매모호한 것을 풀칠해서 붙이고 있는 거야. 두 가지를 다 갖고 싶겠지만 두 가지를 다 잃는 결과는 아니 될지. 그는 약한 사람 같다. 두 가지를 다 해낼 뜨거운 피, 강인한 의지가 없었을 게야. 글은 칼이 될 수 있는 거고 꽃도 될 수 있는 건데 칼은 무디어졌고 꽃은 종이꽃이 되고, 그래서 괴상망칙한 「민족개조론」 같은 것도 튀어나오게 된 거지. 나는 독자의 입장에서,"

잘 나가다가 상현은 기어이 자기 위치를 설명하려 든다. 그는 자신이 뭣인가를 깨닫는다.

"그렇다면 차라리 사랑 때문에 변절했다, 그 편이 훨씬 낫지 않습니까?"

윤광오 말이었고 수앵은,

"그렇담 참 추악한 거 아니에요?"

"여자든 명성이든 다 같다. 그러나 여자보다 명성에의 집념이 더 강한 게야."

묵당은 웃으며 말했다.

"대단한 성토 대회군요. 그 민족개조주의자는 민족개조가 실현될 날이 멀지 않았음을 확신하고 넘치는 기쁨으로 작은 자신의 생명을 고귀한 사업에 바치겠다 했는데 조금은 동정할 여지가 있는 것 아닐까요?"

"허 참, 송선생님의 그 호인풍이 또 나옵니다? 친일파 거두들도 조선의 자치제를 들고 나오는 용맹함을 보였는데 반일작가 이광수가 고작 한다는 게 꼬리도 대가리도 없는 유령 같은 개조론으로 왜놈을 안심시킨 그따위 행위, 동정할 여지가 있습니까? 방구석에 처박혀 소설이나 쓰지, 문화유산이나 되게요."

동경에서 관동진재를 겪은 뒤 학업을 중단하고 형을 찾아 연해주로 온 윤광오는 이곳에 눌러앉아 수앵과 혼인까지 한 처지지만, 그러니까 유학 당시는 3·1운동 전이었고 이광수도 상해로 탈출하기 전이어서, 비록 유학 초년생으로 면식은 없지만 윤광오는 이광수의 영웅 시절을 비교적 소상히 안다. 숭배하고 동경했던 사람인 만큼, 그런 만큼 배신당한 기분은 짙었는지 모른다.

"윤광오 씨 말에는 가시가 있소, 변절자는 소설이나 써라. 허허허……."

"아, 아닙니다. 그런 뜻이 아닙니다. 그렇게 말씀하신다면 이선생님은 변절자가 아니어서 소설에서 손 뗐다, 그렇게 되나요?"

대화는 농으로 풀렸다.

"이제 그만들 하세요. 저녁 드신 뒤 계속하는 게 어떻겠어요?"

왔다 갔다 하면서 얘기를 주워들은 눈치다. 부인이 다가오며 말했다.

"어이구, 그렇게들 합시다. 저녁 후 묵당께서는 이 버릇없는 젊은 친구들 혼 좀 나게 하셔야겠소?"

쎄리판 심이 몸을 일으켰다.

"선생님 저는 아닙니다."

"아 송군 자네야 언제나 묵당의 애제자지."

"사랑하면은 매 하나 더 든다 하던데요, 아버님?"

말하며 윤광오는 안내하듯 식당으로 들어간다. 식탁 앞에 자리를 잡는다.

"희야?"

"네."

계집아이가 쫓아왔다. 부인은,

"오늘은 수고 많았다. 밖에 누구 찾아온 모양인데?"

어투를 보아 집에서 부리는 아이는 아닌 것 같고 손님초대 때문에 농가에서 일을 거들러 온 것 같다. 쎄리판 심의 가정에서는 유일한 변화였다. 하녀들이 없어졌다는 것이.

밖에 나갔다 온 아이는,

"저기 송선생님을 찾으세요."

"송선생을 찾아오신 손님이면 들어오시라 해야지."

갈비를 뜯으며 쩨리판 심이 말했다.

"안 들어오시겠다 하십니다."

"누군데?"

송장환이 묻는다.

"전라도 할아버지예요."

"그래?"

송장환이 일어섰다. 쩨리판 심이,

"서로 모르는 처지도 아니겠고 들어오시라 하게."

"네."

급히 나갔다 돌아온 송장환은 낯빛이 달라져 있었다.

"무슨 일이오?"

상현이 묻는다.

"식사 도중인데, 이선생, 나 급한 일이 있어서 먼저 가겠소. 놀다 천천히 오십시오. 아주머니, 죄송합니다."

"아아니, 저 사람이?"

허둥지둥 홀로 나온 송장환은 코트를 집어 들고 입을 새도 없이 나간다. 문 앞에 우두커니 서 있는 주갑을 향해,

"어떻게 된 일입니까? 설명 좀 하시오."

연신 코트에 팔을 끼면서, 걸으면서 송장환이 묻는다.

"다짜고짜 끌고 갔인께 머이 워떻거름 된 것인지 나도 모르 겄으라우. 거기 사정도 딱허기야 허겠소만 송선상이 일 당허 면 워쩌? 혀서 여기부터 왔단께로."

"두매가 공노인댁에서 잡혀갔다, 그러고 또 뭐랬습니까?"

"하얼빈서 몇 사람 당혔다 허던디."

"누구누구 잡혀갔어요?"

"그거는 모리겄고오, 나도 훈춘꺼지 와가지고 그 소식을 들 었단 말시. 훈춘의 선상님 댁에도 그 개놈우 아아들이 선상 님 잡겄다고 진을 치고 있덜 않겄소? 안에는 들어가보들 못허 고."

"두매는 뭣하노라 용정서 어물쩍거리고 있었답디까!"

"장사 끝내고 공노인 땀시, 차마 못 떠나고 차일피일, 새댁 도 있인께로 그랬는개 비여."

"바보 덩신 같은 놈!"

"뭣이냐, 공노인 혼자 남게 되얏이니, 두매는 새댁 식구랑 합가헐려고 의논이 돼서."

"그건 사사로운 일 아니오!"

"붙들리 갔으니 그렇제. 사사로운 일도 안 혈 수 없는디, 나 는 선상님이 혹 훈춘으로 되놀아오시까 아니면 하얼빈으로 떠났이까 싶어서 오는 동안 간이 콩 뛰듯 혔지라우."

"이건 보통 일 아니오."

송장환은 냉정해지려고 담배를 꺼내어 붙여 문다.

"공노인 댁이 오구삼살방*인가 워째 거기서 사램이 자꾸 잡혀간다요?"

송장환의 눈앞에 신태성의 웃는 얼굴이 뚜렷이 떠오른다.

"쳐 죽일 놈!"

"야?"

"어서 갑시다."

"워디를 간단가요. 이선상은?"

"그 사람 걱정할 것 없어요!"

"두매 그눔 아아 죽어나겄소."

"……."

"어이구 숨차."

"훈춘 와서 하얼빈 소식을 들었다 하셨지요?"

"야."

"그건 또 어찌 된 일이오?"

"금매, 훈춘 선상님 댁에 개눔들이 먼저 와서 진을 치고 있었는디, 하얼빈서는 모리고 달리왔는개 비여, 선상님이 훈춘에 기신 줄 알았겄제요."

"기별 온 사람은,"

"밖에서 사정을 알고 튀었인께 탈 없지라우. 나랑 함께 왔인께로."

"쳐 죽일 놈!"

"누가 밀고혔다 그 말씸이여라?"

"……."

"누가 혔는지 아는 모앵인디 이래가지고 일허겄소? 헌디 지금 우리는 워디로 가는 거여?"

"권선생님은 아직 모르시오?"

"아니여라. 하얼빈서 온 사람은 그리로 가고 나는 쎄르빵집으로 뛰었인께 이잔 알고 기실 것이여."

"그렇다면 이상하지 않소?"

"뭐가 이상허다 말시?"

"하얼빈서 온 사람하고 주서방이 함께 왔으면서도 누가 잡혀갔는지 그걸 모른단 말이요?"

"어이구, 그런 말씸 마시시오. 어마도지혀서 정신이 나갔는디, 아 그리고 본께 내 물어보들 안 혔구마요."

7장 하얀 새 한 마리

방학을 며칠 앞두고 동경서 서울로 간 환국이는 어머니와 합류하여 서대문 형무소의 아버지 길상과 면회를 했다. 동대(東大)는 아니었지만 어머니의 소원대로 법과를 지망하여 조도전(早稻田)* 예과에 입학한 환국이는 동경으로 떠나기 전에 아버지와 첫 면회를 했었고 여름방학 귀국길에, 그러니까 두 번째 면회를 한 셈이다. 삭막한 그 거리, 붉은 담벽에 여름 태양이 튀고 걸레처럼 후줄근해진 사람들이 오가던 그곳, 옥중에 있는 사람도 물론 그러했겠지만 어머니와는 또 다르게 환국은 형무소의 철문을 나서면서 심한 갈증을 느꼈던 것이다. 절대적인 존재, 환국의 마음속에서의 아버지는 절대적인 존재다. 독립투사로서의 아버지가 아닌 아버지, 아버지라는 존재 그 자체가 환국에게는 절대적인 것이다. 그것은 핏줄의 부름이며 어릴 적에 뇌리에 박혀버린 그 모습, 그 음성이 절대적인 것이다. 그것들은 세월과 더불어 한층 강하게, 굳게 각인된 것처럼 마음 한복판에 자리하고 있는 것이다. 이따금 아버지의 체취 같은 것을 환국인 느낀다. 경련처럼 이는 그리움, 바람 부는 음지에서 환국이는 오돌오돌 떨듯 아버지를 그리워했다. 그러나 이쪽과 저쪽 손 한번 마주 잡아볼 수 없던 그 짧은 시간, 갈증이 난다. 혀끝이 굳어진 듯 할 말을 못하고 오열하지 않으려고 주먹을 쥐었던 그 짧은 시간, 아버지의 눈동자만이 심장을 태우는 것 같았던 짧은 시간이었다.

"사내자식이 눈물 같은 것 흘려서는 못써."

"네. 아버님."

철문을 나서면서부터, 임교장 댁에 하룻밤을 묵고 기차를 타고 지금은 레일을 구르는 기차 바퀴 소리가 규칙적으로 들려오는데 줄곧 환국은 갈증을 느낀다. 차창 밖에는 싱그럽고 짙푸른 수전(水田)이 끝없이 펼쳐져 있었다. 논둑에 흰 새 한 마리 하늘을 우러러보며 그림같이 서 있다. 순간 환국이는 그 흰 새 한 마리가 어머니의 모습같이 생각되는 것이었다. 끝없이 펼쳐진 푸른 수전에 머문 흰 새 한 마리. 한 달에 한 번씩 서울을 오르내리는, 그때마다 어머니의 심정은 어떠할까. 환국이는 무릎 위에 가지런히 놓인 어머니의 두 손 위에 눈을 떨어뜨린다. 창백한 손이다. 창백한 손에, 푸른 정맥이 내비치는 투명한 손가락에 끼워져 있는 새파란 비취 반지에 눈이 머문다. 물방울 같은 짙은 녹색의 보석이 흰 모시 치마 위에서 어머니의 성품같이 고귀하게 보인다고 환국은 생각한다. 푸른 수전과 흰 새 한 마리, 눈물의 응결 같은 푸른 보석과 어머니의 하얀 모시옷. 환국은 눈길을 들어 차창 밖을 내다본다. 손안에 물이 흘러버리듯 만남의 그 격렬한 시간은 가고 없다. 차창 밖의 시시각각 날아가버리는 연변 풍경 같은 것인가. 길고 어두운 터널을 지나서 다시 맞이하는 풍경, 철로 양켠에 비스듬히 드러누운 듯 석축이 계속된다. 청회색의 그 돌빛깔에서 어찌 갑자기 아버지의 가슴팍을 느끼는 걸까. 레일을 구르는 기차바퀴 소리는 간단없이 정확하게 울린다. 그 바퀴 소리를 한꺼번에 잡아 젖힐 수는 없는 것일까. 세월이 그냥 주렁주렁 끌려와서 당장에라도 옥문이 활짝 열려질 수는 없을까.

"환국아."

"네."

"시장하지?"

"아니요, 어머니."

"시장하면 식당차에 가자꾸나."

"그럴까요?"

환국은 어머니를 위해 일어섰다. 서희는 아들을 위해 일어섰다. 식당차에 마주 앉은 모자는 모래알 같은 밥알을 씹는다. 점심시간이 훨씬 지났었기 때문에 식당은 조용했다.

"그래 하숙은 지낼 만하더냐?"

처음으로 묻는다.

"네. 과분하지요."

"풍습이 달라서 불편한 점이 있을 텐데,"

"처음에는 좀 그랬었지요. 조선에 나와 있는 일본인보다는 다소 점잖은 것 같구요."

"순철이는 아직 안 왔겠구나."

"네. 공부하겠다면서 귀성 안 할 모양이더군요."

"너는 방학 동안 공부할 생각 말아라. 건강이 좋잖은 것 같구나."

"보기에 비해 괜찮습니다. 저보다 어머님이 여위셨어요."

그 말 대답은 하지 않는다. 절반도 못 먹은 채 탁자의 접시를 물리고 모자는 날라 온 커피잔을 든다.

"여름이 빨리 갔으면 좋겠구나."

여름이 빨리 가기를 원하는 것은 형무소의 아버지를 생각

하기 때문이라는 것을 환국이는 안다. 지난겨울에는,

"겨울이 빨리 갔으면 좋겠구나."

하고 말했었다.

"기운 내세요, 어머니."

"그래."

모자는 서로 바라보며 웃는다.

"이 년만 기다리면, 이번에는 집으로 돌아오실 테니까요."

"쉬이 못 돌아오시더라도 그런 곳에만 안 계셨으면 좋겠다."

"만주 연해주에선 고생 안 하셨겠습니까?"

"……."

"양현이는 학교 잘 다니겠지요?"

"음. 윤국이가 귀여워하니 다행이다."

"엄마…… 찾지 않습니까?"

"글쎄다. 마음속으로 찾겠지."

이때 푸른 블라우스에 흰 마직(麻織) 수트를 입은 여자가 식당칸으로 들어섰다. 환국이와 마주 보이는 위치에서 다가온다. 새까만 에나멜 핸드백을 팔에 걸고 걸어오는 여자는 홍성숙이었다. 환국의 눈과 부딪친 홍성숙은,

"아니, 최참판댁 도련님이지요?"

하며 반색을 한다. 환국이는 엉거주춤 일어서며,

"안녕하십니까."

"몰라보게 되셨네? 동경으로 갔다는 얘긴 들었어요. 명희

언니한테서,"

"네."

"커피 한잔 마시러 왔는데 앉아도 될까?"

"네. 앉으시지요."

환국이 옆에 앉으려다 말고 빤히 쳐다보는 맞은편 자리의
서희 눈과 부딪친다.

'바로, 최서희라는 여자구면.'

처음부터 그러려니 의식을 했었다. 차갑고 아름다운 눈동
자, 의아해하는 빛도 없다. 흔들리지 않는 호수 같다.

"저기, 어머님, 그렇지요?"

"네. 어머님이세요."

환국이 어쩔까 망설이는데 홍성숙은 스스럼없다.

"처음 뵙겠습니다."

"아 네?"

"진주 양교리댁 아시지요?"

서희는 고개를 끄덕인다.

"저희 언니예요."

"그러세요? 앉으시지요."

희미한 미소를 띤다. 높은 교양을 가졌을 텐데 어딘지 모르
게 천기가 엿보이는 홍성숙을 어머니가 어떻게 대할까 근심
이 된 환국이,

"어머니? 성악가, 성악을 하시는 분입니다."

소개를 한다.

"홍성숙입니다. 부인 말씀은 진작부터 들었습니다만 이제 뵙게 되는군요. 반갑습니다."

"특수한 분야에서, 힘이 드시겠습니다."

연장자로서의 태도만을 취한다.

"네. 고충이 많습니다. 예술가를 이해 못하는 풍토가 가장 고통스럽지요. 그보다 걱정되시겠어요."

"……."

"얼마나 괴로우실까. 하지만 나라를 위해 겪는 곤욕이니까 영광으로 아셔야지요."

"고맙습니다."

"저희들은 부끄러울 따름입니다. 조국에 이바지하는 일이 아무것도 없으니까요."

성숙은 날라 온 커피잔을 든다. 한 모금 마셔보고 눈살을 찌푸린다.

"커피맛이 형편없군요."

서희는 아까처럼 희미하게 웃는다.

"진주의 언닐 통해서도 그렇지만 임교장댁 명희언닌 저희 선배예요. 서울역에서 우연히 만났을 때 그때 아드님을 보았지요."

성숙은 조병모 남작댁 며느님이라 하지 않았다. 의식적으로 임교장댁 명희언니라 하는 것 같다.

"이렇게 훌륭하고 잘생긴 아드님을 두셨으니 얼마나 큰 위안이 되겠어요? 나서면 동경, 은좌거리가 훤해질 거예요. 호호호……."

"……."

"하기는 어머님이 아름다우시니 당연하겠지만 정말 듣기보다 몇 배나 더 아름다우세요."

노골적인 찬사에 서희는 머쓱해진다. 여태까지 이런 식으로 서희에게 접근해오는 사람은 없었다. 기질적으로 친밀하게 접근해오는 것을 용납하지 않았기 때문이다. 실제 나이도 예닐곱 위였으나 어릴 적부터 남을 이끌고 오늘에 이른 서희는 연령보다 정신이 훨씬 노숙해 있었기 때문에 사실 멋모르게 솔직하고 다변하고 여자를 넘지 못하는 감성을 상대하는 것이 거북하다. 불쾌해하는 빛이 스쳐간다. 자리를 뜨는 것이 상책이지만 서희도 이제 어른이 된 아들의 어머니인 것이다. 남편을 옥중에 두고 사는 여자인 것이다. 성숙은 자신이 가난해서도 아니요, 지체가 형편없는 처지여서 그런 것도 아닌데 명성이나 재력에 약한 여자다. 실제 이해관계가 얽혀 있다든지 경쟁자로서 출현했다면 모를까, 그럴 요인이 없는 상대에게는 단연 경의를 표하고 환심을 사려 하고 친하게 교제하며 자신을 빛내려는 경향이 짙은 여자다. 그러니까 자신보다 못한 사람은 버리고 자신보다 나은 사람을 취하는 성향인 것이다. 그렇다고 해서 성숙은 지금 서희에게 열등감을 느끼는 것은 아니었다. 최서희의 아름다움에는 자신이 미치지 못하나 서희보다 젊다는 자신이 있었다. 지체는 그쪽이 다소 높다 하더라도 하인과 혼인하였다는 하자로써 상쇄가 되었으며 막대한 재력에는 자신의 학벌, 예술가로서 대항할 수 있다는 생각이었다.

"혼자 여행이란 아주 지루한 거예요. 심심해서 어쩌나 했더니 마침 귀한 분을 만나 얼마나 다행인지 몰라요."

"별말씀을 다 하십니다."

행선지까지 함께 얘기하며 가겠다는 것인데 서희는 마음속으로 딱하게 됐다는 생각을 한다.

"진주까지 가세요?"

"네. 하지만 부산서 며칠 볼일 본 뒤 진주로 갈 거예요."

환국은 창밖을 바라보며 혼자 있고 싶어 하는 어머니 심정을 생각하여 초조해진다.

"독창회 관계로 부산서 협의할 일이 있어요. 부산의 청중들이 어느 정도의 수준인지 모르지만 하도 간곡하게 권하는 바람에, 사실 서울도 아직은 형편없어요. 결국 우리 세대는 희생되고 지반 닦아주는 것 이외 아무것도 아닌 것 같아요. 여자가 무슨 일을 한다는 것, 그리고 인정받는다는 것, 그건 우리 조선에서는 백 년 후에나 가능할까요? 서양보다 뒤떨어진 일본만 하더라도 예술은 신성시되고 예술인들은 동경과 존경을 받는데, 여기선 한숨밖에 나오는 게 없으니 용기를 잃을 때가 많지요. 백로가 까마귀 속에서 비웃음을 받는 격이지요. 창가(唱歌) 들으러 가자, 네, 창가 들으러 가자예요."

서희는 쓰게 웃는다.

"나도 창간 줄 알고 있어요."

순간 성숙은 당황한다. 환국은 창가를 내다본 채 혼자 생각에 잠겨버린 것 같고.

"부인께서는, 가정에만 계시니까요. 그럴 수도 있겠지요. 하지만 일본서 유학했다는 남자 중에도 그런 말 하는 사람이 있어요. 아마 일본서 인력거나 끌며 공부한 사람일 테지요."

서희가 일어설 기색을 보이자 성숙은 화제를 바꾼다.

"실은 저의 조카 애가 쉬이 약혼할 것 같아서 진주 가는데 진주 가면 다시 뵐 기회가 있을 거예요. 일이 거의 결정났으니까 하는 말이지만,"

깔깔깔 웃으며 환국의 옆모습을 살펴본다. 환국의 귀뿌리가 빨개져 있었다. 충격을 받은 것 같다. 아닌 게 아니라 환국은 비로소 양소림을 상기했고 오랫동안 괴롭혀온 망상과도 같은 혐오감이 되살아난 것을 느꼈다. 홍성숙을 보는 순간 양소림을 생각했을 터인데 어째서 까마득하게 그것을 잊고 있었는가. 이상한 일이었다. 그 망상과 같은 혐오감은 아버지의 투옥사건이 있은 후 사라졌다. 아버지의 투옥사건뿐만 아니라 일 년 동안 자기 자신의 진로에 대한 번민, 학교 진학 문제, 낯선 동경에서의 새로운 생활, 그런 것들이 소림을 깡그리 잊게 했을 것이다. 그런데 홍성숙을 보고도, 마치 홍성숙과 양소림이 아무 관계 없는 사람같이 착각한 것은, 이상한 일이었다.

'양소림이 약혼을 한다……'

깔깔대는 성숙의 웃음은 물결같이 양소림의 그 징그러운 손등을 싣고 온다.

"언니하고 형부가 이도련님을 두고 얼마나 침을 삼켰는지 아마 부인은 모르실 거예요."

"무슨 말씀인지?"

서희는 좀 놀란다. 환국의 귀뿌리는 더욱더 붉어진다. 수치와 노여움이다.

"박의사한테."

하다가 성숙은 의미 모를 웃음을 흘린다. 반사적으로 서희는 불쾌하고 모멸하듯 성숙의 눈을 주목한다.

"네. 박의사한테 중매 드시라고 형부랑 언니가 몹시 조르기도 했나 봐요. 그뿐인 줄 아세요? 저도 명희언니한테 여러 번 얘기를 했었지요. 우리 소림이, 조카 이름이지요, 그 애도 남에게 뒤떨어지는 인물은 아니에요. 예쁘고 마음씨 착하고 그렇지만 아무도 중매에 나서려 하지 않는 거예요. 집안에 불행한 일이 있으니 말 꺼내는 것은 실례라 생각했던 것 같아요. 집안이 엇비슷하고, 본인끼리도 서울서 공부 했으니까 면식이 있었을 거구. 전혀 걸맞지 않는 혼담도 아닌데 말입니다."

성숙은 양소림의 그 치명적인 손등에 대해선 일절 비치지 않았으나 망설임 없이 쏟아놓는다. 환국의 어색한 처지 따위는 염두에도 없는 것 같다.

"그런 일이 있었어요?"

쓰게 웃는다.

"어떻습니까? 아드님 혼인문제는 생각하고 계시나요?"

"아직은, 어린데 공부해야지요."

"아드님이니까 그렇지요. 딸애 같으면 적령기 아닙니까? 적령기를 넘기면 여자로선 큰일이지요. 그래서 형부가 서두셨는데 언닌 아직도 분해서 울고불고."

"……."

"상대가 불만이라 그런 거예요. 언닌 아무래도 좀 고루하니까요. 결단은 형부가 내렸고 저는 형부를 응원했지요."

"네."

"아닌 게 아니라 우리 조카 애한텐,"

잠시 말을 끊었다가,

"많이 부족하지요. 누군고 하니 부인께서도 아실 거예요. 지금 의전 학생이지만 박외과 병원에 있던 청년인데요, 언닌 병원의 조수였다는 게 남부끄럽다고."

"환국아?"

"네, 어머니."

"너 피곤한 얼굴인데 자리에 가서 쉬어라."

"네."

구원을 받은 듯 성숙에게 가벼운 인사를 남긴 환국은 급히 식당차를 질러간다. 말을 중단당한 성숙은,

　"아드님 앞에서 그런 말 안 할걸 그랬나요?"

　좀 탈선했다 싶었던지 풀이 죽어서 사과 비슷하게 말했다.

　"상관없습니다. 간밤에 잠을 설쳐서 쉬라 했어요."

　"너무 말씀이 없어서 제 혼자 지껄인 것 같군요."

　냉정하고 무관심한 서희 앞에서 냉정을 잃은 것은 틀림이 없다. 그것을 깨달은 성숙은 뒤늦게 자신을 지나치게 비하한 행동에 화가 난 것이다. 비하는 갑자기 존대로 튀어오른다.

　"간도에 계셨다는 얘길 들었는데 그곳에선 상업을 하셨다지요? 여자의 몸으로 대담한 분이라 생각했습니다."

　"노래는 아무나가 부를 수 없지만 장사는 누구나 할 수 있는 일 아니겠어요?"

　"그럴까요? 조용하 씨 말씀이, 조용하 씨 아시지요?"

　이때도 성숙은 명희언니의 남편이란 말을 하지 않았다.

　"한번 뵌 일은 있지만 모릅니다."

　"음악 애호가지요. 저도 그분의 후원을 받고 있지만 귀공자답게 취미가 좋고 예술에 대한 이해도 깊은데 그분 말씀이 앞으론 주먹구구식의 무식꾼들은 장사 못한다 그러더군요."

　조용하를 내세워 자신은 솟아오르고 서희를 무식한 장사꾼으로 차 던지려 한다.

　"회사를 설립하여 많은 자본을 한곳에 모아야 일본 자본과

싸울 수 있고, 따라서 지식과 두뇌가 없인,"

"만들어서 파는 것은 그럴 테지요. 나는 쌀장수였으니까, 무식꾼이 하는 장사를 했으니 실패가 없었어요."

언제까지나 졸렬한 실랑이를 하고 있을 수 없다 생각한 서희는,

"자리로 돌아가시지 않겠습니까?"

성숙은 머쓱해져서 일어섰다. 그도 이등 찻간이었다. 좌석이 떨어져 있었으므로 성숙은 미련 없이 서희는 어색하지 않게 갈라졌다. 시트에 기대어 잠을 자는 척 눈을 감고 있던 환국은 성숙이 지나간 뒤,

"피곤하시지요."

등을 일으키며 묻는다.

"음. 언변 좋은 사람도 어렵고 말 안 하는 것도 어렵고."

모자는 함께 쓴웃음을 띤다.

"너 양교리댁 따님을 아느냐?"

귀뿌리가 빨개졌던 일을 생각하여 서희는 아들에게 물어보지 않을 수 없었다.

"알기는 제가 어찌 알겠습니까. 서울 아주머님하고 역에서 우연히, 아까 그분을 만났지요. 그때 그 여학생이 옆에 있었습니다."

화가 난 것같이 말했다.

"그래? 하지만 양교리댁에서 따님을 허군한테 보내다니,

의외구나."

환국이 어색해하지 않게 한 말이었는데,

"그럴 이유가 있었겠지요."

"그럴 이유라니?"

"글쎄요."

얼굴이 흐려진다. 그의 외조부 최치수와 같이 이마빼기에 신경질적인 정맥이 나돋는다. 서희는 더 이상 추궁하지는 않는다. 그러나 환국의 표정이 마음에 걸리고 허전한 생각이 든다. 아들은 이제 자기만의 세계를 갖기 시작했다는 것을 느꼈던 것이다. 모자 사이에 대화는 끊어졌다. 홍성숙을 만나기 전의 상태로, 그때 생각으로 돌아간 듯, 그러나 서희는 이따금 눈살을 찌푸리곤 한다.

해가 서편에 떨어지려는데 부산에 도착한 서희와 환국은 유모의 마중을 받아 여관으로 직행한다. 기차를 내릴 때 서희 모자는 홍성숙을 보지 못했다.

"친척은 만나보았소?"

여관의 조용한 방에서 여장을 풀었을 때 서희는 유모에게 물었다.

"예."

유모는 서희와 함께 서울까지 갔다가 환국이 서울에 도착하는 것을 본 뒤 그 자신의 일신상 문제로 한발 먼저 부산에 내려와 있었던 것이다. 서희는 등을 구부리듯 하며 이맛살을 찌푸린다.

"어쩐지, 유모."

"예."

"자리 좀 깔아주겠소?"

"어디 편찮으세요? 아이구, 마님 안색이."

환국의 시선이 펄쩍 뛴다.

"어머니 어디 불편하십니까?"

서희의 얼굴은 창백했다. 유모는 서둘러 이부자리를 깐다.

"괜찮을 거야. 배가 좀, 기차간에서 먹은 게 체했나 부지?"

태연하려 하는데 몹시 아픈 눈치다. 그동안 혼자 참아보려고 애쓴 것 같다.

"안 되겠습니다. 제가 의살 불러오지요."

"무슨 소리, 유모?"

"예, 마님."

"등뼈 좀 주물러주겠소?"

또 등을 구부리듯 입술을 꼭 다문다.

"예, 예. 하지만 도련님 말씀대로 의사 선생님이 오셔야겠습니다."

"아니오. 여관에서 수선 떨 것 없소. 등뼈나 눌러보시오."

유모는 환국에게 눈짓을 하고 나서 서희 등 뒤에 쭈그리고 앉으며 손가락 끝으로 등뼈 마디를 더듬어가며 누른다.

"더월 마신 것은 아닐까요?"

유모는 서희 목덜미를 향해 부채질을 한다.

현관 옆에 있는 사무실을 찾아간 환국은 고수머리의 낯익은 사무원에게,

"수고스럽지만 의사 좀 불러주시겠습니까?"

"누가 편찮십니꺼?"

"어머님이 복통을 일으켰어요."

"많이 아프십니꺼?"

"웬만해서는 내색을 안 하시는 분인데, 밤중에 악화하면 의사 부르기도 어렵구요."

겉보기에 환국은 침착했다.

"네. 알겠십니다."

"부탁합니다."

"부탁이고 뭐고 있겠십니꺼? 손님 심부름하는 거사 당연하지요. 이봐라! 승구야!"

심부름꾼이 달려온다.

"니 말이다, 지금 후지이 뱅원에 가서 말이다, 의사 선생님 좀 모시 오너라. 퍼떡 갔다 와."

"알았소."

"그라믄 올라가 기시이소. 의사는 우리가 안내해 갈 긴께요."

"아니오. 여기서 기다리겠습니다."

환국은 창가에 가서 머문다. 여관은 왜식으로 지은 상당한 규모의 건물이었다. 도심지하고도 멀었고 깨끗하고 조용했

다. 서울을 오며 가며 서희가 묵고 가는 곳이며 환국이도 일본으로 건너갈 때, 돌아왔을 때도 이 여관에서 묵는다. 창밖의 정원이 넓었다. 수목도 종류가 다양했으며 여름 햇볕에 탄 것처럼 짙푸르게 보인다. 넓은 복도, 천장에 매달린 전등에 희미한 불빛이 들어왔고 현관으로 이르는, 자갈 깔린 길켠의 가등에도 불이 켜져 있었지만 수목 사이에 찢어진 듯 보이는 하늘은 아직 박명(薄明)이다. 환국은 손수건을 꺼내어 땀을 닦으며 깊은 한숨을 내쉰다. 왠지 모르지만 어머니의 복통이 심상치 않을 것만 같았다. 갈증과는 다른 어떤 공포 같은 것이 엄습해온다.

'불운할 때는 불운만 찾아온다!'

누가 그런 말을 옆에서 지껄이는 것만 같다. 불운할 때는 불운만 찾아온다……. 갈증과 공포, 공포는 갈증을 잊게 하지 않는다. 갈증은 공포를 감소시켜주지 않는다. 서로가 보강(補強)하듯, 참으로 견딜 수 없는 지경까지 환국을 몰고 간다. 방대한 최참판댁 땅과 막대한 재산이 마치 허접쓰레기같이, 그 허접쓰레기 위에 윤국이가 댕그머니 쭈그리고 앉아 있다. 환국은 저도 모르게 넓은 복도를 둘레둘레 살핀다. 휑하니 비어 있다. 전등만 높은 천정에 댕그머니 매달려 있다. 병원 복도에 서 있는 것 같은 착각이 든다. 붉은 벽돌담의 철문, 병원의 복도, 윤국의 심술 난 얼굴이 눈앞에 떠오른다.

'이럴 줄 알았으면 여관에 들지 않고 진주로 직행했을 것을,'

박의사가 옆에 있었으면 한결 마음이 놓였을 것 같았다. 불운할 때는 불운만 찾아온다, 환국은 다시 깊은 한숨을 내쉰다. 이러한 경험이 처음은 아니다. 어릴 때부터 어머니가 아플 때마다 느껴야 했던 공포였으며 반드시 윤국의 얼굴이 눈앞에 떠오르곤 했었다. 서희의 경우도 마찬가지였다. 결코 흐트러진 모습을 남에게 보이지 않았으며 약해지는 자신의 마음을 인정하지 않던 그였으나 자신이 병드는 것을 두려워했다. 아이들을 바라보는 그의 눈은 공포에 떠는 것이었다. 아이들을 두고 죽을 수 없다, 절대로 죽을 수 없다고 외쳐대는 것 같았다. 서희와 환국이는 필사적으로 그런 공포를 엄폐했다. 어머니는 아들에게 아들은 어머니에게 태연했다. 그러나다 같이 상대가 자신의 마음을 속속들이 다 알고 있다는 것을 깨닫는 것이다. 방대한 땅, 막대한 재산, 허접쓰레기 같은 재산 위에 사람은 없고 윤국이 혼자 쭈그리고 앉은 모습만 있었다. 뼈에 사무치는 외로움이었다. 아들을 위한 외로움이었고 어머니를 위한 외로움이었다.

환국은 골똘히 뜰을 바라본다.

'좀 체하신 거야. 주사 한 대 맞으면 나을 거야. 내일 아침엔 진주로 가게 돼. 아버님만 오시면 나는 이런 고통에서 해방이 된다. 아버님만 오시면.'

일꾼이 나와 뜰에 물을 뿌린다. 가등과 집 안에서 비쳐나가는 불빛과, 하늘은 한결 짙어져 있었다. 후덥지근했던 바람이 시원하게 피부에 느껴진다. 물방울이 나무에서 떨어진다. 일꾼이 호스를 치켜들었던 것이다. 나무에 쌓인 먼지가 말끔히 씻겨져 내리는 것을 느낄 수 있다.

'아버님만 오시면 나는 순철이처럼 신나게 놀 거야. 여행도 할 거야. 술도 마시고…… 의사는 왜 여태 안 오지?'

어머니의 복통이 가라앉았는지 환국이는 방에 가보고 싶었다. 그러나 갈 수 없었다. 어머니는 신음하고 있을 것만 같았다. 입술이 새파랗게 질려 있을 것만 같았다.

'아버님만 오시면 고성방가, 등산도 하고, 아니야, 나는 그림을 그릴 거다. 반드시 나는 그림을 그린다! 나는 나약한가? 나약하다. 말할 수 없이 나약하다! 아버님은 계시고 내가 갈까? 시베리아로 내가 간다? 사람은 누구나 혼자 서야 한다. 결국엔 모두 내 곁을 떠나고 아무리 그리워도 사람은 혼자 가는 거야. 그래, 어떤 사태도 조용하게 받아들이자. 어머니는 다만 조금 체했을 뿐이다.'

일이 년 동안 서희는 앓지 않았다. 많이 여위었으나 몸져누운 일은 별로 없었으며 강건하게 버텨왔다.

'내가 왜 이런 생각을 할까?'

환국이 양미간을 모으며 눈을 꼭 감는다. 양소림의 손등 위에 있던 그 징그러운 이물(異物)에 대한 혐오감이 벌받고 있다는 생각이 퍼뜩 들었던 것이다.

"무식하고, 간섭하고, 난 딱 질색이야. 부모도 자식이 크면, 놓아주어야지. 자식을 소유물이라 생각하는 그 사상을 뜯어고치지 않으면 안 돼. 그러니까 젊은 놈들이 나약하고 자신 없고 병신이 되는 거 아니겠어? 이제나저제나, 나이 들어 담뱃대 두드리며 큰기침할 날만 학수고대, 그래가지고 뭐가 되겠어?"

거침없던 순철의 말이 귓가에 울린다.

'내 경우하곤 다르다. 차라리 그렇게라도, 그런 처지에 처해 있다면 그 껍질을 찢어발기고.'

자갈을 밟는 소리가 들린다. 환국의 시선이 소리 나는 곳으로 달려간다. 두 남녀가 바싹 몸을 가까이하고 여관의 현관을 향해 걸어오고 있었다. 놀랍게도 그 남녀는 홍성숙과 조용하였던 것이다. 낮에 기차 속에서 만났던 바로 그 홍성숙이며 명희의 남편 조용하. 환국은 어리둥절하다. 현관으로 들어온 그들은 사무실 쪽을 향해 뭔가 얘기를 주고받다가 여관 종업원에게 안내되어 모습을 감추었다. 이상한 일이었다. 그들이 어찌하여 함께 여관으로 들어왔을까, 이유는 명확한데 환국은 아직 연소하고 그보다 남의 일에 사로잡힐 여유가 없다. 고대하던 의사가 왔다. 의사와 함께 환국이 방으로 돌아갔을 때 유모는 허둥지둥 밖으로 쫓아 나올 기색이었고 서희는 눈을 감은 채 신음하고 있었다.

진단은 쉽게 내려졌다. 맹장염. 의사는 서둘러야 한다고 말했다. 환국의 낯빛은 하얗게, 가면같이 굳어진다.

8장 배신자

집 안에는 손아래 올케와 숙희, 둘만 남아 있었다. 아버지는 수박 한 트럭을 싣고 부산으로 떠났으며 어머니와 사내동생은 시장 과일가게에 나가 있었다. 숙희가 병원을 그만둔 것은 정윤이 양교리댁 양소림과 혼담이 있다는 뜬소문이 한창돌았는데 그것이 헛소문이 아닌 거의 확정된 일이라는 말을들었을 때다. 박의사도 그것을 시인했다. 환자가 뜸한 저녁때약제사와 조수가 안으로 들어가 식사하는 동안, 숙희는 울고박의사는 신경질적으로 줄담배를 피웠다.

"선생님이 그러실 줄은 몰랐습니다."

항간에서는 박의사가 중매를 섰다고 했다.

"그 일을 알고 있었으나 쌍방간 어느 편에도 권한 일은 없다."

"선생님이 막을 수도 있었던 일 아닙니까?"

악에 받친 숙희는 박의사에 대한 평소의 어려움을 무릅쓰고 당돌하게 말했다.

"숙희, 나도 대강은 짐작하고 있었으나 혼전의 여자가 그렇게 나보고 얘기할 수 있는 겐가?"

"지가 망신을 생각하겠습니까?"

더욱더 흐느꼈다.

"숙희가 내 밑에서 일해온 간호원이라면 정윤이도 내 밑에서 일해온 사람이다. 두 사람은 다 같이……. 나는 어느 편에 설 수 있는 처지가 아니야."

박의사로서는 궁색한 변명이 아닐 수 없었다.

"본인들끼리 해결할 문제……."

하다가 박의사는 화가 난 듯 벌떡 일어서서 창가에, 숙희에게 등을 돌린 자세로 말했다.

"허군 생각에 달렸던 거야. 허군도 야망에 불타는 보통 청년의 한 사람이었을 뿐이야. 숙희는 현명하게 처신할밖에 없다."

"어떻게 처신하는 게 현명한 거지요?"

"자기 자신에게 물어보아."

아랫방의 들창만 열어놓고 장지문을 닫아 건 숙희는 차가운 방바닥에 등을 붙이고 누워 있다. 동생댁은 장독가에서 김칫거리를 절이고 있었다. 아무리 몸을 뒤쳐도 빠져나갈 구멍이 없다. 진주의 갑부 양교리댁, 거목처럼 진주 일대에 뿌리를 박고 있는 집안, 권속은 얼마며 그들 밑에 빌붙어 사는 사람들은 또 얼마인가. 숙희는 양소림을 알고 있을 뿐 아니라 그의 손등의 혹도 알고 있다. 바로 그 혹 때문에 정윤을 빼앗긴다는 것도 알고 있다. 그런 결함이 정윤을 되찾을 구실을 하지 못하는 것도. 결함을 가산하더라도 양소림은 자신의 적수가 아니다. 어느 모로나 양소림은 높은 곳에 앉아 있고 자신은 다만 올려다볼 뿐이다. 부모와 동생은 벼르고 있으나, 일이 작정될 때를 기다려 벼르고 있으나 거목이 흔들릴까?

"이놈이 오기만 해봐라. 다리몽댕이 뿌질러 앉혀서 못 묵는 밥에 재라도 뿌리야지."

아버지의 말이었다.

"그러믄 머하겠소. 다 소앵이 없는 일이오."

"아 그라믄 알겠십니다 하고 나앉으란 말가!"

"나앉기는 와 나앉아? 숙희 평생 묵고살 거를 물리야제요. 다리몽댕이 뿌질러 앉힌다고 내 딸 신세가 고치지겠소?"

의사 사위 볼 날을 꿈꾸던 내외, 그러나 입으로만 큰소리였지 초장부터 기죽고 들어가는 것만은 어쩔 수 없었다.

"그거는 말도 안 되는 소리고요, 아 양교리댁이 무신 상관이겠소? 허가 그놈을 족쳐야지, 허가 그놈 맘묵기에 달린 기니 메가지를 잡고라도 끌고 와야지요."

동생의 말이었다.

"그것도 세가 있어야 하지 아무나 하나? 육례를 갖추어도 버릴라 카믄 버리는데."

어머니가 젤 소극적이며 또 현실적이었다. 아버지와 동생은 분함이 앞섰고 어머니는 보다 딸의 장래를 생각하는 것이다. 숙희는 가족에게 기대하지 않았다. 방학이면 돌아올 정윤에게도 기대를 걸지 않았다. 다만 자기 자신에게 기대를 걸밖에 없었다.

"자기 자신한테 물어보아."

박의사의 말이 마치 무당의 푸닥거리처럼 따라다녔다. 이

엄청난 짐을 어떻게 풀 것인가. 죽어버릴까, 목숨을 걸고 행패를 부려볼까? 미쳐버릴까? 먼 곳으로 달아날까?

"누님, 정신 차리이소. 엎질러진 물이라요."

동생댁은 그렇게 말했다.

"내 생각에는 세상없이도 이 혼사는 되는 깁니다. 하니께 누님도 굻 거 없고 내 봐란 듯 살아보는 기라요. 밥 잡숫고, 위자료 받는 거는 누님 경우에는 하낫도 수치가 아닌 깁니다. 어무이 말씸이 맞십니다. 아 누님이 학비를 댔는데 당당하게 받아 낼 돈 아니겠십니까? 그 돈 받아가지고 누님도 공부하이소. 요새 세상은 여자도 남자겉이 의사도 되고 선생님도 되고 한께, 그라믄 더 훌륭한 사람 만낼지 누가 알겠소?"

한결같이 식구들은 숙희를 나무라지 않았다. 혼전의 계집 아이가 사내하고 눈이 맞아 신세 망쳤다는 꾸지람이 없는 것은, 물론 결혼을 전제하고 숙희가 정윤의 학비 일부를 부담한 그 일이 이미 양해된 것이기 때문이지만 장사꾼으로 조촐하게 살아온 이 집 식구들의 현실을 받아들이는 바로 그 점에 있는 것이나 아닐는지. 상당히 큰 위자료가 나오리라는 기대 말이다.

'죽어버릴까? 달아날까? 행패를 부릴까? 차라리 미쳐버렸음 좋겠다!'

베개를 안고 얼굴을 문지른다. 눈물도 말라버리고 나오지 않았다. 정윤의 얼굴이 떠나지 않고 눈앞에 있다.

'왜 내가 혼자 죽어? 함께 죽자! 어떻게? 독약을 타서 함께 마실까? 자는데 들어가서 목에 칼을 꽂을까? 그리고 나도.'

숙희는 벌떡 자리에 일어나 앉는다. 자기 자신이 무서웠다.

"누님, 누님요."

방문 밖에서 동생댁이 불렀다.

"왜 그래?"

"부연이생이가 왔십니다."

아무도 만나기 싫었다. 그러나 친구 부연은 방문을 열고 들어왔다. 소학교를 함께 나왔고 이미 시집가서 아이 엄마가 된 친구다. 입술이 튀튀하게 나왔고 쌍꺼풀이 굵었으며 몸도 뚱뚱하다.

"이라고 있으믄 일이 되나? 일어나라. 내 소식 가지왔단 말이다."

사내같이 발끝으로, 누워 있는 숙희를 툭툭 찬다.

"가만히 두어."

그러면서 숙희는 머리를 걷어 넘기며 일어나 앉는다.

"어이구 얼굴이 쪽쪽만 해졌구나. 영 반쪽이네?"

"……."

"덩신겉이 이리 누워 있이믄 우쩔 기고? 직이든 살리든 맘대로 하라 그것가?"

"……."

"그러니 만만하게 보고, 세상에 어디 시집갈 데가 없어서

총각 학비까지 대주었노 말이다. 니는 실개도 간도 없는 가시
나가?"

"얼마든지 비웃어."

"그래애! 다 니를 비웃는다. 미친년이라 카더라. 니가 기생
가? 기생이라서 남자 뒷돈 대주었나? 세상에 그런 망신이 어
디 있노?"

"망신이 무서울까? 그런 소리 할려면 가아!"

"얼씨구! 가라 칸다고 내가 갈 기든가? 누가 오라 캐서 왔
건데?"

"참견 말어. 아무 참견 말란 말이다! 구경거리 났나?"

"나도 분하고 답답한께 왔지. 쥐어박아 주고 싶을 만치 니
가 밉다."

그새 말라버렸던 숙희 눈에서 눈물방울이 떨어진다.

"운다고 떠난 님이 돌아오나? 그래 사내자석이 매꼬름하
게 생깄이믄 횡토가 있는 기라. 마, 시집을 간다 캐도 니를 오
래 데리고 살 놈이 앙이다. 신발이란 발에 맞아아, 내가 왜 왔
는고 하니, 올 때도 하도 분해서 가심이 벌렁벌렁 하더라마는
니 꼴을 본께 이거는 할 수 없다 그런 생각이 드누마. 그래 어
쩔래? 내가 방금 만냈는데,"

"누굴?"

"누구긴? 정윤일 만났지."

"뭐라구!"

"가방 들고 가는 거를, 신수가 훤한데! 그거를 본께 쫓아가서 얼굴을 깔헤비주고 접더라. 나쁜 자식!"

"어딜 갔어?"

"박외과 병원으로 들어가더마. 방금 오는 길인 갑더라."

"혼자서?"

"그라믄 누구하고? 양교리댁 딸하고 함께 왔일 성싶더나?"

"……."

"아이고이이, 그래도 태산겉이 미련이 남아서, 둘이 함께 왔이믄 새 보러 쫓아갈라 캤나?"

부연이는 방문을 두르르 열고,

"야아야! 나 냉수 한 그릇 안 줄래?"

"야아."

동생댁이 냉수 한 대접을 떠 왔다. 그릇을 받아 벌덕벌덕 들이켠다.

"그 사람 왔십니까?"

조심스럽게 묻는다.

"오믄 머하겠노."

대접을 내준다.

"온다고 해겔이 되겠나. 우리 집 아아 아배도 가만두믄 안 된다 카더라마는, 정윤이하고 친구 간 앙이가."

"그라믄 장에 가서 어무이한테 알리야겠소."

대접을 툇마루 끝에 놓고 나가려는데,

"올케!"

날카롭게 숙희가 불러세운다.

"야, 누님."

"올케는 참견 말어. 제발 날 좀 내버려두어."

숙희는 동생댁 코앞에다 대고 방문을 닫아버린다.

"오뉴월에 한정*할라 카나?"

했으나 부연은 방문을 도로 열어젖히지는 않았다.

"숙희야."

"……."

"이 일을 양교리댁에서 알고 있나?"

소리를 낮추었다.

"그걸 누가 알어? 그런 것 무슨 상관 있어."

"우리 아아 아배 말이 양교리댁에서 그 일을 알믄 혹 혼사가 안 될지도 모른다 하데."

"아닐 거야."

"아닐 거라구? 무슨 얘기 들었나?"

"……."

"그렇다믄 니가 약점인데? 정윤이가 활갯짓하고 장개가겠고나. 참 돈 좋다아, 돈 좋아."

"이제 가아. 나 기운 없다."

흐느낀다.

"하기야 돈만 있나. 손이 벵신이라 카기는 카더라만 절색에

다 공부 많이 하고 참말이제 강약이 부동이다."

"불난 집에 부채질하는 것가?"

시뻘게진 눈이 부연이를 노려본다.

"그 자석 온 거를 보고 속이 부굴부굴 끓어서 안 왔나. 오늘 밤이라도 찾아가서 실컷 분풀이를 하든지, 타협을 보든지, 나쁜 자식!"

"어서 가라니까!"

"나도 젖이 불어서 있이라 캐도 더 못 있겠다. 우리 아아 아 배보고 좀 대리주라 카까?"

"듣기 싫다! 다 듣기 싫어!"

부연이 가고 난 뒤 숙희는 계속 운다. 당장 정윤에게 달려가고 싶었지만 한낮이어서 그럴 수는 없었다. 햇빛이 싫고 햇빛이 무서웠다. 그동안 정윤이가 있는 대구로 찾아갈 생각도 여러 번 했으나 실행할 용기가 없었다. 동생이 찾아가서 따지겠다 했으나,

"내가 만나보기 전에는 아무도 나서지 마라. 그거 한 가지만 내 부탁이다."

숙희는 한사코 그것을 말리었다.

"누님."

죽그릇을 들고 동생댁이 들어왔다.

"죽 좀 마시고 정신 차리이소. 기운이 있이야 사생결단을 내도 내겄지요."

"……."

"자 좀 마시보이소. 머리도 감고 세수도 하고 이럴수록 숭한 꼴로 나타나믄 안 될 깁니다. 나도 가만히 생각해본께 어무이 아부이가 나서는 것보다 당자가 나서야 꼼짝 못할 것 겉소. 넘이 가믄 반감만 사고 만의 일, 될 일도 안 될 성싶습니더."

"만의 일……."

중얼거리며 숙희는 순순히 죽을 먹는다. 그 모습을 지켜보면서,

"사램이 그리 모질고 독하지는 않을 긴데, 나는 나쁜 사람으로 안 보았는데 워낙이 상대가 그렁이…… 누님도 잘 생각해보이소. 물불 안 가리고 나가는 기이 좋은가 애원하는 기이 좋은가."

듣는지 안 듣는지, 숙희는 거의 무의식적으로 죽을 먹고 있는 것 같았다.

"누님, 울어서 눈이 퉁퉁 부었습니더. 찬물로 찜질을 하믄 저녁까지 부기가 좀 안 빠지겠십니까?"

동생댁을 쳐다본다. 희미했으나 감사의 빛을 담은 눈이다. 어쩌면 집안 식구들 중에서 순수하게 숙희를 이해하는 사람은 동생댁인지 모른다. 아버지와 동생은 숙희 심정보다 자신들의 분노 때문에 펄펄 뛰었고 어머니는 보다 딸의 장래를 근심하는 편이어서…… 어느 편에서도 숙희는 위로받질 못했다. 그러나 손아래 사람이요 나이도 어리고 야학을 좀 다녔을

뿐인데 동생댁은 아픔을 이해하는 것 같았다. 죽 한 그릇을
비운 숙희는 한동안 들창만 바라보고 있었다. 동생댁이 죽그
릇을 들고 나간 뒤 숙희는 거울 속의 자신을 들여다본다. 포
동포동하고 혈색이 좋았던 얼굴이 누우렇게 뜨고 귀염성스러
웠던 눈매는 퉁퉁 부어올라 음산하고 흉했다.

사회적으로 간호부라는 지위가 그리 존경받을 만한 것은
못 되지만 서민층의 여자로서는 출세한 것이며 소학교를 나
왔다는 것도 서민층의 여자치고는 상당한 학벌이다. 하여 집
안에서 위함을 받아왔던 숙희, 장차 의사 사위를 본다는 꿈
때문에, 그리고 과일가게를 하며 아버지와 동생이 번갈아서
여름 한 철은 진주의 유명한 백도(白桃), 수박, 참외 등을 외지
로 실어가서 팔고 겨울 한 철은 대구에 가서 사과를 실어다
진주서 도매를 하고, 부자가 부지런히 뛰었기 때문에 살림은
넉넉한 편이어서 정윤의 뒷바라지를 반대하지 않았었다. 정
윤을 잃는다는 큰 충격, 다음으로 숙희를 괴롭히는 것이 집안
에서의 열등감이다.

소금에 절여진 김칫거리를 동생댁이 씻고 있는데 방문을
열고 숙희가 나왔다.

"누님 머리 감으실랍니꺼? 아짐테서(혹시나 해서) 물 데우났
십니더. 찬물에 감으믄 머리서 신내가 난께요."

"고맙다."

동생댁은 장독가에서 얼른 일어나 부엌으로 들어갔다. 솥

뚜껑 여는 소리, 더운 물을 한 통 퍼내온다. 그리고 놋대야를 갖다 놔준다. 숙희는 오래오래 머리를 감는다. 몸이 허약해진 탓이겠지만 뭔가 골똘히 생각하며 머리를 감는 것 같았다.

"올케?"

머리를 감고 나서 불렀다.

"야."

"어머니나 너이 남편이 들어와도 왔다는 얘기는 말어."

"그렇지마는 호욕(혹) 밖에서 듣고 올 수도 안 있십니까?"

"아무튼…… 올케는 암 말 말어주어."

"야."

머리를 감고 난 숙희의 마음은 서둘러진다. 거울 앞에 앉아 머리를 말리며 들창에 수없이 눈을 보낸다. 밤이 되어도 깊어져야 갈 수 있는데 초조한 마음에 해는 그냥 한곳에 머물고만 있는 것 같았다. 다 말려진 머리를 땋아본다. 처녀들은 모두 엉덩이까지 머리를 기르고 땋아서 자줏빛이나 주홍빛 댕기를 물리고 다니는데 숙희는 직업여성이었기에 짤랐었다. 짤라서 등까지 내린 머리를 두 번, 세 번 정도 땋아서 검정 고무줄로 묶는다. 스물세 살의 노처녀, 스물세 살까지 머리를 땋고 다니는 여자는 거의 없다. 결혼 적령기가 십육 세, 열여덟도 늦은 편이며 스물을 넘긴 딸을 가진 집안에선 우환덩어리로 생각하는 세풍에 머리를 땋고 있어야 하는 숙희, 머리를 땋을 때마다 우울했으나 한 가닥 희망은 있었다. 이제는 캄캄한 절벽이다. 살을 꼬집어보아도 꿈이 아닌 현실인 것이다.

'머리 깎고 절로 갈까?'

그러나 숙희는 일어서서 남빛 수닌 치마를 꺼내어 입는다.

옥색 깨끼적삼도 꺼내어 입어본다. 뭐가 미진한지 숙희는 농문을 열고 한참 휘젓다가 다시 서랍을 열어젖힌다. 검자줏빛 짧은 댕기를 찾아 등에서 흔들리는 머리꼬리에 댕기를 물려본다. 그러나 희망을 벗어버리듯 댕기를 풀고 저고리를 벗고 치마도 벗는다. 지옥같이 길고 답답한 시간이다. 악을 쓰고 싶을 만치 시간은 끈질기게 달라붙어 떨어지지 않는 것만 같았다. 걱정이 되어 들여다본 동생댁이 벗어 던져놓은 옷을 얼른 주워들고 나간다. 땀을 뻘뻘 흘리며 불을 피우고 말끔하게 다려서 아랫방으로 가져왔을 때 숙희는 지쳐빠져서 죽은 듯 누워 있었다.

밤이 깊어서, 열한 시쯤 됐을 때 숙희는 몰래 집을 빠져나온다. 밤길에는 사람이 없었다. 조용했다. 땅은 식었고 바람은 서늘한데 숙희 콧등에 땀이 솟는다. 불빛이 밝은 한길에 나섰을 때 드문드문 사람들이 지나갔다. 숙희는 얼굴을 숙이고 병원 앞에까지 갔다. 외등이 켜져 있고 박외과 의원이라는 간판이 선명하게 눈에 띈다. 낯설고 쌀쌀하게 느껴지는 박효영이라는 이름 석 자도 선명하게 보인다. 병원 안에서는 아무런 인기척이 없다. 약제실에는 불이 켜져 있었다. 숙희는 울부짖는 것 같은 마음으로 문을 쾅! 쾅! 친다. 약제실에서 강남이 쫓아 나온다.

"아니!"

응급환자 줄 알았던 강남이 맥 빠진 듯 숙희를 쳐다보다가 슬며시 외면을 한다.

"정윤씨 왔지요?"

"와, 왔지."

"있어요?"

"없어."

"거짓말 말아요!"

숙희는 어깨로 떠밀듯 병원 안으로 들어간다. 대합실 나무 의자에 털썩 주저앉은 숙희는,

"나오라고 해요."

"없다 하는데 왜 이래?"

"강남 씨도 한통속인가요?"

입술을 떨며 노려본다.

"기다려. 기다리면 올 거다."

"어디 갔기에?"

"술 마시러 간다더군. 저녁에는 오겠다 했어."

강남은 곁눈질하며 숙희를 본다.

'아수 몰라보게 예뻐 뵈는군.'

흰 간호원복을 입었던 모습에 익혀진 강남의 눈에는 수척해진 숙희의 한복차림이 아름답게 보였던 것이다.

"약제실로 들어가 기다려."

강남은 대합실의 전기를 끈다. 약제실로 들어가 의자에 앉은 강남은,

"안됐지만 단념하는 게 좋을 거야."

"……."

"나쁜 놈이라고 나도 욕은 했지만……. 정윤이한텐 두 번 다시 안 올 기회지. 마음 돌리긴 어려워."

"선생님은 안에 계세요?"

"부산 가셨어."

"왜요?"

"최참판댁 부인이 부산서 맹장수술을 받았거든. 아마 오늘 퇴원하는가 본데 오는 도중 돌봐드리려고 어제 가셨다."

"부자라면 사죽을 못 쓰는군."

강남은 묘하게 웃는다.

"부자라면 중매쟁이도 되고."

"그건 오해야. 숙희가 몰라 그렇지."

"모르긴 뭘 몰라요? 누군 바보 덩신인 줄 알아요? 거기 말고 누가 말 건네줄 사람이 있어서."

원한에 눈이 탄다.

"내가 누구 변명이나 해줄 사람이야? 사실이 그렇다는 게지. 모르긴 몰라도 선생님 오시면 정윤이 병원에 못 있게 할 걸?"

"약아빠져서, 남한테 욕 안 먹으려고 그러겠지."

"정윤이한테 물어보면 될 거 아니야. 중매를 부탁받은 것은 틀림이 없지만 선생님은 정윤이한테 그런 말 비치지 않았다는 거야. 몸이 달아서 양교리댁 그 양반이 대구까지 찾아갔다는 일은 그렇게 된 거라구."

"하지만 선생님이 막을려면 막을 수도 있었던 일이지."

눈물을 참으려고 얼굴을 숙이며 힘없이 말했다.

"그건 숙희 욕심이야. 어떻게 선생님이 정윤의 양양한 장래를 막고 나서? 너희들 일은 선생님한텐 이러지도 저러지도 못하는 골칫거리였을 거야. 이래도 저래도 욕을 먹게 돼 있으니."

얘기를 하면서 강남은 힐끔힐끔 숙희를 쳐다본다. 평범했던 여자가 갑자기 평범하지 않은 여자로 보여져서 강남의 마음이 시끄러워진 것이다. 동정하는 마음도 크게 작용했겠지만 어쩐지 숨이 가빠온다.

"단념하고 마음잡아."

"……."

"그냥 넘기기야 하겠어? 결혼문제 말고는 선생님도 너를 위한 방도를 생각하실 거야. 정윤이 그 새끼도 빚은 갚아야지."

"누가 빚 졌어요?"

기어이 숙희는 울음을 터뜨린다. 입맛을 다시며 강남은 담배를 붙여 문다.

"그거야 돈으로 환산할 수 없는 일이지만⋯⋯. 이곳에서 뜨는 거다. 일본에나 가아. 가서 정식으로 간호원공불 한다든지, 너는 예수쟁이니까 공부해서 그쪽 일을 본다든지, 깨어진 그릇이야. 단념을 하면 오히려 속이 편할 게다."

강남은 담배를 붙여 물었지만 숨결은 여전히 거칠어진다. 참다 못해 그는 일어섰다.

"나 안에 들어가 자야겠어. 여기서 기다리고 있다가 정윤일 만나."

하고 허둥지둥 나가버린다.

열두 시가 지나고 한 시가 가까워졌을 때다. 시계 초침 소리가 심장을 찌르며 지나가는데 약제실 창문 밖에 발소리, 말소리가 들려온다. 숙희는 창문 커튼 사이로 거리를 내다본다. 정윤이 비틀거리며 오고 있었다. 정윤의 팔을 낀 사람은 양소림의 친척 오빠였다.

"매부, 걱정 말라니까! 나 진작부터 알고 있었다구. 진주 바닥에서 그걸 누가 몰라? 흠, 양교리댁 사위 된다니까 그 계집애 말고도 우는 가시나들 많았다 카데. 짝사랑한 계집애들이 많았다면 그건 내 누이를 위해서도 다행이면 다행이지 불행은 아니라구. 그만큼 잘났다아 그 얘기 아니겠어?"

정윤의 팔을 끼고 앞으로 넘겼다 뒤로 목을 젖혔다 하며 양소림의 친척 오빠는 떠들었다.

"어이구 취한다! 나 기분 나쁘지 않다구요! 못생긴 부잣집

놀량패한테, 내 누이가 시집가는 것보다 열 배 낫지이. 자신을 가지란 그 말이야! 사내자식이 배짱부려 보라 그 말이야. 쥐여 살 것 없어! 그 서울내기 오촌 아지매, 소림이 엄마 코를 납작하게 해줄 술수는 장가간 뒤 내가 가르쳐줄 테니까, 아아 아아 걱정할 것 없어!"

소림의 친척 오빠는 정윤이를 병원 앞에 밀어붙이고 나서 노래를 부르며 밤길을 돌아간다.

숙희는 병원 문을 열었다. 정윤은 놀라지도 않고 숙희를 빤히 보았다.

"나, 숙희가 올 줄 알았어."

전등 밑에 숙희는 유령같이 서 있었다.

"피한다 생각할까 봐 온 거야."

술 취한 사람 같지 않고 말씨는 똑똑했다.

"곧이듣고 안 듣고는 숙희 자유다. 나는 이번 혼담이 있기 훨씬 이전에도 너랑 결혼할 생각은 아니었다."

"이 배신자!"

입술이 찢어질 만큼, 악을 쓰고 이빨을 악문다.

"문제는, 좀 치사하지만 내 학비를 보내준 사람이 진주 유지가 아닌 여자였다는 데 있어. 그것뿐이야."

만세를 부르듯 두 팔을 번쩍 든 숙희가 정윤에게 달려든다.

9장 동승(同乘)

자기 자신에게 타일러본 일은 없었지만 이미 단념을 한 것만은 틀림이 없다. 최서희로부터 뼈에 사무치는 모멸과 함께 거금 오천 원을 받은 후 십 년 세월은 조준구에게 완전히 미친 세월이었는지 모른다. 미친 세월, 무엇을 어떻게 하기 위하여? 그것은 조준구에게 일생일대의 모험이기도 했을 것이요, 옳건 그르건 의지(意志)의 시기였다고도 할 수 있을 것이다. 인성(人性)이 비천하고 간교하다 해서, 강자에겐 강아지, 약자에겐 늑대가 된다 해서, 아니 그렇기 때문에 오히려 뒷거리 전당포 주인이며 고리대금업자로 전락했다는 것은 조준구의 최대한도의 인내를 의미한다. 인간의 존엄성은 물론 아니었고, 그러나 탐욕보다 강한 허영을 조준구는 희생시켰으니 말이다. 명문의 후예로 남 먼저 깬 개명의 지식분자로 자부하던 조준구가. 재물을 딛고 일어설 야망, 과연 그 야망이 무엇이었는지 실상 조준구 자신도 뚜렷이 헤아릴 수 없는 것이었다. 젊은 날 품었던 야망의 연속으로 생각했을까. 애초에는 염치 좋게 최서희에게 보복의 칼을 갈리라는 생각을 했었다. 주점에서 자신을 도둑으로 몰려 했던 무리들의 잊을 수 없는 수모에 대하여 반드시, 그러나 보복이란 물거품같이 허망한 일이었다. 재물보다 강한 무기는 그들이 젊다는 것이다. 조준구 자신보다 절반이나 젊다는 것이다. 그 사람들은 뛰어가고 자신은 걸어가도 숨이 찬 형편이다. 육십 대 중반기에 들어선 나이는 자기 자신에게 타이르지 않더라도 단념할밖에 없는 일이다. 오천 원을 밑천 삼아 시작한 전당포, 고리대금으로 사오만의 재산을 모은 것은 사실이다. 그 재산 관리만으로도 이제는 힘에 벅차다.

정실(正室)이었던 홍씨가 죽었다는 소문을 들은 것은 연전의 일이다. 홍씨 친정 쪽에서 흘러나온 얘기에 의할 것 같으면 홍씨가 죽은 뒤 그 많은 패물이 흔적 없이 됐다는 것이었다. 생전에 생계를 위해 혹은 병을 고치기 위해 팔아버렸는지, 아니면 주변에서 시중을 들고 병간호를 했던 사람이 가로채었는지 그것은 모를 일이라 했다.

'패물이 얼마나 됐을꼬? 수울찮았을 텐데…… 그걸 다 팔아버렸을 리가 없다! 필시 누가 가로챈 게야.'

조준구는 목털을 곤두세우는 투계같이 그게 다 누구 돈으로 산 건데, 누구 돈으로 산 건데! 하며 흥분을 했고 달려갈 기세를 보였으나,

"나도 상가에는 가보지 못했고, 알뜰히 기별해주는 사람도 없었으니, 그래 일 끝난 뒤 얘기만 들었지요. 그, 사람이 그리 살다 갈 게 아니더군요. 방 안의 악취 때문에 염도 제대로 못했다 하질 않겠소? 살았을 때보다 죽은 형상이 더 무서웠다 했으니 짐작할 만한 얘기지요."

홍씨의 몇 촌간 동생이라던 사내를 우연히 만나 들은 얘기

는 조준구의 등골을 서늘하게 했다.

"병석에 일 년 넘기 있었으니…… 기와는 얹었다 해도 오막살이나 다름없는 작은 집을, 뭐 옛날의 몸종이라던가요? 그 계집한테 죽고 나면 그 집을 주기로 하고 시중을 들게 했다던가, 그러니 오죽했겠습니까?"

"그 좋은 집은 어떡허구!"

"줄였겠지요. 줄이다 보니 그리된 거 아니겠습니까? 생활비 때문에 그랬는지 아니면 늙어가는데 재물을 누가 탈취해 갈까 봐서, 그런 면에서도 남의 눈에 띄지 않게,"

"아무것도 남긴 게 없었다는데 무슨 놈의 재물?"

"글쎄올시다. 집안에선 상종한 사람들이 없었으니까 그 내막이야 알 수 없지요. 추측만 해보는 거지요. 패물만은 없애지 않았을 텐데, 패물 말고도 돈이 있었을 터인데 하구. 해서 몸종이었다는 계집을 닦달했다는 겁니다."

"닦달을 해도 내가 하지 무슨 권리로?"

"자형 거처를 모르니 그야,"

"그랬더니 어찌 됐다는 겐고?"

"생래가 천치였다니까 몸종 계집이 가로챘을 거라는 것도 신빙성이 없는 일이라 의견을 모았다더구먼요. 초상이 나자 자형이 어디 계신지 연락할 길도 없고 친정붙이들이 겨우 초상은 치러주었는데 십여 년 동안 사람을 내버린 채 돌보지 않았던 자형을 원망하는 친정붙이가 없었다 하니,"

"내버린 채 돌보지 않았다구? 몰라서 하는 소린가! 그 계집이 내 재산을 탈취하고오, 내가 망할 적에,"

팔을 휘둘렀으나 흥분 때문에 숨이 막힌 모양이다.

"허허어, 그러니까 원망하는 사람이 없었다 하질 않소. 이미 세상 떠난 사람, 이런 말 해서 안 되겠지만 악독해도 여간했어야지. 벌 받은 게지요, 벌 받았어요. 악취 때문에 염도 제대로 못했다니, 임종하는 사람 하나 없이, 사람치고 욕심 없는 사람이 있을까마는 그것도 어느 정도."

"내 그 계집이 그리 죽을 줄 알았다. 죽었다는 말 들어도 터럭만큼의 연민도 없네. 천벌을 받아 마땅한 계집이야. 가장 알기를 옷고름의 패물만큼도,"

"기왕에 죽은 사람은 그렇고 자형도 생각은 고쳐야 할 겝니다."

"내가 어째서!"

"죽음을 남의 일로만 생각할 수 있습니까?"

"……."

"나 역시 잘살아본 일이 없고 남한테 잘해본 일도 없고 일개 필부로서 명 보존한 것에 불과하지만 다행히 아들 손자를 거느리고 있으니,"

조준구에게는 비로소 아픈 말이었다. 오 년 전만 해도 그까짓 것, 했을 것이다. 아니 홍씨가 죽었다는 얘기를 듣지 않았더라면 그까짓 것 했을지 모른다. 그 사내를 만난 뒤 조준구는 여전히 패물의 행방을 궁금하게 생각했다.

"그게 다 누구 돈으로 산 건데!"

혼자 소리를 지르기도 했다. 그러나 달려가서 계집종의 머리끄덩이 끄덕이며 자복시킬 용기도, 집 어느 구석에 숨겼을지 모를 일이라 벽을 뜯고 구들을 파헤쳐볼 용기도 없었다. 그곳에 가기만 하면 기다리고 있었던 것처럼 홍씨의 악령이 달라붙어 떨어지지 않을 것만 같았던 것이다. 그러나 미련을 버린 것은 아니었다. 그는 그렇고 조준구는 홍씨가 죽은 뒤 변화를 보이기 시작했다. 왕시 그를 본 사람의 말을 빌리자면 비 오는 날 강아지 꼴을 하고 쏘다니더라, 그것은 다소 과장이지만 시정잡배와 다름없는 꼴을 하고 다닌 것만은 사실이었다. 변화는 옷에서부터 서서히 왔다. 회중 금시계를 꺼내어 사용했고 스틱을 짚었으며 고급 이발관을 찾아가는 것이었다. 양복은 구식이라 하여 일류 양복점에 가서 최고의 천으로 맞춰 입었다. 미친 것 같은 십 년 세월의 초라한 옷을 벗고 옛날같이 미식미복(美食美服)에 탐닉하기 시작한 것이다. 아직은 그것 이외 변화할 징조는 없었으나 미식을 즐기면서부터 식모 겸 마누라 역할도 해온 무식하고 못생긴 파주댁을 못살게 들볶게 된 것이다. 뿐만 아니라 의심의 뭉게구름이 일면 덮어 놓고 욕설과 매질도 서슴지 않았다.

"이년! 상년 같으니라구! 내 죽기를 바라는 게야? 내가 죽으면 이 재물이 네 것 될 것 같으냐?"

"그, 그런 일 없이요."

"황당한 그따위 생각을 한달 것 같으면, 추호라도 그런 생각을 한다면은 동전 한 닢 어림없다! 어림없어! 계집치고 구미호 아닌 년이 어디 있어!"

"지, 지는 그런 생각 안 했이요."

"듣기 싫여! 도둑년 아닌 년이 어디 있어!"

"손톱만큼도,"

"천하고 박복한 년! 누구 은덕으로 밥 처먹는가, 국으로 있어야, 그래야 떨어진 밥풀이라도 줏어먹게 된다, 왜 그걸 몰라!"

"지, 지는 아무 말도 안 했이요."

가난뱅이 아낙같이 악센 삼베옷 아니면 굵은 새 베옷 이외 인조견도 걸쳐보지 못한 파주댁은 안 했다는 대꾸밖에 할 줄 몰랐다.

"호박같이 못생긴 게 꿍꿍이속은 있어서,"

"지는 아무것도 바라지 안 혀요."

"흥! 바라지 않는다구? 그것부터 거짓이야. 어리석고 못난 것!"

어리석은 여자인 것은 틀림이 없었다. 배고프지 않은 것만 다행으로 여겼으니까. 보잘것없고 재주 없는 여자가 홀로된 후 배고픔을 많이 겪었기 때문이다. 다만 소망이 있다면 내쫓기지 않는 것, 어떻게 하면 야단을 덜 맞고 하루를 보낼까, 재

산에 대한 야심은커녕 조준구는 천년만년 살 것같이 파주댁
은 생각하는 것이었다.

팔월이 거의 끝날 무렵, 조준구는 행선지를 알리지 않은 채
며칠 걸릴 거라는 말을 남기며 인력거를 타고 서울역을 향하
였다. 파주댁과 전당포 종업원이 좋아한 것은 물론이다. 하기
는 여름 한 철 전당포 영업이 안 되기도 했지만. 손가방 하
나를 들고 스틱을 팔에 걸고 서울역에 내려선 조준구는 새로
운 천지가 눈앞에 전개된 것처럼 숨을 크게 내쉰다. 고리대금
업자, 전당포 주인, 치욕스런 허울을 벗어던지고 중추원 의원
이나 작위를 받은 친일 거두처럼 거드름을 피우며 걷기 시작
한다. 수행원이 없다는 것만 유감이었다. 놀아본 풍월이 있어
서, 십 년간의 공백은 있었으나 차리고 나선 품은 어디로 보
나 근사한 노신사다. 회색빛이 도는 푸른빛 나비넥타이가 세
련돼 보였고 연하디연한 회색 마직 여름 양복이며, 흰 구두와
흰 캉캉모자*, 회색으로 변한 머리털 하며 어디서든 명함을
내놔도 손색이 없을 그런 차림이다. 키가 작고 두상이 큰 것
은 어쩔 수 없는 일이었지만. 이등 찻간으로 들어간 조준구는
손가방을 짐칸에 올려놓고 스틱은 좌석 한켠에, 모자와 윗도
리를 벗어 건 뒤 창가에 자리를 잡고 앉는다. 맞은편에는 사
십 대의 사내가 존대한 자세로 앉아 있었다. 그 사내를 보는
순간 조준구는 하마터면 소리를 지를 뻔했다.

'저, 저게 누구야!'

조준구의 낯빛이 변하는 것을 본 사내는 먹이를 노리듯 표정이 날카로워졌다. 그러나 다음 순간 묘하게 웃는 듯 마는 듯 시선을 거두었다.

'그럴 리가 없지.'

조준구는 불안하게 다시 사내를 훔쳐본다. 김평산이 그곳에 앉아 있다는 착각을 떨쳐버릴 수 없었던 것이다. 김두수, 그는 김두수였다. 눈두덩이 부숭부숭하고 이마가 좁고 입술이 나왔으며 비대한 몸집의 김평산 그대로의 모습,

'세상에는 닮은 사람이 흔히 있다고들 하지만 허어 참……'

조준구는 부채를 쫙 펴서 손끝으로 와이셔츠를 집어 올리며 부채질을 한다. 그러면서 연신 김두수를 숨어 본다. 다른 것은 도포 대신 양복을, 그것도 값진 양복을 입고 있다는 것뿐이다.

'가만있자아. 혹? 평산이 그자의 아들놈인가! 허나 그럴 리가 없지이. 이등 찻간에 앉아 있을 리도 없고, 살인자의 아들놈이 저렇게 버젓이.'

웃는 듯 마는 듯 시선을 거두었던 김두수가 무슨 생각을 했던지 역습하듯 숨어 보는 조준구의 시선을 잡아챘다. 만주 중국 일대를 누비며 눈빛 강한 사내들의 목을 엮어낸 김두수다. 조준구 따위, 일별로써 내리누를 김두수의 안력인 것이다. 조준구는 허둥지둥 눈을 피해 달아난다.

'늙은게 뭐 먹을 것 있다고 내 얼굴을 훑어?'

'도대체 이놈은 조선놈일까? 일본놈일까? 만만치 않군그래. 뭐 하는 놈일까? 김평산의 아들놈이라면 나이는 이쯤 됐겠다. 삼십 년이나 지난 옛날, 평사리에서 그놈의 아들놈을 보았던가? 아들 형제가 있다는 얘기는 들었고 어미는 목매달아 죽었다 했고…… 그 자식 놈들이 제대로 살아 있을까 싶지도 않은데…… 아, 아니다. 생각나는군. 분명히 작은놈은 평사리에 살고 있다 했어. 살고 있어 봐야 머슴 아니면…… 이놈은 왜놈임에 틀림이 없다.'

처음에는 전혀 몰랐는데 김두수 역시 어디서 본 것 같은 얼굴이라 생각한다.

'어디서 보았을까?'

기억이 뚜렷하지 않다. 그리고 김두수는 조준구처럼 호기심이 강했던 것도 아니었다. 그리고 한 가지 작정하지 못한 일이 있어서 두수는 마음이 어지러웠다. 한복이를 만나고 가느냐, 만난다면 어디서 만날 것인가. 서울은 몇 번 다녀간 일이 있었다. 부산행 열차, 고향 길 가까이 가는 기차를 타보기는 처음이다. 일본으로 건너가기 위해 타기는 했었지만 김두수의 심경이 한복이를 만나는 문제 말고도 복잡해지는 것은 어쩔 수 없었다. 기차는 영등포를 지났다. 기차 안은 한결 선선해졌다. 부채질을 하던 조준구는,

'통성명을 해봐야 원수진 사이는 아니겠고, 설령 평산의 아들이라 하더라도, 마주 앉았으니 여행길에 말 걸어보기 예사

아닌가.'

해서 부채를 접고,

"어디까지 가십니까."

왜말로 정중히 묻는다. 서울 억양의, 조선인이라는 것이 확실한 일본어다.

"동경이오."

돌아온 말은 유창했다.

'왜놈이군.'

"나는 부산까지 가는데, 날씨가 몹시 덥군요."

"여름이니까요."

당연하지 않느냐 하듯 대꾸한다.

"하, 서로가 몸이 비대한 편이라서 하하핫……."

김두수도 쓰게 웃는다.

"한데 조선에는 볼일이 있어 오신 모양이죠?"

"조선에 볼일이 있어 온 게 아니오. 일본에 볼일이 있어 가는 길이오."

"아아, 그러면 조선에 거주하는 일본인이군요."

"조선이 아니고 중국이오."

"아아, 중국에선 무슨 일을 하시는데요?"

"무슨 일을 할 것같이 보이오?"

"글쎄올시다. 물론 사업이겠지요."

"사업? 사업은 사업이겠지요."

김두수는 낄낄 웃는다. 덩치에 어울리지 않게.

"혹?"

"혹? 노인장 편안한 대로 생각하십시오."

창밖으로 얼굴을 돌린 김두수는,

"조선이란 변함없이 가난하고 게으르기 짝이 없는 백성들의 땅이구먼."

혼잣말같이 중얼거렸다.

"예. 희망이 없지요. 희망 없는 백성이오."

"어째서 희망이 없소? 대일본제국의 식민지라 그러는 게요?"

"아, 아니지요. 희망 없는 백성이니까 일본의 통치를 받아야 한다 그 말이외다."

"흠, 조선에 나오니까 한결 공기가 다른걸?"

"다르고말구요. 만주 중국은 아직 시끄럽지요? 일본이 밀고 들어갈 때도 됐는데,"

"밀고 들어갔지. 일본이 손가락 물고 구경하고 있을 성싶소?"

"내 말뜻은 그게 아니오. 아주 완전히 장악해야 한다, 조선처럼. 그래야 동양이 평화를 얻을 것 아니겠소?"

"노인장은 뭣하는 사람이오?"

친일파인 것을 상당히 풍겼는데 김두수는 시큰둥하게 물었다.

"나를 말할 것 같으면 한말에는 개화당이었지요."

조준구는 약간 상체를 비틀듯, 뽐내듯 여음을 두며 말했다.

"그러면 양반이겠군요."

"가문이야 빠지는 편은 아니지요, 양주 조씨니까, 합방 후에는 일본인과 손을 잡고 광산을 하다가 만석 살림을 털어 넣었지만."

이때 김두수 머릿속에 번개같이 스쳐가는 것이 있었다. 조준구를 빤히 쳐다본다.

'맞어! 바로 이자가 조준구다!'

어릴 적에 말을 타고 서울서 오던 모습이 뚜렷하게 되살아났다.

'세상이란, 넓고도 좁다.'

조준구의 생각과 같이 원수를 만난 것은 아니었다. 어쩌면 동지 같은 것이었는지 모른다. 이상한 얘기지만 최참판댁의 가해자라는 입장에서. 그러나 김두수는 마음을 열어 자신이 조선인이라는 것을 밝히지 않는다. 조준구를 만나기론 삼십 년 전쯤, 어릴 때의 일이지만 서희가 간도에 있을 때 공노인의 서울 출입을 조사한 바 있는 김두수였으므로 조준구가 광산을 한 사실은 소상히 알고 있었다. 회령서 순사부장을 할 때였던가. 공노인을 협박했을 때 공노인은 그런 말을 했다.

"누구네 부친은 그놈을 손바닥에 올려놓질 못해서 이용만 당했다 하긴 하더라만,"

"누구네 부친?"

김두수는 반문했었다. 그리고 다시,

"그게 누구지요? 최서희의 부친 말씀이오?"

"글쎄, 그것까지는 모르겠구, 재주는 곰이 넘었는데 돈은 중국놈이 먹었다 하기도 하더구먼."

그 말은 두고두고 김두수의 동감을 환기시켰던 것이다.

'바로 이놈이 중국놈이었고 내 부친은 곰이었다 그 말이겠다?'

별안간 김두수는 허허헛…… 하고 웃는다.

"……?"

"세상 참 우습구먼."

여전히 조선말은 아니었다.

"아니 뭐가 우습다는 게요?"

어리둥절하기도 했으나 따지고 보면 굽실거릴 이유도 없을 것 같아 조준구는 못마땅한 눈으로 두수를 쳐다본다.

"잡아 온 쟝고로[中國人] 생각이 나서 말이오."

"……?"

"총검으로 애목을 찔렀는데 웃고 있더란 말이오."

세상 우습다는 말과는 맥락이 닿지 않았다. 그러나 공포감을 주는 말이었다.

"담이 큰 놈이던가 부지요?"

"허허헛…… 허헛 담이 큰 게 아니지요. 웃으면서 아첨을 떠는 놈을 쿡 찔렀으니까요."

"……."

"비천한 놈들, 돼지 같은 놈이지요. 그런 놈들은 우리 일본 군의 끄나풀 노릇을 하다가도 여차하면 등 뒤에서 덤빈단 말이오."

"하아."

"친일파라 해서 믿었다간 일본도 큰코다친다 그 얘기 아니 겠소? 조선에 나와 보니 친일파도 많고 친일파 되려는 놈도 많은데 등 뒤에서 언제 덤빌지, 하하핫핫 노인장이야 진짜 친일파겠지만 하하하핫……."

조롱이며 협박이다. 또 내가 뭐 하는 사람인지 알겠나? 하며 육박해오는 말이기도 했다.

"한데 동경에는 무슨 일로,"

조준구는 자리가 나빴다 생각하며 화제를 돌려놓으려 한다.

"아들놈이 지난봄에 고등학교에 갔지요. 그 아일 보러 가는 길이오. 다른 공무도 있지만."

김두수는 쓴 입맛을 다신다. 아들놈이 지난봄에 고등학교에 들어갔다는 것은 거짓말이다. 그러나 아들 때문에 동경으로 가는 것이기는 했다. 일본여자 사이에서 태어난, 그러니까 두수에게는 장남인데 생모인 일본여자와 헤어진 것은 오래전 일이며 아들을 일본으로 보내어 중학에 넣으면서부터 어미 감독하에 두었었다. 그랬는데 하라는 공부는 하지 않고 불량소년으로 풀리어, 미성년인데도 불구하고 계집아이 때문

에 싸움을 벌여 상대에게 칼질을 하고 상해를 입힌 사건. 그
일 때문에 김두수는 지금 동경으로 건너가는 길이다. 자식에
게는 각별한 김두수, 그는 여러 번 중국에서의 생활을 청산하
고 축재도 상당했으므로 조선에 나와 서울서 자리를 잡을 생
각을 했었다. 그러나 조선으로 나온다면 물 없는 고기 신세
가 될 것을 두수는 누구보다 자신이 잘 알고 있었다. 경찰서
장 자리라도 하나 준다면 모를까, 재산이 평생 놀고먹을 만치
있다 하더라도 평범한 시정인이 될 때 자신의 보호 문제 같은
것도 상당히 심각했으니까, 결국 송충이는 솔잎을 먹어야 산
다는 결론에 도달하는 것이지만 자기 직업에 후회한 일은 없
었고 아니 오히려 만족해하며 언제나 성공했다는 생각을 하
지만, 조선에 돌아와 모은 재산으로 내보란 듯 살아보고 싶은
유혹은 늘 있어왔다.

"나도 실은 아들 손자들을 보러 가는 길이지만,"

"아들 손자?"

김두수는 반문했다. 조준구가 가족을 데려오기 이전에 두
수는 평사리를 떠났기 때문에 가족 상황은 잘 모른다. 그러나
그 반문은 내버려둔 채,

"지금도 광산을 하시오?"

홀랑 망했다는 얘기를 들었는데 조준구가 아직 잘 차려입
은 것이 궁금하기도 했었다.

"내 나이 몇인데 그 짓을 하고 있겠소."

차창 밖의 풍경은 좁혀졌다. 기차는 산과 산 사이를 달리고 있었다. 김두수는 안동서부터 줄곧 기차를 타고 왔기 때문에 진력이 났고 따분했다. 두 다리를 조준구 쪽으로 쭉 뻗으며 크게 입을 벌리고 하품을 한다.

'버릇없는 놈, 개상놈이라니, 이놈이 중국 바닥에서 사람깨나 잡아 족친 눈친데,'

"조준구 씨!"

별안간 들려온 소리, 벼락이 떨어진 것만큼 놀라웠다. 백주에 유령과 부딪친 기분이었다.

"으허허허헛…… 으하하하핫핫……."

김두수는 입을 쩍 벌리고 호탕하게 웃었다. 그 호탕한 웃음소리만은 김평산이 아니었다.

"놀랐소?"

조선말이었다.

"누, 누구요? 다, 당신은."

"알 만하실 텐데요?"

"기, 김평산……."

"내 부친이지요."

"여, 역시."

"장난이 지나쳤는가요?"

존중하는 기색은 추호 없었고 놀려대듯, 상대가 연로하다는 것쯤 도외시하듯 두수는 웃는다.

"감쪽같이 왜놈으로 속으셨군."

조준구의 얼굴이 시뻘게진다.

"감히, 가 감히 알고서 희롱했더란 말이냐?"

"알았으니까 속인 게지요."

"뭣이 어째? 노소는 고사하고 지난 일들을 생각한다면 이 럴 수가 있나? 허허어 참 기가 차서,"

"지난 일들 말입니까? 그건 나보다 조준구 씨께서 더 많이 생각해야 할 거요. 안 그렇습니까?"

"뻔뻔스런 놈!"

"하룻강아지 범 무서운 줄 모른다는 말 아시유?"

"살인자의 자식놈! 하룻강아지 범 무서운 줄 모른다는 말 은 바로 네놈을 두고 한 말이야!"

"어허어, 목소리가 크시오. 나보다 조준구 씨께서 곤란하 실 테니 하는 말인데, 그 말 나오길 기다렸소. 생각보다는 성 급했소이다. 여하튼 통성명도 상대 보아가며 하는 게 내 오랜 버릇인데 하하하핫 하핫핫……."

몹시 유쾌한 듯 껄쭌 소리로 웃는다. 방약무인이다.

'이놈이 뭘 믿고, 마적질을 했나, 강도질을 했나? 이렇게 나 오는 건 무슨 까닭인고?'

기세가 꺾인다.

"은혜를 원수로 갚는다는 말도 있고, 조참판, 아니 실례했 소, 조준구 씨가 나를 만나면은 만석 살림의 십분지 일은 사례로 주실 줄 알았는데."

"뭐, 뭐라구?"

조준구는 자리에서 일어날 자세다.

"가만히 기시오."

팔목을 꽉 잡는다. 잡아 앉혀놓고는 입을 다물어버렸는데
그 침묵은 고양이가 쥐를 노리는 순간같이 잔인했다.

"어떤 노인이 내게 이런 말을 했지요. 그 늙은이는 눈곱만
치도 나라의 혜택을 받은 일이 없는데, 내 부친이나 나처럼
말이오. 헌데 애국자로 겁적거리는 위인이었소. 누군지 아시
겠소? 하하핫…… 하하핫…… 조준구 씨를 손바닥에 올려놓
고 놀려 먹던 사람인데 아실 만하지요?"

조준구는 신음 소리를 낸다. 공노인을 두고 하는 말인 줄
깨달았던 것이다.

"그 노인의 말입니다. 누구네 부친은 그놈, 그놈이란 조준
구 씨를 이름이고, 그러니까 조준구 씨를 손바닥에 올려놓질
못해서 이용만 당했다 그러질 않았겠소? 누구네 부친이란 말
할 것도 없이 내 부친을 가리킨 거지요. 그리고 또 말했지요.
재주는 곰이 넘었는데 돈은 중국놈이 먹었다. 곰은 내 부친이
요 중국놈은 조준구 씨지요. 알아들으시겠소?"

"……."

"어째서 통성명을 했는가 아실 만합니까?"

"네놈은 어디서 뭘 해먹고 굴러다녔어!"

"어허어 큰 소리 내지 마슈. 개화당도 하구 광산도 하구, 살인을 사주하여 만석 살림도 횡령한 그런 화려한 이력은 아니지만, 그러나 그런 자들을 똥을 싸게 하는 짓을 해 먹고살았지요."

"강도 같은 놈 무슨 증거로! 살인을 사주해? 무, 무슨 증거로."

"조용히 하시오. 그리고 용기도 내시고, 삼십 년 전의 일이니 증거 운운할 필요가 있겠소? 내가 십여 년 전에 회령서 순사부장을 할 때 당신 같은 좀도둑을 수없이 보았는데 그네들은 많아야 기십 원, 그러니까 당신 같은 좀도둑이 만석 살림을 삼켰다면은 그것은 운이 좋았던 게요. 그 운은 말할 것도 없이 내 부친이 갖다준 게고, 그래도 날보고 뻔뻔스럽다 하시겠소?"

조준구 입가에 경련이 일었다.

"아아 참 아까 어디서 뭘하고 굴러먹었느냐 하셨는데 아까 말했듯이 십여 년 전에 회령서 순사부장을 했으니 지금은 무엇일까요?"

"……"

"두려워할 것 없습니다. 동지가 됐으면 됐지 적이 될 이유는 없는 것 아닙니까? 이거 독립운동한다는 놈들의 말투지만요."

"두려워할 이유가 없지. 나야말로 대일본제국의 훈장을 받아 마땅한 사람이야."

조준구는 두수를 노려본다. 두수는 일어섰다. 혁대를 풀어 구멍을 하나 줄여서 다시 졸라맨다.

"점심 하러 안 가시겠습니까?"

"……."

두수는 등을 구부리고 조준구 귓가에 입을 가져온다. 조준구가 놀라며 몸을 흔드는 바람에 옆좌석에서 졸고 있던 일본 여자가 고개를 들었다.

"조준구 씨, 다시 한번 최서희를 결딴낼 생각은 없으신지요."

귀엣말로 속삭였다. 그리고 껄껄 웃으며 여전히 안하무인, 거칠 것 없다는 듯 식당칸을 향해 간다. 일본여자는 불쾌한 듯 혀를 찬다. 조준구는 꼼짝하지 않았다. 그러더니 무슨 생각을 했는지 서둘며 손가방을 짐칸에서 꺼내 들고 모자는 머리 위에, 그리고 윗도리, 스틱을 챙겨 든다. 허둥지둥 두수가 간 곳과는 반대쪽을 향해 간다. 삼등칸으로 도망쳐 가는 것이다. 좌석도 없는 삼등칸에 엉거주춤 서 있던 조준구는 천안에서 내렸다. 역을 빠져나온 조준구는 다음 역을 향해 떠나는 기적 소리를 들으며, 그늘진 가로수 밑에 가서 털썩 주저앉는다.

'독사 같은 놈, 애비는 유도 아니다. 무서운 놈이다.'

조준구는 호구(虎口)를 빠져나온 기분이었다.

'조준구 씨, 다시 한번 최서희를 결딴낼 생각은 없으신지요.'

두수의 음성이 주술같이 귓가에 쟁쟁 울린다. 호기도래(好機

到來), 펄쩍 뛰며 좋아할 그 말이 어째서 조준구를 떨게 했으며 도망을 치게 했을까.

'그놈은 나를 곰으로 만들려 했다, 그놈이. 거기 넘어갈 내가 아니다!'

십 년 전 진주에서 정석을 만났었고 자신이 폭도로 몰아 죽게 했던 정한조의 아들임을 석이가 밝히고 나섰을 때 일이 생각났다. 그때도 오늘같이 진주를 도망쳐 나왔었다. 그러나 오늘같이 무섭지는 않았다.

'그놈이 나를 곰으로 만들려 한다. 그리고 지 애비 꼴을 만들려 한다. 제 놈은 중국놈이 되겠다는 게야. 지 애비의 복수를 할려는 게야. 석이 놈은 오랜 세월을 두고 나를 망하게 했다. 그러나 그놈은 오늘 처음 만났건만 당장에서 피 묻은 칼을 내게 내밀었다!'

두수가 계획적으로 하지 않았던 것은 조준구도 안다. 만난 것은 전혀 우연이었으니까. 그럼에도 조준구는 무서웠다. 아무도 모르리라 믿고 있던 비밀, 살인을 교사한 사실, 그러나 자신이 그것을 똑똑히 기억하고 있었기 때문에 무서웠던 것이며 두수는 살인자의 피를 받은 사내다. 뿐인가, 길거리에서 굶어 죽었거나 거지가 될밖에 없었던 김평산의 아들이, 십여 년 전에 회령서 순사부장을 했노라는 말을 믿지 않는다 하더라도 이등칸에서 군림하듯, 그 변모는 가공할 만한 것이 아니었던가. 유창한 일본말, 거칠 것 없이 내어뿜던 독침과도 같은 말이며 호탕한 웃음, 그는 완전히 강자였었다. 붙잡히면 놓여날 것 같지 않았던 질기고 거센 분위기, 숨도 쉬지 않고 나락으로 몰아붙일 것 같은 집요함.

'잘했다! 천안서 내리기를, 아암 잘한 일이고말고.'

김두수는 세상 참 우습구면, 했었다. 아닌 게 아니라 세상 참 우습다. 악당과 악당이, 묵은 인연이 얽힌 악당과 악당이 하필이면 기차 속 마주 보는 좌석에서 해후를 했다는 것은 신기하기보다 우스운 일이다. 조준구는 무서워서 벌벌 떨었지만 실상 두 사내는 서로 미치지 못하는 곳, 미칠 필요도 없는 범위에 있는 인간들이다. 다만 그들은 스치고 갔을 뿐이며 부산까지 동행했다 하더라도 스치는 관계에서 끝날 인간들인 것이다. 유감이 없었던 것은 아니었지만 무슨 증거가 있었던 것도 아니었고 더위에 긴 여행이요, 여행의 목적도 좋았던 것이 아니어서 김두수는 짜증을 달래보았을 뿐이며 언동의 잔인함은 그의 일상이었다. 어디서 무엇을 하는지 서로 알 길이 없는 이들은 아마 다시 만나는 일은 없으리라.

10장 명장(名匠)

배는 하얗게 물살을 가르며 쾌속으로 달리고 있었다. 점철된 섬 사이로 들어서면서부터 굼실거리던 배는 안정을 찾은 듯, 멀미하던 사람들은 자리에서 일어나 옷매무새를 고치고, 갑판 쪽으로 나가는 사람, 여객선에서 파는 점심을 청해 먹는 사람도 있었다.

"이만하면 날씨 조옿지. 가덕만 지나고 보믄 여름 뱃길은 신선놀음 앙이가."

"내사 기름 냄새, 기계 돌아가는 소리, 앵이꼽아서 죽겄는데, 신선놀음은 무신 신선놀음이오."

"이 오뉴월 얼매나 씨원노?"

어떤 부부의 대화다. 기차나 여객선이나 호화스런 외항 여객선은 아니었지만 그래도, 확실하게 빛깔부터 다른 것이 이등과 삼등의 손님이다. 더욱이 여객선의 선창과 선창 위의 선실은, 지옥과 천당? 그것은 과장이겠으나 그만큼 차이가 있는 것이다. 조준구는 배를 타본 일이 거의 없었지만 몸보신을 잘해 그랬던지 뱃멀미도 않고 가덕 바다를 지나왔다. 오히려 그의 옆에 앉은 여학생이 토할 듯 손수건으로 입을 막았을 때 등을 두드려주곤 했었다. 얼굴이 하얗고 쌍꺼풀이 굵게 진 여학생의 얼굴은 희다 못해 새파랗게 보였다. 가덕을 지난 뒤 그의 얼굴에도 혈색이 돌아왔다.

"선생님 고맙습니다."

"고맙긴."

여학생은 바람을 쐬어야겠다면서 이등 선실에서 나갔다.

'고것 참 예쁘게 생겼는걸?'

이등 선실에서는 조준구가 최고의 신사로 보였다. 지방의 유지들이 적잖게 있었으나 시골 신사에 불과했고 양복 입은 역사도 길거니와 유행의 첨단을 걸었고 값진 것들이어서, 육십이 넘었어도 조준구는 단연 빛이 났다. 기차에서 겪었던 쓰고 기막힌 일은 까맣게 잊은 듯 만족한 얼굴이다. 여학생이 선생님이라 하던 호칭에도 대만족이었다.

'세상은 넓다. 십 년 동안 나는 돼지우리 속에 있었던 게야. 옛날 같으면 내 집의 종년도 못 될 계집을 데리고 살았으니, 빌어먹을!'

신여성이라 하여 몇 해 데리고 살았던 여자에 대한 기억이 새로워졌다. 돈을 물 쓰듯, 결국엔 조준구를 버리고 달아나고 말았지만. 삼월이를 죽음에 이르게 한 것은 종이었기 때문이요, 향심이를 빈 몸으로 내어 쫓은 것은 기생이기 때문이요, 그러나 정실인 홍씨에게 약탈당한 것은 그가 정실일 뿐만 아니라 양반 출신이기 때문이다. 신여성에게 물 쓰듯 돈을 쓰게 한 것은 학식 있는 여자였기 때문이다. 더 사랑하고 덜 사랑한 탓은 아니다. 의복처럼 조준구는 고급을 좋아했기 때문이다. 물꾼의 여편네 같은 파주댁을 지금 선실에 앉아 생각한다는 것은 견딜 수 없는 오욕인 것이다. 돼지우리 속에선 돼지로 살았으나 돼지우리 밖에선 모든 것이 새로워야 하는가. 그의 눈앞에는 여학생의 모습이 어른거린다. 손녀뻘밖에 안 되는 여학생을 어쩌자는 것인가. 그는 몸을 일으켰다. 벗어놓은 윗도리를 걸치고 왕족이나 귀족이 된 것처럼 거룩하게 걸음을 옮긴다. 여학생은 갑판 난간에 기대어 지나가는 섬을 바라보고 서 있었다. 짤막하게 묶은 머리가 바람에 나부낀다. 감색 치마, 반소매 하얀 블라우스가 바람에 나부낀다. 눈이 부시게 흰 종아리다. 미끈하게 빠진 종아리다.

"이제 좀 나은가?"

다가가며 은근한 목소리로 말을 건다.

"네."

대답했으나 코 먹은 소리다.

"음. 바다란 언제 보아도 넓어서 속이 시원하다. 처음 현해탄을 넘을 때는, 젊은 시절이어서 가슴이 마구 뛰더군. 망망대해, 연락선이 일엽편주 같았지."

"젊으셨을 때 일본 가셨어요?"

"음, 유학차."

모두 거짓말이다.

"그러셨어요?"

"경응대학(慶應大學)*엘 다녔지."

여학생은 경의를 표하며 조준구를 돌아본다.

"아니, 울고 있지 않나."

"아, 아니에요."

조준구는 여학생과 나란히 난간에 기대선다.

"왜 우는지 얘기해보아."

할아버지 같은 노신사, 일찍이 경응대학을 나왔다는 지식인, 소녀가 신뢰하는 것은 이상한 일이 아니다.

"실은,"

"음."

"학교는 이번이 마지막일 거예요."

"왜?"

"집이 망했거든요."

"뭘했는데?"

"어장이 망했어요. 빚더미 위에……. 서울에 남아서 고학이라도……. 하지만 뜻대로 되질 않아서 집으로 내려가는 길이에요."

"졸업은 언젠데?"

"내년 봄에 졸업이에요."

"학교는 어딘가."

"근화여고예요."

"나이는?"

"열아홉이에요."

"좀 늦게 들었구먼."

"아부지도 작년에, 사업실패 땜에 심화병으로 돌아가시구요."

"허허어 참, 그거 안됐구먼. 그러나 학비 문제라면 내가 도와줄 수도 있는데,"

"네?"

소녀의 얼굴이 상기된다.

"그거 어려운 일 아니야."

"저, 정말이세요!"

"향학열에 불타는 젊은 사람들을 그냥 보아넘기지 못하는 게 내 병이라."

"선생님!"

"여학교뿐인가? 하겠다면 전문학교 가는 것도 불가능한 얘기 아니야."

"그, 그럴 수가!"

"여자도 공부는 해야 해, 옷은 해어지면 내버리지만 속에 든 학식이란 죽는 날까지 크나큰 재산이야. 무슨 일이 있어도 두뇌를 썩혀서는 아니 되느니,"

여학생은 기뻐서 흐느껴 운다. 행운을 믿을 수 없는 듯 조준구를 쳐다본다.

"이름은?"

"석난희예요."

"음, 이름 좋구면."

"선생님은 어디로 가세요?"

"통영에 볼일이 있어서. 석난희, 그래 난희도 통영인가?"

"저는 여수예요."

"그러면 어떻게 한다? 늦어도 사오 일이면 나는 서울로 가게 되는데 난희가 서울 올 때, 음 그러면은…… 그, 그렇게 하지. 주소를 적어줄 터이니 오는 날짜 시간을 편지로 알려주어. 그러면 내 사람을 시켜 마중하러 보낼 테니까."

"아, 아니에요. 제가 찾아가지요, 뭐."

"집 찾는다는 것도 번거롭고 내가 시키는 대로 하면 되는 게야."

조준구는 주소를 적어준다.

"뭐라구 말씀드려야 할지 모르겠어요. 선생님 댁에서 심부름이나 하겠어요."

"허허 그건 두었다 생각할 일이야."

조준구는 통영 부두에 내리고 난희는 배 위에서 무한한 감사의 뜻을 싣고 손을 흔들었다. 그야말로 즉흥적인 것이었다. 갖은 친절과 감언을 베풀었으나 나중 일은 난희가 서울에 나타난 후 흐를 대로 흘러갈 것이다. 아무튼 조준구는 매우 기분이 좋다. 옛날보다 규모는 작지만 사치한 의식주를 누릴 여지는 있었고 첨화격으로 의식주에 어울리는 여자도 있어야 한다. 난희를 반드시 그 대상으로 삼은 것은 아니었지만 전혀 불가능한 일로 단정하지 않아도 좋다.

'자아, 그러면 무슨 일부터 한다아? 우선 좋은 여관을 찾아야 하고 한숨 자고 나서.'

짐꾼이 가르쳐준 여관으로 들어섰을 때 여관에서는 그를 귀한 손님으로 맞아들였다.

"좀 더 나은 방이 없느냐?"

"이 방이 젤 좋은 방입니더. 그라고 통영서는 우리 집이 젤 좋은 여관이고요."

특별히 준구를 안내해준 여관 안주인이 말했다.

"좁은 지방이라 할 수 없군. 좀 씻어야겠는데."

"예, 씨원한 새미물 떠다 드리라 하겠습니더."

잠옷으로 갈아입은 조준구는 마루 끝에 세숫물을 떠 온 계집아이에게,

"여기 세탁소가 있느냐?"

"예, 있습니더."

"그러면,"

벗어놓은 옷과 손가방 속의 양복, 와이셔츠를 꺼낸다.

"이것은 세탁하라 이르고 이것은 다려서 가지고 와."

"예."

세수를 끝낸 조준구는 화문석을 깔아놓은 요 위에 벌렁 자빠진다.

"어이 씨원타."

모시 베갯잇을 씌운 베개가 목덜미에 시원하게 닿는다.

"기분 좋다. 진작 나설 것을."

한잠 늘어지게 자고 일어난 조준구는 정종 몇 잔을 곁들인 생선회 한 접시를 먹어치웠다.

"애야."

"예."

"이곳은 나전칠기로 유명하다는 말을 들었는데에."

"나전칠기가 머입니까?"

"허허어, 그것을 모르다니. 조개껍질 아, 아니 소라껍질 박아서."

"아아 예, 자개 박은 농이나 밥상 말입니꺼?"

"오냐."

"그거라믄 통영이 젤입니다. 제일이라 카데예."

"그걸 젤 잘 만드는 사람은 누구냐?"

"젤 잘 만든다 카믄……. 지가 그거를 우찌 알겠십니꺼, 그렇지만 소목 일은 곱새가 젤 잘한다 카데예."

"곱새……."

"하지마는 일을 많이 못한다 카던데."

"그 사람이 어디 있는지 아느냐?"

"명정골에 산다 카더마는, 지는 잘 모르겠십니더. 우리 집 안주인이 알깁니더."

"그럼 안주인을 불러라."

"예."

이윽고,

"손님, 지를 찾았십니꺼."

"그렇다네."

"아이 말을 들은께 곱새 소목장이를 찾으신다고요."

"음. 이곳에 들른 기념으로 의걸이나 한 짝 맞춰볼까 싶어서."

"그 사람 워낙 일손이 더디서 쉽기 안 될 깁니더. 우리도 농한 벌을 부탁해서 일 년 만에."

"일 년이면 어떻고 이 년이면 어떤가, 상관없네. 물건이 되면 기차 편에 탁송하면 되는 거구."

"지금 가보실랍니꺼."

"이따 저녁 후, 그보다 그자가 만들었다는 장롱 한번 볼 수 있겠나?"

안주인은 사십 대쯤, 조준구가 노인인 만큼 저항 없이 반말을 받아들인다.

"그거는 어렵잖은 일입니더."

안주인은 조준구를 안방으로 안내했다.

"이거는, 나전칠기가 아니군그래."

"감나무장입니더. 통영사람들은 자개장은 별로."

박쥐 모양의 백동 장식을 물린 장롱은 정교하고 매우 견고해 보였다.

"거 좋군그래. 서울서는 이런 장식이 없지. 특이하구먼."

"탄탄하지요. 빈틈이 없어서 약 한 분 넣어놓으믄 몇 년이 지나도 냄새가 그대로 남아 있십니더."

"흠."

"말이 소목꾼이지, 병신이고, 그렇지만은 양반입니더. 손님이

300

가시더라도 마구잡이로 대하시믄 물건 안 맨들라 칼 깁니더."

"뭐가 그리 도도한고? 일개 소목장이가."

"소목장이도 나름이지요. 다 그렇지는 않지만 장롱 짜는 소목꾼은 식자도 있어야 한다 카던데요. 곱새 소목은 웬간한 사람 가봐야 밑천도 못 찾는다는 말이 있십니더."

"그건 왜?"

"고학을 많이 해서, 통영서는 내로라하는 옛적 선비들도 그 사람을 받든다 합니다. 본인은 말이 없지마는 양반도, 보통 진사나 생원 정도가 아닌, 그런 집안이라 하기도 하고, 그래 그런지 자식들이 모두 관옥 겉고 공부도 보통 잘하는 게 아니라 카더마요."

"음……."

방으로 돌아온 조준구는 팔베개를 하고 누워서 천장을 멀둥멀둥 쳐다본다.

'관옥 겉고 공부도 보통 잘하는 게 아니라구?'

입맛을 다신다.

'관옥 겉고…… 공부도…… 그중에 한 놈만 데려다가 공부를 시켜볼까? 그중에서 똑똑한 놈 하나를 골라서……'

여객선에서 난희에게 한 약속을 생각한다.

'그까짓 것,'

조준구는 천장을 쳐다본 채 자신의 재산을 계산해본다. 자신이 누려야 할 몫을 최대한도로 잡아놓고 만일 손자를 데려다 공부시킬 경우 그 비용을 줄이고 또 줄여가며 계산을 해본다. 그러고 보니 전당포를 때려치우는 일이 불안해지는 것이다. 난희와의 약속 따위는 술 마시다가 기생에게 한 약속과 다를 것이 없었고 자신의 노후 문제와 관련이 있는 손자에 관한 것은 구체적으로 생각하는 것이다.

'한번 길을 터놓고 보면 앞으로 복잡해지지 않을까? 일도 많이는 못한다 하는데 식구는 많고 자꾸 손을 벌린다면 그것도 골치다. 다른 자식까지 공부시키라 한대도 곤란하구, 공연히 여기 온 것은 아닐까? 아니다 그렇지는 않을 게야. 그놈이, 그 병신 놈이 오기가 있어서 나를 상면 안 하려 할지도 모를 일이고 자식을 내놓지 않으려 할지도 모르지. 그놈이 병신만 아니었더라도……. 내가 심하기는 좀 심하게 했나? 그러나 지에미보다야, 병신이라 해서 눈앞에 얼른거리지도 못하게 한 지에미보다야. 독선생 데려다 글도 가르쳤고 짝도 지어주었으며 망하기 전에는 종들 거느리고 평사리서 편하게 산 것은 다 누구 덕인데? 병신을 그 이상 어떻게 해. 일본 유학하여 판검사 될 처지던가? 육신만 성했다면, 그놈이 가문을 무시하고 소목장이가 된 것부터, 그래도 애비니까 찾아볼려는 거지. 다른 자식들 같으면 나이 사십, 부모 공양……. 아비 덕 볼 처진가?'

서울을 떠날 때와는 달리 생각이 차츰 불투명해진다. 아들과 손자를 만나게 됨으로써 앞으로 과중한 부담이 되지 않을까 주저되는가 하면 아들과 자부가 상면을 거절할지 모른다는 일말의 불안이 일기도 한다. 그런가 하면 십 년 동안 자기 나름대로, 물론 대단히 불만스런 것이기는 했지만 쌓아올려 놓은 형태를 허문다는 것이 과연 옳은가 의혹이 솟는 것이다. 허물다 보면 옛날같이 일시에 허물어지는 것은 아닐까? 어느 구석에서 구멍이 뚫릴지, 재물이란 물과 같아서 뚫리기만 하면 계속하여 흘러나가고 바닥이 나게 마련이다. 조준구는 기와를 올렸다 뿐이지 오막살이나 다름없었다는 홍씨의 집, 그간의 사정을 전해주던 사내의 말을 상기하지 않을 수 없었다. 재물에 대해서는 거머리 같은 여자, 그 여자도 재산을 유지하지 못했었다.

'가만있자아, 대강 줄잡아서 오만 원을 전재산으로 생각하고, 한 달에 사오백 원을 써도 십 년은 간다. 곶감 빼먹듯 쓰는 것도 아니겠고 돈이 어디 잠자듯 가만히 있는 겐가? 아무리 저리(低利)로 늘린다 하여도 돈은 불게 마련이야. 그까짓 전당포는 때려치우더라도 말씀이야. 또 그렇지. 한 달에 사오백 원을 뭣에다 다 쓰누. 백 원으로도 넉넉할 것이요, 고급 관리월급인데? 이백 원이면 쓰고도 남는 금액인 게야.'

대충 주먹구구를 하고 보니 한결 마음이 놓인다. 마음이 놓이니까 십 년 인고가 억울하고 전당포 영감쟁이, 고리대금업자라는 명칭이 치욕스럽게 가슴을 찌른다. 커다란 감투 아니면 적어도 회사의 사장이나 광주(鑛主)라도 됐어야 할 사람이 어쩌다 뒷골목에서 썩어야 했던가. 그러나 남은 세월을 십 년으로 잡고 주먹구구를 해본 것이 동티였다.

"십 년? 십 년!"

충격적인 공포다. 앞으로 십 년이라니, 죽음이 커다란 아가리를 벌리고 방 한구석에 도사리고 있는 것 같은 공포, 새까만 죽음의 심연, 죽음이라는 것, 악취 때문에 염도 제대로 못했다는 말이 비로소 자신의 죽음과 결부되어 되살아난다. 그 말을 들었을 때는 홍씨의 악령 때문에 무서웠지만 지금은 자신의 죽음 자체와 밀착이 되어 몸이 떨려오는 것이다. 조준구는 자리에서 벌떡 일어나 앉는다. 가슴이 뛰고 끈적끈적한 땀이 전신에 흐른다.

어두워져서 가리라 생각했는데 조준구는 곱새 소목의 집을 안다는 여관의 심부름꾼을 앞세우고 나섰다. 열일곱여덟쯤 보이는 사내아이는 양복바지도 고의바지도 아닌 어중간한 삼베 반바지를 입고 있었다. 뒤통수가 예쁘게 생긴 아이다. 해는 떨어졌지만 여열 탓으로 소금기 머금은 바람은 후덥지근했다. 갈매기가 무수히 날고 항구 쪽에서 뱃고동 소리가 들려온다. 거리는 조용하고 서두는 행인은 없다. 그러나 특이하게 차려입은 노신사를 신기한 듯 사람들은 바라본다. 골목으로 접어든다.

"한참 더 가느냐?"

"예. 서문고개를 넘으믄 있십니더."

사내아이가 대답했다. 돌다리를 지나고 석류꽃이 핀 울타리를 따라 꽤 넓었던 골목길이 차츰 좁아진다. 잿물과 숯과 등유(燈油)를 파는 구멍가게는 지키는 사람도 없다.

"아직 멀었느냐?"

"조그만 더 가믄 됩니더."

하수구 같은 개천과 나란히 뻗어간 골목은 더욱더 좁아져서 지렁이 같은데 가파롭게 변해간다. 집들의 지붕은 한결 낮아지고 풍경은 삭막해진다. 부스럼이 나서 밤송이 같은 머리와 벌거벗은 알몸의 어린것들이 눈에 띈다.

"왜 이렇게 멀리 가느냐?"

조준구는 숨찬 소리로 말했다.

"처음 가는 길인께 그럴 깁니다. 우리는 지척 겉은데요."

"지지리 궁상이고나."

"예?"

"집들이 돼지우리 같구먼."

"기와집도 많이 있십니더. 여기는 기찬은 사람들이 사니께요."

"기찬다? 그게 무슨 말인고?"

"가난하다는 말입니더."

"가난한데 뭘 처먹였기 아이새끼들 배가 저 모양이냐?"

"횟배겄지요 머."

사내아이는 기분이 나쁜 것 같다. 대답이 퉁명스럽다.

"흠, 아무거나 퍼먹이니까 그렇지. 전염병이라도 돌면 싹

쓸겠군."

"손님은 부잔가 배요?"

"뭐?"

"금줄 시계도 하고, 그런 사람이사 이런 길 안 다닙니더."

비꼬듯,

"못 배워먹은 것들, 말버릇 고약허다. 상하구별도 모르는 촌것들이라니."

"우리 곳에서는 다 이렇기 말을 하는데요?"

"갯바닥이라 더한 겐가?"

"갯가라 카지마는 옛날에는 사또보다 높은 수군통제사가 있었던 곳입니더. 지금 우리가 가는 명정리에는 이순신 장군을 모시놓은 사당도 있고요. 저어기 저, 왜놈들을 몰살시킨 판데목도 있고 통영사람들 콧대가 얼매나 높으다고요? 그래서 왜놈 서장도 보통내기가 와서는 맥도 못 춘다 안 캅니까?"

"대통으로 하늘 보기다. 왜놈, 왜놈 하고 함부로 지껄이다가 혼날 줄 알아라."

"우리는 지금꺼지 그렇기 말해왔십니더. 손님은 부잔데 와 그리 벌벌 떨어쌓십니꺼?"

"이놈 봐라? 못하는 말이 없구나."

"서울은 우떤지 모리겠십니다마는 우리 곳에서는 왜놈들이라 카믄 업신여긴께요. 통영은 왜놈들이 와서 박살 난 곳이라요. 그런 놈들이 다시 와가지고 우리 동언[東軒] 터를 헐어서 신사를 안 지었습니꺼? 그때 추구(벌)를 받아서 왜놈들이 직사했다 카데요. 충렬사에도 이순신 장군의 큰 칼을 모시났는데 그놈들이 몇 명이나 달기들어서 용을 썼지만 그 칼을 못 들어냈다 안 캅니꺼? 그라고 또 아까 판데목 이야기는 했지요? 와 판데목이라 카는지 압니꺼? 임진왜란 때 그놈들이 도망갈라꼬 엉겁결에 손으로 팠답디더. 그래서 판데목이라."

"주둥이는 닫아두고 어서 가기나 해."

"손님이 숭(흉)을 본께, 통영을 찾아오는 다른 손님들은 경치 좋고 인심이 좋고 해물이 좋다고 칭찬인데, 손님은 아마도 신선 노는 곳에서 오싰는가 배요?"

어지간히 자존심이 상했던 눈치다. 사내아이는 당돌하게 일침(一針)을 놓았다.

"허허어, 이놈이 겁 없네?"

조준구는 아들을 만나게 되는 일에 불안을 느끼고 있었기 때문에 아이 말에는 크게 신경을 쓰지 않는다. 또 숨이 차기도 했었다.

"우리 통영에서는요, 손님 겉은 노인치고 양복 입은 사람은 한 사람도 없십니더. 그래도요, 통영 갓 통영 소반이라 카믄 외지의 양반들은 다 안다 캅디더. 하다못해 전복도 통영 거라카믄 돈을 더 받는다 하데요."

"잔말 말고 가기나 해!"

"예!"

사내아이는 일부러 골탕을 먹이려는 듯 날듯이 빨리 걷는다.

"이놈아!"

"예?"

"숨차다, 천천히 가자."

고개를 넘어 내리막길로 들어섰다. 짙푸른 수목, 연둣빛 대숲이 눈에 띈다. 큼직한 기와집도 더러 보인다. 가파롭던 고갯길 주변보다 한결 유복해 뵈는 마을이다.

"아직 멀었느냐?"

"아니요. 저기 저 집입니더."

사내아이는 손가락으로 가리킨다. 아낙들, 처녀아이들이 물길러 가면서 양복장이 노신사를 신기한 듯 숨어 본다.

"그러면 너는 돌아가거라."

십 전짜리 하나를 내밀었다. 그러나,

"언지요(아니요)."

고개를 저으며 휭하니 오던 길을 돌아간다.

'저 집이라⋯⋯.'

사내아이가 가리킨 집은 생각한 것보다 말끔했다. 아래위 두 채는 초가였고 울타리는 판자였다. 마을에서 중류는 되는 것 같다.

"이리 오너라!"

하고 조준구는 큰기침을 한다.

"뉘시오?"

자부의 음성이다.

"으흠!"

대문 밖을 내다보다 말고,

"아이구머니!"

놀라서 낯빛까지 달라졌다.

"어, 어서 드십시오."

자세를 고치고 냉정해지면서 자부는 고개를 숙였다.

"으흠, 애비 있느냐?"

부채를 펴 들며 비스듬히 자부를 내려다보고 묻는다.

"예."

예닐곱 된 사내아이가 마루에 걸터앉은 채 조준구를 빤히 쳐다본다. 자부는 급히 아래채 쪽으로 걸어간다. 이윽고 헐렁한 삼베옷을 입은 병수의 꼽추 모습이 나타났다. 병수는 자부보다 훨씬 침착했다.

"어인 일이십니까."

난처한 듯 외면을 하면서 조준구는,

"볼일이 있어 이 근처까지 왔다가, 그래 별일은 없었느냐?"

"네. 드시지요."

사랑 겸 안방 겸인 듯 아래채로 안내한다. 방 안은 별로 놓인 것이 없고 문갑과 사방탁자, 서책과 벼룻집 붓 같은 것이 있을 뿐 소목장이와 관계되는 것은 하나도 없다. 마루 옆에 헛간이 있었는데 아마 그곳이 일방인 것 같다.

"절 받으십시오."

자부는 함께 들어오지 않았다. 병수 혼자 조준구에게 절을 한다. 그리고 마주 보며 앉는다.

"아이들은?"

우선 마음을 놓으며 묻는다.

"밖에 나갔나 봅니다."

창백한 병수 얼굴에는 듬성듬성 수염이 길었고 푹 꺼진 눈은 지친 듯 어둡게 빛나고 있었다. 십여 년 만에 만나는 부자였다. 준구는 어딘지 어색해했고 병수는 흥분하는 기색이 없었다. 냉담한 것인지 침착한 것인지 알 수 없었지만. 옛날과 같은 청순한 분위기가 남아 있긴 했으나 나이보다 늙은 것 같다.

"서울의 소식은 들었느냐?"

"무슨 소식 말씀입니까?"

"너 어미 죽은 것 말이다."

넓게 퍼진 눈썹이 순간 꿈틀거렸다.

"못 들었습니다."

하고는 고개를 숙인다.

"실은 나도 장사를 지낸 뒤 들은 얘기다만 그 계집 죽은 일은 너나 나하고는 상관없는 일이고."

병수는 묵묵부답이다.

"지난날 사업에 실패하여 내 몸 하나 가누기도 어려워졌기 너이들을 벽촌에 둔 채 거두지 못하였네만 네 어미를 말할 것

310

같으면 내게서 탈취한 재산이 적지 아니했고 채귀에 쫓기는 신세도 아니었건만, 생각하면 이가 갈리는 일이나 이제는 세상에 없는 사람, 피차를 위해 잊는 것이 상술 게야."

자신의 잘못까지 홍씨에게 떠다 넘기듯 말한다.

"거두지 않았다 하여 부모가 아니겠습니까. 비록 몸은 성치 못하였으나 성년 후의 일이오니 사람 구실 못한 일만 송구할 따름입니다. 허나 남에게 가혹하였던 처사는 잊기 어렵겠습니다. 기일이 언제인지, 자식된 도리로서 멧상은 받들어야 할 것입니다."

"기일?"

조준구는 팔을 내저었다.

"쓸데없는 생각이니라. 기일 따위, 알지도 못하거니와 조씨 가문의 사람이 아닌 게야. 너의 어미도 아닌 게야."

타인보다 가혹했던 생모, 자식을 우리 속의 동물로 취급하던 생모, 그들의 악행이 더하고 덜하고가 없었지만 병수에게는 어미보다 아비가 다소 나았던 것만은 사실이다. 그러나 뼈에 사무친 숱한 그 고통들을 지금 병수가 못 잊어하는 것은 아니었다. 잊으려 했고 잊었다 할 수도 있을 것이다. 용서한 것이 아니며 병수는 용서를 받은 것이다. 불구자로서의 번민이나 부모가 자식에게 가한 수모, 천지간에 맘도 몸도 기댈 수 없었던 처절한 고독, 그것은 병수 자신을 위한 목마름이었지만 그 목마름 같은 것을 누르고도 남을 크나큰 고통은 자기 자신이 죄인이라는 의식이었다. 부모의 큰 죄는 바로 자신의 죄요, 부모의 악업으로 얻은 재물로 자신이 연명되고 있다는 그 뼈를 깎는 고통, 더러운 곡식을 아니 먹으려고 수없이 기도했던 자살, 그러나 생명에의 집착 때문에 스스로 죽음을 포기하였고 더러운 물 더러운 곡기를 미친 듯 빨아 당기지 아니했던가. 병수는 죽지 못하는 치욕 때문에 미쳐 날뛰었다. 그를 구원한 것이 바로 이 소목 일이었다. 이제 병수는 용서를 받은 것이다. 자학은 일(예술)에서 승화되었다. 일은 그에게 만남이었다.

"네가 정히 생모의 기일을 챙기고 싶거든 그 계집의 재산을 찾아라."

하며 시작하여 조준구는 집이며 패물이며 돈도 적지 않았을 것이라는 것을 설명하고 주장하는 것이었다. 병수는 그냥 침묵을 지키며 앉아 있었다.

"그걸 네가 서둘러서 찾는다면 나도 너 어미 제사 지내는 것을 반대 안 하겠다."

반대 안 하겠다는 것도 비윗살 좋은 얘기지만 홍씨의 악령이 달라붙을까 봐 자신은 접근 못하였던 곳을, 끝내 미련을 버리지 못하고 몸도 온전찮은 아들을 밀어 넣으려는 조준구, 인면수심의 정도가 아니다.

"그 일도 그 일이려니와, 나도 얼마간 기반을 잡았고 너는 세상에 나올 몸이 아니니 기왕지사, 손자 놈 하나쯤은 하는

데까지 학문을 하게 하는 것이 도리 아니겠나. 우리 조씨 가문을 공고히 하는 일이니,"

"애들은 지금 학교에 다니고 있습니다."

"학교야 다니겠지. 어느 학교에 다니느냐, 장차 어느 학교까지 갈 것인가, 똑똑한 놈 하나 서울로 데려가서 장차 일본에 유학하게 하고,"

"늙으신 아버님께 폐를 끼치지는 않겠습니다. 저만 좀 더 애쓰면 자식은 가르칠 수 있으리라 생각합니다만,"

그 정도의 얘기라면 병수 인품으로 보아서는 명확한 거절로 보아야 한다. 그렇게 하지 못해 안달이 난 것도 아니었는데 거절을 당하니까 갑자기 뭔가 강하게 엮어두어야겠다는 생각이 든다.

"그, 그렇기야 하겠지. 그러나 나도 이제는 늙었고 자식 하나쯤은 옆에 있어주어야. 너 에미 경우도 옆에 사람이 없었기 때문에 남이 들어먹었지."

병수는 잠시 생각하다가,

"저녁은 어찌하셨습니까."

"여관에 가서 먹지."

"여관이라니요?"

"이곳은 협소하고 잠자리가 편치 않을 것 같아서,"

"아버님!"

조준구는 아들을 힐끗 쳐다본다.

"앞으로 저희들이 아버님이 원하신다면 모시겠습니다."

"……."

"그러나 아버님께 가지는 않을 것이옵니다."

"뭐?"

조준구의 얼굴이 시뻘게진다. 옛날 아들에게 군림하던 그 모습, 그 노여움, 그리고 다음에는 조롱의 웃음으로 얼굴이 변한다.

"나일 사십이나 처먹어도 그따위 소릴 해? 흥! 이놈아 그렇다면 왜 이제 와서 그런 말을 하는 게야! 세상에 태어났을 그때 그러지 왜 못 그랬나? 응 고얀 놈!"

병수의 얼굴이 새파래진다. 억설이지만 그 말은 가장 아픈 말이었다. 조준구는 삿대질을 하며,

"부정한 재물이다 그 말이겠지! 그 말이겠다! 오오냐 이노옴! 그렇게 결벽하고 그렇게 도도한 놈이 스스로는 왜 태어나질 못했나! 올라거든 오라! 가지는 않을 것이다? 그, 그래 그런 잘난 소리 하는 놈이 부모의 몸은 왜 빌렸나! 병신이면 병신답게 주는 밥이나 처먹고 국으로 있을 일이지, 가문에 똥칠하는 놈이! 똥 묻은 개 겨 묻은 개보고 짖는다더니, 고얀 놈 같으니라구! 야 이놈아!"

조준구의 노성은 돌발적이었다. 병수가 한 말이 아비에 대한 비판이었다 하더라도 저자세로 나온 처음 태도를 생각하면 심정의 얼룩이 여간 심한 것이 아니다.

"어머님, 저 노인은 뉘시오?"

집 안에서 큰 소리 난 일이 없는 만큼 마루에 앉아 있던 막내는 눈이 휘둥그레져서 물었다.

"할아버지시다."

"네에?"

병수댁네는 동요하지 않고 말했다.

"노여움 거두시거든 가서 인사드려라."

"아버님 무슨 잘못을 하셨습니까?"

"음,"

병수댁네는 어둠이 묻어오는 안산을 바라본다.

11장 젊은이들

"환국아."

모래밭에 두 무릎을 세우고 앉아서 강물을 바라보고 있던 환국이 슬며시 돌아본다.

"아니, 순철이 너,"

흰 셔츠를 입은 순철이 피식 웃는다. 건강한 체구, 거무스름한 낯빛, 나이보나 훨씬 숙성해 뵌다. 그리고 젊음이 싱그럽다.

"집에 널 찾아갔더니 윤국이가 남강에 갔을 거라 하더마.

한참 찾아다녔다."

"앉어."

"음."

순철이 모래 위에 엉덩이를 박고 앉는다.

"안 오겠다 하더니 언제 왔어?"

"그저께. 날마다 편지가 날아오니까, 우리 어머니도 어지간 하거든. 내가 졌지 뭐."

환국은 세웠던 무릎을 뻗는다. 순철이처럼 근육형은 아니지만 환국의 체격도 발달은 잘되었다.

"어머니 수술결과는 어때?"

"좋아지셨어."

"설상가상이었구나."

"그런 셈이지. 앞으로도 뭔가 자꾸 겪을 것 같다."

"미리 생각할 것까진 없지. 해가 지는구나. 아이들도 다 돌아가고 강변은 쓸쓸해졌다."

"……."

"여기는 뭣하러 나왔어."

"답답하니까."

"답답하지."

순철이 한숨을 내쉰다.

"사실은 나 어머니 편지보다 동경서 도망쳐 왔다는 게 정직한 고백일 게야."

"그건 왜?"

"유혹당할 것 같아서."

환국이 웃는다. 여자문제라 생각한 것이다.

"비겁하다 하겠지만 난 순탄하게 가고 싶다. 무슨 뜻인지 알겠나?"

"글쎄."

"나도 혈기는 있는 놈이고 영웅심도 남 못지않다. 그러나 순탄하게, 대학을 나올 때까지만이라도 정상적으로, 어떤 영향 같은 것 받고 싶지 않아."

"모를 얘기야."

"환국이 너는 아버지의 경우가 그렇고 분위기적으로 익숙해져 있겠지만 내 경우는,"

"너 사회주의에 흥밀 느낀 거로구나."

"호기심 정도는 있지. 그러나 기질적으로 난 바닥이 다르다. 우리 집이 부자라는 것 과히 기분 나쁜 일 아니거든."

"그럼 왜 도망왔나."

"이상한 놈이 하나 있지. 왜놈인데 굉장히 매력적인 인물이다. 그 새끼가 자꾸 끌어들이려 하거든."

"알 만하다."

"싫건 좋건 알 건 알아야 하는데 머리 좋고 똑똑한 놈들이 그쪽으로 빠져들어가는 걸 보면 어쩐지 내 다리도 건들건들 하는 것 같거든."

"아까 뭐랬나? 미리 생각할 것까지 없다, 그러지 않았어?"

"넌 그 방면의 책 많이 읽었겠지?"

"더러."

"어떻게 생각하나?"

"내가 어떻게 생각하는가 그건 너한테 도움이 안 될 거야. 나는 그림을 그릴 작정이다."

"제에기랄!"

순철이는 벌떡 일어서서 역기 운동을 하듯 두 팔을 올렸다 내렸다 하다가 도로 주저앉는다.

"환국이 너 양소림이 약혼한 것 알지?"

"그 얘기는 왜 해."

순철의 얼굴이 구겨진다.

"박외과의 허정윤이 그 사람이라며?"

"박외과의 허정윤이 아니지. 의전 학생이야."

"누가 모르나. 개새끼!"

"……."

"지저분한 자식!"

증오의 빛이 눈에 이글거린다.

"나도 가난하면 그런 짓 할까?"

"신붓감은…… 얼굴도 예쁘니까,"

"얼굴이 예쁘고 돈이 있고 그런 얘기가 아니다. 캄캄소식인가 부지."

"허정윤이 그 사람도 잘생기고 의전 학생인데 뭐."

"소식 불통이구나. 결혼을 약속하고 학비까지 보조받은 여자를 버렸다 그 얘길 하는 거다. 박외과의 그 간호부 말이다."

"뭐?"

"여자가 실성실성 미쳤다던가, 양소림이 집에서 돈 오백 원주었다던가, 그래도 온전한 사내자식가? 불쌍한 양소림이."

순철이 눈알이 빨개진다.

"난 양소림일 사랑했어. 좀처럼 잊을 수 없을 게다. 어저께 그 말 듣고 분한 생각에서,"

환국이 놀란다. 순철은 목소리를 낮추며,

"나 이 혼사 깨버릴까?"

"어, 어떻게."

"내가, 우리 집에서 청혼하면?"

환국의 낯빛이 변한다.

"너, 환국이 너! 너도 양소림이 생각한 거지?"

"그건 전혀 다르다."

"아무리 손이 그렇기로, 그건 더러운 혼사다! 양소림이 불쌍해. 그건 치욕이다! 돈 때문에 애인을 버린 사내, 파렴치한, 그런 놈은 장차 양소림도 버릴 수 있어. 나, 소림이가 정상적으로 결혼한다면 이런 말 안 할 거다."

"……."

"얘기를 들으니까 우리 집에 대한 원한도 상당히 작용했다,

그러더구만. 어떻게 해서 그런 말들이 귀에 들어갔는지. 양소림에게 청혼하려다 그 손 땜에 우리 어머니가 반대했다는 얘기 말이다. 나는 이렇게 빨리 소림의 혼담이 결정될 거를 몰랐다. 그 얘기를 듣는 순간,"

흥분하고 괴로워하는 순철의 얼굴은 역시 나이가 반영되어 소년같이 갈팡질팡이며 자신의 감정을 통어(通御)할 수도 없거니와 표현도 못하는 혼란을 나타내었다. 그것은 환국이도 마찬가지였다. 그리움을 남긴 순철과는 다르게 혐오감에 대한 깊은 자책감이었지만.

"혼담을 깰 자신이 있거든 한번 그래보아."

순철은 흥분한 동작을 멈추고 환국이를 쳐다본다. 오랫동안 쳐다보았다.

"안 될 거다. 못할 거란 말이다!"

두 어깨가 처진다.

"먼저보다 어렵게, 더 어렵게 됐다."

"나는 속이 시원하다."

"어째서!"

"나는 이제 그 손 생각을 안 하게 될 테니까."

환국이는 모래밭에 침을 뱉으며 잠재적인 것을 강조하여 말했다. 순철의 커다란 손이 환국의 뺨을 갈긴다.

"도도하고 유아독존! 네가 뭐야!"

서슴지 않고 환국이도 순철의 가슴팍을 잡으며 일어섰다.

"말만 가지고 동정하는 너 역시 나하고 뭐가 달라!"

"약은 놈! 소학교 때도 네놈은 선생만 찾아다녔다! 네 자신만 존엄하고 남들은 버러지가!"

주먹으로 얼굴을 친다. 그들이 함께 뒹굴며 싸울 때 어둠이 찾아오는 강가 모래밭에는 아무도 없었다. 한참 동안 치고받고 뒹굴다가 어느 서슬에 떨어진 이들은 모래밭에 무릎을 박고 서로의 얼굴을 쳐다본다.

"이 자식아! 좀 유치해져라!"

순철이 악을 썼다.

"어른이 다 된 자식이 누굴 보고 하는 말이야."

입술이 터진 환국은 손등으로 피를 씻으며 말했다.

"씨원하지 이 자식아!"

순철이 또 악을 썼다.

"씨원하다."

"모범생 집어치워."

"출세할 생각도 말구."

"출세 안 할려면 뭣 땜에 고생스럽게 공불 하노. 이제 일어나 가자."

둘이 모래밭을 걷다가,

"아이구 답답해 못 살겠다!"

순철이 주먹을 휘두르며 강을 향해 소리 지른다.

"어른도 애숭이도 아닌 것이 답답해서 못 살겠다."

"넌 폭군형이다."

"넌 햄릿형이고?"

"그런 건 언제 주워 읽었지?"

"읽기는 누가 읽어. 귀동냥한 거지."

"술 좀 마셨으면,"

"그거 썩 잘 생각했다."

"어디서 마시지?"

"우리 집에 가자."

"거긴 싫다."

"그럼 좋은 데가 있다!"

"어딘데?"

"중학교 동창 놈, 넌 모를 거다. 사천 아이였으니까 단살림에 꺼리낄 거이 없다."

"단살림?"

"장가를 들었거든. 나보다 두 살 위니까. 여기 조합에 취직해서 사천 사는 부모가 살림을 내주었거든. 가면 대환영일걸?"

"그래도 좋은지 모르겠다."

"염치 차릴려면 술 배울 생각 말아야지."

봉산동으로 간 순철이는 골목길로 들어섰다. 어떤 조그마한 집 앞에서,

"용칠이 없나!"

소리를 지른다. 하얀 행주치마를 두른 앳된 새댁이 쫓아 나왔다.

"용칠이 있습니까?"

"아아, 있다."

마루에서 몸을 일으키며, 목을 뽑듯 하며 용칠이 말했다. 서슴지 않고 문을 들어선 순철이는,

"뭐해? 들어오지 않고."

환국의 손목을 잡고 끌어들인다.

"귀한 손님이 왔는데, 마루에서 좀 내리서는 게 어떻노?"

고의적삼을 입은 용칠이,

"누군데?"

하며 신발을 찾아 신는다. 전등빛이 비친 마루엔 먹다 말았는지 참외 접시가 놓여 있었다.

"보면 모르나. 여기는 윤용칠이, 이쪽은 최환국이."

환국이는 초면이라 생각했지만 용칠이는 환국이를 알고 있었던 눈치다. 고개를 꾸벅 숙이며 웃었다.

"자아 자아, 작은방으로 들어가자."

책상과 책장이 놓인 방 안은 깨끗이 치워져 있었다. 얼른 발을 내려놓고 용칠이는 부엌 쪽으로 달려간다.

"얼른 가서 정종 한 병 사오고 안숫삼노 장만해야겠는데, 어서 어서!"

"모두 부잣집 도련님인데 우짜요? 내 솜씨 부끄럽아서 우

짜요?"

"술상 차려라 했지, 밥상 차려라 했소? 어서어서, 서둘러."

이르고 허둥지둥 방으로 돌아온다.

"얘기는 많이 들었지마는 반갑습니다."

용칠은 새삼스럽게 환국일 향해 인사를 했다.

"갑자기 찾아와서 폐가 안 될는지,"

얼굴을 붉히며 환국이 말했다.

"치워라 치워! 사돈 맺으러 온 사람같이 새파랗게 젊은것들이 무슨 놈의 수인산고? 그래 용칠이 넌 조합 서기질 해먹을 만해?"

"해먹을 만 안 하면 집어치울 처진가?"

"정 못해먹겠거든 우리 술도가에 와서 일하면 된다."

"지랄하네. 내가 왜 거기 가나."

"조합 서기나 술도가 서기나 서기는 마찬가지 앙이가."

"굶어 죽을 지경이면 가지. 그래 동경서 유학하는 기분이 어때?"

"파랑새가 어디 있노? 찾아가보면 실망이지."

"이 자식아. 덩치에 어울리게 말해라."

"그라면 넌 쥐새끼 얘기만 하고 나는 호랭이 얘기만 하자."

쥐새끼로 비유할 만큼 용칠의 몸집이 작은 것은 아니었으나 순철이 환국이보다 작기는 했다.

"저 자식이 저래 봬도 주먹은 세다구. 주먹은 작은데 차돌

같거든."

순철은 환국이를 보고 말했다.

"마당에 나가서 한판 벌여볼래?"

"아서라, 깨진 상판대기 쳐들고 출근하겠나."

"보아하니 두 사람도 어디서 뒹굴어본 모양인데,"

"연습 한번 해봤지, 옛날 대갈통에 구멍 뚫렸던 생각이 나서 사나흘쯤 자빠져 있게, 그러려다가 그만두었다. 수술한 이자식 어머니가 쳐들어오시면 어쩌나 싶어서."

환국이 쓴웃음을 띤다.

"그런 생각도 할 줄 아는 걸 보니 부잣집 아들치고는 잘 풀린 셈인가?"

"주둥이 매워졌네?"

"언제는 안 그랬고?"

"벤토 밥 옆구리에 끼고 한 삼 년 다니고 나면 주둥이도 풀리고 주먹도 풀린대더라."

"그럴 거야, 후우."

"그러다가 자식 서넛 생기면 허리 굽고 죽는 거라."

"안 죽을 사람이 어디 있어. 허리 안 굽어도 죽고 젖먹이도 죽더군. 그보다,"

용칠이는 환국에게 얼굴을 돌린다.

"정석이라는 분, 잘 아시지요?"

하고 묻는다.

"압니다."

"허허어, 입맛 없게 그놈의 존대 그만둘 수 없나?"

"존대하고 뺨 맞는 일 없다 하더군."

"인생 입문이 끝났구나."

"윤형은 정선생을 어찌 아시오?"

환국이 묻는다.

"갈수록 산이구나 양반끼리 잘해봐."

어떻게 안다는 설명도 없이,

"할머니가 손자를 데리고 고생이 심한 모양인데……."

흘리듯 말했다.

"정선생 누이동생이 함께 와서 산다는 얘길 들었는데,"

연학이로부터 대강 얘기를 들었기에 환국이도 석이 형편에 대해서는 좀 알고 있었다.

"내가 보기엔 훌륭한 사람 같았습니다. 최형 아버님께서도 고생하시는 것 알고 있지만,"

"동경서 도망왔는데 여기에 사회주의자 또 한 놈 있군."

"미친 소리 말어. 나는 독립주의자다. 독립주의자 아닌 사람 몇이나 될꼬? 몇 중의 한 사람이 이순철인지 모르겠네."

"뭣 같은 소리 한다. 장차 판검사 되는 날 네놈부터 잡아들이야지."

"동경서 카페 출입이나 하면서 어느 세월에 판검사 되나 응?"

"누가 그런 소릴 해!"

"다 듣는 구멍이 있어. 술도가 아들이 남의 술 팔아주면 파산한다."

"자알 논다. 그런 소리 아무리 한들 내가 독립주의? 흥, 투사는 안 된다."

"누가 투사 되라 했어? 술도가나 자알 지키라 했지."

"이거 주먹이 떠는데 어짤꼬?"

"대숲에 가서 대 한 까치 꺾어 올까?"

몸집이 큰 편도 아니지만 다부진 인상도 아닌데 용칠의 입심은 좋았다. 그러나 순철은 개의치 않았고 기분 나빠하는 표정도 아니었다.

"술상이 왜 이리 늦노? 새댁이 거북이 타고 술 사러 갔나?"

"너거 술도가에서 배달이 늦는가 부지."

하는데 마침 술상이 들어온다. 계란부침에 풋고추 졸인 것, 마른 명태를 뜯어놓고 초고추장, 보기에 맛깔진 술상이다.

"임자는 친정에 가 있으라구. 이 친구들 술심부름하자면 밤새야 하니까."

새댁이 고개를 숙이고 나간다.

"의처증도 그런 식으로 처리하면 무난하지."

"장가도 안 간 놈이 어른 다 된 소리 하네, 사아 잔 받으시오."

술잔을 환국에게 내민다.

"배우기는 잘 배웠다. 시골 가면 이장 하고 서울 가면 소사 하고, 제법 기분 내는군."

"내 할아버님은 일곱 살 때 술독에 빠졌고 아홉 살에 상투 올렸다 하시더군. 우린 중년이야."

"환국이 너 잘 들어. 우린 중년이란 말이다. 자네 어머님한 테 가서 그리 여쭈어라."

실없는 말들을 주고받다가 용칠이는 환국의 굳은 자세를 풀기 위해선지,

"최형은 인감만큼이나 확실하게 믿을 수 있겠지만 순철아 너, 너는 총각 아니지?"

"무슨 소리 하노!"

순철의 얼굴은 시뻘게진다.

"거 봐, 너도 얼굴 붉힐 때가 있긴 있구나. 최형까지 덩달아 얼굴 붉히는 걸 보니 하하핫 핫핫……."

"죽을라고 저 자식이 환장했나?"

"총각인가 총각 아닌가 고백이나 해."

"윤형도 짓궂게,"

웃었지만 벌게진 환국의 얼굴은 차라리 울상이라 해야 옳을 것 같다.

"총각 아니다 왜! 어쩔래!"

술상에 술잔을 치면서 순철이는 소리쳤다.

"최형 들었지요? 지가 무슨 수로 여태까지 동정을 지켰겠

소? 저눔 자식 동경 가기 전부터 총각 아니었을 거요."

"그건 아니다. 그것만은 절대 아니다. 남 장가도 못 가게, 질게 그러면 너 죽인다!"

"장가?"

"돌아서 내일이라도 장가가야겠다. 제에기랄!"

"양교리댁 딸 땜에 그러나? 민적거리더니 빈털터리한테 빼앗겼으니 돌 만도 하지. 밤잠 못 자고 보고 싶어 하던 그 시절이 좋았지."

"그 말은 끄내지도 마라!"

"알기는 아는구나. 하기야 진주 바닥에서 그 일 모르는 사람은 없지만 하여간 그 집에선 대단한 모험을 했더군."

"별수 있어? 자기 딸이 모자라는 데야 도리 없지."

모래밭에서 하던 말과 사뭇 다른 말을 한다.

"손이 그래 그렇지 양소림 그 아인 괜찮지. 그 어머니, 고몬가 이몬가 하는 여자들이 교만해서 구역질이 나지만."

"너의 집, 그 사람들 작인 아니었던가 몰라?"

"이거 왜 이래? 지체 얘기한다면 순철이 너 알아듣겠나?"

절제 없이, 거북한 김에 술을 여러 잔 마신 환국이,

"순철이는 지금 사회주의자 될려고 생각하는 중이라 아마 못 알아들을 거요."

하고 한마디 거든다.

다 실없는 일이었다. 밤길을 순철이와 함께 돌아오는 환국의 마음은 황막했다. 겉돌았기 때문에 피곤하기도 했었다. 순철이 역시 뭉글뭉글한 감정을 폭발 못한 채 나온 때문인지 우울해 보였다. 가문이다 양반이다, 총각이다 아니다, 그런 것쯤은 신경 밖의 일인 것 같다.

"그 계집애가 말이다, 간다 안 간다 말도 없이 간다는 게야. 흠,"

술 냄새를 풍기며 순철은 또다시 지껄였다.

"아이새끼들 풀어서 그놈의 새끼 실컷 뚜딜겨줄까?"

환국이 길바닥에 주저앉는다. 정신은 말짱한데 속이 울렁거렸던 것이다.

"이 병신아, 안 좋으면 토해! 토하란 말이다!"

등을 꾸부리고 순철이 등을 두드린다. 헛구역질을 하다가,

"괜찮다."

일어선다.

"뱃멀미하는 것 같을 게다."

"이리 괴로운데 술은 왜 마실까?"

"이열치열, 괴로우니까 괴로움으로 상쇄하는 거다. 환국아."

"말 시키지 마."

"내 마음은 나도 모르겠다. 소림이가 시집간다 하니까…… 불이 붙는다. 그까짓 손등, 붕대 감고 살면 될 거 아니가?"

"동경으로 가면 잊겠지."

"아, 아니다. 첫사랑은 못 잊는다 하더라."

환국이는 또다시 길바닥에 주저앉는다. 헛구역질이 아니다. 토하기 시작한다. 토하면서 술 탓만은 아니라는 것을 환국은 깨닫는다. 소림의 손등이 눈앞에 크게 떠올랐던 것이다. 꾸물꾸물 움직이며 다가오는 것만 같았던 것이다. 어째서 그것을 잊을 수 없을까. 환국이 손수건을 꺼내어 입가를 훔친다. 뭐라고 지껄이며 앞서가던 순철이 되돌아온다.

"환국아, 나 말이다, 낮에 널 찾은 거는 말이다, 그까짓 사회주의, 그깟 것 얘기하려던 거 아니었다. 소림이 얘기가 하고 싶었던 거다. 니도 소림일 좋아했지? 알어, 안다! 우리 둘이서 허가 놈 찾아갈까? 찾아가서 뚜딜겨주자. 나쁜 놈의 새끼, 비루하고 더러운 새끼! 사내 기생인가?"

"그만두지 못하겠나!"

별안간 환국은 소리를 지르며 다시 구역질을 시작한다.

순철이와 헤어져 간신히 집 앞까지 왔을 때 연학이가 대문 앞에 서 있었다.

"술 마셨구나. 어머니가 아시믄 걱정하실라."

"아저씨는 왜 여기 서 계세요?"

"손님이 오시서 밖을 좀 내다봤다."

"손님?"

"여자 손님인데,"

"그런데 왜 밖은 내다봅니까?"

"그러씨 글쎄 그게, 아무 말 말고 들어가거라."

"아저씨."

"와."

"술 마신 것 나쁩니까?"

"마시는 것도 나름이지."

"공부하는 학생은 안 된다 그 말씀입니까?"

"지장 없으면 무방한 거지."

"그렇담 어머니도 나무라지 않겠군요. 답답해서, 답답해서 못 견디겠어요. 나도 뭔가 좀 때려 부수고 싶단 말입니다. 왜 이렇지요? 아저씨들이 희망 없다면 우리도 희망 없는 거 아닙니까?"

"자아 자아. 들어가자."

환국의 팔을 잡는다. 그리고 사랑으로 끌어들인다. 신돌 위에서 환국은 나자빠졌다.

"윤국아."

윤국이 방문을 열고 내다본다.

"형님 팔 좀 잡아라."

윤국이는 두 팔을 잡고 연학이는 두 다리를 잡고 방으로 들어가 눕힌다.

연학이 나간 뒤,

"형, 손님 왔어."

윤국은 쓰러질 만큼 술에 취해 있는 형에게는 관심이 없는 듯 소리를 죽이며 말했다.

"여자 손님이오. 아주 미인이던데?"

"서울 아주머니야?"

"젊어 뵈던걸? 처년가 봐?"

"나, 나 냉수 좀, 네가 떠 와. 식구들이 술 마신 것 알면,"

윤국이 냉수를 떠 왔다.

"마셔요 형."

냉수를 들이켠 환국은,

"박선생님 오셨더랬나?"

"응."

"뭐라 하셔?"

"이제 괜찮은데 뭐라 하시겠어?"

"손님은 어머님 방에 계시냐?"

"얘기하고 있나 봐요."

"어머님이 아시는 분이라던?"

"그렇지 않나봐요."

"꼭 배 탄 것 같다. 천장이 올라갔다 내려왔다 한다."

"기분이 좋은 거요?"

"이젠 기분이 좀 좋다. 아까는 죽을 것 같더군."

"형도 이제 술 좀 해요. 쌈도 하고, 나는 순철이형 같은 사람이 좋아."

"미안하다. 너나 크거든 그래라."

"물론이지. 난 꽁샌님은 안 될 거요."

환국은 눈을 감은 채 한숨을 내쉰다.

12장 잘못된 계산

처서, 말복이 지나자 한증막 같은 더위도 고개를 숙이는 것
같았다. 조용하 부부가 거처하는 별관은 숲이 짙어 아침저녁
이 한결 선선해졌다. 한더위 때는 모시 고의적삼을 입던 조용
하가 침실에서 나올 때 가운을 입기 시작했다.

아침부터 매미가 운다. 집 안은 무인지경처럼 조용하다. 거
실에 마주 앉아 아침 커피를 마시는 부부 사이에 오가는 말
이 없다. 매일 아침 되풀이되는 풍경이다. 커피를 마신 뒤 조
용하는 탁자 위의 신문을 들었다. 명희와의 사이에다 병풍을
치듯 신문으로 얼굴을 가려버린다. 신문을 든 창백한 두 손만
명희의 눈에 보인다. 정맥이 드러난 손, 냉혹한 성품을 나타
낸 손의 표정, 어째서 손에까지 그 사람이 지닌 성격이 나타
날까 하고 명희는 매일 아침 생각하던 의문을 머릿속에 스쳐
보내며 권태롭게 찻잔을 입으로 가져간다. 명희라고 항간에
떠도는 소문을 모를 리 없다. 귀를 막고 싶지만 놓칠세라 소
문들을 물어 나르는 강선혜.

"제발 언니, 알고 있는 얘긴데 왜 하시는 거예요? 그런 얘
기 자꾸 하려거든 오시지 말아요."

"그래 알았다. 하지만 유부녀가 그럴 수 있니? 아니할 말로 홍성숙이가 독신녀였다면 그럴 수도 있겠지. 이건 언어도단이야. 명희 너를 위해서만 하는 얘긴 아니다?"

"나를 위하는 게 아니지요. 상처를 주는 일이에요."

"뭐라구?"

"그렇지 않아요, 언니? 하지만 상처를 받을 만큼 인간적이지 않으니 그게 문젤 거예요."

"명희야!"

"언니 얘기나 하세요."

"그, 그래."

"순선데 뭐."

선혜는 무안스럽게 웃는다. 그러나 그것도 잠시였다.

"그래 결정은 했수?"

"거의, 너도 생각해보아. 내 나이 몇이니?"

"사십을 바라보지요."

"참 세월도 빨라. 너하고 동경서 지내던 일이 엊그제만 같은데, 이 나이 해가지고서 전도부인이 될 수도 없는 일이고 이런 풍토에서 여자가 독신을 고수하면 괴물 취급이니 말야. 결혼하기로 결심했다."

"잘하셨수."

"잘해?"

"왜 또 그래요?"

"넌 결혼 후회 안 한다 그 말이야?"

"언니 자신의 문제 아니겠어요? 남의 사정 보아가며 결혼하실 건가요?"

"음, 그야 그렇지. 내 인생 내가 사는 거구. 또 내 상대는 귀족도 부자도 아니니까 말이야."

"언니한텐 과분해요."

"이 애가? 날 무시하는 거니?"

"상대가 훌륭하니까요."

"훌륭하긴? 가난뱅이 예술가를,"

했으나 선혜는 만족한 듯 눈꼬리에 주름을 모으며 웃는다. 아직은 젊었다. 쪽머리에 참고 견디며 살아가는 다른 조선여자들에 비하여. 선혜 나이면 며느리 본 사람도 허다한데 화장은 옛날같이 짙지 않았으나 꽃무늬의 푸른 원피스의 모습은 아직 풍만했다.

"하기야 뭐, 경제적인 거는 나한테 문제가 안 되지만,"

"뭐가 문제예요?"

"조건이 있으니까 그렇지."

"아이들 말예요?"

"그것 따지게 생겼니? 아이들 기르고 살림에만 전념할 각오 없이는 결혼은 생각 안 하는 게 좋을 거다, 그런 배짱 좋은 말을 하지 않겠니? 설사 내가 그런 생각, 각오를 한다 해도 그렇게 못 박는 말은 듣기 싫거든. 사내들 이기심이 밉단 말이야. 자존심도 상하구, 내가 뭐 보모, 식모로 취직하는 거니?"

"권선생님만 그런 거 아니잖아요. 남자들은 다아."

"안 그런 사람도 있더라 이 애. 가장 진보적인 사상을 가졌음에도 집에선 보수적이란 그거, 이중인격 아니니?"

"권선생님보고 그러시지 그랬어요?"

그 말 대꾸는 없다가 한참 만에,

"이번 기획 놓치면 난 아마 결혼 못하고 말 거야."

"알기는 아네요."

"어떻게 보면 사내답기도 하지만 말이야. 나도 많이 생각해봤지만 너 알지? 그 자금 문제 말이야."

"몇 번 얘기했수."

그러나 선혜는 되풀이한다.

"글쎄 다른 사내 같으면 자금부터 받아놓고 이러니저러니 하고 나왔을 거야. 그 사내, 기부라면 받겠으나 《청조》에는 관여 말아라, 사람을 앉혀놓고 코빼기를 치더란 말이야, 증인까지 앉혀놓고. 그때 생각을 하면 아직도 분해서 이가 드걱드걱 갈려. 좋다! 비록 나는 치마를 두른 여자지만 쩨쩨한 사내한테 본때를 보여주마, 오기였지 오기였어. 그게 인연이 되어, 하하핫…… 하하핫……."

"언니도 참."

"권오송이 그때 날 다시 본 게야. 그리고 나한테 한 방 맞은 거지. 누가 그랬다더라? 그런 여자를 들앉혀놓으면 살림이 엉망진창이 될 거라구, 했더니 권오송이 말이 그 점은 나도 동감이다, 그러나 엉망진창이 될 살림이나 있는가, 애들한테 잘하면 그거로 족하고 강선혜 그 여자 이중성격은 아니니까 애들한텐 잘할 거다, 그런 답변을 했다는군. 흥, 누굴 애보개로 생각했나 부지?"

"매사에 명확하다는 건 좋은 것 아니에요?"

"그렇지만 명확한 것도 표현은 완곡해야지."

"그런 충고는 언니한테 드리고 싶어요."

"하하핫…… 하하핫, 나도 좀, 그런 편이지."

"좀 정도가 아니에요. 쓸데없는 남의 일에도."

"관두어, 관두어라. 내 성질 내가 알고 있어. 웃는 낯으로 송곳 찌르는 그따위 짓은 나 못해. 그런 인간들 많지. 앞에선 온갖 아첨 다 떨다가 돌아서면 침 뱉고, 일대일일 때는 가장 친밀한 친구같이 대하다가 제삼자가 하나라도 있으면 갑자기 잘난 체 사람을 무시하려 드는, 그따위 인간을 난 믿지 않아. 오히려 일대일일 때는 심한 말로 충고도 하고 하는 사람이 남과 합석했을 때 따뜻하게 옹호해주는 태도로 나오더구나. 여자도 그렇지만 사내새끼들, 네 네, 강여사, 하다가 누구든 하나 끼어들면 강선혜라는 여자가 어쩌고저쩌고, 마치 내가 유혹이라도 한 것처럼. 화가 난다기보다 불쌍해지더군. 그런저런 생각하면은 시집가기는 가야 해."

"……."

"또 누가 그랬다나? 부잣집에 양자 간다며? 하고 말이야. 권오송이, 오라는 말도 없었고, 내가 데려오기로 작정했다, 그러나 처가에서 자금을 보태주겠다면 그걸 사양할 생각은 없다, 하고 응수했다는 게야. 날보고는 또 뭐라 했기? 기가 막혀서. 아 글쎄 어떤 노총각한테 중매 들려다 실패 했기 때문에 내가 떠맡게 됐다면서 그 작자 실실 놀리지 않겠어? 자리 박차고 일어서려다 그만, 솔직히 말해서, 명희야 나 권오송이한텐 꼼짝 못하겠어. 그렇게 사내한테 기죽어보기란 처음이야. 감언이설보다 신뢰감이 가기 때문에 그런지 모르지만."

"아무 말 말고 언니 시집가서 잘 살아요. 잘 살 거야. 언니 말마따나 귀족도 부자도 아니니까."

"그래, 나도 뭔지 운명인 것 같은 생각이 들어. 애들 있는 것도 싫지 않고 말이야. 이제 시집가서 아일 낳겠니? 공짜로 생긴 내 아이다, 생각하기 탓이지. 집에서 할 일 없으면 아이들 사랑하고 함께 놀아주고 그런 일밖에 더 있겠어? 고 약은 생쥐 같은 사내가 그 점을 노렸던 것 같애. 그걸 생각하면 약이 오르지만, 빌어먹을! 그는 그렇고, 지금 내 형편이 이렇지 않다면, 여자란 별수 없어, 사내 손아귀 속으로 들어가버리면. 다른 때 같아보아, 내가 가만 있나? 홍성숙 고걸 만천하가 다 알게 난도질을 쳐놓을 텐데 말이야. 하기야 뭐 나 아니라도 일은 터지게 생겼더군. 홍성숙은 물론이지만 욕은 네 남편보다 홍성숙이 남편이 더 먹는갑더라. 쓸개 없는 놈이니, 병신 같은 놈이니, 알고도 모르는 척하는 게 아니냐는 둥, 아 그래 명희야."

"……."

"넌 아무렇지도 않니? 넌 당당하게 맞설 수 있는 처지 아니냐? 어째 꿀 먹은 벙어리같이 말이 없느냐 그 말이야. 널 보고 있으면 그림자가 앉아 있는 것 같단 말이야. 그까짓 홍성숙쯤, 그러는 게냐? 자신이 있어 그래?"

"희망도 없는데 무슨 자신이 있겠수 참."

명희는 서글프게 웃었다.

'그까짓 홍성숙쯤…….'

선혜 말을 생각한다.

'그까짓 홍성숙쯤.'

홍성숙의 존재가 기분 좋은 것은 아니었으나 명희는 경쟁 상대로 혐오감 같은 것은 거의 느끼질 않았다. 홍성숙이 조용하의 사랑을 믿는다면 그건 오해일 거라는 생각은 했었다. 만일 오늘날의 남편이 조용하 아닌 조찬하였었다면, 조찬하였다면, 상대가 어떤 여자이건 그것은 틀림없는 사랑일 거라고, 그런 생각을 문득 하다간 주여, 하며 명희는 마음속으로 부끄러워하고 죄의식에 빠지는 것이었다. 명희는 물론 조찬하에 대하여 이성으로서의 관심을 가진 일은 없었지만 성실한 인간성, 나이가 들어도 이십 대 그 시절같이 순정적인 사나이라는 것은 인정하고 있었다. 그리고 사실 명희가 남편으로부터 받는 고통은 홍성숙의 문제보다 조찬하의 존재로 인한 고통이 훨씬 컸었다. 오랜 독신 생활을 청산하고 일본여자와 결혼한 뒤 조찬하는 조선으로 돌아왔으며 서울에 머무는 동안 제반 행사 때면 아내를 동반하고 큰집으로 오는데 그런 기회야말로 조용하가 가장 환영하는 것이었다.

"제수씨는 이쪽으로 앉으십시오."

들뜬 목소리로 찬하의 아내 노리코[則子]를 제 옆에 앉히고 찬하와 명희를 나란히 앉히는 것이었다.

'자아 어떻습니까? 당신과 나는 공동의 피해자인지 모르는 일 아닙니까?'

노리코에게는 그런 몸짓이요, 명희와 찬하를 바라보는 눈동자는 양을 노리는 이리같이 잔인하게 빛나는 것이었다. 그는 어쩌면 명희와 찬하가 불륜을 저지를 것을 바라고 있었는지 모른다. 형의 눈빛을 비난으로 응수하는 찬하의 강한 몸짓을 명희는 느낄 수 있었다.

"형수씨, 형님 성질이 까다로워서 힘드시지요?"

명희 대신 용하가,

"힘드는 것은 시간이야. 그래서 이 사람은 사시사철 머릿속에서 여행하고 방랑하는 게야. 상상에 골몰하면 임신도 한다지, 아마?"

냉혹하게 내뱉는 것이었다. 노리코는 사정을 모르기 때문에 아이가 없어 그런가 보다, 그러나 찬하는 그 말이 얼마나 지독한 악의인가를 안다. 물론 명희도.

'너희들은 정신적 간음을 하고 있다!'

형의 의도, 남편의 말뜻이 그렇다는 것을 두 사람은 알고 있었다. 그러나 명희는 그런 말뜻은 남편의 진실이 아닌 것을 안다. 조용하는 결코 명희가 정신적인 간음을 한다고 믿지 않았으니 말이다.

"너무 걱정 마십시오. 우리가 한둘 더 낳으면 될 거 아닙니까?"

명희를 보고 한 말인데 이번에도 용하가 말했다.

"허어, 너의 형수가 잠 못 자겠군."

"형수씨를 기쁘게 해드리기 위해 노리코, 고생 좀 해야겠소."

찬하는 한술 더 뜨듯 말했던 것이다.

"아이 참 당신도, 그걸 어떻게 마음대로,"

"책임이 무거워. 집안의 대를 이어야 하니까."

노리코는 얼굴을 붉혔다.

지난봄 조찬하는 아내와 함께 다시 일본으로 돌아갔다. 나올 때는 조선서 뿌리를 박으려고 생각했던 모양인데 결심을 바꾸고 돌아간 것이다. 찬하의 심정은 아무도 짚어볼 수 없었다. 명희를 잊었는가, 노리코를 사랑하게 되었는가, 그것은 아무도 알 수 없는 일이었다. 다만 그는 떠날 때 형에게 말하

기를,

"나는 결국 국적 없는 사람으로 다시 돌아가게 됐군요."

"그게 무슨 말이지?"

"왜요? 모르셔서 묻는 겁니까? 형님한테 자손이 없다는 건 다행한 일입니다."

"무슨 소릴 하는 게야!"

"이상한 아이로 성장할 테니까요. 말하자면 문제아가 될 거란 그 말이지요. 인간적으로 형수님께 동정합니다. 그리고 노리코를 사랑하니까 죄 없는 사람 괴롭히지 마십시오. 괴로움을 받는 사람보다 괴로움을 주는 사람이 불행한 것이니까요."

"그래?"

했으나 조용하의 얼굴은 일그러졌던 것이다. 난생처음 조용하는 동생에게 패배감을 느꼈고 압도당하였던 것이다. 홍성숙과의 밀회도 어쩌면 찬하에 대한 증오와 패배감에 대한 반발이었는지 모를 일이었다. 유부녀와 유부남의 정사는 남의 이목도 두려워하지 않는 난맥 상태였으니까 말이다.

"서방님."

문밖에서 하인의 부르는 소리가 들려왔다.

"무슨 일이냐!"

신문으로 얼굴을 가린 채 조용하는 신경질적으로 말했다.

"저기, 손님이 왔습니다."

"손님?"

"예."

"어떤 몰상식한 작자가 아침부터 방문이야!"

"여학생입니다."

"여학생?"

"예. 여학생입니다."

"여학생이면 방문객 아니란 말이냐? 찾아올 여학생도 없어! 고학생이라면 윤군보고 돈푼이나 주어 쫓아 보내라고 해!"

"그게 아니옵고 저기, 심부름 왔다, 그 그러는뎁쇼. 저기,"

무척 거북해하는 하인의 음성이다.

"누구 심부름 왔다더냐."

"예, 저기 말씀드리기가,"

한동안의 침묵이 지난 뒤,

"들여보내."

신문을 탁자 위에 놓으며 혀를 찬다. 나갔었던 하인이 돌아온다.

"저기,"

"뭐가 저기야!"

보이지 않는 하인에게 주먹질이라도 하듯 조용하는 자리에서 벌떡 일어섰다.

"예, 저 학생이 안 오겠다고,"

"뭐?"

"별관 아, 앞까지 와, 왔습니다만 드, 들어오지는 않겠다고, 고, 고집이 여간 아닙니다."

"그럼 관두라 해!"

"서, 서방님께 주, 중대한 일이라."

종시 침묵을 지키던 명희가,

"나가보시는 게 좋을 것 같습니다. 아니면 제가 자릴 비울까요?"

"그런 걱정 말아요."

조용하가 별관을 나섰을 때 거목이 된 오동나무 밑에 양소림이 서 있었다. 양소림은 가운 차림으로 걸어나오는 조용하를 보자 당황하며 고개를 숙인다. 한편 손은 습관적으로 치마폭에 감추듯, 콧등에는 땀방울이 송글송글 솟아 있었다.

"학생은 누군데 날 만나러 왔지?"

"홍성숙씨 심부름 왔습니다."

누구라는 물음에는 대답 않고 성난 듯 소림이 말했다. 조용하도 짐작은 했던지 놀라는 표정은 아니다.

"음, 그래서?"

"지금 곧, 세검정 그곳으로 오시란 말 전하라 하더군요."

"지금 곧?"

"중대하고 급한 일이라구요."

"알았다. 학생은 누구지?"

다시 묻는다.

"조카예요."

눈길을 피한 채 불쾌감을 완연하게 나타내며, 그러나 고개를 한 번 숙이고 나서 발길을 돌려놓는다.

'조카라? 조카……. 으음 진주에 있다는 언니 딸이구먼. 이모보다 월등하구나.'

조용하는 이빨에 이물이라도 낀 것처럼 이빨 사이에다 바람을 넣으며 정원을 한 바퀴 돌고 나서 별관으로 들어간다. 명희는 난(蘭)에 물을 주고 있었다. 소파에 걸터앉은 조용하는 명희를 힐끗 쳐다본다.

"찾아온 여학생이 누군지 궁금하지 않소?"

"누구지요?"

"홍성숙이 조카라 하는구먼."

"……."

"이모보다 월등한 미인이오. 아주 싱싱하던걸."

"그 소녀 본 일이 있어요."

명희는 지금으로부터 전개될 조용하의 작전이 단축되기를 바라는 것처럼 말했다.

"그렇다면 당신도 동감했겠구려."

"예쁘게 생겼더군요."

"흥."

담배를 붙여 문다.

"무슨 일로 왔는지 그건 왜 묻질 않는 게요?"

"말씀하실 테니까요."

"이혼을 바라는 게요?"

"……."

"임명희는 무엇 때문에 이런 수모를 당하면서까지 조용하의 부인을 고수하려 하는지 난 모르겠소."

"전 고수하겠다는 말한 적 없어요."

"그랬던가?"

"뜻대로 하세요."

"무저항주의구먼."

"그건 제 자신의 책임이에요."

난에 물을 주고 나서 창가에 머문 채 명희는 대꾸한다.

"그건 무슨 뜻이오?"

"타고난 성미니까요."

"그 말뜻은 따로 있을 듯싶은데?"

명희는 돌아본다. 그렇다는 대답을 하고 싶었던 것이다. 네, 그래요, 사랑하는 사람이 있었으니까요, 하지만 조찬하 그 사람은 아니에요, 그렇게 대답하고 싶었던 것이다.

"그런 여자가 신학문을 했다는 것은, 그야말로 넌센스다."

명희의 침묵은 시인하는 것이었다. 조용하는 홍성숙에게 가야 한다는 생각보다 명희와의 대화를 그 정도로 해두고 싶은 눈치였다. 옷을 갈아입고 그는 집을 나섰다. 홍성숙과 두 번 밀회한 일이 있는 세검정 별장까지 간 조용하는 자동차를

돌려보내지 않고 기다리라 이른 뒤 별장 안으로 들어간다. 별
장지기는 상전 쳐다보기가 민망하였던지,

"손님이 기다리고 계십니다."

눈을 내리깐 채 말했다.

'네놈이 상전을 어줍잖게 생각하는 모양인데.'

냉소를 이마빡에 쏘아붙이며 지나간다. 방으로 들어갔을
때 홍성숙은 긴장된 얼굴을 쳐들었다.

"약속한 날까지 닷새나 있는데 왜들 이 야단이오?"

무슨 일이 필시 있으리란 생각을 하면서 조용하는 눈살을
찌푸리며 말했다.

"으훗,"

홍성숙은 울음 먼저 터뜨린다.

"으흐훗훗…… 제가 오죽했으면 소림이 앞에서 손까지 비
벼가며, 죽어도 안 가려는 애를 으훗훗훗…… 으훗…… 훗,
그 애를 그곳까지 보냈을까요. 호, 혼자 힘으론 감당할 수 없
었단 말예요."

"……."

"무슨 일이 있었는지 알기나 하세요? 이젠 파, 파멸이에
요."

조용하는 담배를 붙여 물고 방바닥에 성냥갑을 던진다.

"왜 아무 말씀 안 하시는 거예요?"

"글쎄."

"글쎄라니요?"

"우리에게 이제 종말이 온 것 같군."

"무슨 말씀을 하시는 거예요!"

악을 쓴다.

"파멸이라 하지 않았소, 방금?"

담배 연기를 뿜어낸다. 성숙은 입술을 깨물고 눈물을 흘리며,

"남은 자살이라도 하고 싶은 심정인데 어쩜 그렇게 태평하세요."

"그럼 우리 함께 죽기로 할까?"

처음으로 다정스런 목소리로 여자 얼굴에 흐르는 눈물을 닦아준다.

"그런 농담이나 하고 있을 때 아니에요."

"남편한테 혼이 났군. 매라도 맞았소?"

"모욕적인 말씀 삼가세요. 그런 일이 있을 수 있나요? 매를 맞다니요?"

화를 내면서도 성숙은 정답게 몸을 기대어온다.

"하긴 그 사내, 신사라는 말은 들었지. 동서고금을 통해 사랑이란 괴로운 거 아니겠소? 자아, 울지 말고 얘기해요."

그러나 조용하의 말은 어설펐고 여자 어깨 너머, 드리워진 발을 뚫고 가는 시선은 차가웠다.

"차라리 그 사람하고의 일이라면 해결이 쉬웠을 거예요. 실

은 시, 신문에 나갈 모양이에요. 우, 우리들 일이."

"신문에?"

"성악가 아무개하고 어쩌고, 우리들 관계가 만천하에…….
어떡허면 좋지요? 난, 어떻게 되는 거지요? 으흐흣흣,"

순간 조용하의 낯빛이 변했다.

"어떻게 되긴? 보다 더 유명해지겠구먼."

여자를 떠밀어내고 담배를 피운다. 성숙은 남자의 눈치를
살피며,

"여유만만이군요"

"안 그럴 까닭이 뭐 있겠소."

"막을 자신 있으세요?"

성숙의 눈에 생기가 돈다.

"막는 거야 당자가 할 일 아니겠소?"

냉정하게 내뱉으며 담배를 눌러 끈다. 성숙은 순간 당황하
다가,

"저는 각오가 돼 있어요. 이혼할 각오가 돼 있단 말예요."

'이 계집이 무슨 소릴 하는 게야?'

조용하는 여자의 접근을 막듯 새로운 담배를 붙여 문다.

"이혼은 혼자서 하는 거요?"

조용하 심중에 불안을 느낀 성숙은,

"그렇게 냉정하게 말씀하시는 것 아니에요. 선생님도 아시
는 바와 같이 그 사람 신사예요. 예술가의 입장도 이해하구

요. 아직까지는, 여성이 가정 밖에서 활동하면 오해받는 일이 많고 구설에도 오를 수 있다 하며 오히려 저를 위로해주는 형편이거든요."

"그거 다행이오. 그럴 때 홍성숙 씨 표정은 어떠했을까?"

낄낄낄 웃는다. 성숙의 얼굴이 빨개진다.

"제발, 제발 좀 그러시지 말구 진지하게 제 말 들어주세요. 어젯밤엔 한잠도 못 잤어요. 날 새기를 얼마나 기다렸는지 몰라요. 오죽하면 조카 애를, 이모의 위신 따위는 산산조각 나고 말았어요. 아무튼 밤새도록 생각하여 얻은 결론은 이혼을 하면 된다 그거예요. 아까 이혼은 혼자서 하는 거냐 하셨지만 그인 응할 거예요. 법률에 호소하는 그런 일은 절대로 없을 거예요."

"그렇다면, 음 어떻게 되지? 파멸을 구하는 게 이혼이다, 그 말이오?"

"자유의 몸이 되는 거예요."

"자유?"

"그것도 되도록이면 빠르게요."

"그러고 보니 나도 상당히 구식 사내로군. 여자의 파멸은 이혼하는 그 자체로 알고 있었는데 이혼이 파멸을 구한다? 진정으로 그렇게 생각하는 거요, 홍성숙 씨?"

홍성숙 씨, 그 호칭에는 먼지를 털어내는 것 같은 혐오가 있었다. 성숙은 머쓱해진다. 그러나 결코 불리한 방향으로 생각하려 하지는 않는다. 뭉게뭉게 피는 불안을 두고.

"외국에선 얼마든지 이혼하고 재혼하는 사례가 있지 않아요? 유명한 사람치고, 우린 평범한 사람들이 아니에요. 낡은 인습에 얽매여 살아서는 안 되고 사실 애정 없는 부부 생활이란 죄악이니까요."

조용하는 아까처럼 낄낄낄 웃는다.

"파멸을 막기 위해 이혼하는 것도 좋고 자유의 몸이 되는 것도 좋고 재혼하는 것도 하기는 나쁠 것 없지요."

"설사 신문에 대서특필한다 하더라도 그건 시일이 지나면……. 그동안은 괴로울 거예요. 하지만 무대에 다시 서지 말란 법 있어요? 선생님 후원이 있고 따뜻한 이해, 사랑만 있다면 전 언제든지 재기할 수 있을 거예요."

'이건 완전히 바보다. 제 마음만 결정되면 다 되는 겐가? 성악가, 그걸 여의봉으로 아는 모양이지만 어디 혼 좀 나봐라.'

"그렇지요? 선생님, 안 그래요?"

"하하핫 하하핫핫, 그거 어려운 일 아니지요. 그러나 그렇게 되면 또 이혼해야 하지 않을까?"

"지금 그런 농담하실 때가 아니란 말이에요! 남은 속상해서 죽겠는데,"

몸을 던지려 하는데 한 손으로 막는 조용하.

"내가 농담하고 있는 것 같소?"

갑자기 얼굴은 무섭게 변했다.

"홍성숙 씨."

"말씀하세요."

했으나 성숙의 얼굴빛도 달라졌다.

"만일 재혼의 상대자를 조용하, 이 나라고 생각한다면 그것
은 크게 잘못된 생각이오."

"네?"

"새삼스럽게, 놀라기는 왜 놀라는 게요? 분명히 나는 당신
한테 결혼약속 같은 것 한 일 없어."

"뭐, 뭐라 하시는 거예요!"

"당신 선배하고의 이혼을 생각한 일이 없었고 이혼하지도
않을 게요."

"그, 그렇다면!"

"……."

"이, 이 사태 수, 수습은."

입술이 새하얗게 된다.

"수습하는 길은 한 가지뿐이오."

"무, 무슨 소릴 하시는 거예요!"

"부정하시오. 모든 것은 사실이 아니라고 부정하시오."

"부, 부정."

숨이 차서 말을 끊었다가 다시,

"부정하라구요?"

"그렇소. 소문만 가지고는 얘기가 안 돼."

"그, 그럴 수가, 안 하겠다면?"

"당신은 영리한 여자니까 그럴 수 있을 게요. 나하고의 문제만은 크게 오산을 한 모양인데."

"그래요? 오산을 해요? 오산을 저만 했나요? 조용하 씨 불편이 없게 그, 그렇게 시키는 대로 부정이나 할 그런 여자로 아셨나요? 그야말로 오산이군요."

드디어 홍성숙은 입술을 실룩거리며 역습으로 나왔다. 그 얼굴은 보기 민망했다.

"그런 여자 아닌 줄 대강 짐작은 했으나 그러나 승산이 있어야 덤빌 것 아니겠소? 얻는 것보다 잃는 게 많다면?"

"저만 잃게 되나요? 피장파장 마찬가지 아닐까요?"

"나는 무대에 서는 가수가 아니오. 당신은 남녀평등을 표방하는 모양이지만 남자가 바람피우는 것 그게 뭐 대단한가. 조강지처를 거금을 주어 이혼하고서 중인 집 딸을 모셔온 내 전력 때문에 이번에도 그러려니, 달콤한 꿈을 꾼 모양인데. 아니면 미인계라는 것이 있다더군. 사내를 협박하며 끝없이 돈을 뜯어내는 사기단도 있다는 말을 들었는데 명예와 재물이 있고 보니, 하하핫핫 하하핫…… 남의 이목 생각할 양이면 애초 조강지처를 쫓아냈을까. 하하핫……."

"이 악마!"

"당신은 악마를 상대할 요녀(妖女)도 못 되니 불행한 일이구려 하하핫……."

"나, 나, 파멸을 각오할 거예요! 그리고 조용하를 망쳐놓을 테에요!"

"뜻대로 하시오. 한 가지 덧붙이자면 매력 없는 일편단심, 사랑을 위한 순교자, 그것이 아닌 것을 다행으로 아시오. 홍성숙 씨는 그러니까 행복한 여자도 불행한 여자도 아니라는 뜻이오. 마지막으로 후원하는 뜻에서 기부금이란 명목이라면 만족할 만한 금액을 내놓겠소. 옛날 양반은 약탈만 했다지만 오늘날 귀족은 베푸는 거요."

조용하는 일어섰다.

"이대로는 못 가요!"

성숙은 발딱 일어서며 두 팔을 벌린다.

"요망스럽게, 뉘 앞에서,"

떠밀어내고 방을 나섰다. 홍성숙의 우는 소리가 들려온다. 조용하는 침을 뱉고 천천히 걸음을 옮긴다. 끝내 그는 언성을 높이지 않았다. 그러나 침착했던 것만은 아니었다. 기분이 좋을 건 없었다. 묘하게 외로움 같은 것이 엄습해오는 것이었다. 솔나무에 덮인 산허리, 그 위에 구름 한 점 없는 푸른 하늘이 멀고 먼 곳에 있는 여자 마음같이 느껴지기도 한다. 홍성숙이 그리 쉽게 본심을 노골적으로 내보이지 않고 비에 젖는 갈대같이 울고 있었다 하더라도 조용하는 틀림없이 짜증을 냈을 것이요 헤어질 생각을 했을 것이다.

'그놈은 어쨌든 행복한 놈이다. 그놈은 늘 젖어 있는 것 같

았다. 왜 나는 이렇게 메마른 인간일까.'

동생 찬하를 두고 조용하는 쓰디쓴 기분을 느끼는 것이다. 항상 장자로서 우선이요 이겨야만 했으나 기실 양보하고 져야만 했던 찬하 쪽이 승자 아니었던가 그는 생각하는 것이다. 충족된 일이 없었던 일상, 조용하는 차디찬 이성으로 이유 모를 결핍감을 감내해왔었는지 모른다.

"회사로 가게."

자동차에 몸을 싣고 우울하게 뇌었다.

회사로 나온 조용하는 책상 위에 놓인 봉투를 집어든다. 조용하라는 이름자와 마찬가지로 듬뿍 찍은 먹글씨, 임명빈의 이름이 쓰여 있었다.

"윤군,"

"네, 사장님."

얼굴이 기다란 사내가 얼굴을 내민다.

"이거 언제 왔나."

봉투를 가리킨다.

"조금 전에 임교장께서 기다리시다가 두고 가셨습니다."

"알았다."

사내가 나가버린 뒤 내용을 꺼내어 본다. 사직원이었다. 일신상 사정으로 사임하겠다는 것이다.

"무슨 뚱딴지 같은 소린고?"

혀를 차며 꾸겨 휴지통에 집어던진다. 회전의자를 빙그르르 돌려 창문과 마주 보고 앉으며 담배를 붙여 문다.

'임명빈 씨가 소위, 자유…… 명희의 자유를 위해, 길을 터 놓는 뜻으로 이따위 짓을 한 걸까?'

13장 편지

"아이고 작은아씨, 어쩐 일이세요?"

올케가 반색을 한다. 명희는,

"오라버니 계세요?"

"예."

하는데 올케 백씨 얼굴에 심약한 표정이 지나간다.

"사랑에 계세요?"

"예, 기분이 안 좋은 것 같아요."

"오라버니 뵙고 들어가겠어요."

백씨는 마당에 엉거주춤 섰고 명희는 사랑으로 돌아가는데 두 여자는 동시에,

'언니도 많이 늙으셨어.'

'그 곱던 얼굴이, 수심에 가득 차서,'

하고 마음속으로 중얼거린 것이다.

"네가 올 줄 알았다."

들어서는 명희를 힐끗 올려다보며 임명빈은 말했다. 명희

는 자리에 앉으며,

"저하고 한마디 의논도 없이 왜 그러셨어요?"

"그 일이라면 더 말하고 싶지 않다."

손을 내저으며 물러나 앉는 시늉을 한다.

"하지만 왜 그러셨는지 이유는 알아야 할 거 아니에요?"

"이유가 뭐 새삼스런 거냐?"

"학교에서 무슨 일이 있었어요?"

"아무 일도 없었다. 원체 무능력했으니까 무슨 일이 있었겠나."

하고 임명빈은 웃는다. 명희는 한동안 침묵을 지키다가,

"저 땜에 그러시지 않았어요?"

"이유야 어디 한두 가지냐?"

쓰거운 표정인데 명희 눈길에서 허둥지둥 달아난다.

"한마디로 내가 못난 탓으로……. 고용된 교장이 소신껏 뭘 했겠나. 하기는 못난 덕분에 오랫동안 뭉개고 있었지만,"

"소신껏 못하실 것도 없었지요. 공연히 자격지심에서 오라버니는 그러셨던 거예요."

"……."

"아무 말씀 마시고 없었던 일로 돌리십시오. 그이도 그러시길 희망하고 있습니다."

"그이? 헛,"

헛웃음을 웃다가 명빈은 무엇을 찾는 것처럼 방바닥을 더

듣는다.

"언니랑 아이들 생각은 해보셨습니까?"

더 이상 설득해볼 의사도 없으면서 명희는 물었다. 실은 친정으로 올 때부터 명희는 설득한다 하여 굽힐 오라비가 아니라는 것을 알고 있었으며 그만했으면 긴 세월을 잘 견디었다는 생각도 했었던 것이다. 조용하가 뭐래서도 아니요 사돈댁에서 이러쿵저러쿵해서도 아니다. 그러나 그들은 진정한 뜻에서 사돈은 아니었다. 마음 바닥에서 뿜어내는 찬바람, 그것은 신분에서 오는 장벽이요 조씨 가문의 얼음장 같은 기질은 무언의 모멸로써 임명빈의 가슴을 찔러왔던 것이다. 물론 임명빈은 의식(衣食)에 궁하여 그 교장 자리를 지켜왔던 것은 아니다. 3·1만세로 말미암아 임역관이 사망하고 임명빈이 옥고를 치르는 동안 쑥밭이 된 집에 세정 모르는 여자들만 남았으니 최서희의 도움을 아니 받을 수 없었지만 임명빈이 출옥한 후 가산정리를 한 결과 의식 문제, 자식들 학자, 그런 것에 궁색할 정도는 아니었다.

"생각해보았지. 별로 걱정할 것 없더군. 몸만 건강하면,"

"저 알아요."

"뭘."

"그동안 그만두지 않으셨던 것도 저 때문이었고 이번에 사표 내신 것도 저 때문이라는 것 알아요."

연분홍빛 은조사 깨끼적삼 소매 속에서 손수건을 꺼내어

명희는 눈물을 닦는다. 명빈은 누이와 함께 울먹일 듯하다가,

"그때는 할 만한 일이 없어서…… 이번에는 그만두어도 밥은 먹을 만하니까, 이제 더 이상 그 일은 거론하지 않기로 하자."

"저 때문이라면 그러실 필요는 없었는데."

"하, 하기야 소 잃고 외양간 고치는 격이었지."

혼잣말처럼 뇌는데 명빈의 눈에는 회한이 가득 실린다.

"모두 내 잘못이다. 남자가 바람피우기 예사라지만, 바람 정돈가? 피를 말리는 그자 성품을 내가 모를까? 그쪽에서 이혼을 요구할지 모르겠다만 지금 내 심정으로는 너를 데려오고 싶다."

명희는 희미하게 웃는다.

"오라버니가 그런 생각 하실 줄 알았어요. 그렇지만 이상해요."

"뭐가."

"이혼하겠다 안 하겠다, 이혼당할 건가 안 당할 건가 그런 생각해본 일이 없으니 말예요."

명빈은 외면을 한다. 명희가 거짓말을 하고 있다는 생각은 하지 않았다.

"제가 공부 같은 것 하지 않고 무식한 아낙이었다면, 남편 성미가 까다롭다, 세끼 밥 챙기고 빨래하고……. 오만한 얘긴지 모르지만 그런 아낙들의 체념과 비슷한 것 아닐까 하구요."

명희는 자신 속의 어딘가 있을 생각을 찾아내듯 어물쩍거

리며 말했다.

"생각을 묻어버린 뒤의 억지 생각이겠지."

하다 말고 명빈은 스스로 놀란다. 얼른 화제를 바꾼다.

"하여간에 어중간한 고개에서 너나 내가 이 무슨 꼴이냐? 아버님 뵐 낯이 없고 모두가 다 어리석은 내 잘못 아니겠나."

"그런 말씀을 왜 하세요? 저는 익숙해져 있는데 무슨 위로가 되겠어요. 오히려 저 땜에 오라버니가 당하신다. 잘잘못을 따진다면 잘못은 저한테 있을 거예요."

눈살을 찌푸린다. 명희는 좀 여위었다. 젊음도 잃어가고 있었다. 그러나 그 나이가 가지는 아름다움은 지니고 있었다. 연분홍 깨끼적삼에 검정 숙고사 치마를 입은 모습은 역시 청초했다. 하얀 손, 갸름한 손가락, 무명지의 초록색 쌍가락지도 아름다웠다. 일상의 균형을 변함없이 유지하고 있다.

'바로 저것이 병인(病因)이다.'

명빈은 눈앞에서 누이의 모습을 지워버리고 싶은 충동을 느낀다. 십 년 가까운 세월, 명희가 조병모 남작댁에 출가하고 자신은 그들이 설립한 학교의 교장으로 취임하면서부터, 그때부터 명희와 자신은 일종의 박제된 인간으로 존재해오지 않았나 하는 생각이 가슴을 친다. 앙혼(仰婚)이 빚는 관습적인 알력이나 갈등과는 차원이 다른 것, 인간의 존엄성을 부정하지 않고는 존립할 수 없었던, 극단적으로 말하자면 그런 숨막힐 것만 같았던 세월을 임명빈은 새삼스럽게 통감한다. 행위도 언어도 흔적도 없었다. 그러나 그들은 매부이면서 매부가 아니요 사돈이면서 사돈이 아니었다. 비인간적인 권위 의식이 다른 양반님네보다 훨씬 세련되었고 고차원이라는 느낌뿐이었다. 결코 임명빈은 자유분방한 사내는 아니다. 자존심이 하늘 높게 솟은 사내도 아니었다. 그러나 비굴한 사내는 아니었다. 비굴하지 않은 사내가 비굴하게 살았다고 그는 생각하는 것이다.

'만일 명희에게 아이라도 있었더라면 어떠했을까.'

그러나 명빈은 아이가 태어났다 해서 조용하나 그 집 자체의 세련되고 고차원의 권위 의식, 비인간적인 권위 의식과 기질적인 것에 변화가 있으리라는 생각을 할 수 없었다.

'무식한 아낙들의 체념과 같은 것이라구? 아니다. 코흘리개 아이를 안고 있다면, 살림에 찌든 얼굴을 하고 있다면, 저기 저렇게 유연한 자세로 앉아 있는 귀부인보다는 나았을 게야. 와글바글 살아 있는 소리들이 들렸을 게야.'

홍성숙과 조용하에 관한 추문은 상당히 넓게 퍼져 있었다. 임명빈도 그 일에 관해서는 알고 있다. 마누라는 근심했으나 임명빈의 심정은 근심이 아니었고 다만 착잡했다. 남들은 마치 행복하기 이를 데 없는 명희의 둥우리가 태풍을 앞두고 있는 듯 그렇게들 수군거렸다. 명희가 추락할 것인가 태풍은 그냥 지나갈 것인가 호기심에 가득 차서 떠도는 소문에 귀들을 기울이고 있었다. 홍성숙과 임명희를 도마 위에 올려놓고 품평(品評)에 열을 올리는가 하면 서로의 지체를 들고 나왔고 그럴 때 홍성숙의 남편은 잊혀진 존재였다. 어째 그리 요란했을까. 유명한 사람이라서? 미인이기 때문에? 성악가? 그러나 그런 모든 것보다 조용하는 조선의 희귀한 귀족이요 조선에서는 대실업가, 비중은 거의 거기 있었다. 임명희는 신데렐라였었기 때문이다. 그런데 이 며칠 새 소문의 방향에 변화가 왔다. 명희의 위치는 반석 같다는 둥 홍성숙이 발밑에나 가겠느냐 하는가 하면 홍성숙이 성악가로서 자질을 뻗치기 위해 조용하에게 추파를 던졌으나 막상 잡으려 했을 때 달아났으니, 그들 부부의 금슬이 금 갈 짓은 아니했느니, 어쨌거나 그것은 모두 피상적인 데 불과했다. 명희가 뼈에 사무치게 고통스러울 때 그들은 명희만큼 행복한 여자는 없다고들 생각했고 그들이 불행의 나락으로 떨어지는 명희를 상상했을 때 명희의 마음은 명경지수였다는 것, 그러하기 때문에 너도 나도 대부분의 인간들은 고독하지 않으면 안 되었던 것인지 모른다. 명희의 경우도 그러했지만 명빈의 경우도 비슷했다. 누이동생 덕분에 행운을 잡은 사내, 중학교의 교장직이 아무 데나 굴러 있는 건가? 그것도 재단이 튼튼한 학교고 보면 행운이 아니라 할 수 없다. 대우받을 만한 자리, 존경받는 것은 당연한데, 뿐인가 조병모 남작의 사돈이면 그것만으로도 행세할 만한 것이다. 그러나 그는 교장 아닐 때보다 자신이 비천하고 작아져간다고만 생각했으니, 타협하며 비굴하게 안주한 자리였으니 말이다. 가족에 대한 애정을 부인할 수 없고 자기 자신의 능력과 그 한계를 자인했기 때문에 택하였다 한다면 임명빈에게는 구실이 될지 모른다. 변명이었는지 모른다. 아니라면 치욕감이 그렇게 끈덕지게 따라다니지는 않았을 것이다. 주변에서 부산스러웠던 친구들, 후배들, 그들이 대개 망명하거나 도피하거나 철창 신세가 됐을 시절, 홀로 교육자라는 방패 뒤에서 그것도 침략자의 두호를 받는 계층이 설립한 학교에서 풍설을 피하며 있었다는 치욕감과 소외된 것만 같은 외로움, 민족의식이나 반일 사상이 잠자고 있었던 것은 아니었지만 행동이 없는 생각뿐이었고 젊은 날의 꿈과 이상을 외면한 채, 그것은 또 조로(早老)를 재촉한 것이기도 했으며 만주, 중국땅을 거의 폐인이 되다시피 방랑한다던 이상현의 소식을 열등감 없이 들을 수 없었던 임명빈이었다. 그래도 상현이 그놈은 나보담은 낫다, 무기력한 이 늪 속보다 자학의 아픔은 아프다는 그 자체가 생동의 증거가 아니냐, 명빈은 마음속으로 그런 말을 수없이 뇌었다. 아니나다를까 상현으로부터 편지와 원고 뭉치를 받은 것이다. 십여 일 전의 일이었다. 명빈이 교장직을 때려치운 것은 어쩌면 직접적 동기가 상현의 원고 뭉치에 있었는지 모른다.

명빈은 명희와 마주 앉았으면서 아직 그 소식을 전하지 않고 있다. 편지는 두 통이었다. 한 통의 수취인이 임명희다.

"며칠 동안 생각해보았는데,"

명빈은 끊어진 얘기를 이었다.

"변두리로 나가서 기와공장이나 차리면 어떨까 하고."

"기와공장이라구요?"

"음, 학부형한테 얘길 들었지. 자본도 적게 들고 일도 복잡하지 않으니까, 괜찮을 거라 하더군."

"기와공장이 없을라구요? 많이 있을 텐데 경험 없는 오라버니가 어떻게 하실려고 그러세요?"

"조선기와 말구 양기완데, 뭐 작정한 건 아니다. 생각해보고 있는 중이란 얘기지."

"글쎄요. 경험이 많은 사람하고 함께 하신다면."

"황태수도 있고 월급 자리라면……. 생활문제보다 일을 놔서는 안 될 것 같아서."

"남의 밑에 가시는 건 반대예요. 오라버니 연세가 몇인데 그러세요?"

"오십이 될려면 아직 멀었어. 그놈의 교장질 하는 바람에 늙은이 취급받은 게야."

오누이는 기쁠 것도 없는데 웃는다.

"지겨운 세월이 왜 날아만 가는 것 같을까요? 모순이지요?"

"왜 아니냐."

"서참봉댁은 요즘 어찌 지내시는지요."

"둘째가 이력저력 살림을 꾸려가고 있다. 황태수도 도와주고,"

"은행에 그냥 다니나요?"

"동생?"

"네."

"아니지이. 황태수 회사로 옮겼다."

"고맙네요."

"의돈이 그자가 아무리 지랄발광이 나도 황태수를 괄시하진 못할걸. 친척들도 외면하는 마당에서,"

"본시 가까웠지요?"

"마음속으론 가까웠지. 친구란 그런 거 아닐까? 나야 뭐 일 터져서 이리 뛰고 저리 뛰고 했지만 별수 있나? 어릿광대," 하다 말고 쓰디쓴 웃음을 띤다.

"며칠 동안 생각을 해보았는데,"

"기와공장 얘기예요?"

"아, 아니다. 저어,"

"거북한 말씀이에요?"

"거, 거북한 말이다."

"오라버니 얘긴가요?"

고개를 저었다.

"저에 관한 얘기라면 말씀 마세요."

"그, 글쎄 그걸 안 할 수도 없고 며칠을 두고 생각해보는 일인데,"

그쯤 운을 뗀 임명빈은 갑자기 당황한다. 그리고 훌쩍 일어서서 마루로 나간다.

"여기 뭐 마실 거라도 좀 갖다주시오!"

안을 향해 악을 쓰듯 소리를 지른다.

"오래 있는 기색이면 뭐 마실 거라도 가져와야지 맹해가지고 왜들 그 모양이야."

중얼중얼 중얼거리며 발을 걷고 방으로 돌아온다. 모시 고의적삼이 설렁해 보이고 곱슬머리 두상은 큰데 설렁한 모시 옷처럼 명빈은 계절의 마지막 사람처럼 초라하게 느껴진다.

"후우—."

한숨을 내쉰다.

"명희야."

"네."

"실은 상현이한테서 편지가 왔는데,"

"네?"

명희의 표정이 싹 달라진다.

"아직 내가 보관하고 있다."

"……"

"너한테 주어야 하는지……. 네가 달라 하면 주지."

"오라버니한테 온 편진가요?"

"나한테도 왔고,"

"내용을 보셨나요?"

"아니."

명희는 발 너머, 사랑 마당을 바라본다.

"제가 그 편지 본다고 해서 뭐가 어찌 달라지겠어요? 달라졌을 것 같으면 옛날에 달라졌겠지요. 그분 역시,"

"……."

"오라버니한테 온 편지는, 인사편지였어요?"

"인사편지는 아니었고 부탁을 해왔더군."

"부탁이라면?"

천천히 얼굴을 돌려 임명빈이 얼굴을 바라본다. 실제 그랬었는지 명빈의 눈에 비친 누이의 얼굴은 갑자기 늙어버린 것같이 보여지는 것이었다. 힘에 겨운 권태가 그 양어깨에 실린 것같이 보였다. 붕괴되는 찰나, 이미 명희에게는 새로이 생성될 세포 하나 남아 있지 않는 듯 느껴지는 것이다.

"원고를 부쳐왔어. 아무 데나 잡지에 주선해달라고,"

"소설을 썼군요."

"음."

"읽어보셨어요?"

"좋더군."

"성공하셨네요."

명희는 기운 없이 웃었다.

"그런데 내가 이 말을 너에게 하지 않을 수 없게 된 사정이 있긴 있어."

애써 누이를 보지 않고 말한다.

"고료를 받으면 너에게 전달하라는 편지 내용이었어."

"고료를 저에게 전달하라구요? 왜, 왜요?"

"그 이유는, 아마 너에게 쓴 편지에 있을 것 같다."

"이상하군요."

그 말까지는 평정했다. 지극히 평정했다. 그런데 별안간 명희는 울기 시작한 것이다. 눈물만 흘리는 게 아니었다. 소리를 깨물어가며 두 손에 얼굴을 받쳐들고 우는 것이었다. 손가락 사이로 눈물방울이 무릎에 떨어진다. 명빈은 숨이 막히는 것 같다. 철 늦은 부채를 들고 부치다 말고 그만둔다.

"끄쳐!"

"오라버니,"

"끄치라니까."

"그분하고 저 사이엔 배신도 신의(信義)도 없었어요. 한데 뭣 땜에 편지를 보냈지요?"

"울음을 끄쳐. 편지는 주랴?"

"오라버니가 읽어주세요."

"내가? 그럴 수 있나?"

"아무 비밀 없어요."

눈물을 닦는다.

"줄 테니 네가 읽는 게 좋겠다."

"아니에요, 읽으세요."

투정 부리듯 하던 명희는 편지를 서랍 속에서 꺼내자,

"인 주세요. 생각해보구요, 버리든지 읽든지."

받아서 한켠에 놔둔 비즈백 속에 집어넣는다. 넣으면서,

"집에 있는 그 양반, 이혼 안 해줄 거예요."

뜻밖의 말을 한다.

"뭐라구?"

"지금 생각해본 거예요. 그걸 생각하니까 울음이 터지네요."

"……."

"이쪽에서 할려면 더욱, 놓아주질 않을 거예요."

옷소매 속에서 손수건을 꺼내어 눈물을 닦는다.

"거머리 같은 놈이다!"

사무쳐서 힘껏 하는 욕설이다. 이때,

"작은아씨."

백씨가 마루 끝에 와서 불렀다.

"네, 언니."

"여기 손님이 오셨어요."

"저한테요?"

"오빠한테 오신 손님인데 작은아씨 제자라고, 어서 들어가세요."

백씨가 권한다.

"선생님 안녕하셨어요. 오래간만에 뵙겠습니다."

"아니, 인실이 아니냐? 네가 웬일로?"

놀란다.

"교장 선생님 뵈러 왔는데 마침, 선생님 안녕하셨습니까?"

인실은 임명빈을 향해 공손히 인사한다.

"앉어."

명빈이 앉기를 권한다.

"네."

주저하거나 부끄러워하지 않고 침착하게 무릎을 꿇고 앉는다.

"오빠는 별고 없으시지?"

임명빈이 묻는다.

"네."

"모두들 고생했는데 몸이나 건강해야지."

인실이는 명희 쪽으로 고개를 돌린다.

'우셨구나. 내가 잘못 온 것 같네.'

그러나 자연스럽게,

"선생님 한번 뵙고 싶어도, 너무 문턱이 높은 것 같아서 망설여졌습니다."

하고 미소한다. 명희도 웃는다.

"그보다 처녀가 안 갈 곳에 갔다 왔으니 어떡허지?"

"선생님도 가보시고서 그러세요?"

"아아 참, 그랬었지. 그때는 도매금으로 넘어간 거구. 얼마나 욕을 봤니?"

"저희들이야 뭐, 남아 계시는 선생님들 고생이 많으시지요."

"죽일 놈들, 나는 욕할 자격도 없는 사람이지만."

명희는 자신의 눈이 새빨갛게 부풀어 있는 데 대해선 개의치 않는 것 같았다.

"조선사람이면 욕할 자격은 다 있는 거 아니겠습니까?"

"아암, 그렇지."

명빈이 맞장구를 쳤다.

"하지만 선생님이 그렇게 결혼하신 것만은 의외였습니다."

"투신자살한 셈 치려무나."

명랑하고 밝은 음성으로 농친다. 위태스러운 것이었지만.

계집아이가 비로소 모과차 석 잔을 날라 왔다.

"들어."

명빈이 권한다.

"들겠습니다."

명희가 찻잔을 드는 것을 본 뒤 인실은 예의 바르게 말하고 차를 한 모금 마신다.

"학교 다닐 때부터, 오라버니, 이 애가 보통 아니었어요."

일러바치듯 명희가 말했고 명빈은,

"보통 아닐 정도가 아니지. 그야말로 투산데."

"아니 선생님도."

인실이 얼굴을 약간 붉힌다.

"얼굴 생긴 것 보세요. 그래 집에서는 걱정 많이 하시지?"

"오빠가 안 계셨음 쫓겨났을 거예요."

"오빠야 동진데 상부상조 안 할 수 없지."

이런저런 얘기 끝에 인실이,

"저 얼마 전 진주 다녀왔습니다."

"진주는 왜?"

명희가 묻는다.

"남선 일대를 바람 쏘일 겸 다녀왔습니다. 전도부인언닐 따라서요. 그 언니랑 헤어진 뒤 진주에 갔었습니다. 김선생님댁에,"

"김선생님댁이라면?"

"저기 최참판댁 말예요."

"아아."

"아직 형무소에 계시고 해서 얼마나 가족이 상심하고 계실까, 뭐 위로가 되지도 않을 테지만 그냥 지나올 수가 없었습니다."

"하마 서울 올라오실 때가 됐는데,"

명빈의 말에,

"곧 올라오실 모양이에요. 함께 가자 하셨지만 그 부인께서는 맹장염 수술을 하시고 정양 중이더군요."

"맹장염 수술을!"

"네. 그것도 지난달 서울서 내려가실 때 부산서 발병하여,"

"경과는 어때?"

명희가 서둘며 묻는다.

"좋으시다 하시더군요."

"다행이군."

"심약한 환국이가 혼났겠군."

임명빈이 눈살을 찌푸린다.

"심약하질 않아 보이던데요, 교장 선생님?"

"심지야 굳지."

"그 댁은 모두 미남 미녀, 놀랬습니다."

인실이 킥 하고 웃는다.

"아 인실인 미녀 아닌가?"

명빈도 슬그머니 웃는다. 나잇살이나 먹은 처지에 얼마 전까지만 해도 근엄한 교장 선생님이던 명빈으로선, 누이는 그렇다 치고 나이 젊은 인실을 대하고 있기가, 어색하다.

"공판 받으면서 김선생님도 몇 번 뵀지만 참 잘 어울리는 내외분인 것 같았습니다."

"아무리 투사라도 필경 여자는 여자로구나."

"오라버니도 참, 남자들도 그런 말 하던걸요?"

"남자 나름이지. 여자들이야 거의가, 인실이 같은 처녀 애도 이러지 않나?"

인실과 명희는 함께 웃는다.

"저는 집안에서 여자답질 못하다고 하도 꾸중을 하셔서 노력을 하고 있습니다, 교장 선생님."

"그래? 그는 그렇고 무슨 할 말이 있어서 온 것 같은데."

"네. 부탁 좀 드리려고요."

"명희 선생은 비밀을 누설할 염려가 있으니까 내쫓을까?"

명빈이 농담 비슷하게 말했다. 명희 심정을 생각하여 안으로 들여보낼 심산이었던 것이다.

"아니에요 선생님. 애제자를 위해서 도와주실 것 같은데요?"

"그런가?"

"인실이 너 말재간이 여간 아니구나. 언제 그렇게 어른이 됐니?"

"선생님 저 이제 노처녀예요. 선생님들은, 대개 모든 분들이 옛날 생각만 하시는 것 같아요."

"하긴 그래. 나도 이제 중년이 얼마 남지 않았으니까. 인실인 당당한 성인이지. 그럼 말해보아. 내가 도와줄게. 무슨 얘기지?"

순간 인실 얼굴에 긴장이 나타났다. 건중건중 말하고 싶어서 인실이 그랬던 것은 아닌 성싶다. 운 자국이 역력한 명희 얼굴 때문에 의식적으로 화제를 가볍게 이어온 눈치다. 여자대학을 이미 졸업했고 나이도 많았지만 그간의 풍파가 그로하여금 한층 성숙한 여자로, 사려 깊은 여자로 성상케 한 것인가.

'이 애를 예뻐했을 때 그때 내 나이는 지금 인실이보다 어렸을 거야. 나는 그 무렵 형편없는 정신연령이었다. 인실인 당당하구나. 정말 당당해. 눈빛이 살아 있다. 그것을 감추는 지혜도 이 애는 다 배웠구나. 살아 있다, 살아 있다는 것 이상 소중한 것은 없다.'

"인실아."

"네."

"어려운 청이냐?"

"좀 어려울 것 같습니다. 실은 교장 선생님께 취직을 부탁하러 왔습니다."

또박또박 사무적으로 말한다.

"취직? 어디에?"

"학교에, 안 될까요?"

"내가 있던 곳은 중학교, 그걸 몰랐었나?"

"압니다. 같은 재단의 여학교가 있다는 말 들었습니다."

"그, 그건 여학교가 아니고 수예학교인데 일본여자대학 나와서 그런 학교에 가겠나?"

"교장 선생님, 제가 전과자라는 걸 모르십니까?"

"집행유옌데 뭐."

"저는 오히려,"

"허허어, 그나마 학생들이 모이질 않아서 주간은 폐지할 모양이고 결국 야간학교로 남게 될 텐데 그래도 하겠나?"

"하겠습니다."

"월급은 쥐꼬리만 하고."

"그래도 할 수 없지요."

"인실이 집 형편은 어렵잖을 텐데?"

"너무 염치가 없어서."

"그렇다면, 허 참 일이 이렇게 되면 어떻게 하지?"

"저 같은 선생은 안 쓰게 돼 있습니까?"

"쓰고 안 쓰고 나는 이제 교장이 아닌데."

"아니."

"그만두었다. 명희 선생보고 졸라보아."

세 사람은 함께 웃는다.

아무튼 이렇게 돼서 인실의 일은 명희가 떠맡게 되었다. 그런 정도의 일이라면 조용하에게 말할 필요도 없고 집사(執事)를 시키면 될 일이다. 다만 이상한 것은 인실이 하필이면 그런 학교에 가려 하는지, 그러나 그것은 아무래도 좋았다. 명희하고는 상관이 없는 일이다. 인실의 사정이 궁금할 뿐 학교나 재단 쪽에 끼칠 결과에 대하여 터럭만큼의 관심도 가지지 않는 것이다. 처지가 다르고 오랫동안 만난 일이 없어서 서로 대하기가 까끄러웠으나 사제지간이라는 특수한 감정은 아무래도 서로를 아끼게 되는 모양이다.

인실과 함께 친정에서 나온 명희는 아쉬워하는 듯 할 말이 남아 있는 듯 그런 표정인 인실에게 서둘듯 작별하고 집으로 돌아온다. 별관 앞에까지 왔을 때, 따라오는 하인을 손짓하여 가라 하고 명희는 도어를 민다. 손잡이의 싸늘한 감촉과 형태가 뇌수를 꿰뚫는 전기처럼 감각된다. 소파에 가서 두 다리를 모으고 앉는다. 방금 걸어온 곳은 땅 아닌 허공이었다는 생각을 한다. 인실의 살아 있는 눈동자며 어딘지 모르게 불편한 것 같은 표정으로 어색하게 웃고 얘기하던 오라비의 얼굴도 줄 끊어진 연과 같이 멀리멀리 날아가버리는 것만 같다. 명희는 마룻바닥을 한 번 굴러본다. 이상현의 편지가 손끝에 느껴진다. 도어의 손잡이를 잡았을 때처럼 날카롭고 아픈 것이 전신을 꿰뚫으며 지나간다. 그러나 명희는 비즈백 속에 든 편지를 꺼내 들지 못한다.

"이젠 곧 가을이 올 거야."

중얼거린다.

"왜 그렇게 오빠는 초라하게 보였을까, 기와공장은 잘 생각하신 일인지 모르겠다."

끊어진 연줄을 찾아 끌어당기듯 명희는 중얼거린다. 일어서서 창가로 간다.

'돌개바람아! 불어라! 내 형체가 바스라지고 없어질 때까지 불어!'

외친다.

'누가 나를 묶었나, 내가 나를 묶었지! 풀어라! 풀어버리는 거야!'

아우성이다. 부서지는 파도다. 격렬한 감정이 출구를 찾듯 아우성이다. 그러나 이상현에 대한 그리움은 아니었다. 조용하에 대한 증오도 아니었다. 자신의 생명, 생명의 불꽃을 확인하고 싶은 것이다. 기나긴 숨결, 부패의 늪에서 몸을 일으키고 싶은 것이다.

'이것은 사는 게 아니다! 죽은 것도 아니다! 이것은 중독이야. 이 집안에는 사방에 독버섯이다!'

출구를 찾는 격렬한 감정의 아우성은 그러나 분출되지 못하고 명희 입에선,

"오빠, 잘 생각하셨어요. 기와공장, 그거 썩 잘 생각하신 일이에요."

그런 말이 나왔다. 되돌아와 소파에 앉은 명희는 편지를 꺼낸다. 서슴지 않고 봉투를 찢는다.

'명희 씨 보십시오.'

그 글자에 머물러 있던 눈이 다음으로 옮겨간다.

나는 이 일을 누구에겐가, 특히 명희 씨에게 밝혀두지 않고는 소설을 쓸 수 없었습니다. 왜 그래야 하는지 나도 그 이유를 뚜렷이는 알지 못하오. 사람에게는 여러 가지 사랑이 있는 것 같소. 사실 여러 가지 사랑이 있소. 남녀 간의 사랑, 육친에 대한 사랑, 우정, 조국을 사랑하는 마음, 여러 가시 싱질의 사랑이 있소이다. 불타는 사랑, 연민도 사랑일 것이며 때론 미움이 사랑일 수도 있을 것이오. 지금까지 내 몸속에 우글거리던, 중

요하지 않았던 것을 모조리 쫓아내고 생각한 것은 그 중요하지 않은 것에 우리가 얼마나 얽매여 살아왔던가 그 일이었소. 얽매여 살아왔다, 하면은 사람들은 웃을 것이오. 이상현이 언제 얽매여 산 일이 있느냐고 말입니다. 그러나 나는 어느 누구보다 얽매여 살아왔다 할밖에 없소이다. 일견 얽매여 사는 것 같은 그런 사람 이상으로. 나는 그것을 풀려고 끝없는 도피의 길을 찾아다녔던 것이오. 그러나 나를 얽어맨 그것들이 사람 사는 데 별로 중요한 것이 아니라는 것을 깨달았을 때 나는 내가 자유인 것을 깨달았고 정직해지는 것을 느꼈소이다. 앞서 사랑에는 여러 가지 성질의 것이 있다고 했지요? 그것도 나로서는 깨달음이었소. 나는 지난날 어떤 기생을 사랑했소이다. 기생이기 이전에는 최참판댁 침모의 딸이었지요. 나는 그 여자에 대한 감정을 동정이라 생각했소. 나중에는 바람기라 생각했소. 더 나중에는 수치로 생각했소. 그는 남몰래 내 딸을 낳았기 때문입니다. 내가 이곳으로 도망온 뒤 그 여자는 비참하게 세상을 떴고 내 딸은 지금 최참판댁 부인이 거두어주고 있다는 것입니다. 나는 진실로 그 아이에게 내 사랑을 전하고 싶소. 그리고 그 아이에게는 하나밖에 없는 핏줄의 정이 필요할 것이오. 나는 어느 시기가 오면 조선으로 돌아갈 것입니다. 그간 명희 씨에게 부탁하고 싶은 것은 앞으로도 부쳐 보낼 예정인 원고, 물론 잡지사에서 소화해주어야겠으나 그 원고에서 받게 될 원고료를 아이 양육비에 도움 되게 선처하여주셨으면 하는 것입니다.

말미에 인사말이 있었고 편지는 그것으로 끝이었다.

14장 용(龍)의 죽음

마을 정자나무 밑에 봉기노인과 윗마을의 늙은이가 얘기를 하고 있었다.

"그놈이 우리네가 못 시키는 공부를 제 새끼한테 시켜? 아 세월이 얼매나 좋으믄 샐인 죄인의 손(孫)이 상급핵교로 다 가노 말이다."

"뒷북치는 소리 하네. 꽈깡스럽게(엉뚱하게) 그 말은 와 끄내노."

피워 물었던 곰방대를 내저으며 봉기노인은,

"아까 그놈의 손, 가방 들고 나릿선 타는 거를 봤인께 하는 말 앙이가. 심술이 나서 하는 말은 아인 기라."

"심술이 안 나는데 와 그런 말을 하는고?"

윗마을 강노인은 실실 웃는다. 봉기노인은 이빨 사이로 침을 칙 내뱉는다.

"세상이 꺼꾸로 될라꼬."

"이미 꺼꾸로 된거는 우짜고?"

"그새 세월이 많이 지났고 옛사람들도 거반 저 세상으로 갔이니 네 활개 치고 댕기는 것꺼지는 좋다 카자, 그래 제 놈이 무슨 염치로?"

"백정 놈 새끼들도 공부시키는 세상인데 머 우뜰노? 성시가 되믄 하는 기지. 만판 그래 봐야 입술만 타제."

"이보래?"

"와. 무신 말 할라꼬 눈이 쪼맨해지노?"

"염치도 없기사 없지마는 그놈이 무신 수로? 돈이 어이서 나노 말이다."

"지 성이 잘됐다 카데? 만주 가서."

"그럴 리가 없다. 나무 될 거는 떡잎 적부터 알더라고 그놈은 어릴 적부터 손톱이 길었네라. 도둑질하다가 까막소에서 뒤졌임 뒤졌지, 아무튼 무신 곡절이 있일 기구마. 한복이 놈, 그놈 사정을 뉘 몰라서?"

"내사 머리빡이 허옇기 돼가지고 말소도레기(구설) 이는 것 달갑잖구마. 누구맨치로 타작마당에서 몰매 맞는 건 싫은께. 자식들 보기 부끄럽어 우찌 사노."

"그 소리는 와 하노! 듣기 좋은 꽃노래도 한 분 두 분이다!"

"그런께 귀한 음식 묵고 남우 말 하지 마라 그 말이다. 황천 길이 가까운데 남 잘되는 기이 머가 그리 배 아프노. 지고 갈 기가, 이고 갈 기가, 눈 한 분 감으믄 고만이고."

"그때 일을 생각하믄 요새도 잠이 안 온다. 석이 그놈, 목을 쳐 직일 놈! 주제넘기 지 놈이 뭔데? 식자가 들었이믄 얼매나 들었이꼬? 진주서 물지게 지던 놈이. 왜놈 종살이하다 왜말깨나 배웠는지는 모리지마는 건방진 놈!"

"그만해라. 그런 말 해봐야."

"모리거든 말 마라! 나잇살 처묵은 용이 그놈까지."

"용이가 어쨌다고."

"간에 가 붙고 실개에 가 붙고."

"못 알아듣겄네."

강노인은 지겨운 듯 외면을 한다.

"다 그놈들 샐인 죄인 손들하고 한통속인께. 한복이 놈 새끼도 석이 그놈 연줄로 공부 갔다 하더구마. 옛날에는 나를 은공 모리는 금수 치부를 하더마는 제 놈들은? 시적 최참판네 덕을 봄시로 최참판댁네 원수 한복이 놈하고 배가 맞아서 성이요 아우요 아재요 조카요, 우째 낯이 간지럽어서 그리하노 말이다."

한복에 대한 심술도 심술이지만 타작마당에서 마을 사람들한테 돌을 맞은 사건으로 하여 석이에게 깊은 원한을 가지고 있는 봉기는 그들 사이가 가깝다는 데서 감정이 더욱 좋잖은 것 같았다.

"거 이문가문하는 사람 두고 그러는 거 앙이다."

"와, 다돼간다 카더나?"

"아들까지 와 있는 거를 보믄 질잖을 모앵이라."

"진주서 넘어졌을 때 가는 줄 알았더마는 한 십 년 더 살았이믄 됐제 뭐."

"우리한테도 곧 닥치올 긴데 남우 일가?"

"아아, 제 멩대로 사는 긴데 남우 일이제 우예 내 일일꼬?"

"흔히들 하나 자식 소자 없다 하더라마는 용이가 아들 하나는 잘 두었제."

"흥, 그만 안 하는 자식이 어디 있어서?"

"그나저나, 금년 농사는 그럭저럭 펭작은 될 모양인데, 적기 묵고 가는 똥 싸는 기이,"

"거기도 들뜬 놈이 하나 있는가 배?"

"손자 놈이 모집에 가겠다고 생지랄 앙이가. 이놈아 할애비 죽는 거나 보고 가라 하고 호통을 처났지마는 전딜까 싶잖어."

"갈 만하믄 가지 머, 얼매나 갈 긴고 그거사 두고 봐야겠지마는. 야무에미 욜랑거리쌓는 꼴 눈이 씨어서 못 보겠더라마는 아들놈 일본 가서 돈 벌어 보내는 덕에."

"그것도 운이 좋아야, 대개는 돈도 못 벌고 몸만 망친다 하기도 하고 그뿐이믄 좋게? 누가 잡아 직이도 모린다 카이."

"하기사 몇 해 전에 일본 간 조선사람 몰살시킸다는 말도 있긴 있었제."

"지 애비는 밤낮 그런 일이 있을 긴가, 밤낮 농사지어봐야 그 태롱이고 젊었일 때 한분 나부대보는 것도 괜찮다 하더라마는, 없는 놈이야 오나가나 무신 뾰족한 일이 있겠나. 내 땅에 살아도 왜놈들이 들어가라 나가라 임우로 하는데 그놈들 땅에 가서 부모 형제 기리믄서 그 설음을 우찌 받을꼬? 아이고오 설설 올라가보까?"

강노인이 몸을 일으킨다. 그러나 봉기는 목을 쑥 뺀 시늉으로 앉아 있다.

"아침저녁이 제법 선선해졌제?"

"출출하구마. 초상집 술이라도 얻어묵었이믄 좋겄네."

"지랄 겉은 소리 그만하고, 한분 딜이다보았나?"

"눈도 못 뜬다 카는데 가보믄 머하노. 개 밥에 도토리제."

강노인은 윗마을을 향해 가고 봉기는 그냥 앉은 채다.

"개 밥에 도토리제."

혼자서 한 번 더 중얼거려본다. 욕을 하고 험담을 했지만 이미 독기(毒氣)는 빠져 없었고 봉기노인의 모습은 외롭게 보인다.

"이평이는 떼부자가 됐고 영팔이도 살림이 따시다 카고 맹이 다 돼 그렇지 용이도 아들이 잘 벌어서, 한복이 그놈까지, 거지 중의 상거지던 그놈까지 그런데 와 나는 이리 헹펜이 안 풀리는고 모리겄다. 식구는 많고 앞으로 우예 살 긴고, 입이 많아서 내 죽고 나믄 생이 뒤는 걸겄다마는,"

"혼자서 무신 얘기를 하고 기시오?"

봉기가 돌아본다. 서노인의 양손(養孫) 복동이다.

"어디 갔다 오노?"

한결 다정스러워진 목소리였다.

"읍내 볼일이 있어서,"

"좀 쉬었다 가라모."

"야."

복동이 땀을 닦으며 봉기노인 옆에 앉는다. 복동네 장례날 상제라 하여 매 맞는 것만은 면했으나 그럴 수 없이 곤욕을 치른 복동이와 그 안사람은 그 후 마을에서 소외당하게 되었는데, 그러니까 자연 함께 당했던 봉기와 심정적으로 가까워질밖에 없었다. 당하기로는 그날, 봉기가 훨씬 가혹하게 당했으나 노인이며 비윗살이 좋아서 그런대로 마을 사람들과 쉬이 어울릴 수 있었다. 그러나 복동이 내외는 계속 백안시당해왔던 것이다.

"마을을 떤다는 말이 있던데 그기 이 정말가?"

"떠고 접은 맴이사 시시각각이지마는 비비댈 언더막이 있이야제요. 저분 때는 항구로 나가서 고깃배나 탈까 싶어…….. 그래서 떤다는 소문이 났던가 배요."

"그런데 와 고깃배를 안 탔노?"

"얘기를 들어본께 이력이 나기꺼지 식구들 입에 풀칠하기가 어렵다 카고 사시사철 하는 일도 앙이라 카이 할 수 없이 자파 했심다. 그라고 부산에 나가믄 부둣가에서 짐 푸는 일꾼이 있다 하더마는…… 그것도 이자는 꽉 째여서 들어가기가 어렵다 카고."

골이 파인 듯 울퉁불퉁한 손톱을 들여다보며 복동이는 우울하게 말했다.

"읍내에는 머하러 갔다 오노?"

픽 웃는다.

"핵교 소사 자리를 처삼촌이 말해주겠다 해서 갔더마는 그것도 발덩거지한 놈이 있더마요."

"아이니, 말해준다 해놓고 다른 사람을 갖다 붙이나?"

"처삼촌도 연비연비로 말했인께, 한발 늦었던 기지요."

"핵교 소사라 카믄, 그기이 됐이믄 좋았제. 첫째 집을 준께로. 마 할 수 없다. 여기서 구박받고 살라 카는 팔자라믄 그렇기 살 수밖에 더 있겠나?"

"그러시요."

"사람이 살라 카믄 그보다 더한 일도 겪는다. 미련한 듯기, 밥 들어가는 볼때기다가 주먹질하는 사람 없이믄 견디보는 기다. 흥, 세상 꼴 더럽다. 샐인 죄인의 자손도 상급핵교로 가고, 아 그래, 샐인 죄인 자손이 고사(교사)가 되믄 아아들한테 머를 가르칠꼬? 한복이 그놈 어이서 금뎅이를 줏어 왔나? 살묵살묵 금뎅이 짤라다 팔아 사는가? 집도 곱돌겉이 손질해놓고오, 새끼들도 많은데 죽 묵는 일이 없다 카이 구신 곡할 일 앙이가?"

"말이 났인께 지도 들은 말이 있십니다."

"무신 말?"

올빼미 같은 눈을 굼벅거리며 다잡듯 묻는다.

"읍내 우편국에서 돈포(돈표) 바꾸는 거를 처삼촌이 한분 보왔다 하더마요."

"돈포? 돈포라 카믄."

"와, 그 야무어매."

"아, 알겠다. 그 빌어묵을 제집년!"

가래를 돋우어 칵! 뱉는다.

"아들놈한테서 돈포 왔다고 빈치해쌓던 그거 앙이가."

"야, 맞십니다. 누가 돈을 보내주까요?"

"그, 그렇다믄 거복이 놈이 참말로 잘된 길까?"

순간 봉기 눈에 겁이 실린다. 한복의 경우는 마음 놓고 욕
을 할 수 있었는데, 거복이 잘됐을지 모른다는 생각은 두려움
을 몰고 왔다.

'영악한 놈인데 앙갚음할까 무섭네. 동생 놈한테까지 돈을
부치는 거를 보믄 잘돼도 아주 잘됐는갑다.'

함안댁이 목을 맨 살구나무에 맨 먼저 기어 올라가서 목맨
줄을 차지한 봉기였다. 한복이 달구지를 타고 평사리에 올 때
면 봉기는 반드시 살인 죄인의 자식이란 말을 들먹였다. 원망
에 가득 찬 한복의 눈을 봉기는 기억한다. 그러나 언제나 말
이 없었던 한복이, 한복은 견디었고 봉기의 독설은 습성화되
어 방금, 조금 전까지 욕을 했었다. 맺힌 원한도 없건만 석이
그를 두둔한다고 해서, 뭐 석이 그러지 않았다 하더라도 샐인
죄인의 자식 놈이 우째서 그리 잘 사노! 한복이 들으란 듯 서
슴없이 말했을 것이긴 했다.

복동이도 가야겠다며 가버리고 봉기는 여전히 정자나무 밑에서 떠날 줄 모른다. 늙은 부엉이 같았다. 발톱과 주둥이는 날카로움을 잃었고 윤기 없고 엉성한 털, 가지 위에서 간신히 옆걸음질하는 것으로 살아 있음을 시위하는 늙은 부엉이. 봉기는 늙은 부엉이 같았다.

'애비 에미 없이도, 거복이 한복이뿐이건데? 석이 놈도 그렇고 홍이 놈도 그렇고 사람구실 못할 기라 여겼던 것들이 내 봐 란 듯 잘됐는데 명천의 하느님요? 우째 내 자식들은 황이 안 풀립니까?'

높은 하늘에 철새들이 날아간다. 들판의 벼는 영글기 시작했고 그렇게 햇볕이 내리쬐던 고추밭에도 설렁한 바람이 지나간다. 마을을 들끓게 했던 봉순의 죽음, 그 숱한 뒷이야기며 길상에 관한 얘기며, 그런 것들도 삼베옷에 땀이 가신 것처럼 사라져갔다.

"덕수할배, 여름도 다 지나갔는데 여기서 머합니까?"

끝물의 호박이랑 호박순을 따 넣은 광주리를 겨드랑이에 끼고 지나가던 마을 아낙이 말을 걸었다.

"여름 지나가믄 나무 밑에 못 있는가?"

"덕수네 조밭에는 온갖 뭇새가 다 있십디다. 허세비나 하나 세우지요."

"별걱정을 다 하네. 남이사 하든지 말든지 흥! 남 먼지 나부 대쌓아도 무신 별수가 있던고? 천지개벽이나 했이믄 속이 씨원하겠구마는,"

하다 말고,

"남의 걱정은 와 하노!"

역정을 벌컥 낸다.

"아이고 얄궂어라. 이웃 간에서 그런 말 하기 예사 아니겠소?"

"늙은 사람보고 젊은기이 하라 말라! 아, 하라 마라! 그기이 무신 버르장머리고오! 내가 니 동무가!"

그래도 심이 차지 않았던지 눈알이 시뻘게지며,

"네년도 나한테 돌멩이질 안 했나! 내가 안다! 내가 와 모릴 기고오!"

곰처럼 일어서서 두 팔을 번쩍 올린다. 아낙을 칠 듯이. 아낙은 광주리를 겨드랑이에 끼고 달아난다. 달아나면서,

"이자는 노망꺼지 들었구마."

"네이 이년! 내가 안다! 알고말고!"

그러나 노망도, 정말 화를 낸 것도 아니었다. 봉기노인은 그냥 그래 본 것이다. 노망이라도 든 것처럼 그래 보았을 뿐이다.

해 질 무렵, 새들이 잠자리를 찾아 날아가는데 용이네 집에서 곡성이 울렸다.

"초상났구나."

마을 사람들이 용이 집을 향해 달려간다. 상가에는 홍의 사

390

무치는 울음소리, 보연의 호들갑스런 곡성 말고는 모든 절차가 정연하게 행해지고 있었다. 장지도 마련돼 있었고 영팔이, 연학이, 그리고 뜻밖에 두만아비까지 와서 대기하고 있었다. 사돈뻘인 한경이가 의관을 차려입고 나타났으며 최참판댁 언년이 부부도 와 있었다. 보연이가 시아버지 병간호를 하기 위해 아이들을 데리고 평사리에 온 것은 석 달 전의 일이었다. 홍이는 진주에 있으면서 이따금 평사리를 다녀가곤 했는데 보름 전부터 휴직을 하고 아비의 임종을 지키기 위해 와 있었다.

"마 언제 가도 가기사 가겠지마는 어이구 용아!"

영팔이 흐느껴 울었다. 울면서 염을 한다. 한 마디 한 마디 시신을 묶을 때마다,

"용아, 이자 저승 가거든 월선이 만내서 살아라."

다시 한 마디를 묶어놓고,

"좋은 때 갔다. 우리가 간도에 있을 때 우찌 살았노? 어이구 이만하믄 갈 긴데 그리 대쪽겉이 살 기이 머 있던고?"

염이 끝나고 입관도 끝나고 빈소가 차려졌다. 분향하고 나오는 사람, 분향하러 들어가는 사람, 명석을 깔아놓은 마당에는 문상객들이 모여 앉아 술상을 벌인다. 머리빡이 하얀 야무네는 부엌 밥솥에 불을 지피며 눈물을 짜고 있었다.

"나이를 봐서는 좀 더 살아야겠지마는 마 그래도 호상이라 할 수 있일 기거마는."

"아암 그렇지. 아들이 잘돼서 할 짓 다 했고 양반댁 딸을 데

리와서, 원 없이 시중도 받았겄다. 손주도 보고 용이성님은
편키 가신 기라."

"그거 다 심덕 탓 앙이가. 사람마다 그렇기 살믄 법 없이도
될 기고, 그라고 또 이런 좋은 철기에 자식을 앞에 놓고, 남은
식구 걱정 없이 간다믄 그것도 대복 아니겄나."

하는가 하면 한편에서는,

"이평이성님, 고맙십니다. 참말로 어럽운 걸음 했구마요."

아첨 떠는 사람도 있었고,

"어럽울 기이 머 있노. 나이 든께 할 일도 없고, 옛날 생각
도 나고 오고 접어서 왔구마."

"소문 들은께 큰 부자가 됐다 카던데 이평이성님은 옛적이
나 지금이나 별로 안 달라졌십니다."

"자식 놈이 부자지 내가 부자가."

"자식이 부자믄, 마찬가지 아니겄소. 주머닛돈이나 쌈짓돈
이나."

"밥 두 그릇 묵는 사람은 없인께 근근히 포전 쪼던 그 시절
이 좋았지."

"있인께 하시는 말씸 아니겄소?"

"그러씨."

밤에는 차일을 친 마당에까지 밤샘하는 사람들로 붐볐다.
기둥마다 등이 내걸렸고 뿌연 밤풍경 속에서 사람들은 술잔
을 나누며 지난 얘기들을 하고 있었다. 상청에서는 홍이도 지

쳤는가 조용했다.

"사람의 일이란 관뚜껑에 못질을 해놔야, 그래야 말할 수 있는 거 아니겠소? 칠십 팔십이 되고 다 살았다 다 살았다 함시도 험한 꼴 볼라 카믄 얼매든지 본께. 관뚜껑에 못질하기까지는 장담 못하제요."

"우떻게 생각하믄 용이아재는 남보다 별나게 산 것 겉소. 생시에는 한이 많고 액운도 많은 사람이라 생각했는데 세상을 떠고 본께, 어느 농사꾼이 그러고 살었겠소? 하기사 농사꾼 되기 아깝운 인물이라, 우리네하고 다르지마는 부모가 만나준 계집, 살다 보믄 곰보라도 그만, 째보라도 그만, 정분 난 일도 없고오, 한 여자를 그렇기 못 잊어서 그 당시는 숭도 보고 했지마는, 하 참 우리는 그냥 돼지맹크로 묵고 자고 자식 내지르고, 그라고 늙은 거 아니겠소? 한이 많은 거는 우린가 그리 싶으그마는."

"아따야, 한이 되거든 다시 환생해서 죽자 사자 은앙새를 찾으라모."

"홍 임우로 될 일 겉으믄 누가 안 그러고 접어서? 그거 다 타고난 팔자라."

"용이성님이 돌아가싰인께 그런 말들을 하지, 당하는 당자야…… 따지고 보믄 다 그만큼, 그만큼 공펭하게 사는 긴지 모리겄다. 사람을 기리고 만내고 그러고 보믄 안 기리고 못만내는 우리보다 가심 저리는 일도 따라서 많은께, 불경서도 안 그러던가 배? 애착을 못 끊어서 괴롭다고, 애착을 끊으믄 맴이 편안한 거라고."

"그라믄 우리는 부처님 될 기다 그 말 앙이가, 애착이사 사람마다 있는 건께."

"아따 시시한 소리들 하네. 병고를 안고 십 년을 살았는데 정분 얘기가 머 말라 죽은 기고. 본인은 얼매나 고생스러웠겠노. 부귀영화도 소용없고 애착도 제 몸 성할 적의 일이제."

사람들은 밤을 보내기 위하여 이런저런, 깊은 생각 없이 말들을 지껄이는 것이었다. 어떤 사람의 말대로 나이를 봐서는 더 살아야겠지만 호상이라 할 수 있는 상가의 대체적인 분위기였다. 오랜 병고 때문에 용이 머지않아 죽을 것이란 사실이 사람들 마음속에 자리잡고 있었으며 병고말고는 용이 만년이 비교적 풍파 없이 조용한 것이었기 때문에 그를 위해 마음 아파할 일이 없었다. 그리고 누구 가슴에 못질을 한 일도 없었으며 깊이 관여하지도 않았고 어딘지 도인(道人)같이 표표했던 그의 일상은 사람들에게 병고로 빚은 음산함을 느끼게 하지 않았던 것도 사실이다.

날이 밝아왔다. 늙은 부엉이, 늙은 부엉이같이 봉기가 꾸부정하게 등을 꾸부리며 상가에 들어섰다. 그의 등 뒤에 뿌연 아침 안개가 서려 있었다.

"아따 일찍이 등장(等狀) 가나!"

누군가가 빈정거렸다.

"지랄하네."

봉기는 나직이 중얼거렸다.

"왔으면 들어올 일이지 수문장겉이 거기 와 그라고 서 있노."

이평이 말에,

"나는 베린 놈가? 여기 와 있음서."

"죽어감시도 지 생각만 한다. 아픈 사람이 있음 니가 찾아오는 게 순서 앙이가."

"세 따라가는 인심이 야박해서 안 왔다, 와."

"늦기 온 무안수세가."

"빈소는 어이 있노?"

대청에 마련된 빈소를 보면서 묻는다.

"부엉이는 낮에 눈이 안 뵌다 카더라마는,"

젊은 축에서 웃는 소리가 났다. 날 밝기 전에 상가에 와서 거들던 야무네와 마당쇠댁네가 부엌에서,

"음흉스럽기는, 상가에까지 와서 트집 부릴 거는 뭐 있노."

"그래도 이자는 기가 폭삭 죽었소. 소리 질러도 뒷심이 있어야제요."

흉을 본다. 빈청으로 올라간 봉기는 분향하고 재배에 반절을 올린 뒤 상제인 홍이와 맞절을 한다.

"마 철기도 좋고, 하낫도 아심찮아할 거 없다. 죽음치고 한이 안 남는 경우는 없인께."

평소같이 한마디 한다. 그리고 부조를 내났다.

작은방으로 들어간 봉기는 갑자기 활기를 찾은 것처럼 사람들을 비집고 들어갔다.

"뭐니 뭐니 해도 죽음을 보믄 늙은 사람 맴이 젤 안 좋네라. 젊은것들이사 남의 집 불구경하는 것겉이, 저거들도 늙을 긴데,"

젓가락으로 안주부터 집어 먹으며,

"나는 술 한잔 안 주나?"

연학이 술을 부어준다.

"우떻게 했노. 며칠 장을 할 기고."

"오일장으로 결정났소."

연학이 대답했다.

15장 만주행

들일을 끝내고 옷을 갈아입었는지 범석은 말끔해진 모습으로 나타났다. 땅거미 질 무렵이었다. 여름도 지났는데 멀리서 뻐꾸기 우는 소리가 들려왔다. 늦은 저녁을 짓는가 한두 집, 피어나는 연기를 볼 수 있었다. 마루에 나앉아서 남포 등피를 닦고 있던 보연이,

"오라버니 어서 오시오."

반긴다. 범석은 잠자코 마루에 걸터앉는다. 등피를 끼운 남
포를 한곁에 밀어놓고 마루에 걸레질을 한 보연이, 각별하게
할 말이 있는 듯 저고리 앞섶을 잡아당기며 자세를 가다듬는
다. 짚베(바래지 않는 광목)로 만든 상복의 모습이 밀려오는 저녁
빛에 아련하다.

"내일 진주 간다며?"

보연이보다 범석이 먼저 물었다.

"네."

"며칠 있으면 추석인데, 추석이나 쇠고 가지."

"추석에는 잠시 다녀가겠답니다. 진주서 기별은 발발이 오
고, 남의 월급 받고 사는 처지니까 가기는 가야 하는데 나 혼
자 걱정이오."

"그럼 매제는 계속 왔다 갔다 해야겠구나."

"그럴밖에 없지요. 그보다,"

망설인다.

"아무튼 일은 끝났으니까, 그동안 손님 치송하노라 너도 욕
봤다."

"아닌 게 아니라."

"큰일 뒤에는 으레 말들이 많은 법인데 그만하기 다행이다."

"아닌 게 아니라 오라버니, 정말 뼈마디가 부서지는 것만
같고 자리에 한번 눕기만 하면 영영 못 일어날 것 같은 생각
이 들지 뭡니까."

힐끗 쳐다본 범석은 다소 못마땅했던지,

"누구나 다 치르는 일인 게야. 농사지어가면서 거상(居喪)을 감당하는 농촌의 아낙들 생각을 하면 넌 편한 백성이다."

보연은 불만스런 표정을 지었다. 그러나 발명무로(發明無路) 일을 다물고 말았다.

따지자면 이들은 남남이다. 처음 만난 것도 보연이 홍이와 혼인하여 마을에 왔을 그때였다. 그러나 범석은 양자 소생이지만 김훈장의 엄연한 장손이며 보연은 외손녀다. 그러니까 고종사촌인 셈인데 아무래도 서로가 다소 생소하게 느끼는 것은 어쩔 수 없다. 보연이 두 살 아래였고 혼인 전부터 평사리에 오면 홍이가 찾아가곤 하여 친분이 두터웠던 이들 처남매부는, 홍이가 두 살 연장이다. 집 안은 조용했다. 삼우제도 지났고 상가에 왔었던 손님들도 다 떠났다. 영팔이만 추석을 쇠고 가겠다며 남았을 뿐이다.

"어째 집 안이 조용하군. 아이들은 벌써 자나?"

"상근이는 자고 상의는 최참판댁에 갔어요."

"요즘, 상의는 최참판댁에 사는구나."

"진주할배랑 갔는데 집이 넓고 놀기 좋으니까요."

"매제는 어디 갔나?"

보연은 작은방 쪽으로 눈길을 보낸다.

"대낮부터 한잠이 들어서 저녁도 마다하네요."

"그 사람도 큰일 치르노라 애썼다. 마음을 놓으면 잠이 오는 법이야."

"입술이 부르트고 얼굴이 반쪽이오. 큰일을 당하니까 독신이 얼마나 외로운지 알겠대요. 이런 때를 두고 집안이 넓어야 한다 했던가 봐요. 게다가 이서방은 늦게 둔 자식 아닙니까. 겨우 세 살백이 손주 하나, 머릴 풀겠어요, 상복을 입겠어요? 하지만 아버님께서 생시 인심을 안 잃었으니 망정이지, 먼 곳에서도 일부러 문상 오는 사람도 많았고. 거기 비하면 친정 식구들이 소홀했던 것 같아서 이서방 보기가,"

"이젠 할 일 다한 셈이니까, 그런 일이야 뭐,"

사방은 아주 어두워졌다. 보연은 남포에 불을 켜고 마루 시렁 위에 올려놓으면서,

"자식들 일은 어쩌구 오라버닌 할 일 다했다 하시오."

"그렇게 따지자면 죽는 날까지 할 일은 남겠지."

낮게 웃으며 범석은 담배를 붙여 문다.

"오라버니,"

아까처럼 저고리 앞섶을 잡아당기며 보연은 자세를 가다듬는다.

"실은 오라버니한테 여쭐 말씀이 있어서 외갓집에 갈려고 했지만 틈이 없어서, 마침 오셨으니까,"

"의논을 해?"

"네. 누구보고 이런 얘기 할 수도 없고 외숙모님게 말씀드릴까 했지만 그렇게 되면 제가 부탁한 것이 들날 거구요, 처

남 매부 사이지만 오라버닌 이서방하고 친구 간 아닙니까?"

"무슨 얘긴데 그리 뜸을 들이나."

"이서방이 그냥 진주에 눌러앉아 있을는지 그게 걱정이 돼서."

"무슨 소리야?"

"오라버니가 한번, 네, 넌지시 한번 마음을 떠봐주시오. 이서방은 늘 아버님 땜에 아무 곳에도 갈 수 없다, 그런 말을 입버릇같이 했거든요."

"그야, 직업 따라서 갈 수도 있지. 사장께서 세상 버렸으니까 고향 변두리만 서성거릴 필요가 있겠나?"

"아이 참 오라버니도, 직업 따라 떠난다는 얘기가 아니지요. 조선에서 뜬다 그 말입니다."

"설마, 조선서 뜬다 하더라도 상을 벗은 뒤, 삼 년 후의 일을 미리 조바심할 건 뭐람."

보연은 강하게 고개를 저었다.

"그게 아니지요. 어차피 탈상까지 전 여기 남을 건데 이서방 혼자 만주로 훌쩍 떠나버리면 어떡허지요?"

"만주로."

하다가 비로소 범석도 짐작이 갔던지 침묵해버린다.

"그러니까 오라버니, 어쩔 요량인지 한번 넌지시 떠보시오."

"……."

"네? 오라버니."

"떠보고 자시고, 그 사람 생각했으면 생각한 대로 할 테지. 집안 사람은 밖에서 하자는 대로 할밖에 없지 않느냐."

범석은 그답지 않게 신경질적으로 내뱉었다.

"정녕 가버리면 아이들 데리고 저는 어떻게 살랍니까?"

울먹인다.

"허 참, 누가 내일이라도 떠난다는 건가?"

다소 빈정거리듯, 오누이 간에 주고받는 대화이나 툭 터놓지 못하는 생소함이 여전하다. 보연이보다 범석이 쪽, 범석은 보연을 좀 경망하다고 평소 생각한 그 탓도 있었다.

"근심이 되니까 그렇지요."

"매제가 어린애도 아니겠고 풍상도 겪을 만큼 겪었으니 경거망동할 사람은 아니다. 쓸데없는 걱정이지."

"하지만 전사가 있어서,"

"전사라니,"

"여자, 여자 말입니다. 통영서 친정 식구들한테 얼굴을 못쳐들게 된 것도,"

그 말에는 범석이 당황한다.

"아버님 생시엔 뜻대로 못했지만, 차라리 아버님 생전에 아버님 말씀대로 만주에 가버렸던 편이 나을 뻔했어요. 그때는 식구들 데리고 가라 하셨거든요."

"쓸데없는 소리, 두 아이의 애빈데 그런 추태가 또 있을까?"

"오라버닌 세상 버린 시아버님의 이력을 모르시오?"

"시시한 소리 그만두어."

"혼인 전의 여자를 못 잊어서 그 무당 딸을 평생 데리고 살았다는 얘기, 마을에선 모르는 사람이 없지 않아요? 그 얘긴 이서방 앞에선 비치지도 못한답니다. 천길만길 뛰면서 주먹질이라도 할 것 같아서 말입니다. 한밤중에도 부자가 닮았다, 그 생각을 하면 잠이 안 와요."

"그만두어. 아무리 오라비기로 듣기 거북한 얘기다. 거 쓸데 없는 걱정은 관두고 매제나 깨워라. 만나보고 가야지."

그러나 보연은 매달린다.

"부탁이오 오라버니, 무관한 사이가 아닙니까? 한번 무슨 생각을 하는지 알아봐주시오."

무안쩍기도 했겠지만 아첨하듯 웃는다. 범석은 순간 아내 생각을 한다. 메주콩을 삶으려고 수수깡 옥수숫대로 불을 지피던 아내의 옆모습, 수건을 쓰고 땀을 흘리던 아내 얼굴이 떠올랐다. 남편에게는 물론 시집 식구나 남에게도 수줍음이 강하여 말을 제대로 못하는 아내, 아이를 낳은 뒤에도 여전한 그 성질이 때때론 답답했었다.

'보연이가 처녀 적보담은 사람이 됐지. 어지간한 남정네를 만났으면 여간 요망하지 않았을 게다. 심성이 나쁜 아이는 아니나 당돌하고, 그런가 하면 또 턱없이 어리석거든.'

흥을 보려고 한 말은 아니었다. 모자간에 허물없이 한 어머니의 말이었다.

'어질어서 어리석은 것하고 사리판단을 못하는 어리석음하고는 다르지만 어쨌거나 이서방을 하늘같이 생각하니 시부모한테도 자연 잘하게 되는 거고 가장 앞에선 설설 기는 거를 보면 호랑이 잡아먹는 담보가 있다던가? 혼사 때는 지체가 어떠니 하고 말도 많더니 너의 고모님이 단을 잘 내리신 거다. 여자는 남자 하기 탓이지. 부모가 못 고친 버릇도 잡게 되니 말이다.'

모친이 그런 말을 할 때 범석은 소문이 파다했던 통영에서 유부녀와의 사건을 완전히 도외시하는 것이 이상했다. 자신도 홍이의 그 행적을 깊이 마음에 끼고 있는 것은 아니었지만 같은 여인네 처지에서 어머니가 남자 편의 비행에 관대한 것은 이해할 수 없었던 것이다.

'아들의 경우라면? 며느리의 경우라면 어머니는 어쩌실까?'

그 순간 범석은 며느리에 대하여 한 번도 칭찬한 일이 없는 평소의 어머니를 상기했다. 뜻하지 않은 곳에 생각이 미친 것이다. 불효하다는 자의식과 더불어 그는 아내의 강한 수줍음은 수줍음만이 아닌 억제인 것을 깨달았다.

"오라버니, 어째 말씀이 없으시오."

"음, 아, 알았다."

작은방 앞에 간 보연은,

"상의아버지."

남편을 부른다. 다시,

"상의아버지."

하다가 방문을 열고 들어간다. 등잔에 불부터 켠 모양이다. 어
둡던 방 안에서 불빛이 새어 나왔다. 홍이 자리에서 일어나는
기척이다. 열려진 미닫이 사이로 눈을 비비며 홍이 내다본다.

"정신없이 잔 모양인데 어서 들어오게."

범석이 방 안으로 들어서며,

"밤도 수울찮이 길어졌는데 대낮부터 무슨 잠인가?"

보연은 잽싸게 이부자리를 개켜서 머릿장 위에 올려놓는다.

"냉수 한 그릇 가져와요."

"네."

범석에게 담배를 권한 홍이는 자신도 담배를 붙여 문다.

"내일 진주 간다며?"

그 말 대답은 없이,

"처남은 어쩔래?"

느닷없이 묻는다.

"뭘?"

반문하는데 홍이 애매하게 웃을 뿐이다.

"어쩌기는 뭘 어째?"

다잡듯 다시 물었지만,

"그냥 해본 말이고……."

한숨을 쉬며,

"마음이 허전해서 갈 바를 못 잡겠다."

"그럴 게야."

처남은 어쩔 거냐 한 말은 의미심장한 것이었다. 범석은 직감적으로 처남도 어디 안 가겠느냐 하는 저의를 느꼈다. 하여 추궁한다면 보연의 부탁대로 홍이의 마음을 떠볼 수 있었을 것이다. 그러나 초장부터 그 문제에 덤벼들어서는 안 되겠다 싶어 범석은 고삐를 늦춘 것이다.

"불시에 당한 일도 아니었고 오래전부터 각오를 했었는데, 아니 어쩌면 아버지의 죽음을 기다리고 있었는지도 몰라. 한데 사람이란 죽을 때가 되면 모두 죽는다, 왜 그렇게 생각을 하며 살아야 하는지 모르겠어."

보연의 말대로 등잔불 밑의 홍이 얼굴은 반쪽이었다. 입술은 부르트고 눈은 날카롭게 빛나고 있었다. 보연이 냉수 한 대접을 떠 왔다. 냉수를 마시고 빈 그릇을 내민다. 보연이 묻는다.

"저녁은 어쩌시겠어요?"

"술이나 내와요."

술상을 마주한 홍이와 범석은 술부터 한 잔씩 마시고 나서,

"요즘엔 세상 돌아가는 게 어떤지 모르겠네."

범석이 말을 꺼내었다. 그런 얘기를 하사고 찾아온 것은 아니었지만.

"운전대 잡는 놈이 세상 돌아가는 것을 어찌 알겠나. 순사 앞

이라면 불쌍한 조선놈들 사시나무 떨듯 하는 것밖에 모르네."

"그렇게 말한다면 땅 파먹는 두더지가 세상 돌아가는 것 알아도 별수 없는 노릇이지만 허허헛……."

술잔을 놓고 새로운 담배를 붙여 문다.

"그는 그렇고 최참판댁의 일은 어떻게 되는 건가."

"환국이아버지 말인가?"

"음."

"어떻게 되긴, 이미 판결은 났고 재판장이 매긴 것만큼 콩밥 먹을 수밖에 더 있겠나? 술이나 마셔."

"판결 난 걸 몰라서 물었나? 좀 이상한 생각이 들어서, 이상하게 생각는다기보다 실은 궁금해서 물어본 게야. 알기론 계명회사건에 관련된 사람들은 모두 일본 유학생이거나 유학을 끝낸 사람들인데 유독 만주에 있었던 그분이 국내단체에 가입했다는 것은, 그 점이 늘 궁금했다."

"나도 뭐 자세한 건 알 턱이 없고 다만 들은 말에 의하면 주모자 서의돈이라는 사람이 간도 할아버지하고 아는 사이였다는 게야."

"그러니까 공노인이라던."

"음. 그 어른이 최참판댁 재산을 조준구로부터 거둬들이는 데 앞장선 것은 사실인데 그 무렵 간도 할아버지는 이상현 선생님을 통해서,"

"하동의 이부사댁,"

홍이는 고개를 끄덕인다.

"이선생님을 통해서 서의돈이라는 사람을 알게 되었고 여러 가지 도움을 많이 받았다는 얘기더군. 그런 처지인 만큼 용정촌을 드나들면서 자연 할아버지댁에 머물게 됐을 것 아니겠나? 그러다 보면 환국이아버지하고 접촉할 기회가 있었던 것은 조금도 무리한 얘기는 아닐 거란 말이다."

"그렇겠군."

"뭐 이런 얘기는 되도록이면 안 하는 편이 좋겠지만 자네 속에 들어간 것은 내 속에 든 것보다 튼튼하니까."

"흥, 믿는 도끼에 발등 찍힌다던가?"

담배를 손에 낀 채 술을 마신다.

"그래도 그렇지. 신문에는 불온한 비밀결사라 했는데, 하기야 독립운동하는 사람은 모두 불온한 사람이요 민족주의자는 불온한 사상가니까 그런 면에서 본다면 연결지어서 무리할 것 없지만 변호사 쪽에서는 일본 유학생들이 모여 사회과학을 연구하는 순수한 단체라 했으니."

"그러니까 환국이아버지 땜에 사건이 커진 것 아니겠나."

"사건이 크고 작은 것보다 내가 알고 싶은 것은,"

말을 끊고 담배를 연달아 피운다. 범석의 표정은 시골 농사꾼의 평범한 그런 것이 아니었다. 아무 곳에서나 흔히 볼 수 있는 얼굴이지만 지적(知的)으로 번뜩이는 것이 있었다. 보통학교를 나온 뒤 형편이 여의치 못하여 그 이상 진학을 못했는데, 한편 연학이 인재를 아끼는 뜻에서, 하며 서희에게 범석의 일을 꺼낸 일이 있었지만 웬일인지 김훈장에 대한 감정이 남아 있을 턱도 없겠는데 서희는 묵살했던 것이다. 물론 그런 사실을 범석이는 모른다. 아무튼 보통학교만은 우수한 성적으로 졸업을 했으며 계속하여 꾸준히 독학을 했으므로 웬만한 중학교 출신보다 학식이 깊다고들 했다. 게다가 사람됨이 진중하고 착실하여 홍이는 처남이라는 인척관계 이상으로 친구로서 신뢰하고 존중해왔던 것이다.

"최참판댁 그분을 어떻게 생각해야 할지,"

"까놓고 얘기하자면 조선으로 돌아오지 않는 것만으로도 뻔하지. 다른 여자를 얻어서 사느니 어쩌니, 내가 용정서 떠나올 때도 그런 얘기가 파다했지. 그러나 그거는 왜놈들 눈을 가리느라 그랬을 거고,"

"그런 정도야 나도 충분히 알 수 있어. 그분이 공산주의잔가 아니면 무정부주의잔가 그게 궁금하다, 그 얘기지."

"뭐?"

"사회과학을 연구하기 위한 모임이 계명회라면 말일세."

"그런 것 나는 모른다. 유식한 자네나 알지. 사회과학은 뭐고, 무정부주의, 공산주의, 그런 것 알 턱이 있나."

홍이는 갑자기 야유조로 나온다. 그런 것이 새로운 사상이라는 것은 어렴풋이 알고 있었지만 사회과학이라는 말이 생소했고 공산주의와 무정부주의 두 사상이 어떻게 다른가도 물론 알지 못했다. 공산주의란 글자 그대로 평등하게 소유하자는 것이며 무정부주의는 억압하는 권력을 부정하는 것으로서 그것들은 현시점에서 일본과 대항하는 것이며 일본은 또 혈안이 되어 그것을 쳐부수려 한다는 그런 정도로만 알고 있었다. 간도 시절 보고 듣고 했었던 독립투사들의 행동과 별다를 것이 없다는 막연한 인식이었다. 관수나 석이나 그런 사람들을 통해 느끼는 것도 대개 그러했다. 두 번의 경험, 헌병대에 잡혀갔었던 일과 장이하고 함께 당했던 통영, 그 차고에서의 능욕은 홍이를 개인적으로 성장시켰지만 어떤 면에서는 사회에의 관여나 관심을 저지했는지 모른다.

"유식하고 무식하고 그런 얘기보다 각기 처지 따라서 할 일은 있을 것 아닌가. 촌구석에서 농사를 짓고 있을망정 세상 돌아가는 것은 알아야 하고 정신만이라도 똑바로 세워놔야 앞으로 대처해나갈 것 아니겠나. 그러니까 칠 년 전인가? 동경에 지진이 나던 그해, 일본의 황실과 대관들을 암살하려다가 체포된 박열이 말이야."

"그 얘기는 나도 들은 것 같다."

"그 사람이 무정부주의자거든. 한데 그 마누라도 같은 사상을 가진 일본여자였고 상당히 많은 일본인이 그런 사상단체를 만들어서 그 단체 안에는 많은 조선인 청년들이 활약을 하고 판을 치고 있다는 게야. 물론 무정부주의자뿐만 아니고 사회주의 공산주의도 비슷한 모양인데, 내가 왜 이 얘기를 하는고 하니 일본인과 손잡고 하는 그런 운동이 우리나라 독립하고 절대적인 관계가 있는가 그 의문 때문이다. 물론 그들은 식민주의를 배격하고는 있지만, 또 과격하게 일본에 저항하고 있지만, 일본의 자본주의 정권을 무너뜨리는 투쟁인지 침략자인 일본을 조선서 몰아내기 위한 투쟁인지 말하기로는 그 두 가지 목적이 도달하는 곳은 한 군데다, 그러나 확실하게 그렇다 할 수 없는 의문이 생기거든. 그러고 무슨 일이든 일사불란하기론 어려운 일이겠으나 또 파벌을 없앨 수도 없는 일이지만, 듣자니까 일본서 운동하는 조선청년들 사이에 충돌이 보통 아니라는군. 작년에도 수차 무정부주의자와 공산주의자 사이에 싸움이 벌어져서 사상자를 냈다 하니, 이론으로 볼 때 서로 뿌리가 다른 만큼, 그것도 그렇지만 내 역시 농민치고도 빈농이요 사회계층에서는 밑바닥이며 또 책을 읽어보면 그 사상의 이론이 각기 정당하다는 것도 인정할 수 있어. 그러나 내 생각으로는 나라가 있은 뒤의 개혁이 아닐까 싶어. 우선 나라 찾는 그 목적에다가 맨 먼저 말뚝을 박아야 하지 않겠는가,"

"자네 어디서 그런 얘기를 들었나. 그런 책들은 또 어디서 구해 읽었으며. 하 참, 김매고 논갈이하면서 도시 놈들 뺨치겠네."

농담 반 진담 반 놀라움을 나타낸다.

"다 듣는 곳이 있고 책도 빌려 보는 곳이 있지."

"그건 또 무슨 소린고?"

"실은 보통학교 때 친구가 하나 있었지. 지금은 중도지폐했으나 동경유학을 한 친군데, 하기는 그 친구 중학 때부터 방학이면 찾아가서 외지 소식도 듣고, 알다시피 내 처지가 책 사볼 형편도 아닌지라 그 친구한테 구하기 어려운 것 값나가는 책을 줄곧 빌려 봤지. 그 친구도 독서인이라 장서가 많았고."

"독학하는 건 알고 있었지만 학교과정도 안 밟고 서양학문까지 했다면 놀라운데?"

"서양학문이라? 일본말로 번역된 걸 읽었을 뿐이다. 거창하게 학문이랄 것까지는 없고 내 생각에 한학을 한 덕분에 다소 수월했지 않았나, 학문이란 그 근본에 있어서는 동과 서의 차이가 그리 큰 것은 아닌 성싶더군. 인종이 다르다 해서 사람의 기본이 다른 것은 아니니까."

"흥, 하라 하라, 제발 하라 해도 안 하는 사람이 있는데 그것 다 팔자 소관인지. 나는 어렸을 적부터 공부라면 담을 쌓고 어디든 훨훨 날아만 가고 싶었다."

홍이는 소리를 죽이며 웃는다.

"그는 그렇고 우리가 무슨 얘기를 했더라?"

취한 목소리다. 처음부터 대화에 열중했던 것도 아니었지만.

"최참판댁 그분 얘길 했지."

"그런데 일본서 뭐 공산주의자 무정부주의자가 어떻고 했는데 그 얘기하고 환국이아버지하고 무슨 상관이지?"

"그분 생각이 궁금하다."

"뭣 땜에 궁금하나. 하인 신분이던 사람이 일본대학 나온 도도한 사람들하고 어울렸기 때문인가?"

"유치한 소리 말아. 계명회가 어떤 건지 대강 짐작이 가기 때문에,"

"옳지 않다는 얘기 하고 싶은 거야? 환국이아버지, 길상이 아재, 옳지 못한 일 할 사람 아니다. 남자 중의 남자다! 곰팡 내 나는 족보 때문에……. 으음 이 세상에서 가장 존경하는 내 아버지, 나를 가슴 저리게 한 아버지한테 딱 한 가지 잘못이 있네. 처남, 그 곰팡내 나는 족보에 눈이 멀어서 음, 하기야 장가는 내가 갔으니, 하지마는 나는 그렇고 그런 놈 아닌가. 족보에 허리 굽힌 내 아버지는 그러니까 별수 없이 상놈의 피가 흐르고 있었더라 그 말일세."

"허허어 그만 술에 주정인가."

"어째서 자넨 길상아재 생각이 궁금하나? 어째서?"

"그거는 다름이 아니라, 그분은 지식보다 경험에서 판단했을 테니 그분의 생각이 궁금한 게야. 공연히 트집 잡지 말어."

"그렇다면, 그렇다면 알 만한 얘기군. 자네 만주 가고 싶은 게로군. 그렇지?"

"속단하지 말게. 나보다 매제 쪽의 속마음이 그런 거 아닐까?"

드디어 홍이 쪽에서 기회를 준 것이다. 홍이는 눈을 내리깔며 술잔을 들었다.

"만주 갈 건가?"

"가야지."

의외로 쉽게 대답이 나왔다.

"가족은 어떡허구."

"탈상하면 데려가야지."

"벌어 먹고사는 데는 자네 직업이, 여기나 거기나 마찬가지 아닐까? 달리 생각하는 일이라도 있는 겐가?"

"자네 말대로 속단하지 말게. 내 쪼에 무슨 운동가 될 것 같은가?"

"하면은,"

"그건 내 개인의 일이다. 왜놈 밑에 고공살이하는 것도 싫지만,"

"때놈 고공살이는 괜찮고?"

"고공살이를 할지 장사를 할지 그것은 가봐야 알 일이고 그곳은 내 고향이니까 가야 한다."

"그래도 삼 년 동안이나 안사람한테만 맡길 수 있는 일일까?"

"그곳에 안 가도 마찬가지 사정이다. 외지에 나가 있기론,"

"진주로 빈소를 옮겨가면 어떨까?"

"빈소를 옮긴다는 것도 말이 안 되겠지만 진주로 옮길려면 만주로 옮긴들 무슨 상관이겠나."

"그러나 생각을 깊이 해보게."

"하루 이틀의 생각일까."

범석은 일어섰다. 방문을 열고 나오는데 방문 옆에 보연이 웅크리고 앉아 있었다. 좀 당황해했으나 보연은 얘기를 엿듣고 울었던지 눈물을 훔치며 큰방으로 건너간다.

'어째 아이가 저 모양일까.'

범석은 혀를 차고 마당으로 내려갔다. 뒷간에서 볼일을 보고 나오는데 사립문 쪽에서 인기척이 났다. 아이를 안은 영팔이와 또 한 사내가 함께 들어온다. 시렁 위에서 비쳐주는 희미한 남폿불, 영팔이와 함께 들어온 사내는 관수였다.

"홍이 있나아!"

관수가 고함을 질렀고 영팔이는 마루 앞에서,

"아아 좀 받아주었이믄 좋겠거마는,"

엉거주춤 말했다.

"오셨습니까."

범석이 뒤에서 인사를 한다.

"누군고 하니, 이거 훈장어른 장손이구마."

관수가 손을 잡으며 여전히 큰 목청으로 말했다. 홍이 방에서 나오고 보연이도 나와서 잠이 든 채 안겨 있는 상의를 영팔로부터 받아 안는다.

"잠이 들어서, 거기서 좀 재웠구마. 가자 캐도 노는 데 잠차져서(열중해서) 올라 캐야제. 그러더니마 나가떨어지데."

414

"저는 뭐 걱정도 안 했습니다."

"잠이 들어 그런가 와 그리 무겁노."

영팔이 팔을 흔든다.

"홍아 니 대기 섭섭하제?"

관수는 홍이에게 위로를 하고 있었다.

"내 거처가 확실찮으이 기별할 수 없었일 기고 쌍계사에 왔다가 소식을 안 들었나."

"올라오십시오."

"음."

영팔은 범석이랑 함께 방으로 들어가고 관수는 상막에 분향을 한다.

"하나둘 다 떠나고 아재요. 적막강산입니다."

울먹이듯 하다가 분향을 끝내고 상주와 맞절을 한다.

늙은 영팔이와 젊은 사람 셋이 방에 들앉으니 방 안이 그득해진 것 같다.

"초상 치르니라고 욕봤다."

"산 사람이야 욕이라도 봤겠지마는 한분 간 사람은 다시 안 온께."

영팔이 콧물을 마신다. 한동안 방 안은 조용해졌다.

"한 사람 두 사람 다 가고 훈장어른 장손을 여기서 만나보이 지난 일이 생각나누마요. 그땐 혈기가 왕성해서 그 양반 속을 뒤집어놓곤 했는데,"

관수 말에 영팔이,

"와 아니라. 훈장어른께서는 고집이 대단하시고 니는 또 얼마나 성미가 팔팔했기,"

"젊은 사람들은 우리 하는 얘기 모를 기구마는."

"그런께 그해가 정미년인가 이십 년도 훨씬 전이구마. 우리 군대를 왜놈들이 해산시킨 그해제."

"산으로 들어가신 일 말입니까."

범석이 웃으며 말했다. 영팔은,

"바로 그 일이구마. 산에서 게울을 나는데 식량은 떨어지고 왜병들한테 쫓기믄서 어째 내 땅 내 나라서 섬나라 도적놈한테 산짐승 모앵으로 쫓기는가 훈장어른께서 우셨지. 그래도 윤보성님이 살았일 적에는 그 고함 소리에 희맹이라도 가졌지마는 윤보성님이 죽음으로 해서 산지사방 잽히가고 총 맞아 죽고 도망치고, 피를 쏟을 일은 머니 머니 해도 내 동포가 우리를 화적 떼로 몰믄서 왜병정한테 고자질하던 그 일이었다. 아아 무지한 백성이로고 함서 너거 할아버님께서는 하늘을 치다보고 한탄하싰제. 그래 우리는 간도로 갔고 관수 이 사람은 이곳에 처졌는데 생각해보믄 그런 일들이 모두 꿈길 겉다. 어짜믄 넘어야 할 고개가 그리 많았던고. 이만하믄 세상하고 하직할 것을."

"그래도 아재씨, 옛날이 좋을 깁니다. 그때는 젊었인께."

"그거는 그래. 이자는 산에 갔던 우리 또래는 다 없고 내가 아마 마지막이 앙인가 싶네. 그러고 보이 환국이아부지는 그렇고 관수 니 혼잔갑다."

"가끔 아버지는 윤보 그 어른 말씀을 하더마요."

홍이 말이었다.

"뼈라도 찾아서 무덤을 맨들겠다고 입버릇이더니, 지 몸이 성해야 그 일을 했제? 하기사 뭐 자식이 있나, 무덤 만들어봐야 우묵장성 풀 베줄 사람이 있이야제. 죽으믄 그만이고 흙이 되는 기라. 산 사람이 서분해서 이러고저러고 하지. 고관대작, 명문 거족, 명당 찾아서 묏자리 크게 잡고 비석 세우고, 그래봐야 죽은 사람이 뭐 알 기고. 행로에서 죽은 구신이나, 뼈도 찾을 길 없는 구신이나 다 마찬가지제. 홍이 니도 털털 털어부리고 이자는 날개를 좀 펴라. 조선땅에서는 젊은 사람 못 산다. 니 아부지도 소원했고 하니,"

그새 말할 기회가 없었던 것은 아니지만 관수가 온 김에 영팔은 말을 꺼낸 것 같다.

"식구들은 어떡허구요."

범석은 아까 홍이에게 한 말을 되풀이했다. 홍이 명백하게 의사를 표했는데,

"어렵기 생각하믄 한없이 어렵운 기고 아주 간단하게 생각하믄 그렇기 되는 거 앙이겄나? 너거들은 상막을 생각하겄시. 그러나 아까도 내가 말한 거맨치로 산 사람이 섭운해서 그렇지 죽은 사람이 밥 묵고 술 마시겄나. 마 거산해가지고 식구들

데리고 가는 기라. 가서 제반사 할 짓 하믄 된다. 다른 사람 겥
으믄 모리겠다마는 그곳에는 홍이 니가 설 기반이 있인께, 할
매는 돌아가싰다 카더라마는 공노인은 아직 살아 기시고, 간
도서 죽은 니 어매 전정을 생각해서라도 공노인 죽음은 니가
봐야 안 하겠나. 그기이 또 니 아부지 평소 생각이었인께."

"아저씨 말씀이 옳으신 것 같네. 매제도 그렇게 방향을 잡
는 것이 좋을 것 같군."

범석이 구부렸던 등을 펴며 영팔이 말에 동조하고 나왔다.

"홍이 니는 이런 말 하믄 도리어 엇길로 나갈라 할 기다마
는, 재물이란 없어서 못 쓰지 있으믄 얼매든지 좋은 일에 쓸
수 있고오 공노인이 니 오기를 소원하는 것도 물리줄 자손이
없인께, 앞으로 그 노인이 살믄 얼매나 살겠노. 그 노인이 다
지놓은 기반이 어디 재물만으로 되는 기반이가. 너만 똑똑하
믄 월급쟁이 같은 거사 유도 아니고 아 그런 데다가 생판 모
리는 땅가? 철들기까지 니가 거기서 컸는데. 니 아부지 생전
에는 니 아부지는 말할 것 없고 나도, 그라고 여기 있는 관수
이 사람도 니는 그곳으로 가야 한다고 생각했인께. 그러나 병
든 아비 두고 못 떠나는 니를 우리가 뭐라 카겠노. 또 그런 니
맴이 고맙기도 했고,"

"생각해보지요."

"생각해볼 것 머 있노! 사내자석이 단을 내릴라 카믄 주저
없이 내리야지!"

418

갑자기 관수는 소리를 질렀다. 그러고는 피시시 웃는다. 홍이도 픽 웃는다. 범석과 영팔이 마음을 놓은 듯 서로 쳐다본다. 홍이는 관수 얼굴에 초조한 빛이 있는 것을 간파한다.

"그런데 석이형님은 어떻게 된 겁니까."

관수로부터 눈을 떼며 홍이 물었다. 석이는 초상에 나타나지 않았다. 석이네가 다녀갔을 뿐이다. 출가했던 막내딸이 함께 들어와 살기 때문에 아이들을 맡겨놓고 왔다면서 장례가 끝나자 종종히 진주로 돌아갔다.

"나도 그눔 아아 소식은 못 듣네."

우울하게 말했다. 그리고 그 순간 관수의 한쪽 어깨가 축 처지는 것 같았다.

"천하에, 죽일 년 같으니라구. 사내가 기집 한분 잘못 만내믄 패가망신이라. 홍이 니도 거울 삼아서 처자는 꼭 달고 댕기야 한다."

16장 지시

범석이 가겠다고 일어섰을 때 관수도 따라 일어섰다.

"아니 어딜 가실려고요."

홍이 말에,

"나하고 오늘 밤 여기서 자지 어디 갈라 카노?"

영팔이도 거들었다.

"함께 주무시지요."

범석이도 말했다.

"안 할라누마. 한복이 집에서 편키 자야겠고 아재씨도 편키 자야제요."

"흠, 늙은 사램이 옛날 이바구함서 잠 못 자게 하까 바서? 좋을 대로 하라모. 새는 날에는 또 볼 긴께."

"야아. 새는 날에 또 보입시다."

집을 나와 마을 길에 나섰을 때 추석이 가까워오는 하늘에는 좀 이지러지기는 했으나 달이 휘영청 떠 있었다. 마을 길도 훤했다. 정자나무는 시커먼 그림자를 떨어뜨리고 있었다.

"내일 모레면 추석인데 이놈의 신세도 더럽다."

침을 뱉으며 관수는 혼잣말같이 중얼거렸다. 범석은 관수에 대하여 잘 모른다. 조부 김훈장과 함께 산으로 들어갔다는 얘기도 처음 듣는 얘기다. 관수가 자기를 김훈장의 장손인 줄 아는 만큼 범석도 관수가 옛날에는 이 마을 사람이었다는 정도, 그리고 연학과 어울리는 것을 보았고 연학이 깍듯이 대하는 것을 보았기에 다소 각별한 사람이란 인식은 했었다. 그리고 뉘한테서 들었는지 기억이 뚜렷하지는 않지만 진주서 시끄러웠던 형평사운동에 가담했던 사람이라는 것을 알 뿐이다.

"금년 농사는 어떤가."

뭔지는 모르지만 내부의 혼란에다 기둥을 세웠는가, 자포

자기한 것 같은 아까 독백과는 달리 무겁고 침착해진 어조로 물었다.

"평작은 안 되겠습니까?"

정중하게 대답한다.

"그러씨. 나는 어릴 적부터 장돌뱅이라 농사일은 잘 모른께."

뭘 하는가 어디 있는가 그런 말을 물어볼 수 없었기 때문에 범석은 화제를 이어갈 수 없었다. 왜 물어볼 수 없는지 막연한 판단이었다.

"아저씨는 서울형무소에 계시는 그분을 아십니까?"

범석이 자신도 뜻하지 못했던 질문이었다.

"아저씨라……."

관수는 사십이 넘었고 범석은 스물여섯, 아저씨라 불러서 잘못된 것은 없다. 지금은 김훈장이 살아 있던 시절도 아니다. 그러나 관수는 약간 저항을 느낀 것 같다. 그러나 그것은 표면적인 것이었다. 그는 느닷없는 범석이 질문에서 잠시 비켜섰던 것이다.

"알지이. 어릴 직에 한마을에 살았는데 모릴 기라?"

"네."

"와 묻노."

"그런 분에 대해선 누구나 관심 안 가시겠습니까? 아지씨가 옛날엔 산에도 들어가셨다, 그러니까요."

"그 시절이야 어중이떠중이 훈장어른만 치다보고 따라간

기지."

곁눈질을 하며 희미하게 웃는다.

"그래도 길상이는, 지금이야 최참판댁 사위지만, 그 사람은 출중했제. 면판에서부터 우리네들하고는 달랐인께, 훈장어른의 훈도도 받았고오,"

누구나 다 아는 얘기, 그것이다.

"요새 촌사람들 사는 기이 우떤지 모리겄네."

"형편없습니다."

"연학이가 원성 많이 듣겠네."

"근동에서는 젤 괜찮다는 우리 마을에서도 근로자 모집에 들먹거리고 있으니까요."

"입에 풀칠을 못해서 들먹거리는 거하고 돈푼 모아서 좀 잘 살아보겠다고 들먹거리는 거하고는 성질이 다르지러."

"두 가지 경우가 다 안 있겠습니까."

"일본 간다고 떼돈 버나? 실정을 모리니께 그렇지."

"푸건이어매,"

"야무어매 말가?"

"네. 그 댁 형편 피는 것 보고 마음들이 달뜨기는 했을 겁니다."

"그 겡우는 모집에 간 기이 앙이고 좀 괜찮은 왜놈을 만내서 따라갔인께, 그런 요행이 어디 흔하던가? 운수 나쁘믄 뼈도 추리지 못할 긴데,"

"시골이지만 그 정도는 다 알고 있지요. 결국 발버둥치다가 지치겠지요."

"흠, 그나마 발버둥치는 것은 드문 일이고 지치기는 항상 지쳐 있었인께. 옛날 옛적, 고릿적부터 지쳐 있었인께."

껄껄껄 웃는다.

"지주 놈들 배때기에 기름 올릴라 카믄 지치고 또 지쳐서 뒤질밖에 없는 일이제. 흥."

범석과 헤어진 관수는 김훈장 집 앞을 지나서 외떨어진 한복의 집을 향해 간다. 한복이 집에 들어선다. 얼굴을 한 번 쓸어 보고 마루 끝에 걸터앉는다.

"형님입니까."

방문을 열고 나오며 한복이 말했다.

"음."

"들어오이소."

"그래."

"영팔이아재는 만났습니까."

"자는 아아를 안고 최참판댁에서 내리오시는 걸 만냈지."

"홍이가 대기 허전해하지요?"

"머, 삼십이 다 돼가는 놈이, 졸지 간에 생긴 일도 아니겄고, 부모 죽음도 못 보고 기일도 모리는 자식노 있는데 그린 사람한테 비하믄 한 될 것도 없고 원 될 것도 없다."

그 말에는 한복이도 동감이다. 서로 경우는 다르지만 부모 죽음에 대해서는 피맺힌 한을 가진 두 사람이었으니까.

"밤새가 우는데 흥, 우리 어매 죽은 넋인가 우리 아배 죽은 넋인가. 이 한을 자식 대까지 내리보내야 하니 기가 차구마."

울타리 위에 머문 달을 바라본다.

"들어가입시다."

"술 있나?"

"있지요."

관수는 신발을 벗는다. 홍이 집에서는 쌍계사에서 소문을 듣고 왔다 했지만 그것은 거짓말이다. 쌍계사에 간 것은 사실이지만 어두워진 뒤 한복이 집에 찾아들었던 것이다. 한복으로부터 용의 죽음을 듣고 선걸음에 홍이 집으로 갔었다.

술상을 마주하고 앉아서 한복이 따른 술잔을 들고 관수는 한동안 술잔만 내려다보고 있었다.

"석이 땜에 큰일이다."

뇌었다. 석이의 그간의 사정은 한복이도 잘 알고 있다.

"이번 초상 때도 석이어머니만 오셨더마요."

"그 노친네,"

하다 말고 관수는 술을 들이켠다.

"돈으믄 그 계집년 배때기를 푹 찔러 직일 기다!"

술잔을 거칠게 놓으며 뱉어냈다.

"노친네도 노친네지마는 일 그르쳤다."

"무신 일이 또 있십니까?"

"무신 일이 있을 정도가 앙이다."

"그라믄 잽히갔단 말입니까?"

한복의 얼굴빛이 달라진다.

"부산서 튀기는 튔는데 일이 난감하게 됐제. 하마 지금쯤
진주서는 그 노친네가 닦달을 받을 거로?"

"우짜다가."

그 말 대답은 하지 않는다. 표면으로 들나지는 않았으나 사
건은 두 곳에서 추적당한 것에서 발단되었다. 그 하나는 관수
를 쫓던 진주의 나형사가 풍문을 잡았고 그 풍문에 근거하여
이혼 상태에 놓여 있는 양을례를 구슬렸던 것이다. 의식적으
로 그랬던 것은 아니었지만, 또 남편 하는 일을 명확하게 아
는 것도 아니었지만 막연한 느낌은 나형사에게 전달이 되었
고 나형사는 관수와 석이는 관련이 있다, 그 심증을 굳혔던
것이다. 그것은 가정의 불화가 빚은 결과였지만 부산서 강쇠
와는 별도로, 조금은 의식분자라 할 수 있는 계층에 파고들어
항일투쟁이라는 뚜렷한 명제를 내걸고 비밀조직에 착수했었
는데 동지 한 사람이 배신을 했던 것이다. 그것은 석이의 실
책이었고 가정 형편과 기화의 죽음이 안겨준 정신적 해이를
부정할 수 없을 것이다. 동지 몇 사람이 잡혀갔고 석이는 튀
었지만 사태는 위급했다. 서울서 그 소식에 접한 관수는 황황
히 내려와서 우선 석이를 통영의 병수 집에다 은신하게 한 것
이다. 병수하고의 관련은 관수가 기식하고 있는 서울의 소지

감이 마련해준 것이다. 일찍부터 도자기에 관심을 갖고 있던 소지감이 생래의 방랑벽도 있어서 이곳저곳 다니다가 우연히 통영에 들렀었고 도자기에 대한 관심은 또한 목공예에 대한 관심으로도 통하는 만큼 명장으로 소문이 난 병수를 찾게 된 것이다. 그리하여 그들의 교우는 시작된 것인데 알고 보니 관수로서도 병수는 초면이 아니었다. 병수가 그의 아비와 다른 점도 익히 알고 있는 터이다. 병수는 역시 서로 모른다 할 수 없는 석이, 아비 업보를 자신이 감당하리라는 생각도 있어서 쾌히 은신처를 제공했던 것이다. 그러나 길게 있을 곳은 아니었다.

"빌어먹을! 그 중은 와 안 오는지 모르겠다."

"혜관스님 말입니까?"

"하도 답답해서 행여 소식이라도 있었는가 하고 절에 갔더마는 깜깜소식이기는 매일반이라. 아무래도 만주 바닥에서 죽었는갑다."

"설마."

"설마가 사람 잡더란다. 이자는 다 늙어빠져서 일하기도 어렵게 된 모양이고 죽을 자리 찾을 만도 하다마는."

말로는 그랬다. 그러나 관수는 이런 시기, 혜관이 없다는 것에 좌절감을 느꼈고 돌아오지 못할지 모른다는 예감이 절망을 몰고 왔다. 절 문을 나섰을 때, 그때 심정은 때려치우고 싶다는 강한 유혹이었다.

'어디 깊숙한 곳에 들앉아 자식들 크는 거나 보까.'

그런 생각을 했다. 한복이를 찾아온 것은 처음부터 계획된 일이었다. 그것도 아들 때문에 한복이가 석이와는 각별한 사이라는 사적인 이유에서보다 이미 한배를 탄 동지로서 임무를 부과하러 온 것이다.

"손발은 있지마는 대가리 없는 형편이라 내가 죽을 지겡이다. 그렇다고 해서 이 일에서 손 떨고 나오겄나? 중도지폐가 있일 수 있겄나?"

그 말은 자신을 두고 한 말이긴 했으나 한복이한테도 해당이 되는 말이며 어떤 면에선 협박 같은 것이기도 했다. 한복은 뒷걸음쳐지는 마음이었지만 그러나 관수의 의도가 한없이 섭섭했다.

"죽으나 사나 지도 등 돌리지는 않을 깁니다."

성난 목소리였고 관수는 자신의 의도를 간파한 한복에게 미안하다는, 엷은 웃음을 보낸다.

"처음부터 나는 자네한테 미안하다 생각했네. 처음 자넬 만주로 보낼 적부터, 용서해주게. 일을 할라믄은 늑대겉이 흉악한 마음을 안 가지믄 안 됐께. 정에 쏠리믄 십중팔구 일 그르치네. 이번 석이 겡우만 해도 그렇제. 그눔아아가 쇠뭉치겉이 단단하더마는 가정사에다가 또…… 하여간 맴 한구석에 열려 있는 구석이 있었기 때문에 일이 벌어진 거다."

"석이는 지금 어디 있십니까."

"음, 거기도 오래 있일 곳이 못 되제."

어디 있느냐는 말의 대답이 그렇다.

"그라믄 지가 할 일이 뭡니까?"

"만주 한번 다녀와야겠다."

"혜관스님 뫼시고 오라 그 말입니까."

관수는 고개를 저었다.

"석이를 데려다주었으면 좋겠다."

"석이를요?"

"음. 석이는 나하고 다르다. 나는 흔적이 없인께. 그러나 석이는 진주에 가족들이 있고 일이 이렇게 된 이상 가족은 움직일 수 없을 기고 또 그 아아 심정이 이곳에서는 일 저지르게돼 있거든. 어차피 당분간은 숨죽이고 있이얄 기니, 만일에 그 아아가 우떻기 된다믄 다칠 사람이 많은께. 뭐 불어서 그렇다기보다는, 잽히지만 안 하믄 빠지나갈 구멍이 전혀 없는 것도 앙이거마는, 시초 가정불화가 여자 때문이라."

그것은 한복이도 안다. 그의 둘째가 석이 집에 기식했던 만큼, 기화 때문에 분쟁이 시작된 것을 안다.

"계집문제로 몰아붙일 수도 있지마는, 어이구 참 술맛 없네."

하면서 관수는 술을 마신다.

"아까 홍이 집에 갔더마는, 영팔이아재가 홍이더러 만주로가라 하던데 아마 쉬이 가게 될 거로. 가족을 데리가느냐 혼자 가느냐 작정을 못한 모앵이더라만."

한복의 해답을 들을 생각은 않고 석이 문제에서 비켜서듯
화제를 돌린다.

"그곳 형편이야 자네도 잘 알고 안 있나?"

"예. 가야지요. 홍이아부지가 그래 그렇지, 늦었음 늦었지."

한복이도 간도 가는 결정은 밀어놓은 듯,

"가믄 기반이 튼튼하고 머를 하든지 간에 낯설지 않고 홍이
장래를 봐서."

"장래? 독립운동하라 카믄 우짤 긴고? 편키 살기는 어럽울
긴데?"

"그거야 홍이 생각하기 탓이겠지요. 안 하믄 안 할 수도 있
는 기고, 공노인이 홍이 오기를 바라는 것은 순전히 개인으로
바라는 기니께요. 먼저 갔다 온 사람들도 길상이형님 말고는
다 제가끔 생업하고 살았인께."

"하기는 그렇다. 누가 하라 해서 하고 마라 해서 안 하는 거
는 아닌께. 그는 그렇고 자네 성한테서는 무신 연락이라도 있
더나?"

"지난여름에 일본 갔다 옴서, 부산서 한분 만내자, 그래 만
나기는 만났소."

별반 감정을 나타내지 않고 말했다.

"아무튼 거복이 은덕이 크다."

비꼬듯 했으나 반드시 비꼰 것만은 아니었다.

"사람 살아가는 기이 참으로 기기묘묘하다. 검정과 흰빛으로 구벨 지을 수 없는 거이 인간사라. 길상이도 하인 신세에서 만석꾼의 바깥주인이 됐는가 싶더마는 타국땅에서 설한풍 맞으며, 편한 사람 눈으로 볼 적에는 지랄 겉은 짓을 하고, 니는 반역자 성을 둔 덕분에 애국을 하게 됐으니 기기묘묘한 세상이지 머겠나. 옛날의 선비들은 악산(惡山)을 안 볼라꼬 부채로 얼굴을 가리믄서 지나갔다 하더라마는 그런 생각 때문에 나라가 망한 기라. 안 본다고 해서 악산이 거기 없는 거는 아닌께. 악산도 이용하기 나름이제. 또 군자 대로행이라아 하기도 하더라만 법이 바르고 늑대가 없는 세상이라야제? 늑대한테 안 잽히묵힐라 카믄 두더지맨크로 땅속을 갈 수도 있는 기고 스스로 늑대 노릇도 해야, 끝끝내 해야, 석이 맘도 내 알지러. 그놈의 성정은 군자 대로행이거든. 허허헛…… 허허헛…… 조상과 자손과, 상놈과 양반과, 부자와 빈자 그리고 또 인종들이 얽히고섫키서,"

빈 술잔에 한복이는 술을 채운다. 그는 관수보다 길상이를 더 많이 생각하고 있었다. 연추에서 길상이 한 말을 생각하고 있었다.

'너의 아버지는 너 한 사람을 가난하게, 핍박받게 했지만 세상에는 한 사람이, 혹은 몇 사람이 수천만의 사람들을 가난하게 하고 핍박받게 하고, 한다는 것을 왜 모르느냐 말이다! 지금 당장 목전의 원수는 일본이지만 따라서 너의 형도 목을 쳐야겠지만, 제발 일하라 않겠으니 숨지만 말아라. 너의 자손을 위해서도. 너의 아버지의 망령을 평생 짊어지고 다니다가 너의 자손에게 물려줄 작정이란 말이야?'

그때 차가웠던 밤바람 생각도 난다. 생소하고 기이한 그곳 풍경도 눈앞에 떠올랐다. 고맙소, 힘든 일을 해주어서, 하고 손을 내밀고 악수를 청하던 사나이, 왼편 귀 근처에서 입술 가까운 곳까지 푸른 반점이 퍼져 있던 사나이 얼굴이 떠올랐다. 그도 죽었다고 했다.

"아까 홍이 집에서 김훈장 양손자를 만났는데 젊은 아이가 착실해 뵈더구마."

관수는 석이 문제를 팽개쳐놓고 화제를 다시 범석이에게로 돌렸다.

"착실하지요. 성품이 진중하고 부친과 함께 농사일을 하면서 보통핵교밖엔 안 나왔어도 식자가 좋다더마요. 양자지마는 문장가 집안이라 그런지 모리겠소. 아래윗사람 알아보고."

"문장간지 우떤지 나 겉은 무식꾼이 알까마는, 오리 새끼는 물로 가더라고 김훈장 냄새가 나더구만."

"그거는 형님 잘못 생각이오. 반상(班常)을 구벨한다거나 그런 일도 없거니와 젊은 사람이 관이 트여서 글 모리는 사람 편지도 대신 써주고 대소사를 의논하면 대신 읍에도 가주고 면소에도 가서 대신 일을 봐주고 그렇건만 싫은 기색 하나 없으니, 그래서 동네 사람 말이 김훈장댁 손주가 면서기를 하믄 좋겠다. 식자를 봐서는 면서기 아니라 군청서기도 하고 남는다 하더마요. 아버지는 마음만 착했지 사람들이 불출이라 하는데 아들 잘 두었다고 칭송이 자자하지요."

"김훈장은 안 그랬나? 농사짓고 글 가르치고 동네 축문은 도맡아 썼고 대소사를 그분한테 의논했고 그래도 상반 사이를 지른 울타리가 하늘 꼭대기에 닿을 만큼 높았지."

"글쎄요."

하다가 한복이는,

"그쪽도 그러했겠지만 형님이라고 억지가 없는 거는 아니제요."

"뭐?"

"양반이라 카믄 불문곡직 씹어묵을 듯이 미워했으니께요. 그렇다믄 피차 마찬가지 아니겠습니까?"

관수는 웃는다.

"부모가 물려주어서 반갑잖을 거야 없겠으나 해 안 끼치고 산 사람한텐 억울하지 않겠소? 뭐 상사람이라고 다 착하고 억울한 것만도 아닌데 말이오."

"허허헛 그거는 니 말이 맞다. 그러나 해를 안 끼치도 김훈장 같은 사람은 마음의 해를 끼친 사람이다. 지조가 높고 청빈한 거는 좋지마는 종자가 다르다는 생각은 때에 따라서 배고픈 설움보다 더한 설움을 안겨주니 말이다."

이런저런 얘기를 하다가 밤이 깊어져서 두 사람은 자리에 들었는데 피차 간도행에 대하여 해답을 들으려 하지 않았고 해답을 주지도 않은 채 다음 날 아침을 맞이하였다. 잠이 깬 것도 밖에서 들려오는 여자 목소리 때문이다.

"세상에 제삿밥을 아침에 나르는 사램이 어 있겠소? 그렇다고 숭보지 마라."

야무네 음성이다.

"숭을 보기는요."

한복이댁네 목소리다.

"하기사 여기는 외떨어져서 맨 나중인께 더 늦기사 했다마는, 내 깐에는 아침 전에 갈라묵을라꼬 한창 바빴네라."

"형편대로 하는 기지 머를 그리 마음을 써쌓십니까."

"아 그러시 제사를 뫼시고 막 제삿밥을 나를라 카는데 며눌아아가 뒹구는 기라. 가심을 치믄서,"

"급체던가 배요."

"일한 끝이라서 얼매나 놀랬는지, 정신이 부실해서 추구를 받았는가 생각했다 카이. 그도 그럴 것이 사지가 싸늘해지고 입에서 개버큼을 뿜고 시적 숨이 넘어갈라 안 카나. 사람 하나 놓친 가심이라 환장하겠더마는. 딱쇠가 지 사람 뺨을 치고, 그러는데 배 속에서 꼬그르르 소리가 나더란 말이다. 사시를 주물렀제. 자꾸 수불렀더마는 손에 온기가 돌아오데. 딱쇠는 웃마을 도식이 어른을 데불러 가고 나는 연방 수족을 주무르고 십년감수했다."

"이자 좀 괜찮십니까."

"그만한 거를 보고 왔인께. 밤새도록 그 싱갱이를 하니라고 제삿밥이 어 있더노?"

"아무튼지 만 분 다행입니다."

"어이구 참말이제 근심 떠날 날이 없구나."

야무네는 마지막 제삿밥을 나른 집이어서 그랬는지 떠나지 않고 마루에 걸터앉은 채 얘기를 계속하고 있었다.

"너거 집에는 금년에 미영(목화) 많이 땄제?"

"예년하고 같십니다."

"이자는 식구들도 많아지고 큰아아는 시적 장개를 보내야 할 긴께 너거 집도 면포는 못 내겄제?"

"야. 찍어붙일 등이 많아서 장에 내갈 기이 없십니다. 와요."

"그러씨…… 맨날 베틀 위에 앉아서 짜니라고 짜도 내 솜씨 열다섯 열여섯 새는 어림도 없제. 열석 새 짜믄 대금산이고, 시어미 닮아서 며눌아아도 선일이나 잘하지 이세는 볼 기이 없다."

"다 고를 수가 있겄십니까."

"우리네사 열석 새라도 황감하제. 그런데 어디 선사를 좀 했이믄 싶어서,"

"그러니께,"

"음 장에 가믄 만수로 있겄지마는 같은 거라도 니가 짠 것만 못하더라. 어짤래? 한 필만 팔아라."

"꼭 소용된다믄 그렇기 하지요. 머 지 거라고 더 나을 기이 없일 성싶은데,"

"그라믄 한 필 주는 기다?"

"야, 요새는 아지매 집은 재미가 납니다."

"너거 집은 우떻고?"

"우리사 머."

"아들은 상급핵교에 보냈고 또 너거 서방님겉이 엄전하고,"

"아지매도 아들 잘 낳아서,"

"그거는 그렇다마는, 우리 푸건이가 지금까지 살았이믄 얼매나 좋았겄노. 물물이 생각이 난다. 그기이 애척을 남기고 갈라꼬,"

"사우는 새장개 들었는가요?"

"새장개를 들었는지 그거를 누가 알겄노. 어디 있는지도 모리는데,"

"그라믄 본가에 안 가 있다 그 말입니까?"

"푸건이 따라 나오믄서부터 그쪽에서는 자석 앙이다, 동기간도 앙이다, 했는갑더마. 종적이 있이야 알제. 그 사람도 세상을 자파하고…… 내 딸 못 잊어하는 거사 얼매나 고맙은 일고? 그렇다고 해서 젊으나 젊은 사램이 장개도 들고 자식도 보고 해얄 긴데 어디 가서 멋을 하고 있는지 생각해보믄 푸건이 그놈의 가씨나가 못할 짓 안 했나."

"아이구 참, 죽고 접어서 죽었겄소? 아무리 살라꼬 해도 못 살고 간 사램이 불쌍체요."

"에미사 그 당장에는 너무 불쌍해서 관 속에 함께 들어갔
이믄 싶더라마는 세월이 가이 며느리 보고 손자 보고, 하기사
손자는 말만 들었제 일본 있는 놈을 우찌 보겠노. 그래도 낙
붙어서 사는데 남정네가 더 불쌍타."

"누가 압니까. 새장가 들어서 자식 낳고 사는지,"

"아무리 생각해도 그렇기는 안 했을 성싶으이. 피나게 벌어
서 지 제집 약값 대노라고, 그렇기 살리볼라꼬 애를 쓰더마는
죽고 나이 무신 보램이 있노. 이자는 지 오래비도 살 만하다
카고 우리도 살림이 피지니께 처가라고 우죽우죽 찾아오믄
손목 잡고 장개가라 하겄다. 성시가 못 돼서 장개를 못 간다
믄 내 똥 묻은 중우를 팔아서라도 우리가 장개보내겄다. 세상
에 어느 남정네가 병든 가숙을 그리 섬길꼬? 다 푸건이 그 가
씨나 복이 없어서 갔제."

"와 아니라요."

"가을이 되믄 찹쌀 두 되 담가서 떡하고 밤 두 되를 싸들고
아파 누운 푸건이 보러 오리섬에 간 생각이 난다. 그때는 얼
매나 기찹았던지 딸네 집에 갈라꼬 조가비 속에 일 전 이 전
여비를 모았네라. 그래 사돈댁이라고 간께 딸 준 죄인이라 그
냉대를 머라 캤이믄 좋을꼬? 돌아올 직에는 눈물이 앞을 가
려 길이 안 보이더마. 내가 기찹고 못난 죄로 그런 괄시받고
돌아간다마는 아파 누운 내 자식 조석이나 챙기주까? 시퍼런

바닷물에 빠져 죽었이믄 싶더마. 그것도 다 옛말이 됐는데 가을이 오믄 생각이 안 나나."

"우리라고, 그 기맥힌 말은 책으로도 다 못 모울 깁니다."

"그거사 내가 어디 모리나. 너거 산 역사는 잘 알지, 알고말고. 이자는 밥술 두고 묵은께, 아 보래, 내 말 좀 들어봐라. 그러씨 사램우 맴들이 다 와 그러꼬? 이거는 우리만 보고 그러는 기이 앙이고 너거 집 우리 집을 두고."

"와요."

"뭐 말입니까."

"아 그러씨 우리가 못살 직에 천대를 복 받듯기 안 받았나? 그런데 이제는 우떻노? 니나 너거 서방님이나, 또 나하고 우리 딱쇠도 마찬가지제. 우리가 천성으로 잘산다꼬 갈롱을 피울 사람들가? 잘산다꼬 빈치를 했다 말가? 또 잘살았이믄 얼매나 잘살았겄노. 게우 허리 필 만하다 그건데 세상에 이자는 밥술 묵는다꼬 눈에 까시 앙이가 말이다. 너거는 머심아를 상급핵교에 보냈다고 얼매나 말들을 하노. 또 우리보고는 최참판댁에 가서 알랑방구를 뀌어서 땅을 얻었느니 우리 야무가 일본서 도둑질을 했느니, 세상에 그런 벼락 맞일 소리가 어디 있겄노. 복동네가 억울키 죽은 지 얼매나 됐다고 그 지랄들을 하노 말이다. 필시 그놈의 봉기 늙은섯하고 복동이 놈 그 제 집하고 작당이 돼서 말들을 꾸미는 모앵인데,"

홍분하여 이야기는 아직도 계속이 될 모양이다. 어쩌면 그 얘기를 하려고 제삿밥을 맨 마지막에 가져왔는지 모른다. 다른 때 같으면 내다보며 인사라도 할 것을, 한복이는 바깥 얘기를 귓가에 흘려들으면서 반듯이 누운 채 천장만 멀뚱멀뚱 올려다보고 있었다. 관수는 가슴에 베개를 안고 엎드린 채 궐련을 피우며 역시 말이 없다. 아직 햇살은 퍼지지 않았고 장지문엔 옥색 아침 빛이 스며들고 있었다.

"그 소나아에 그 제집이라, 그러씨 아침에도 제삿밥을 가지고 안 갔더나? 봉기 그 늙은거는 올뺴미 겉은 눈을 휘뜨고 말 한마디 없이 뒷간으로 가더마. 복동네 그 일 따문에 나를 안 좋아라 하는 거는 알지. 그래도 이웃 간에 그 집만 쏙 빼놓겄더나? 사람이 우찌 그리하노 말이다. 그런데 할망구는 머라 칸 줄 아나? 이리저리 해서 제삿밥이 늦었다 한께 야무네 니는 우찌 그리 박복하노, 딸 하나 잃었이믄 될 긴데 며느리꺼지 잡아묵으믄 안 되제, 세상에 안 그라더나? 분해서 살이 떨리더라마는. 성님 무신 말을 그렇기 합니까, 우찌 사램이 안 아프고 사요, 이자는 괜찮은께 섭섭히 생각 마소, 했더니 누가 제삿밥 갖다 돌라 캤나 와 아침부터 재수 없게 제집이 큰소리고, 하 참 갈지도 못하고,"

"말해봐야 소앵이 없인께 야무어매가 참으소. 우리도 속 틀어지는 일이 한두 번이 아니었지마는 아아 아배가 참아라, 서천 쇠가 우는갑다 그리 생각해라 하고. 하기사 요새 당하는 거는 아무것도 아닌 기라요. 우리 아아 아배 어릴 직에는 참

438

말로 그럴 수 없이 천대를 하고 말말이,"

하는데 한복이댁네 목이 잠긴다.

"인간 악종은 새로 환생을 해도 못 고치는갑더라. 저거들을 갈불라 카믄 나도 그 문전에 얼씬도 안 할 기다마는, 빌어묵 을, 못살믄 못산다고 천대, 밥 묵으믄 저것들이 와 죽 안 묵고 밥 묵는가 하고 심술이고, 참말이제 아들자식이라도 없었이 믄 칼을 물고 안 죽었나? 그러이 복동네가 죽었제."

"참, 이자 그만들 하소."

관수가 방문을 열고 나간다.

"하마나하마나, 방 안에서 똥싸겠거마는,"

"아이고 나는 또 누구라고?"

야무네는 마루에서 일어서며 웃는다.

"거 봉기 그 늙은이는 가만히, 가만히 내비리두어야 하는 기라요. 제물에 지쳐 빠지게. 머 갈 날도 얼매 안 된께."

"초상에는 못 오고 이제 왔는가 배?"

"야. 볼일이 있어 어디 갔더마는, 기별을 못 받았소."

"그래도 늦기나마 왔인께 고맙다. 어디 오고 가는 일이 그리 쉽어야제. 홍이아배가 세상을 버리고 난께 죽지 뿌러진 새 맨크로 홍이가 안됐더마. 어느 형제가 있나 일가친척이 있나."

"그래서 안 왔십니까."

"온 김에 추석이나 쇠고 가지?"

"여기서 추석 쇨 건덕지가 있어야제요. 남과 겉이 부모 산소가 있는 것도 아니겄고,"

"그, 그거는 그렇지마는, 아이구 나도 모리게 말이 길어졌네. 집을 얼산*겉이 해놓고,"

관수와 얘기하는 동안 한복이댁네는 부엌에 가고 없었다.

"나 간다아!"

부엌을 향해 소리 지른다.

"야. 잘 묵겄소."

한복이댁네가 내다보며 인사한다. 야무네는 삽짝을 나서다 말고 돌아본다.

"우리 집에서 밥 한 끼 안 묵고 갈래?"

"말씀만으로도 고맙십니다. 오늘 가봐야 한께."

한탄하고 흥분하고 억울해하며 부산스럽게 말하던 야무네, 그러나 함지를 이고 종종걸음으로 가는 그의 뒷모습은 과히 불행해 보이지는 않았다.

'음지가 양지 되고 양지가 음지 되고, 석이어매가 이만하든 살 거로, 했일 때 야무어매는 기차게 가난했는데 야무어매가 이만하든 살 거로, 하 참 석이어매를 어쨌이믄 좋을꼬.'

뒷간에 갔다가 세수를 하고 방으로 들어갔을 때 한복이는 없었다. 관수는 책상다리를 하고 앉아서 할 일 없이 또 담배를 붙여 문다. 어젯밤 한복이 대답은 못 들었으나 관수는 그가 거절하지 않을 것을 믿었다. 그러나 차츰 불안해지기 시작했던 것이다. 한복의 간도행은 석이를 무사히 넘겨주는 데

목적이 있지만 혜관의 소식도 알아야 했고 가장 최악의 사태에 대비하는 데 종전까지 이어지고 있던 길상을 대신하는 다른 줄을 잡을 필요가 있었다. 그러니만큼 석이가 만주로 가는 데도 피신과 함께 그곳과의 연결을 짓는 문제가 있는 것이다. 그리고 화급히 필요로 하는 자금 문제도 있었다. 무사히 석이로 하여금 국경을 넘게 하는 것과 여러 가지 주선, 그것은 그곳을 두 번이나 다녀온 한복이만이 할 수 있는 일이었다.

'석이하고 함께 가는 것은 한복이로서도 쉬운 일은 아니지. 한복이 그 점을 꺼리는 것은 당연하다. 위험하니까.'

절 문을 나섰을 그때처럼 형용할 수 없는 외로움, 절망이 치민다. 휙휙 돌아가던 생각도 멎어버리는 것만 같았다. 주변 사정도 그러했으나 갑자기 자기 자신이 쓸모없는 인간이 돼가는 것은 아닐까? 하는 위구심도 머릿속에서 맴돈다. 솥발은 세 개요 상다리는 네 개다. 세 개나 네 개는 능히 무게를 지탱한다. 그러나 두 개라면? 한 개라면? 두 개, 한 개가 받쳐야 하는 위태로움이 관수로 하여금 갈팡질팡, 이러기는 처음이었다. 김환이 죽었을 때도 이렇게까지 당황하지는 않았다. 서울 소지감의 집에 피신해 있을 적에도 여유는 있었다.

한복이 들어왔다. 책상다리를 하고 담배를 손가락 사이에 끼운 채 눈을 치뜨며 한복을 쳐다본다.

"어이 갔더노."

"뒷산에 갔다가."

"너 어매 산소에 갔더나?"

대답이 없다. 한참 있다가,

"형님은 어디로 가실랍니까."

"행방이야 니가 정해야제."

"제가요?"

"니가 결정지우는 대로 해야 안 하겠나."

"야. 그라믄 형님이 지시하이소."

17장 사랑

기예(技藝)여학교, 그것도 야간이어서 보통학교를 나온 학생
도 있었지만 중퇴했거나 교회에서 설립한 야학을 다녔던 아
이들도 많았다. 배 속의 아이가 팔 개월쯤은 됐을까 얼굴에
기미가 슨 정귀애(鄭貴愛)라는 여선생이 을씨년스런 동작으로
책보를 싸고 있었다. 그는 수예 선생이다. 발가숭이 전구지만
촉수가 높아서 교무실 안은 환했다.

"유선생은 안 가시겠어요?"

"가야지요."

인실이 기운 없이 대답했다.

"어떠세요? 해볼 만한가요?"

"글쎄……."

"오래 견디는 사람이 없는데 유선생은 어떨는지."

"정선생님은 오래 하시지 않았어요?"

"나야 뭐 생활 땜에 할 수 있나요?"

"다른 사람들도 마찬가지 아니겠어요?"

"다른 사람들은 나은 직장을 찾아가는 거지요. 알고 보면 보통학교보다 못하거든요. 유선생만 한 학벌 가진 분이 온 일도 없었지만요. 나야 뭐, 나은 직장에 갈 자격도 없고."

"나도 실은 좀 당황하고 있어요. 가사 이론이 그 애들한테 과연 필요한가 하구요. 실습을 할래도 시설이 안 돼 있구."

"그저, 시집갈 동안을 메꾸어주는 거지요."

"하지만 대개 어려운 아이들일 텐데 앞으로 독립할 수 있는."

"그거 잘못 생각하시는 거예요. 야간학교니까 낮에 일하고 밤에 공부한다, 그렇게 생각하기 쉽지요. 또 남학생의 경우가 그러니까요. 아직 조선에선 전혀 없다 할 수는 없지만 대개는 집에서 가사를 돕다가 밤에 나오는 학생이고 어떤 사정에서 보통학교를 중퇴했다가 나이 차서 갈 수 없으니까 야간에 오는 수가 있지요. 반드시 가난한 가정 애들만 오는 건 아니에요. 기초가 안 돼 있어서 정규학교를 못 가고 오는, 대개 그래요."

기미가 잔뜩 슨 정귀애 얼굴에는 이 철없는 아가씨야 하는 조롱의 빛이 있었다.

"하긴 그럴 거예요. 여자애들한테 일자리가 흔한 것도 아니겠고 고무공장이나 방직공장 같은 곳에서 일하는 애들도 시적 먹어야 하고 가족들 부양해야 하고 공부 같은 건 꿈도 꾸어보지 못한 무지갠지 모르지요. 일전에 남선 일대를 여행하면서 보았는데요, 해변 소도시에선 어업이 성하니까 그물 짜는 공장이 있었어요. 경영은 일본인이 하구요. 한데 품삯이란 생활비의 절반이나 될까요? 그것도 기술이 좋은 사람들인데 점심 싸 와서 먹는 사람은 드물었어요. 영양부족으로 얼굴들이 새파래요."

"글쎄 그런 건 잘 모르겠는데요."

냉담한 반응이다. 인실은 빤히 정귀애를 쳐다본다. 생활에 지친 얼굴, 그도 생활의 노예였던 것이다.

"그런 데 비하면 이곳 아이들은 귀족인 것 같아요."

"네. 돈푼 있는 장사꾼 딸도 있고 시골서 곡식 섬이나 하는 집의 딸도, 딴에는 공부해보겠다고 올라온 모양인데 자격부족이니 어쩝니까? 이런 학교라도 안 다니는 것보다, 그래도 시골 가면 뼈기겠지요?"

심술궂기조차 한 어조다. 인실은 희미하게 웃는다.

"다 갔는데 유선생은? 나 그럼 먼저 갑니다."

인실은 자신도 일어서서 나가야겠다는 생각은 하면서 움츠러들듯 양어깨를 좁힌다. 인실의 생각은 비약한다. 왜 명희가 최서희의 막내딸—인실이는 기화의 딸 양현을 서희 소생으로 오해했다—에 대하여 민망할 만큼 그리 꼬치꼬치 캐물었는지 이해할 수 없다는 생각을 한다. 명희의 인품을 보아 석연찮은 일이었다. 꼬치꼬치 물었을 뿐만 아니라 인실이 자신도 불안해질 만큼 명희의 태도는 균형을 잃은 것이었다. 허둥지둥 서두는가 하면 암울한 눈이 창밖으로 향해지곤 했다.

'아이가 없어서 그랬을 테지.'

그날 돌아오면서 내렸던 결론을 인실은 자기 손톱을 들여다보며 되풀이한다. 스승과 제자의 관계란 서로가 다 언동에 질서를 유지하는 법이다. 그런 관계에서 명희를 대해왔기 때문에 명희의 그런 일면을 몰랐는지도 모른다고 인실은 생각한다. 명희에게 느끼는 실망은 그러나 이상하게 친근미를 갖게 한다. 귀족의 부인이 됐기 때문에 명희가 귀족으로 보일 거라는 생각을 인실은 한 일이 없다. 여자다운 샘이나 집착을 볼 수 없었던 명희는 그런 만큼 만사에 무관심한 것 같았고 거리를 느끼게 하였고 그 거리 때문에 인실은 옛날 명희를 동경했었다. 이미 그때 인실은 명희를 귀족적인 여성으로 생각했었다.

'내가 왜 이런 생각을 하고 있지? 늦겠다!'

시계를 보며 일어섰다. 엉성한 목조건물, 손바닥만 한 운동장을 질러서 나오며 인실은 춥다는 생각을 한다. 그리고 명희를 생각한 것은 앞자리에 앉아 있던 가르마를 똑바로 낸 여학생 얼굴이 명희를 조금 닮았기 때문이라 생각한다. 그리고 자신이 자신 속에 있는 근본 문제를 회피하고 있는 거라는 생각도 해본다. 근본 문제란 무엇인가.

꽤 저물었기 때문에 골목은 아니었지만 희미해진 길에는 사람이 없었다. 전봇대가 우뚝하니 시야를 가리곤 한다.

'남들이 뭐라던가? 집안 좋고 먹고살 만하고 그래서 여식을 동경유학까지 시켜놓으니 별 희한한 짓을 다 한다, 독립운동인지 뭔지 그런 것은 사내들이나 할 일이지, 아아 이건 남의 말이 아니었지. 바로 외할머니가 하신 말씀이었구나.'

땅을 내려다본다. 사방에서 부딪쳐오는 것은 닿아서 아픈 것뿐이었다. 조금 전의 정귀애의 언동도 아픈 것이었다. 내 살기도 바빠요, 얼굴이 새파랗다는 여공 걱정이야 당신같이 책임이 없고 먹을 것 걱정 없는 사람이나 하는 거예요, 정귀애는 언외에 그런 말을 담고 있었다.

'참된 삶이란 반드시 사회의 요구와 부합되는 건 아니야.'

인실은 가장 가혹하고 금욕적인 것, 그것이 종교의 형태든 자연현상에 부딪침으로써 겪는 일이든 그런 곳으로 도피하고 싶은 충동을 느낀다. 어디까지 인간은 그런 것에서 견딜 수 있는가. 그리고 현실의 어려움에서, 모든 유대에서 빚어지는 어려움에서 사람들은 고독한 그런 고난의 길로 도피한다면, 그렇다면 버리고 혹은 도망쳐버린 현실보다 견딜 만한 것이더란 말인가.

"히토미상!"

인실은 자신의 귀를 의심하듯 걸음을 멈춘다.

"히토미상!"

오가타 지로, 그는 남의 집 담벽에 기대어 서 있었다.

"나 아까부터 여기서 기다리고 있었습니다."

"뭐라구요. 저를 말예요?"

뻔한 얘기를 인실은 나직이 독백하듯 중얼거렸다.

"여기 나온다는 얘기 듣고, 아무리 기다려도 안 나오기에 혹 길이 엇갈리지 않았나 생각했어요."

꾸중 들을 각오를 한 아이같이 양복 윗도리를 만지작거리며 말했다.

"언제 오셨어요?"

"어제저녁 때 서울 닿았습니다."

"왜 오셨어요?"

나란히 걷는다.

"히토미상 데리러 왔지요."

"우리 얘기, 다 끝나지 않았어요?"

"나는 한 번도, 얘기 끝낸 일 없었습니다."

"한쪽에서 끝내면 끝난 거예요."

화를 내면서 그러나 인실은 울음을 참는 것 같다.

"하여간 어디든 갑시다. 조용한 데로 가서 얘기합시다."

"너무 늦었어요."

"그거 무슨 뜻입니까?"

오가타는 걸음을 멈추고 거친 분위기를 나타내며 물었다.

"밤이,"

"아아, 나, 나는,"

"약혼이라도 한 줄 아셨어요?"

인실은 하는 수 없다는 듯 웃는다. 그 말은 들은 척 만 척 오가타는,

"어디로 갈까?"

"내일, 내일 만나면 어때요?"

"그건 절대로 안 됩니다. 이대로 헤어지면 히토미는 도망치고 말 겁니다."

"그럼 어디로 가지요?"

인실은 절망적으로 말했다. 그렇게 치열하게 증오했던 민족, 대일본제국에 국적을 둔 사나이, 순수한 일본남자를 헤어져 있는 동안 인실은 그리워했으니 말이다. 사건에서 풀려나 오가타가 일본으로 돌아갈 때 인실은,

"당신은 일본인이며 나는 조선여자예요. 우리는 절대로 합칠 수 없습니다. 친구도 될 수 없어요."

냉정하게 말했었다. 오가타는 입술을 떨며 말은 하지 않았었다. 체포되기 전에 인실이 오가타의 마음을 어느 정도 허용했던 것은 사실이다.

"하여간 날 따라와요."

오가타는 인실의 손목을 잡는다.

전차를 타고 또 걷고 하여 이들은 한강까지 왔다. 전에도

이들이 만난 곳은 한강 모래밭이었다.

"당신은 유령이에요."

모래 위에 다리를 뻗으며 인실이 뇌었다. 물결 소리, 모래의 촉감, 오가타와 헤어지면 그때부터 지옥을 느끼겠지만 순간 인실은 가장 편한 곳에, 있어야 할 자리에 자신이 와 있는 것 같은 안도를 느낀다.

"맞아요. 나는 유령입니다. 동경에 있을 때도 나는 유령이 되어 바다를 넘어 히토미 옆에 있었으니까."

웃는다. 그러나 오가타의 웃음에는 초조와 불안이 있었다.

"나는 유령이지만 히토미는 허영의 덩어리야."

오가타가 무슨 말을 하려는지 인실은 알고 있었다.

"동경서는 어떻게들 지내고 있어요?"

한숨을 내쉬며 오가타는,

"시끄럽지요."

담배를 붙여 문다.

"낮에 신상(선우신)을 만났어요."

"그분한테 제가 나가는 곳 들으셨어요?"

"아니."

"……."

"신상하고 있던 사람, 누군지 모르겠습니다. 여러 사람이,"

"여자군요."

오가타는 시인하듯 대답을 안 했다.

"많이 놀림을 받았나 부지요?"

"왜 그러는지 모르겠어요. 처음으로 조선사람도 편견이 심하다는 생각을 했습니다. 히토미상을 비롯해서, 울분 느꼈습니다. 어떤 경우에도 사랑한다는 것은 순수한 것입니다. 내가 일본의 위정잡니까? 조선총독부의 관립니까? 남의 사랑을 욕되게 하는 사람은 그 사람 자신이 불결하기 때문입니다."

벌떡 일어선다. 돌멩이를 주워서 힘껏 강물을 향해 던진다.

'그건 나도 마찬가지예요. 나도 오가타 당신만큼 당하는 일이에요. 우리는 둘이 다 이단자예요. 반역자예요. 용서받지 못할 여자예요. 민족 반역자, 뿐인가요? 매춘부보다 더러운 여자, 우리 사이에 무슨 일이 있었지요? 그래도 나를 갈보, 왜갈보라 한답니다.'

"히토미도 나빠요! 비겁하고 겁쟁이! 사회주의에 공명하면서 가장 보수적인 거짓말쟁이요! 그래 거짓말쟁이야! 일본인에 대한 증오감 때문이라구요? 그건 변명에 불과한 거요. 히토미는 세상의 욕설이 무서운 거구 민족을 배반했다는 그 거창한 소리가 듣기 싫은 게요. 용기가 없어. 그건 신념이 아니오. 허영이며 체면치레요. 그리고 당신이 당신 나라를 사랑한다는 것도, 그것도 허영이오. 처음 히토미는 일본인을 다 싫어했소. 원수라 생각했어요. 그래서 나에게도 가슴을 열어주지 않았습니다. 나도 일본인이었으니까요. 그것은 당신이 나를 사랑하기 이전의 감정이며 나는 이해할 수 있습니다. 그러나 다음 히토미는 나에게 대한 애정을 감추려 했어요. 그것까지도 나는 이해합니다. 그러나 다음 히토미는 나를 사랑했습니다. 사랑했지요. 사랑했다면 일본인이라 하여 거짓 증오를 할 수 있습니까?"

"오가타상을 증오한 일 없었어요. 친구일 때도."

"그런데 어째서 우리는 원수가 아닌데 만나지 말아야 합니까? 우리는 서로 사랑하는데 결혼을 어째서 못합니까?"

"……."

"세인의 입이 무섭지요? 나는 무섭지 않습니다. 불쾌할 뿐입니다. 그야말로 불결하게 상상하는 사람을 증오합니다. 정말 미칠 지경으로 미웠습니다."

나중의 목소리는 울먹이는 것 같았다. 바로 그러한 오가타를 인실은 사랑하게 됐는지 모른다. 소년 같은 사내, 집 잃은 고아 같은 사내, 한국의 남자들한테서는 좀체 없는, 나이 어리지도 않은데 어린애 같고 신중하면서도 솔직하고 소심한 것 같으면서 엉뚱하고.

담배를 붙여 물면서 오가타는 인실이 옆에 와서 앉았다.

"보고 싶어서 견딜 수 없었습니다. 우리 일본 가서 북해도나 가서 살아요."

"당신 사촌 누이는 어떡 허구요?"

"문제는 나한테 있는 것 아니잖소."

"……."

"일본이 싫으면 중국에 갑시다."

"우리나라 독립운동해주시겠어요?"

"그건 졸렬한 얘깁니다. 그 일은 두 사람 밖의 일이지요."

"하지만 나는 내 나라가 독립되는 것 꼭 보고 싶어요."

"그런 소리 하지 말아요. 히토미!"

오가타는 순간 인실을 껴안는다.

"그런 얘긴 하지 말어. 이럴 때는 그런 얘기 하지 말아요."

껴안았으나 인실의 얼굴만 쳐다본다.

"사랑은, 남녀의 사랑은 개인적인 것입니다. 그리고 나는 내 이상을 포기하지는 않을 거요."

인실은 오가타를 두 팔로 떠밀어낸다.

"오가타상."

"말하지 말아요."

오가타의 목소리는 절망적인 것이었다.

"나 약속하겠어요."

"무슨 약속!"

"나, 오가타상을 위해 결혼 안 할 거예요. 혼자 살게요. 당신에게 하는 약속이에요."

인실이는 울어버린다.

"용기가 없어요. 나는 겁쟁이예요. 부모 형제 때문에 그러는 건 아니에요. 허영도 아니에요. 남의 이목도 아니에요. 내가, 내가 나를 용서 못하는 거예요. 아시겠어요? 그리워하고 보고 싶어 하고 그래도 난 내가 당신에게 가는 것을 허락할 수 없어요. 남에게는 이미 낙인이 찍혔어요. 더 이상 무슨 말을 듣겠어요? 이해하고 옹호해주는 사람은 소수 몇 사람에 불과하구요."

열두 시가 다 되어 이들은 헤어졌다. 집에 갔을 때 유인성은 자지 않고 인실의 귀가를 기다리고 있었다.

"아가씨, 오빠가 좀 오시랍니다."

올케 양순이가 눈치를 보며 말했다.

"왜요?"

"글쎄 난 모르겠는데,"

"피곤해요. 내일 아침이면 안 될까요?"

"여태 아가씨 오기만을 기다리고 있었는데요."

"알았어요."

인실은 밖에 나가 세수를 한 뒤 울었던 흔적이 남았는가 잠시 거울을 들여다본다.

"오빠, 부르셨어요?"

사랑 앞에서 인실이 말했다.

"오냐! 들어오너라."

인성은 단정하게 앉아 있었다. 얼핏 보기에는 퍽 유순한 얼굴이다.

"학교는 어때? 나갈 만하냐?"

"기대한 것보다는,"

"그럴 테지, 아직 여자애들한텐 암흑기다. 더 세월이 흘러 야겠지."

"할 말씀이란,"

"음, 대단한 거는 아니고 천천히 하지."

"……."

"며칠 전에 외가에 갔다가 이제는 말씀 안 하시려니 했는데 웬걸, 할머니 앞에 한 시간이나 꿇어앉아서 야단을 맞았다. 인 실이 네 잘못이 아니라 하시는 게야. 모두 오라비 잘못으로, 내가 기운이 있다면 몽둥이로 종아릴 치겠다 하시더구나."

"어디 오빠 잘못이겠어요?"

"내가 성급했던 것만은 틀림이 없다. 보수적이다, 하면은 난 항상 약해지거든. 그런 심리적인 것 때문에 육친에 대한 의무를 희생했던 거야."

"의무는 다하셔도 결과는 마찬가지였을 거예요."

"너를 너무 믿었던 잘못도 있었지."

"오가타상을 두고 하시는 말씀이세요?"

"그것만을 얘기하는 건 아니다. 뭐 그런 일은 그렇고, 너 결 혼해라."

"네?"

"결혼하는 거야. 내 그 말 할려고 기회를 보아왔다마는,"

인실은 고개를 떨어뜨린다.

"사람이 똑똑하고 생각도 건전하니까 너만 결심하면 별문제가 없을 거다."

"세상에 떠도는 얘기 같은 것 불문에 부치겠다 그러던가
요?"

"넌 지나치게 명확한 것 그게 탈이다. 처녀 애가 수치심도
좀 가져보아."

농담으로 돌리며 인성은 웃었다. 물론 헛웃음이었다.

"제발 부탁이다. 외할머님 앞에 꿇어앉지 않게 해다오."

"오빠."

"음."

"저 결혼 안 할 거예요."

인성은 당황해지는 것을 감추며,

"그건 어릴 때 하는 얘기야."

"결혼 안 할 거예요, 평생."

인성은 허둥지둥 담배를 꺼내어 붙여 문다.

"너 오늘 오가타를 만났냐?"

"……."

"왜 만나!"

소리를 팩 지른다.

"저는 결혼 안 할 거예요."

인실은 화를 내는 오빠에게 되풀이하며 나직이 말했다.

결혼할 것을 강압적으로 말한 것도 아니었는데 인실은 단
호하게 강경하게 선언하듯 말했던 것이다. 인성은 순간 의아

해하는 것 같았으나 이내 얼굴이 굳어졌다. 섬뜩한 생각이 들었던 것이다. 오가타가 왔다는 얘기는 저녁때 찾아온 선우신에게 들었다. 일말의 불안을 가진 것은 사실이다. 또 오가타가 서울에 왔다면 곧장 자기를 찾아오는 것이 지금까지의 관례였다. 그런데 그는 나타나지 않았다. 그것도 마음에 걸리었다. 게다가 인실은 평소와 달리 귀가가 늦었던 것이다. 그러나 인성은 설마 했다. 누이동생이지만 여자로서는 좀 지나치다 싶을 만큼 성격이 강인하여 근심했을 정도였으니까 믿었던 것이다.

'왜 저렇게 강경한 어조로 말해야 하나. 무슨 일이 있었을까? 어쩌면 인실이는 오가타에 대한 감정을 저런 식으로 내게 고백하는 걸까?'

그러나 인성은 의혹을 털어버리듯 종전과 같은 어조로,

"혹 오가타하고 어쩌니, 하는 세평 때문에 그런 생각을 한 건가?"

"……."

"네가 그따위 뜬소문 때문에 상처를 입었으리라는 짐작은 했고 나도 불쾌하기 짝이 없었다."

"상처를 입은 것은 사실이에요. 하지만 그런 것 대단찮다, 무시해버리면 못 견딜 일은 아니잖겠어요?"

"그러면,"

"……."

"결혼 안 하겠다는 이유가 뭐냐?"

"……."

"네가 남다른 아이라는 것 오래비도 안다. 그러니까 독립운동에 투신하기 위하여 결혼은 아니하겠다 그 말이냐?"

인실은 입을 떼지 않았다. 고개를 숙이고 입술을 다물고 있다. 콧날이 날카롭다. 내리깐 눈은 긴 꼬리를 물고, 소위 범눈썹이라 하던가, 흩어지고 알맞게 짙은 눈썹, 소녀라기보다 소년 같은 모습이다. 나이도 적잖은 스물일곱인데, 인성은 누이동생이 그런 모습일 때 말을 안 하는 습관을 잘 알고 있었다. 말을 안 하려 드는 것은 무엇을 의미하는가, 인성은 이성을 잃었다.

"너, 너 설마,"

하다 말고 담배를 붙여 문다. 성급히 빨아 당긴다. 그래도 인성은 냉정을 되찾지 못한다.

"오가타 때문에 결혼 안 한다는, 설마 그런 일은 없겠지?"

"……."

"그런 일은 절대로 없겠지?"

"……."

"왜 대답을 못하는 게야. 대답을 해!"

인실은 더욱더 고개를 숙인다. 의심할 여지가 없다.

"안 될 말이야! 그건 절대로 안 될 말이야!"

"네. 알아요. 절대로 안 되지요."

비로소 인실의 입에서 말이 튕겨져 나왔다. 안 되는 일이라고 시인하는데 그러나 그것은 오가타에 대한 마음, 사랑의 고백이 아니고 무엇인가.

"그, 그래서 겨, 결혼 안 하겠다."

말끝을 잇지 못하는 인성의 얼굴은 주황빛이었다. 야밤에 고함을 쳐서는 안 된다는, 가족이 알아서는 안 된다는 판단이 인성을 간신히 휘어잡는다. 항간에 이러쿵저러쿵 말도 많았다. 불쾌할 정도가 아니었다. 그런 말을 입에 올리는 사람들의 입을 찢어놓고 싶을 만큼 인성은 분노했다. 그러나 인성은 인실일 믿었다. 그의 치열한 배일사상을 믿었고 강인한 성격을 믿었다. 일말의 불안, 오가타가 왔다는 소식과 귀가가 늦는 인실이, 해서 인성은 자리에 들지 못하고 인실이를 기다렸던 것이다. 이런 사태는 상상하지 않았으며 전혀 대비도 없었다. 상상만 해도 안 되는 일이었기에 그랬는지 모른다.

"어찌 너 같은 애가, 너 같은 애가 그, 그럴 수 있나. 너 같은 애가,"

신음하듯 뇐다.

'그놈은 누구냐! 오가타, 그놈은 어떤 놈이냐!'

민족의식 없이, 거의 동족같이 상종해온 오가타 지로, 그의 결점까지 인간적인 매력으로 보아왔다. 더 솔직히 말하자면 동생같이 생각하기도 했었다. 그러했던 오가타가 갑자기 흉물같이 압도해온다. 송충이같이 징그러운 존재로 의식을 점

령해온다. 이민족, 정복자, 거대한 발바닥으로 강산을 깡그리 밟아 뭉개는 괴물. 인성은 머리를 흔든다. 그런 악몽에서 빠져나오려고 몸부림치듯이. 누이동생을 사랑한다는 이유만으로, 또 결혼을 하겠다는 것도 아니요 맺어질 수 없기 때문에 어느 누구와도 결혼을 아니하겠다는 인실의 감정 그 자체 때문에 오가타는 돌연 괴물로 변신한 것이다. 판단이나 이해나 사려가 끼어들 여지 없이, 어떻게 처리를 해야 하는가조차 떠오르지 않는 본능적인 거부반응만 아우성이다. 남자들은 더러 일본여자와 관계를 맺었고 인성도 그런 사내들을 몇 보아왔다. 물론 바람직한 일로는 생각지 않았지만 이렇게 격렬한 치욕과 혐오감을 갖게 하지는 않았다. 저 북만주 땅에서 독립군을 토벌하는 일병(日兵)에게 능욕당한 조선의 여인들이 자결로써 생을 결산한 사건들은 가슴에 응어리져 남아 있는데.

한동안 오누이는 대좌한 채 침묵을 지킨다.

18장 결혼

"골벵도 예사 골벵이 앙이다. 정 니가 이럴 것 겉으믄 내 지금이라도 가서 돈 돌리줄란다."

어미한테 등을 돌리고 앉은 채 숙희, 대꾸 안 한다. 팔짱을 끼고 쭈그려 앉은 숙희네는 달비를 물린 머리를 곱게 얹었고 나들이 차림이다.

"하루 이틀도 앙이고 이기이 어디 할 짓가? 니 때문에 식구들 모두가 지레 말라 죽겄다. 니가 가심이 아프믄 이 에미는 가심이 안 아프겄나? 그만 털털 털어부리고 나랑 함께 예배당에 나가자. 믿을 곳은 주님밖에 더 있겄나? 예배디리고 나믄 한결 맴이 깨운할 기거마는, 자아 옷 갈아입고 나랑 함께 가자."

"남사스럽어서 못 가겄소."

주일마다 되풀이되는 대화다.

"그라믄 펭생 방구석에서 햇볕도 안 보고 이리 살 기가! 가씨나가 아아를 배도 할 말이 있다 카는데 니가 남 못할 짓을 했다 말가? 죄를 져도 그놈이 졌고 몹쓸 짓을 해도 그놈이 했제."

"알면서 엄마는 와 자꾸 그런 소릴 하요!"

"아나 마나, 아나 마나 이치가 그렇다 그 말 앙이가. 내가 지금 와서 옳고 그르다는 것을 가리자 하는 거는 앙이다. 이제는 쏟아진 물이고 깨진 그릇인데 생각하믄 머하겄노. 니만 곯지. 제발 맘잡고 어디 보자아 하고, 사람의 일은 모리네라. 짧고 긴 거는 대봐야 안다고 어디 다 살았나? 앞길이 구만리 겉은데, 그라고 성심으로 살믄은 설마 주님이 니를 버리시겄나. 원망 말고 그러믄 은혜를 주실 기다. 자아 자아, 숙희야 설사 니가 그런 놈하고 혼인을 했다 하더라도 니를 눈 밑으로 보는데 버릴라 카믄 사정 보겄나? 그리 생각한다믄,"

"결혼을 했더라면 더 많은 돈을 떳떳하게 받을 수 있었겠지요."

등을 돌린 채 목만 비틀듯 어미를 쳐다보며 비웃는다. 숙희네는 목줄기에서부터 벌게진다. 눈에 눈물이 고인다. 그러니까 그저께 밤에 숙희네는 양교리댁에서 일금 오백 원을 받아온 것이다. 조촐한 기와집 한 채값은 되는 금액이다. 처음 그들은 사람을 시켜 그 돈을 보내왔었다.

"우리가 양교리댁한테 돈 받을 이유가 없는데 우째서 그 댁에서 돈을 보냈는가 만내보아야겠소. 그렇지 않다믄 허정윤이가 지 발로 가지오라 카소."

숙희네는 치마끈으로 허리를 묶으면서 새파란 얼굴에 입술을 실룩거리며 말했던 것이다. 허정윤이 가져오라는 말이 주효했던지 양교리댁에서 그러면 만나자는 제의가 왔다. 양재문과 숙희네가 만나는 자리에 소림의 어머니 홍씨도 함께 있었다. 집을 나설 때는 별의별 생각을 다 했는데 숙희네는 으리으리한 양교리댁, 사는 풍도가 상상 이상으로 거창한 데 풀이 죽었다.

"얘기를 듣고 보니 내가 잘못 생각한 것 같소이다. 우선 사과부터 드리지요."

양재문은 진심으로 미안해하는 표정이었다. 숙희네는 또 한 번 풀이 죽었다.

"나도 자식 가진 사람이니 댁의 억울한 심정을 왜 모르겠

소. 우리가 파혼을 해서 정윤이 그 사람이 댁의 아이랑 혼인
을 하게 된다면 그러고 싶은 심정이오."

그것은 노회한 얘기다.

"향학열이 불타는 젊은 사람이 상대방에서 도와주겠다 하
는 데 거부할 사람이 있겠는가? 상대가 여자니까 문제가 생
긴 거지. 얘기 들으니까 책임질 일은 아니하였더구먼."

홍씨가 아니꼽다는 듯 말했다

"허허허, 부인은 가만 계시오."

팔을 들어 제지해놓고 양재문은,

"실은 우리도 혼담이 오고 간 뒤 알았던 일이었소. 정윤이
그 사람도 맘이 약해서 어찌할 바를 모르고, 다만 결혼할 생
각은 없었다, 그 말은 확실히 하더구먼요. 파혼을 한다 해서
댁의 아이한테 돌아갈 사람도 아니고 학업을 중도지폐하여
유능한 인재가 폐인이 된다면 그것은 피차간에 잘하는 일은
아닐 것이오."

자신들을 합리화시킨 말이었지만 어쨌든 그른 말은 아니었
다.

"정윤이도 학생의 신분이라 마음은 있겠으나 무슨 돈이 있
겠소. 하여 본인도 몰래 우리가 대신하려 했던 것이오. 댁의
딸아이도 희망 없는 사람 언제까지나 연연해하는 것보다."

"연연하기는 누가 연연합니까. 소위가 사람으로서 해서는
안 되고 없이 산다고 버르지맨치로 밟아뭉개는 그 인사, 잘되

기를 바랄 사램이 어디 있겠소."

숙희네는 울먹였다.

"그것은 그쪽 생각 아닌가. 한쪽에서 작정한 대로 다 될 일이라면 왕빈들 아니 될까? 손바닥도 맞아야 소리가 나지, 안 그런가?"

양재문은 정중했으나 홍씨는 말씨부터 소위 상것 취급이다.

"허허허."

양재문이 눈살을 찌푸렸고 숙희네는,

"맞았는지 안 맞았는지 그거사 당자들이 알 일이제요. 그라고 하늘에 계신 하나님이 아실 기고요."

"육례를 갖추고 만난 사람도 안 살려 하면 못 사는 게지. 남자란 그러기 예사, 잘되길 안 바란다는 악담까지 할 것 없고오, 딸자식 간수 잘못하여 그리되었는데 명천의 하느님까지 불러 댈 것 있겠나?"

조소를 띤다.

"예에, 천하고 없는 것들이 딸 덕에 쌍가마 탈 긴가 싶어서 간수를 안 했습니다."

숙희네는 홍씨를 노려본다.

"아무리 세상이 막돼먹었기로 뉘 앞에서 눈을 부릅뜨나!"

"예애, 강약이 부동이고 지체가 하늘땅맨치로 다르다는 것을 와 모리겠십니까. 하지마는 한 가지 같은 기이 있십니다."

"뭐라구?"

"마님도 한 딸의 어마님이고 지도 딸자식의 에밉니다. 어느 부모치고 제 자식이 안 귀엽은 사램이 있겠십니까?"

홍씨 눈을 똑바로 쳐다본다.

"귀여우면, 그래 귀여우면!"

홍씨 얼굴이 험악해졌다. 대등한 사이처럼 대어드는 것은 심히 모욕적인 것이었으며 더군다나 딸 소림을 동렬에 세워놓고 겨루는 것 같은 느낌, 있을 수 없는 일이었다. 상것이 더듬지도 않고 또박또박 말하는 그것도 화가 났다.

"감히 내 집 문전에 서지도 못할 것이 하늘 높은 줄 모르고,"

"허허어, 부인은 잠자코 계시라니까!"

결국 양재문이 달래고 어르고 해서 숙희네는 오백 원을 받아 쥐었던 것이다. 어미가 돈을 받아 돌아온 그날 밤엔 정작 숙희는 말이 없었다. 넋 빠진 사람같이 어미가 눈물을 흘리며 하는 말을 귀담아듣지도 않았다. 그런데 하룻밤 자고 난 뒤 숙희는 노골적인 적의를 어미에게 나타내었다. 위로하는 동생댁에게,

"올케는 신이 나겠소. 오래비 장사밑천 두둑하게 생겼으니, 호호홋, 잔치라도 한판 벌여야겠소."

동생댁은 어떻게 할 바를 몰라 했고 그 말은 숙희네도 들었다.

"장사밑천이라니!"

하다 말고 숙희네는 주춤했다. 숙희 눈에 푸른 불꽃이 튀는

것만 같았던 것이다. 입술을 비틀며 웃는 얼굴이 간담을 써늘하게 했다.

'이게 미칠라 카나!'

그런데 오늘 또 돈에 대하여 숙희는 비튼 것이다. 숙희네는 옷고름으로 눈물을 찍어낸다.

"내가 오기로만 할라 카믄 그놈의 돈 그 집구석에 가서 메어치고 접다마는, 자식 하나 없는 셈 치고 니사 혼삿날에 가서 굿을 치든 매구를 치든 우찌 그리 에미 맘을 모리는고."

숙희는 아까처럼 등을 보인 채 앉아 있었다.

"그래도 더러운 기 정이고 간에 붙었던 기라…… 내가 참을 밖에 더 있겠나. 지도 얼매나 억울하믄 그러까, 에미보고 악정을 내지 뉘보고 하겠나 싶어서……. 아무리 돈이 좋기로 자식하고 바꿀 그런 오살할 에미가 세상에 어 있겠노. 나도 그 돈 받아 나올 직에 그만 그 문전에서 칼을 물고 죽으까 싶었다. 우리 살림이 하다못해 백석꾼만 됐더라도 그 돈 안 받았일 기다. 우떻기 하든 공부를 할라 카믄 공부를 하고 기술을 배울라 카믄 기술을 배우고 <u>ㅎㅎㅎ홋</u>…… 그, 그럴 헹펜이 되나?"

<u>흐느낀다.</u>

"진주 바닥이 뒤비지도록 소문은 났고 나이나 어리다 말가. 그 목이 뿌러질 놈 기다리니라고 좋은 세월 다 보내고 어디 눈까리 똘박한 사램이니 데리고 가겠나? 그러이 니 앞길 생각해서 논박을 받아감서 돈을 받아온 긴데 우째 그리 에미 맘을

모리노."

"논박을 받아감서 누가 돈 받으라 하던가요?"

돌아앉은 채 지껄인다.

"자꾸 억으로 나가거라. 어디 내가 자작으로 혼자 한 짓가!
그라믄 니 아배 니 오래비 하자는 대로 했이믄 니 신세는 우
찌 되든 좋을 뻔했다 그 말가!"

"좋을 기 뭐가 있어서, 이러나저러나 다 마찬가지 아니겠소."

"그렁께 내가 혼자 자작으로 한 기이 앙이고 의사 선상님을
찾아가서,"

"박의사는 뭣하러 찾아갔습디까! 가재는 게 편이지,"

"그래도 의사 선상님은 니 편이던데?"

"돈 받으라 하던가요?"

숙희는 바람을 일으키듯 돌아앉는다. 숙희네 눈이 둥그레
진다.

"선상님은 그런 말씸 안 하시고, 숙희를 위해 심이 돼주지
못해서 미안하다 그러심서 정윤이는 양교리댁하고 혼사 안
해도 결과는 마찬가진께 단념하는 기이 좋겄다, 그런 말씸이
고 돈을 받으라는 말씸은 목사님이 하시더마. 당연히 받아야
한다, 미련을 갖지 마라, 그라고 또 교회 일을 보겄다믄 서울
가는 일을 주선하겄고 그러지 않겄다믄 일본 가서 양복이라
카던가 뭐 그런 핵교가 있다 카데? 글안하믄 간호부 공부를
더 해서 큰 벵원에 취직을 해도 좋고 아무튼 다 같이 하시는

말씸이 잊어부리라, 아 니도 생각해보아라, 양교리댁에서 돈을 내놓는 판국에 혼사가 깨지겠나? 니 오래비는 그깟 돈 받으믄 머하노, 혼삿날 치고 들어가서 깽판을 부리겠다, 하지마는 강약이 부동이고 그 사람들 머가 답답노. 범의 장다리 겉은 하인들이 진을 치고 있다가 냉큼 들어낼 긴데, 양교리댁에서도 그러더마. 당신네들이 끝내 시끄럽게 할라 카믄 우리는 구태여 진주서 결혼식을 안 해도 된다, 서울 가서 신식으로 결혼식 못 할 것도 없다."

숙희네는 열심히 설득했으나 비꼬는 몇 마디 한 뒤론, 돈을 받아왔던 그날 밤처럼 넋이 빠진 듯 숙희는 아무런 반응도 나타내지 않았다. 숙희네는 말을 끊고 끝내 통곡을 하고 말았다. 며느리가 달려왔다.

"어무이 와 이라십니까."

"아이구우 주여! 아이구우 가심이야!"

가슴에 주먹질을 한다.

"어무이 이러시믄 안 됩니다. 참으이소. 시일이 가믄은 설마 애씨도 잊어부리고."

통곡을 그치고 콧물을 닦으며,

"야아야, 자아가 저래가지고 온전한 사람 되겠나? 어이구우, 차라리 앙조가리고(말대꾸하고) 에미한테 달라드는 편이 낫지, 쭝범겉이 저러고 앉아 있어이 내가 그만 환장을 하겠고나."

사연도 복잡하고 항간에 숱한 화제를 뿌렸던 허정윤과 양소림의 혼례는 시월 마지막 날에 거행되었다. 날씨는 쾌청했다. 신랑의 얼굴에는 긴장과 불안이 감돌았으며 신부는 시종 무표정이었다.

"신랑은 일가친척도 없는가, 상객 따라온 사람들 꼴이라니,"

"상객은 형인가 분데 순 농사꾼인가 부지?"

"상사람은 아니라 하더라만, 보기 민망스럽군. 양교리댁 사돈이 저래 되겠나? 볼품이 없어도 어느 정도,"

"그래 그런가? 신랑이 풀이 죽어 있구만."

"인물은 거의방하다만,"

"장차 의사가 될 거라고 사위를 삼는 모양인데 병원에서 조수질하던 것을 모르는 사람이 없으니 어째 체면 깎이는 일 아닐까?"

"연분이면 할 수 없지."

으레 따르는 신랑에 대한 품평들이다. 결혼식은 성대했다. 문중이 넓은 양교리댁에는 행세하는 면면들이 한자리에 모였다. 축하객들도 이 지방 상층에서 노는 얼굴들이었으며 서울서는 홍씨의 친정 식구들이 대거 출동했으니 차림새며 행동거지가 세련되어 냉담하였고 위선이 난무하는 화려함 속에 장터에 나온 수탉처럼 상객 온 정윤의 형은 전혀 이질적 존재였다. 정윤은 그런대로 깨끗한 용모에 의전 학생이란 자부심도 있어서 손색은 없다.

"아까워. 무슨 꽃이 저리 예쁠까?"

"왜 아니래? 그러니 소림이어머니가 가심을 치지."

지난봄에 환국이는 오년제 중학을 졸업하였고 양소림은 사년제 여학교를 졸업했다. 환국은 동경으로 유학길을 떠났고 양소림은 의견이 분분한 혼담을 귓가에 흘리며 진주 집 안에 칩거해 있었다. 혼사가 결정되기론 여름이었다. 소림은 일절 가타부타 말이 없었다. 그러다가 초가을에 이모 집을 다녀오겠다면서 훌쩍 떠났던 것이다. 서울로 간 소림은 이모의 생활이 난맥인 것을 목격하였다. 빌다시피 애원하는 이모에게 일말의 동정이 없던 것도 아니어서 그는 조용하의 본가까지 심부름을 갔었다. 물론 그런 심부름은 안 하겠다고 우겼었지만, 조용하를 만나고 돌아올 때 느낀 불쾌감, 싸늘한 아집 같은 것이 타고 있는 것만 같았던 가운 입은 사내에 대한 불쾌감을 소림은 잊을 수 없을 것이며 그날 세검정에서 돌아온 이모의 새파랗게 질렸던 얼굴도 잊을 수 없을 것이다. 소림은 그들의 관계가 파탄에 빠진 것을 직감하였다. 그러나 그 일보다 평소 선량하고 줏대가 약한 남편에게 방자했던 이모가 갑자기 정숙한 아내로 변모한 데 대하여 소림은 경악을 금치 못하였다. 밀회의 연락을 취하게 한 것도 조카에게 보인 치부였지만 전에 없이 아양을 떨며,

"얼마나 말 많은 세상인지 당신은 모르실 거예요. 이건 생사람을 잡으려 든단 말예요. 남다른 일을 하니까 난 무슨 소

리 들어도 상관없지만, 당신에게 누가 될까 그게 걱정이에요."

천연스럽게 말했던 것이다.

"나, 이모 두 번 다시 보기 싫어! 구역질이 나아!"

소림은 여행 가방을 들고 나서면서 말했다.

"이 애가? 네가 뭘 안다구 그러니?"

성숙은 애매하게 웃으며 소림을 애 취급하듯 넘겨버렸다. 진주로 돌아온 소림은 주변에서 쉬쉬했지만 정윤과 숙희의 관계를 알게 된 것이다. 약도 발라주고 주사도 놔주던 그들, 다만 직업인들로 대해왔으며 한편 신체적 결함 때문에 신체를 보여야 하는 병원이 달갑지 않았고 그들에게도 늘 어색하긴 했었다. 여하튼 소림은 그들의 관계며 경위 얘기를 들었지만 평정한 외양이었다. 소림은 자기 손등 위에 있는 추물같이 인간은 추악한 것이며 인생은 오욕에 가득 차 있는 것이라 생각했다. 이모 홍성숙이 허영심 강한 여자라는 것은 진작부터 알고 있는 일이었다. 늘 예술가를 코에 걸고 교만스럽게 사람을 대할 때 소림이 혐오감을 느꼈던 것도 사실이다. 예술가가 어떤 존재이며 예술은 어떤 것인지 뚜렷하게 인식한 일은 없었지만 예술을 위하여 진실을 팔아야 하고 남을 기만해야 하고 목적을 위해 부도덕한 행위를 감행해야 하고, 그러고도 양심의 가책이나 고뇌가 없다면, 그것 역시 추한 것일 수밖에 없다는 생각을, 서울을 떠나면서 차창 밖의 풍경을 바라보면서, 소림은 그 생각을 내내 했었다. 맹목적으로 자신을 사랑해주던 이모, 그의 결함까지 소림은 육친의 정으로써 받아들였건만, 어째서 돈과 명성의 도움 없이 예술이 발전할 수 없고 존재할 수 없단 말인가. 이모한테서 받은 충격은 정윤의 과거로 하여 되풀이되지는 않았다. 물론 배신당하였다는 분노도 일지 않았다. 누가 상대이건 자신과의 인연을 맺을 사내라면 불순한 계산 없이 덤비지 않을 것이기 때문이다. 소림은 자신이 이 세상에서 목숨을 다하는 날까지 자의 아닌 타의로 살아가야 할 처지를 깨닫고 있었다. 부딪쳐서 불꽃을 일게 할 자신의 진실이나 영혼은 마음 깊은 곳에 가두어놓고 살아야 하는 것을 알고 있었다. 봄바람같이 감미로웠던 먼 곳의 그 사람, 그 모습은 시초부터 먼 곳의 것이었고 자기 역시 그러했었다. 먼 곳을 지나가던 여자로 환국이 기억해주길 바랐을 것이다. 가까운 곳에서 자신의 치부를 발견한다는 것, 자신의 진실과는 상관이 없는, 자신의 잘못과도 상관이 없는, 다만 조물주의 저주를 그의 기억 속에 남겨두고 싶지 않았다. 그 간절한 소망도 부서지고 말았다. 병원 앞에서 공포에 가득 찼던 환국의 눈, 그 눈은 영원한 고독의 형벌을 받으라는 무서운 질타였던 것이다.

축하객들은 많았고 절차도 성대하였건만 묘하게 냉랭한 혼례는 끝이 났다. 사람들은 거의 돌아갔고 가까운 문중 사람들, 먼 곳에서 온 손님들이 남은 듯한데 넓은 집 안의 어느 곳으로 다 들어갔는지 집 안은 별안간 정적에 묻히는 듯, 해는 이미 떨어졌고 쾌청했던 저녁 하늘은 무겁게 내리덮이는 것 같았다. 피곤하다면서 안방으로 물러간 홍씨와, 형제들과 함께 사랑으로 든 양재문은 다 같이 기분이 저조해 있었다. 밑진 장사를 한 것 같은, 그런가 하면 이제 칼은 이쪽에서 쥐었다는 심리적인 냉담으로 볼 수도 있었다. 초조하고 불안했으며 허정윤의 말썽 많은 여자문제까지도 감수하며 간신히 넘은 결혼이란 고개, 성깔깨나 있어 뵈는 허정윤에게 깊이 따져볼 수 없었던 분노, 그러나 그것은 혼인을 하기까지의 시름이었다. 더 이상 오냐오냐 해서도 안 될 것이며 베푸는 처지의 권위를 확립할 필요가 있다, 그런 기분도 부인할 수 없는 것이다.

"이젠 고삐를 바싹 잡아당겨요. 처음 길을 잘 들여놔야지. 없는 것들 대개가 염치없이 구니까 말예요. 처가 것은 그저 얻는 줄 알거든요. 뿐인가요? 외도는 안 하게? 꼼짝 못하게 기를 콱 죽여놔야지."

홍성숙의 말이었고 사랑에서는 또,

"그 사람 근본이야 있다지만 조실부모하고 남의 집 고공살이 했으니 뭐 배운 게 있겠나. 예의범절부터 가르쳐야 하고…… 양씨 가문의 체면이 있으니까."

양재문의 오촌의 말이었다.

밤이 저물어서 정윤은 신부가 기다리고 있는 신방으로 들어갔다. 불빛 아래 그의 얼굴은 창백했다. 자리에 앉은 정윤은 가느다랗게 한숨을 내쉬었다. 후회가 마음 밑바닥을 씹는다. 견딜 수 없는 아픔이 가슴을 조여온다. 한마디로 비참했던 것이다. 숙희에 대한 것은 아무것도 머릿속에 떠오르지 않았다. 소림의 손등은 의식 밖의 일이었다. 장자(長者) 집에 비럭질하러 온 거지처럼 오두마니 혼자 앉아 있을 형의 모습이 눈앞에 떠오른다. 갈고리 같은 두 손을 무릎 위에 올려놓고 가끔 천장을 올려다보곤 할 것이다. 빗방울 떨어지는 소리가 들려온다. 늦가을의 빗소리는 다소곳이, 조심스럽게 내린다. 소림은 그림같이 병풍을 등지고 앉아 있었다.

'족두리를 벗겨주어야지,'

슬픔이 와락 치민다. 자기 자신을 위한 그것은 울분이 아니고 슬픔이다. 철저하게 짓밟힌 결혼이었다는 것, 소림이 쪽에도 그러했겠지만 정윤은 자신의 결혼도 마구 짓밟혔다는 생각을 한다. 양교리댁에서 숙희 집에 돈을 보냈다는 얘기에서 정윤의 심장은 난도질을 당한 것이다. 오늘의 결혼식은 또 어떠했던가. 백로들이 노니는 곳에 까마귀가 섞인 듯, 자신과 상객 온 형의 존재는 바로 까마귀 두 마리였던 것이다. 미소 짓는 얼굴에는 차가운 눈, 경멸의 눈, 야유의 눈, 그 수많은 눈들에서 마치 가시밭에 홀로 선 느낌을 받았다. 정윤은 자신이 출세를 위한, 공부를 하기 위한 야심만으로 결혼을 결심했다는 생각은 하지 않았다. 그는 소림을 결코 도외시하지 않았던 것이다. 도외시하기는커녕 자신의 처지로선 과람하다는 생각이었다. 처음 소림의 손등을 보았을 때 다소 놀라기는 했으나 정윤은 소림을 아름답다고 생각했다. 그리고 늘 행운을 꿈꾸었지만 소림이 행운을 갖다주리라는 상상을 한 적이 없었다. 행운이 이같이 비참한 수모 위에 쌓여지는 성(城)이라는 것도 미처 몰랐었다.

'언제까지 이러고 앉아 있어야 하나.'

소림은 피곤했다. 비녀랑 족두리가 무거웠다. 철저하게 자신이 관심 밖에 밀려난 여자인 것을 절감한다.

'저 남자는 이용하고 버린 숙희 씨 생각을 하고 있는 걸까? 아니면 내 손이 징그러운 걸까?'

순간 소림은 저도 모르게 흑 하고 흐느끼다 눈물을 마셔버린다. 정윤이 당황했다. 급히 다가앉으며 족두리를 벗겨주고 비녀를 뽑아준다. 그러는 동안 말이 없다. 대례복은 소림이 스스로 벗었다. 조심스럽게 손등을 감추고 하는 그런 짓은 하지 않았다. 홍치마에 반회장 유록 저고리의 모습은 아름다웠다. 주홍빛 감댕기를 물린 쪽의 금빛 봉채가 찬란했다. 정윤은 황홀하게 아름답다고 생각했으나 입이 붙은 듯 말을 할 수가 없다. 잠자코 물러나 앉은 정윤은 다시 한숨을 내쉬며 마련돼 있는 주안상을 끌어당겨 자작으로 술을 마신다. 다시 한 잔, 또 한 잔, 그럴 때마다, 들리지는 않았으나 소림은 남자의 한숨 소리를 듣는 것 같았다.

"마음속으로 경멸하겠지요."

술잔을 내려다보며 처음으로 뇌었다. 소림이 꿈적하고 놀란다. 의외였던 것이다.

"양교리댁 문중에서는 한빈한 무명청년을 경멸했을 테지만 소림 씨는 이 집에 장가온 나를 경멸했을 거요."

소림의 눈이 커다랗게 벌어진다.

"여러 번 파혼하고…… 어디든 떠나려 했었소. 믿고 안 믿고는 소림 씨 자유겠지만, 네, 자유지요."

"그, 그런데요?"

"고집, 빗발치듯 하던 비난과 과장된 화제, 조롱, 그런 것들과 싸우는 심정으로 이겨보려 했지요."

"그럼 싸움에 이기기 위해 저랑 결혼했나요?"

또렷하고 단호한 목소리다. 정윤은 당황하며 소림을 쳐다본다. 눈이 처음으로 마주친다.

"애초엔 무, 물론 그렇지 않았지요. 그럴 이유도 없었고, 양교리댁이나 소림 씨가 다 함께 다시 없는 좋은 혼처라 생각했을 뿐이었소. 다만 내 자신이 실수한 일이 있어서 그것만 맘에 걸렸지요. 양교리댁과 소림 씨가 그 일을 알게 되면 안 되는 혼사라구 말입니다."

고통스러운 듯 눈살을 찌푸린다.

"그, 그만둡시다. 얘기한다면 변명밖에 더 되겠소? 니는 오늘 밤 이렇게 신방을 치르고 싶지는 않았소. 이렇게는,"

목소리가 떨리었다. 정윤은 다시 아까처럼 술을 마신다. 별안간 창백했던 얼굴에 피가 모인다.

"나는 내 진실을 희생시키며까지 양소림하고 결혼한 것은 아니오!"

정윤의 어세는 내려갔다. 술잔을 부서져라 꽉 잡는다.

"양교리댁 가풍은 나를 못난 놈으로 만들든지 나쁜 놈으로 만들든지, 다 참아야겠지요, 참아야 할 거요. 내 심정을 귀 기울여 들어줄 사람도 없었지만 내 심정을 나는 전할 수도 없소. 어떻게 설명을 해도 그건 배신자, 출세에 눈이 어두운 놈, 그런 말에 뒷받침해줄 뿐이니까."

말은 끊었으나 정윤은 마음속으로 외쳐댄다.

'나는 숙희를 사랑한 적이 없었어! 도움을 달라고 간청한 일도 없었고 바라지도 않았다! 가난하고 불우한 나를 감싸주고 격려해주는 마음을 고맙게 생각했다. 숙희의 애정이 애처로울 때도 있었다. 그러나 짐스럽고 귀찮을 때가 더 많았다. 명백하게 내 의사를 밝히지 않았던 것은 나빴어. 비겁하고 교활했지. 의전에는 합격이 되었고, 저축한 돈과 원장의 도움만으론 어려웠다. 도저히 해낼 수 없었다! 도둑질이라도 하고 싶은 심정이었어! 그럴 적에 부쳐주는 숙희의 돈을 안 쓸 놈이 어디 있어! 결혼이라는 사슬을 목에 거는 줄 알면서 안 쓸 수가 없었다! 그 돈이 어떤 돈인데? 숙희는 혼기를 놓치고 을씨년스럽게 나만 기다리고, 아아 몸서리쳐지던 그 고통, 양교리댁 혼담은 내게 구원이었다. 구원이었고말고!'

이 무렵, 숙희 집에서는 숙희가 없어졌다 하여 소동이 벌어지고 있었다. 오락가락 내리던 비는 멎었고, 그러나 하늘에는 별이 보이지 않았다.

"아, 가씨나가 그만 물에 빠져 죽었는갑다!"

숙희네는 울음을 터뜨렸다.

"별 사스러운 소리를 다 하누마."

숙희아버지 김서방이 나무라면서도 옷을 입고 밖으로 나왔다. 아들 영태도 신발을 찾아 신으며 마당에 내려섰다.

"어디 동무 집에라도 갔겠지요. 벵원에 갔나?"

"이 한밤중에 미쳤다고 가아. 더군다나 그놈 혼삿날에 가기는 어디 갈 기고. 그기이 실성이나 안 하까 싶어 애간장이 타더마는, 내 기도가 모자라서 그렇다는 생각도 했더마는,"

숙희네는 마당에 꿇어앉는다.

"주여! 굽어살피시오소서."

손을 깍지 끼고 기도한다.

"강가에 나가보자."

김서방이 말했다. 영태는,

"넓은 강가, 설령 나갔다 해도 어이서 찾겠십니까."

"하야간 찾기는 찾아야제. 아가 초롱 내오너라."

오돌오돌 떨고 있는 며느리보고 말했다.

"예."

"빌어묵을 가씨나, 지가 저지르놓고 식구들을 말라 직일라

칸다. 차라리 뒤져부리는 편이 낫겠소."

영태가 내뱉었다.

"시끄럽다. 니 어매 죽기 됐다."

"지가 뭐라 캤십니까. 그깟 돈 메치고 휘휘 저어부리자 안 했십니까."

"지금 그런 소리 하믄 머하노. 어 나가보자. 인생이 불쌍해서, 오르지 못할 나무는 쳐다보지도 말라 캤는데, 할마이 너무 걱정 마소. 인명재천, 하느님 뜻인께."

며느리한테 초롱을 받아 든 김서방이 앞서 나간다.

두 부자는 새벽이 다 되어 돌아왔다. 물에 흠뻑 젖은 숙희를 앞세우고. 숙희는 촉석루 밑에 웅크리고 있었다는 것이다. 나가기론 초저녁이었던 모양이다, 비에 젖은 것을 보아서는. 숙희네는 어린애 달래듯 젖은 옷을 벗기고 마른 옷으로 갈아입힌다. 죽지 않았던 것만으로 하느님께 감사하는 듯.

"감기 들믄 우짜겠노. 미음 좀 쑤라 칼까?"

숙희는 고개를 저었다.

"엄마."

"운냐."

"이제 다 소용없는 일이지요?"

"하모. 잊어부리라. 꿈을 잘못 꾸었다 생각해라."

"나 말이오."

"그래 말해라. 니 하고 접은 대로."

"목사님하고 의논해서, 나 외지로 가겄소."

"잘 생각했다! 하모 그래야지. 니 맘묵기 달린 기다."

"맘에 없는 소리 많이 했지요? 끼지 마소."

"모녀간에 맘에 낄 기이 머 있겄노. 아가아 미음 한 그릇 묵자. 기운을 내야제?"

19장 햇병아리

연학이가 찾아와서 말을 하지 않았어도 초상 때 온 석이네를 보고 그런 생각을 퍼뜩 했었다.

'성환이할머니가 와 계시면 어떨까?'

연학이는 허두를 꺼내기를,

"최참판댁에서는 물론이고 나도 나설 수 없는 형편이라 이분에는 자네가 좀 수고해주어야겄다."

"무슨 일입니까."

"지금 정선생집 형편이 말이 아닌 기라."

"가본다 가본다 하면서 못 가봤습니다마는."

"가볼 필요는 없고오, 그 계집 따문에 일이 크게 벌어졌어 이 정선생이 돌아올 수 없게 됐거든. 한두 날에 끝날 일이라믄 어떡허든지 뭉개보겄지마는 몇 년이 걸릴지 그거는 알 수 없는 일이다."

"몇 년?"

홍이 놀란다.

"사실 식구들이 할 짓이 앙이지. 그는 그렇고 자네가 간도로 가게 되는 날에는 어차피 평사리 그 집은 처분을 하든지 뉘한테 맽길 거 앙이가?"

"그렇지요."

"해서 하는 말인데, 설령 안 간다 하더라도 상막을 진주로 옮기믄 되는 기고."

"올해나 넘기고 가야지요."

홍이는 다음 말을 듣기 위해 석이네 식구들에게 집을 맽길 생각을 했다는 말은 안 한다.

"날이 갈수록 일이 어럽기 돼간다. 자네도 어물쩍거리지 말고 서둘러보는 기이 좋을 기다."

"지야 뭐 밝은 일이지만 석이형님이 큰일이지요."

"정선생이 자취를 감춘 것은 양현어무니 때문이라, 소문은 그렇기 퍼뜨리놨지마는 나형사 그놈 끈덕지거든. 정선생을 찾이믄 관수형님도 찾게 된다 믿는 모앵이라. 게다가 실성한 놈이던가 되지 못한 고자질을 해놨으니 수습하기도 난감하게 돼 있다. 어떻게 매수라도 할까 싶었으나 약도 잘못 쓰믄 사약이 될 수도 있으니 마, 그는 그렇고 자네가 설득해서 성환이할무니를 평사리에 가 계시도록, 다행히 지금 들어와서 함께 사는 사우가 힘이 좋고, 날품팔이보담이야 농사짓는 일이

월등 나을 긴께, 평사리에 가 있이믄 음으로 양으로 도와줄
수 있지."

"집이라면 어려운 일 아니지요."

"집도 집이고 자네가 나서서 일처리를 하라 그 말인데, 노
친네 팍싹 늙었더마. 손자들 따문에 끼니를 챙긴다는 말을 들
은 께 영 맴이 안 좋고 배를 찔러 직일 놈들의 업을 와 우리
가난뱅이들이 갚아야 하는가 생각하니 눈에서 불덩이가 떨어
질 것 같다."

항상 무심상하고 온건했던 연학이 입에서 격렬한 말이 나
오는 데 대해 홍이는 다소 놀란다.

"일전에 영팔이아재를 만났더니 성환이할머니가 경찰서에
불려갔다 하시면서 그 계집 만나기만 하면 귀싸대길 때리겠다,
벼르더군요. 아무리 갈라섰기로 남정네가 잘못되면 지가 내지
른 자식새끼들 앞길이 뭐 좋을 거라고, 하시믄서 노발대발."

"그런 말 안 할 사람이 어디 있겠노. 친정에미가 더 나쁘제.
옆에서 축축거린께 소가지 못된 계집이, 소문을 들은께 나형
산가 그놈이 들락거린다 하니, 그러다가 형사 놈 첩이나 안
될란가. 약아도 헛 약았다. 배가 다르기는 하지마는 오래비
신 벗어 놓은 데라도 갔이믄 그 짓을 했이까. 그리고 보이 홍
이 자네는 장개 잘 늘었네. 삼이웃이 시끄립운 외도를 했긴만
꾸린 입이나 한 분 떼었던가? 그 여자 걸었이믄 칼부림 안 났
이까?"

"어이구 지난 얘기는 왜 합니까."

홍이 쓰게 웃는다.

"지난 얘기 나오게 됐제. 아무튼, 그런 짓까지는 안 하더라 캐도, 자식새끼 내부리고 보따리 싸는 그것만도 보통 일은 아니라. 우리도 이자 가숙 귀한 줄 알아야 안 하겠나?"

"석이형님이 용해서 그랬을 거요. 처음부터 버릇을."

"아무리 해도, 개터러기 굴뚝 속에 삼 년 묵어도 제 빛이라. 타고난 천성이 어디로 갈꼬?"

"글쎄요. 식구들은 평사리로 가면 그럭저럭 지내겠지만 석이 형님이, 언제꺼지 도망만 댕길 수 없는 일 아니겠소?"

"아따, 언제는 호강하고 살았더나. 사람의 일은 모리는 기라. 누가 아나? 자네가 간도에 가서 우연찮기 정선생을 길에서 만낼 긴지."

그 말은 암시 이상이었다. 홍이는 충분히 납득할 수 있었다. 납득했기 때문에 더 이상 말할 필요가 없었다.

"도대체 그 여자 무슨 심보로 그랬을까요?"

화제를 돌린다.

"살기 싫으니까 그랬겠지."

"살기 싫어서 갔는데 석이형이 어디 붙잡았습니까?"

"지 묵기는 싫고 남 주기는 아깝다는 말이 있제. 뭐 처음부터 정선생을 엉구렁*에 밀어부릴라고 한 짓은 아닐 기다. 안 살고 나갔이니 욕을 해야 자신이 옳다는 주장이 될 것이고,

살기 싫으면서도 정선생이 찾아와서 손이야 발이야 빌지 않는 것이 괘씸했을 것이고, 욕을 하다 보니 이상한 말이 나갔을 테고, 그 풍문이 나형사 귀에 들어갔고, 결국 접시 바닥만한 계집이 나형사 유도에 걸린 기지. 그러나 막상 얘기는 막연한 것이었으니 근거가 있는 거는 양현어무니일 뿐이고, 하여간에 그런 여자 데꼬 살다가는 큰일 나제. 아이들이 불쌍해 그렇지 막설한 거는 잘한 일이구마. 이런 말 성환이할무이가 들으믄 섭하겠지마는,"

"봉순이누님⋯⋯."

언젠가, 밤이었던가, 술을 함께 마시면서 홍이 넌지시 물었을 때, 석이는 봉순에 대한 감정을 부인 안 했던 생각이 난다.

연학이와 그런 대화가 있은 며칠 후 홍이는 영팔이 집을 찾아갔다. 부산을 떠나 새벽녘에 도착하여 차고에서 잠시 눈을 붙였다가 나온 것이다. 수염이 자라 텁수룩한 모습, 얼굴은 피곤해 보였다. 아이들이 많아서 늘 시끄러웠던 영팔이 집이 빈집같이 조용하다.

"아무도 없나?"

아랫방 문이 열렸다.

"아저씹니까?"

한복의 아들 영호가 급히 나온다.

"음."

"식구들 다 나가고 없십니다."

"다 나가고? 어디 갔는데?"

"제술이아재 집에, 아아 돌이라고 모두 갔십니다."

"그래?"

"지 혼자서 집 봅니다."

영호는 빙그레 웃는다.

"그러고 보니 오늘은 일요일이었구나."

"네. 아저씨는 일요일에도 안 노십니까?"

"일요일이 어디 있어 밤낮도 없는데. 화주 형편 따라서……."

담배를 붙여 문 홍이는 담배 연기를 날리며 뜰 안을 왔다 갔다 한다. 담장도 없이, 야트막한 축대 아래 내려앉은 앞집을 기웃이 내려다보는 홍이.

"하마 오실 거로요."

영호는 엉거주춤 홍이를 바라보며 말했다.

"돌 집에 갔는데 쉬이 오시겠나."

"할아버지 할머니는 하마 오실 겁니다. 세 집 식구들이 다 모이니까 집이 비좁아서 오래 못 계십니다."

"하긴 그렇겠다."

"아저씨."

"왜?"

"천일이형은 언제 운전수 됩니까?"

"글쎄…… 답댑이, 시험을 치면 떨어지니까 그게 탈이지. 면허를 따야 운전대를 잡게 되는데,"

떨떠름해하는 목소리다.

"집에서는 살기가 어려운 모양이던데,"

"차라리 농사나 지을 걸 그랬는지……"

"날씨가 좀 쌀쌀하지요?"

"응. 이제 겨울이 멀지 않았다. 산이 허퉁한 것 같구먼."

"지 방으로 들어오시지요."

"그럴까? 좀체 틈을 낼 수가 없어서, 좀 기다리기로 하지."

담배를 버리고 영호 방으로 들어간다. 방 안은 깨끗하게 정돈이 되어 있었다. 책상 위에는 교과서 말고도 다른 책이 몇 권 눈에 띈다.

"공부 방해한 것 아닌가?"

"아, 아닙니다."

당황하듯 손을 저었다. 영호는 홍이와 얘기를 나누고 싶은 눈치다.

"나른하다."

방바닥에 털썩 주저앉은 홍이 기지개를 켜며 하품을 깨문다.

"정작 자동차에서 아무 일도 없었는데 멀미는 땅 위에서 나는가? 골이 띵하구먼. 여러 날째 수염도 못 깎고,"

턱을 만진다. 영호는 남자답게 참 잘생겼다는 생각을 한다.

"밤에도 많이 운전하십니까?"

"밤에도 하지."

"그러다가 졸음이라도 오면?"

"깜박했다가는 황천길이지. 강을 낀 절벽 낭떠러지를 돌 때 깜박했다가는 영락없을 게야. 하하핫……."

"하지만, 그래서 남자다운 일 같고 지도 상급학교에 안 왔으면."

"뭐?"

하다 말고,

"너 정말 그새 많이 컸구나. 아버지보다 키가 크지?"

"네 조금."

머리를 긁적인다.

"아부지는 작은 편이니까 지는 더 커야지요."

"처음 진주 왔을 때는 밤송이 같더니만 땟물을 벗었고 의젓해졌다. 널 보면 아버지가 공부시킨 보람을 느끼겠구나."

수줍고 풀이 죽었던 촌머슴애가 아니다. 어딘지 모르게 활기에 차 있는 것 같았고 척박한 땅에서 모질게 영근 것 같은 한복이와는 다르게 넉넉함이 엿보인다. 영호는 할머니 함안댁의 모습이 있다. 할아버지 김평산과 큰아버지 거복의 그 독특한 돼지상하고는 거리가 먼 얼굴이다. 솔밋하게 얼굴이 좁은 것도 함안댁의 느낌을 준다. 물론 홍이나 영호는 다 같이 그들을 만난 적이 없다. 김두수는 생존해 있지만 나머지 두 사람은 이들이 세상에 태어나기 이전, 죽은 사람들이다.

"올해 몇 학년이지?"

"삼 학년인데 곧 사 학년이 될 겁니다."

"졸업하자면 앞으로 이 년이 남았구나. 공부 열심히 해라. 나같이 후회하지 말고."

"아저씨가 어때서요?"

홍이는 다리를 뻗고 비스듬히 드러눕는다. 피곤해서 못 견디겠는 눈치다.

"하기는 식자 든 사람들 살아가기가 더 어려운 모양이더라만……. 너도 공부해서 혁명투사 되겠어?"

영호를 올려다본다.

"그런 것 생각 안 하는 아이들, 우리 친구들은 별로 없을 겁니다."

"그것도 팔자에 있어야 되는갑더만. 이십, 삼십이 넘으면 글쎄, 그런 생각 안 하려고 도망치게 되고, 비범하다고 자부한 자신이 초라한 사람으로 뵈게 된다. 너 평사리 김훈장댁의 범석일 더러 만나지?"

"네."

"그런 성싶더라. 범석이 그자가 너 머리빡에 뭔가 자꾸 넣어 주고 있는 모양이다."

"훌륭한 분이라 생각합니다. 공부도 굉장히 많이 하셨고요."

영호의 눈이 반짝반짝 빛난다.

"방학에는 그 선생님이 계셔서 평사리로 돌아가는 일이 즐거웠습니다. 저는 앞으로 농민운동을 할려고 생각하고 있습니다."

"사람이 진중하니까 잘못 가르치지는 않겠지. 어쩌면 대학에 가고 전문학교에 가고 한 사람보다 범석이가 진짜 공부를 했는지 모르지."

"지도 그런 생각을 했습니다. 학교 선생님들 중에는 존경할 만한 사람이 없습니다. 물론 일본사람들이지만, 진주서는 정선생님이 지를 이끌어주시고……."

얼굴이 흐려진다.

"앞으로 어찌 될까요."

"……."

"정선생님은 어찌 될까요, 걱정입니다."

"어른들이 걱정할 일이고 너는 공부나 해!"

하며 홍이는 별안간 영호를 노려본다. 이들은 꽤 친밀하게 얘기를 주고받으면서도 수일 전에 만주로 떠난 한복에 대해선 의식적으로 화제에 올리지 않는다. 한복이가 만주로 갔다는 것은 형을 만나러 갔다는 얘기가 되기 때문이다. 확실하게 알 수 없는 막연한 일이었지만 오래전부터 홍이나 영호 의식 속에는 김거복, 그러니까 김두수에 대한 의혹과 불안이 있었다. 영호는 평사리에서 자랄 때 마을 사람들, 그중에서도 특히 봉기노인으로부터 받은 갖가지 모욕적 언사에서 집안의 부끄러운 내력을 알았고 큰아버지에 대한 평이 가장 가혹했던 것을 기억하고 있었다. 그놈은 손톱이 길었다, 그러니까 도벽이 있었다는 얘기였었다.

"만주서 돈을 벌었다 하지마는 옳은 짓 해서 벌었이까? 도
적질 강도질 앙이믄 아편장사 해서 벌었겠지. 지가 옳게 성공
했다믄 떳다바라 하고 고향으로 돌아올 긴데."

봉기노인도 그러했지만 아버지의 태도도 석연치가 않았다.
만주에서 돌아오면 아버지는 우울해 보였고 형에 대한 말은
일체 하지 않았다. 어머니가 물어보면,

"그저 그렇지 머,"

하며 회피하듯 바짓말을 치키며 밖으로 나가버리곤 했었다.
홍이는 한복의 집안 내력보다, 그 집안의 내력과 자기 생모의
내력은 무관하지 않았고 생각하기조차 싫은 일이었지만 하여
간 그보다 거복이라는 그 인물에 대한 느낌은 훨씬 구체적이
었다. 그는 밀정일 것이다. 왜놈의 앞잡일 것이다. 어릴 적에,
간도에 살았을 적에, 기억할 수는 없지만 뉘한테 얘기를 들었
는지 모른다. 공노인한테 들었을까? 어른들 하는 얘기를 들
었을까? 아무튼 한복의 만주행을 화제로 삼지 않는 것은 의
식적인 것이었다.

"공부도 물론 해야겠지만 학생들이라고 편하게 있을 수 없
다고 생각합니다. 우리들도 은밀한 조직을 갖고 있습니다."

영호의 말은 부자연스런 것이었다. 자신을 인식해달라, 그
리고 신뢰해달라, 그런 바람, 기대 때문에 말할 필요가 없는
일을 말하는 부자연스러움이었다.

"너 뭐라 했지?"

홍이는 몸을 일으켰다. 담배와 성냥을 꺼내었다. 담배를 붙여 물고 종이 한 장을 꺼내어 담뱃재를 떤다.

"우리 학생도 뭔가 해야잖겠습니까."

"영호야."

똑바로 쳐다본다. 쌀쌀한 표정이다. 영호는 겁먹은 얼굴이 된다.

"나도 그런 일에 대해서 왈가왈부할 자격이 없는 사람이다."

"……."

"그러나 만일에 내가 경찰의 끄나풀이라면 너 지금 한 말이 어떤 결과를 가져오는지 알겠지?"

"그, 그거는,"

당황한다.

"독립운동하는 사람들이 자랑하려고 그 짓을 하는 줄 알았나?"

영호는 당황하여 어찌할 바를 모른다.

"독립운동이 그리 식은 죽 먹듯 쉽게 할 수 있는 일인 줄 알았나? 혁명투사는 이마빡에다 나는 혁명투사요, 써 붙여놓고 다니는 사람인 줄 알았나? 나는 운전대나 잡고 집안 걱정이나 하고 사는 놈이다만 그런 정도의 상식은 안다. 사내자식이 일을 하려면 부모 형제, 처자도 타인으로 생각해야 한다는 정도의 상식 말이다. 너는 내 어디를 믿고 그런 말을 하느냐 말이다. 내가 상해임시정부 대통령이가! 너 같은 생각을 가진 놈들이 운동을 한다면 독립이 되기는커녕 빗자루로 쓸듯이 일하는 사람 말짱 감옥행이다."

영호는 고개를 꺾었다.

"그러니 공부나 하라 했다. 아까같이 그따위 소리를 지껄이고 댕긴다면 공부는 말짱 헛공부고 장바닥에 앉아서 구멍 난 솥이나 때워주는 땜장이보다 나을 것이 한 푼 없다!"

영호는 더욱더 고개를 수그린다.

"그리고 또 한 가지 말해두겠는데, 그런 말을 쉽게 하는 놈 치고 밀정 아닌 놈은 거의 없을 게야. 상대방 속을 빼자면 그것도 술수 중 하나니까, 네가 내 속을 빼낼려고 그런 말 지껄인다는 의심을 받아도 별수 없는 일 아니겠나?"

영호는 얼굴을 들고 홍이를 쳐다본다. 파랗게 질려 있었다.

"아저씨 잘못했습니다."

"앞으론 조심해! 무슨 일을 하든, 너가 생각하는 세상하고 세상은 다르다."

홍이는 성이 난 것처럼 담배와 성냥갑을 호주머니 속에 넣고 꽁초를 버린 종이를 꾸겨 쥐었다 놓고 일어섰다.

"더 기다릴 수 없어 간다. 할아버지 오시거든, 저녁에 차고로 오시라 하더라고 전해."

밖으로 나온 홍이는 이내 후회한다. 종아리를 한두 대 때렸어도 됐을 것을 칼질을 하고 소금을 뿌렸다는 생각이 들었다. 나중의 말은 더욱 영호에게는 아팠을 것이란 생각이 든다. 상처받기 쉬운 나이, 아직 소년기를 벗어나지 않고 있었는데, 용정 상의학교 시절이 떠오른다. 일인이 주관하는 학교에 다닌다 하여 책보를 빼앗아 강물에 던지던 일이 생각나는 것이었다. 자신들의 잘못이 아니면서 그 누군가의 잘못 때문에 소년기는 위험한 것이다. 살인자의 후손 김영호, 다 같은 아픔도 그에게는 몇 갑절 더 아프게 갔으리라. 그의 잘못이 아니면서 햇볕이 눈부시고 두려운 것은 가혹하다. 그런 생각을 하는데 허전함이 마음 바닥을 쓸며 지나간다. 바쁠 때는 아무 생각 없이 돌아가다가 운전대를 놓고 할 일 없이 거리를 헤맬 때 갑자기 거리는 낯선 거리로 변하고 주체할 수 없는 허전함이 밀려오는 것이다. 죽은 아버지 생각이 나는 것이다.

'어딜 가나.'

차고로 돌아가서 영팔이를 기다릴 때까지의 시간을 어떻게 보내야 하는지 홍이는 당황하기까지 한다. 번화한 거리로 나왔다. 한 무리의 기생 아씨들이 지나간다. 돌돌돌 웃음을 굴리며 지분 내음을 풍기며 지나간다. 무슨 행사가 있었는지 아니면 어느 부잣집에 환갑잔치가 있었는지 한곳에서 몰려나온 것 같다. 늦가을이지만 봄같이 화사한 빛깔, 형형색색의 모습, 다만 눈부시게 하얀 버선발만은 똑같다. 그 하얀 버선발의 꽃신들이 화려하다.

'외씨 같은 발, 참말 간드러지게 말도 만들었다.'

돌아보는 기생들 눈길을 느낀 홍이는 슬며시 외면을 한다.

가슴이 떨리지는 않았다. 녹슨 기계처럼, 그러나 깐깐하리만큼 틀이 잡혀가는 가정에 대하여 염증 비슷한 것이 스쳐간다.

'퉁포슬까지 가던 들판, 그때는 조춘(早春)이었던가. 봉순이누님은 옥색 두루마기를 입었었다. 하얀 비단 목도리가 바람에 휘날리고 있었다. 옥색과 흰빛, 그것이 광활한 들판에서 휘날리고 있었다. 어머니는 무슨 빛깔의 옷을 입었던가? 보따리를 이고 걷던 것은 기억에 뚜렷한데 어머니는 흰 당목 치마에 옥색 명주 저고리를 즐겨 입었으니까. 아마 그때도 그랬을 거야. 지금은 다 가고 없는 사람이다. 옥색과 흰 빛깔, 그리고 또 한 어머닌 무슨 빛깔일까?'

보따리를 이고 간 어머니는 월선이며 또 한 어머니는 임이네다. 홍이 눈앞에 월선이, 봉순이는 다 걷고 있는데 임이네만은 눈을 뜬 채 숨을 거둔 모습만이 떠오른다. 그러나 그 죽음의 모습은 살았을 때보다 흉하지는 않았다. 피골이 상접했으나 살겠다는 의지로 형형히 불타던 눈동자, 끊임없이 저주를 내뱉던 입모습, 그러한 삶의 추악한 찌꺼기를 걸러낸 듯 피부는 투명하였고 영혼이 나간 뒤의 눈동자는 다만 유리알같았다.

'얼마나 죽기 싫었을까?'

아비의 상을 당한 지 얼마가 안 되었는데 홍이는 임이네를 위한 슬픔을 느낀다. 얼마나 죽기 싫었을까, 얼마나 고통스러웠을까, 하고. 가을바람같이 뜻하지 않게 찾아온 순수한 슬픔이다.

홍이는 시장기를 느낀다. 쪼깐이 비빔밥집이 가까운 곳에
있었기에 그곳으로 들어간다. 대부분 차부(車部) 가까운 식당
에서 매식을 했으며 거의 오지 않는 집이다. 이따금 거리에서
마주치게 되는 두만의 불쾌한 태도 때문이며 또 차부와 거리
가 멀었기 때문이다. 그새 비빔밥집은 크게 확장되고 안은 휑
하니 넓었다. 그런데 공교롭게 두만이는 미곡 도매를 하는 거
상(巨商) 하대완(河大完)과 함께 술을 마시고 있었다. 하대완은
두만이보다 연소했으며 석이 또래였으나 두만이는 동년배같
이 존중하는 태도다. 화주(貨主)로서 홍이하고는 자주 대하는
처지였으며 동생처럼 무관하게 대하기도 했었다. 생기기론
뒷골목의 왕초 같았고 차림새 언동은 상인으로서 틀에 박힌
듯했지만 그의 외모와는 달리 상당한 학식이 있다는 중평이
었다. 배짱 좋고 상소리 잘하기로도 유명했다. 들어선 홍이를
두만이 먼저 보았다. 술맛 떨어진다는 표정이었다. 홍이 그들
을 피해 다른 자리에 등을 보이고 앉으려는데,

"홍이 앙이가아! 홍아!"

하대완이 큰 목청으로 불러대는 것이었다. 할 수 없이 앉으
려던 엉덩이를 들고 그들 옆으로 간 홍이는,

"안녕하십니까."

고개를 숙인다.

"안녕하십니까가 뭣고! 형님, 해도 아직 남았는데 무신 술

입니까, 그래라. 내가 핵교 선생가? 여기 있는 두만이형같이 핵교 학부형 회장도 아닌께."

뒤에 한 말은 언중유골이다. 홍이는 픽 웃는다. 두만이는 못 들은 척,

"인마, 손님 기다린다. 부지런히 날라라!"

음식을 나르는 머슴아이에게 신경질 비슷하게 말했다. 하동 사람들을 미워하는 마음은 이제 김두만에게는 병적인 것이 되었다. 날로 앙진해가기만 하는, 자신으로서도 어쩔 수 없는 병이 된 것이다.

"장석겉이 서 있지 말고 앉아라."

"아니 저는,"

홍이가 사양하는데 두만이 얼굴을 휙 돌리며,

"젊은 아이들하고 무신 술인고?"

어세가 날카로웠다.

"젊은 아이들이라니 두 아이 애빈데 젊나? 기껏 아재비뻘, 형뻘인데 함께 술 마시는 거 험 될 거 없다. 맞담배질은 못해도 술은 노소가 없는 법이라."

하며 홍을 잡아끌어 자기 옆에 앉힌다.

"노소는 없더라도 푼수는 있지이."

두만이 홍이를 노려본다. 홍이는 눈을 삼박깜박하며 어색하게 웃을 뿐 발끈하지 않는다.

"치우소. 푼수라는 말도 낡아부렸지마는 그것도 족보 있는

사람들이나 쓰지이, 형님이나 나나 장사꾼이 할 말이겠소? 쌀장사 술장사 사람 가리가믄서 쌀 팔고 술 파는 겁니까. 홍이를 말할 것 겉으믄 일등 운전수, 기생들이 목을 빼는데, 허허헛…… 나이만 어리고 장가만 안 들었다믄 사윗감으로 춤이 꿀떡꿀떡 넘어갔일 기요. 하하하핫…….'

두만은 아무 말 못한다.

"홍아 자아 내 술 한잔 받아라."

하며 술잔을 내민다.

"아닙니다. 제가 올리지요."

홍이 공손하게 주전자를 들고 술을 붓는다. 쭉 들이켠 하대완은 홍이에게 술을 부으며 마시기를 권했다. 홍이 외면하듯 술을 마시는데,

"이봐라! 야들아! 여기 술잔 하나 더 갖고 오고오, 술, 안주도 더 가지오너라!"

하대완이 고함을 친다. 두만이는 자리를 뜨고 싶었으나 하대완을 무시 못할 사정이 있어서 꾹 참는다.

"그런데 홍아,"

"네."

"니 월급 얼매 받노? 그놈의 노랑이가 월급 많이 주겠나. 뻔하지. 나하고 일 안 해볼라나?"

"화물차 한 대 사시겠습니까?"

"그거사 머 어렵울 것도 없제."

"저는 그만 진주를 뜰까 싶습니다."

"와?"

"이번에 부친도 세상 뜨셨고 넓은 바닷물을 먹어야 고기도 크겠지요."

"그는 옳은 말이다. 가믄 어디로 갈라 카노?"

"일본이나 서울이나 생각해봐서."

홍이는 두만이를 의식하며 간도로 간다는 얘기는 입 밖에 내지 않는다.

"자알 생각해서 해라. 아즉 나이 젊은께 나부대보는 것도 괜찮을 기다."

술을 마시고 하대완은 화제를 돌린다.

"두만형님, 소문을 들은께 한 고향 사람들하고는 앙숙이라 카던데 와 그랍니까?"

슬쩍 약을 올리듯,

"앙숙일 까닭이 없제. 내가 성공을 했으니 배가 아파서 찧고 볶고 헐뜯는 기지. 내가 저거 몫을 뺏아왔나, 못되라고 축수를 했나, 와 그리들 지랄인지 모르겄다. 사촌이 논 사믄 배 아프다는 말도 다 그래서 나왔일 기고 그러이 조선놈들 망해서 싸지."

으르렁거린다. 얼굴까지 시뻘게신나.

"홍이 니도 배 아픈 사람 중의 한 사람가?"

하대완이 웃는다.

"아닙니다. 그럴 리 있겠습니까. 사촌이 논 사면 배 아프다는 말이 있긴 있는 모양이지만 내 땅 까마귀도 반갑다는 말도 있지요."

홍이 태연하게 말했다.

"나는 또 하동사람 인심이 고약해서 상종 못할 긴가 싶더마는 니가 그러이 다행이다. 허허헛…… 허허허…… 아무래도 두만형님이 잘못하는 것 겉소. 못사는 것도 어렵지마는 잘사는 것도 어려운께, 내치지만 말고 좀 품어보소. 없는 사램이 설지 있는 사람이 답답겄소?"

"그런 소리 마라. 관수, 그 백정이 사위 놈이 농청에 술 팔았다고 와서 야료를 부리고, 내 그놈이 눈앞에 있이믄 잡아다가 경찰서에 디밀겄다."

"설마 술 팔았다고 그랬겄소. 술장사가 술 안 팔믄 우떡해? 형님이 농청 사람들한테 공술 먹였다는 소문이야 다 아는 일인데."

"아아니 이 사람이 뭐라 카노? 얘기가 삐딱한 거를 본께 자네는 백정네 편역이다 그 말가?"

"나는 백정네 편역도 아니고 농청 사람 편역도 아니오. 예수쟁이도 아니고 중놈 편도 아니오. 장사꾼이 어느 편 편역을 들었다가는 장사 다 해묵지. 장사꾼은 돈 버는 일이 제일이고 씰데없이 남우 일에 어성 높일 필요가 없다 그 말이오."

"하야간에 평사리에서 온 패거리들 사람 놈 하나 없인께 무신 대역죄를 겼는지 모리지마는 그놈들 와 항상 쫓기댕기는지, 하야간에 관수, 석이 놈, 그놈들 눈앞에서 얼씬거리지 않은께 그것만이라도 묵는 기이 잘 삭는 것 겉다. 평사리의 누구네 아들인지 모리겄다마는 저 아이도 진줄 떠난다 카이,"

용이아들이라는 것을 뻔히 알면서 두만이는 긁는다.

"아무래도 최부자댁 그 집도 떠나게 되는 거 앙일까?"

"손가락에 불을 켜보지."

하대완은 입맛을 다신다. 비윗살 좋고 능청스럽고 얼렁뚱땅 잘하는 하대완도 두만의 옹졸함에 정이 떨어진 것 같다. 홍이는 하대완이 권하는 술은 마다하고 비빔밥을 시켜서 먹는 데만 열중해 있는 것처럼 보였다. 마음속으론 콧사배기를 부러뜨리고 싶었지만 못 들은 척 내버려두는 것이 어렵지 않았다.

"만석꾼도 망할라 카믄 하루아침이다. 남정네가 까막소에 있으니 그 집구석 기둥뿌리가 흔들흔들 안 한다 할 수 있이까?"

"사촌이 논 사믄 배가 아프다, 그 말은 형님을 두고 한 말 앙이까요?"

두만이는 용케 길상에 관한 말은 하지 않는다. 종이니 하인이니, 홍이가 없었더라면 했을지 모른다. 내가 듣기론 아저씨 댁이 그렇다 하던데요 하고 홍이 내뱉는다면 곤란히다.

"하야간에 관수 그놈이 진주 바닥이 다 아는 백정 놈, 못된 짓은 찾아가믄서 꾸미고 댕긴다고 호가 나 있는 놈이지마는,

그놈은 그렇다 치고 정석인가 그놈 노는 꼴이라니, 석이 그놈을 말할 것 겉으믄 물지게 지던 놈 앙이가. 그러던 놈이 뭣을 우떻게 재주를 부렸든지 그 미련한 놈한테도 팔랑개비 재주가 있었든지 지가 선생이라? 서천 쇠가 웃일 일이제. 양복을 입고 교단에 서? 내가 벌써부터 알조다 싶었더마는 아니나 다를까, 기생년하고 이러고저러고, 그것만으로도 남우 자석들 가리키는 선생이 할 행토던가? 그러나 그보다도 경찰서에서 잡을라꼬 눈이 벌게져 찾아댕기는 거를 보믄, 그놈이 기생년 따문에 개망신을 당하고 도망간 것만은 아닌 기라."

"형님, 씰데없이 와 그래요? 참말이제 제절꾼이 아니거마는. 거 몸도 많이 불어났는데 핏대 세우믄 해롭을 거로요."

제물에 흥분한 두만이는 팽이가 제 혼자 도는 것처럼 멈추질 못하는 것 같다.

"나는 누구 말마따나 친일파도 아니고 애국자도 아니다마는, 장사를 하다 보이 더러 일본사람들하고 술도 마시게 되는데, 지깟 놈이 머를 안다고? 그럴 자객이나 있건데? 양복 입고 교편을 잡은께 허파에 바람이 들어간 기라. 가소럽어서. 아 그러씨 제 놈이 그런 운동 하겄이믄 대국에나 가서 할 일이제. 늙은 어매 경찰서에 불리가고 불리오고, 그러니 반풍수 집안 망해묵고 돌팔이가 사람 직인다 하지."

더러 일본사람들과 술을 마신다는 말은 홍이에게 위협, 그러니까 심약한 위협에 불과한 것이었고 늙은 어매가 경찰서에 불려다닌다는 얘기는 독골 모친한테서 들은 말이었다.

"아따 실이 노이 되겠소. 남의 일에 그렇기 용쓰다가는 똥 싸겠소."

하대완이 째려보며 쏘아준다. 비로소 제정신이 돌아온 듯, 그리고 똥 싸겠다는 말이 무엇을 의미하는지 움찔하고 놀란다.

홍이 일어섰다.

"잘 먹었습니다. 밥값을 제가 내고 가면 화를 내실 거고 해서, 그만 가볼랍니다."

"오냐. 가봐라."

하대완은 손을 흔들었다.

20장 젊은 매[鷹]

뒤뜰 은행나무 밑에서 계집아이는 노랗게 물든 은행잎을 줍고 있었다. 새로 주운 잎을 먼저 주운 잎하고 비교를 한다. 비교하다가 하나는 버린다. 그리고 다시 새것을 줍는다. 유록색 모슬린 치마에 연분홍 모슬린 저고리, 짤막하게 머리를 땋아서 나비같이 자줏빛 댕기를 물렸다. 하얀 운동화를 신고. 아이는 새것을 주우면 다시 비교해보곤 하나를 버리는 그 짓을 되풀이하고 있었다. 잎이 떨어지고 있는 은행나무 위엔 남빛 하늘이 빛깔의 조화를 이루어 아름답다. 아이는 평화스럽고 축복받은 존재 같기만 하다.

'저 아이는 최상의 은행잎 하나를 찾고 있다. 아마 윤국이가 돌아올 때까지 저러고 있을 게야.'

대청의 뒷문을 열어놓고 후원을 바라보며 서희는 마음속으로 중얼거렸다. 양현은 삭막한 이 집의 한 떨기 꽃과 같은 존재였다. 피폐하고 황막한 서희의 요즘 일상에 양현은 큰 위안이었다. 아비가 누구이든 내로라하고 나서지 않는 이상 양현에게 아비는 없다. 어미는 보다 확실하게 없는 것이다. 양현은 그것을 안다. 생과 사가 무엇인지 몰라도 없다는 것은 안다. 조용한 아이였지만 남의 눈치를 보거나 청승스럽지가 않았다. 뛰어가다 넘어지면 앙! 하고 울었으니 울음을 모르는 아이는 아니었지만 거의 울지 않았다. 그는 서희를 어머님이라 불렀고 윤국이와 환국이를 오빠라 불렀다. 환국이는 양현을 미소로써 바라보았으나 윤국이는 그와 더불어 뒹굴며 무척 사랑했다. 서희는 집안 어느 누구에게도 양현에 대한 환국이 윤국이 이하의 대접을 허용하지 않았다. 그런 것은 봉순의 정의에 대한 보상은 아니었다. 양현이 어떤 인연으로 서희에게 왔건 그것은 상관이 없었다. 양현의 존재 자체가 위로였다면 그것은 사랑인 것이다.

"양현아."

아이는 돌아보며 빙긋이 웃었다. 서편의 해가 아이 얼굴 위에 가득 실린다.

"은행잎은 다 같은데 버리고 새로 줍고 왜 그러느냐?"

"더 예쁘고 빛깔 더 고운 걸로 줍는 겁니다, 어머니."

"내가 보기엔 똑같은데?"

"아닙니다. 똑같지가 않습니다."

"그걸 주워 뭘할려구?"

"동경의 오빠한테 부쳐줄까, 어머님이 서울 가실 적에 드릴까 생각는 중이에요."

서희는 웃는다.

"너는 윤국이오빨 좋아하지 않았더냐?"

"오빠 여기서 저랑 함께 노는걸요?"

"아아 참 그렇지."

서희는 또 웃는다

"좀 있으면 해가 진다. 바람이 차질 테니 그만 들어오는 게 어떨까?"

"네."

양현은 은행잎을 든 채 치마를 떨고 타둑타둑 뛰어온다. 그는 혼자서 곧잘 놀았다. 소꿉도 하고 그림을 그리며 서희가 서울서 사다 준 그림책을 보기도 했다.

"마님, 방에 드십시오."

유모가 뒤에서 말했다. 며칠 전에 서울서 내려온 뒤 서희는 계속 앓았다. 서희는 몸살이라 우겼지만 박의사는 빈혈증이

라 했다. 얼굴이 창백했고 빈번하게 현기증을 느끼곤 했던 것
이다. 여름에 맹장염으로 받은 수술의 결과는 뒤탈이 없었으
나 아직 보행할 땐 뱃가죽이 당기는 듯했으며 궂은 날에는 신
열이 나고 뼈가 쑤시는 것이다. 결국 건강이 회복되지 못한
채 서울을 오르내려야 했고 보약 같은 것은 마다했으니 주변
사람들은 어쩔 도리가 없었다.

안방으로 들어온 서희는 자리에 눕는다.

"뭐 마실 거라도 올릴까요?"

"그만두시오."

유모는 물러났다. 서희는 방 안이 횡하게 넓다는 생각을 한
다. 계절 탓이려니 하며 반지가 헐거워진 손을 올려다본다.
분홍빛이던 손톱이 히여끄름하다. 서희는 손을 내리고 돌아
눕는다. 방의 넓이만큼 아마도 그 비슷하게 외로움이 스며온
다. 서희는 결코 기대했던 것은 아니었는데 두 사람이 자기
곁을 떠난 것을 깨닫는다. 두 사람이 자기 곁에 있었다는 것
을 전혀 의식하지 않았건만 왜 떠났다는 생각을 하는지 자기
자신도 이해할 수 없는 감정이다.

어제 박의사는 왕진을 왔었다. 그는 간호부를 대동하지 않
고 오는 버릇이 있었다.

"부인답지 않으십니다. 어머님의 몸이 튼튼해야 환국이 윤
국이가 불안을 느끼지 않지요."

가라앉은 음성이었다.

"별로 대단치도 않은 걸 가지고……."

"건강을 스스로 포기하면 의사도 속수무책이지요."

"포기하다니요?"

"포기 안 하셨습니까? 옆에서 보기엔 포기한 듯 생각이 드는군요."

서희는 애매하게 웃었다.

"서울 계시는 분도 창백한 부인의 얼굴을 보시면 고통스러울 텐데요."

그 말을 할 때 박의사 안경 속의 눈동자엔 절망적인 빛이 보였다. 다음 순간 자조(自嘲)의 웃음이 입가에 감돌았다.

"병원에 조수로 있던 그 학생 결혼했다지요?"

자조의 웃음을 흩트려 버리듯 서희는 말했다.

"했지요."

"부조라도 할걸, 몰랐군요."

"그럴 필요 없습니다. 빈한한 청년이 부잣집에 장가들었으니까요. 행운압니다."

그 목소리는 잔인했다.

"아주 큰사람이 되거나 아니면 졸장부가 되겠어요?"

응수였는데 박의사의 말보다 더 잔인했다.

"네. 아마도."

"양교리댁이라지요."

"그렇지요. 환국이를 무던히 탐냈습니다만,"

서희는 그 말 대꾸는 하지 않는다. 박의사도 중매 서달라고 부탁하더라는 얘기는 안 한다.

"선생님."

"네."

"물론 결정적인 질병일 경우는 별문제겠습니다만 웬만한 병이라든가 쇠약 같은 것은 정신력에 따라 치유될 수도 있는 일 아닐까요?"

"서울에 계시는 분을 위해 물으시는 건가요?"

"아니 일반적으로…… 나는 내 체질에서 그런 것을 느낄 때가 많았습니다."

"무시할 수 없지요. 생명력은 신비스런 것이니까요. 의사로서도 간혹 납득하기 어려운 일이 있습니다. 반대로 정신력이 허약해지면 없는 병도 불러들이는 경우가 있을 테지요. 삼년 고개의 얘기도 바로 그런 것 아닐까요?"

서희는 앳되게 웃는다. 어릴 적에 듣던 얘기였기 때문일까.

"삼년고개에서 넘어지면 삼 년밖에 못 산다. 결국 삼 년밖에 못 사는데 그것은 자기 의식이 자신을 죽인 것 아닐까요? 그 치유법이라는 게 두 번 넘어지면 육 년, 세 번 넘어지면 구 년, 하는 식인데, 해서 삼천갑자 동방삭이도 생겨나는 거구요."

박의사는 껄껄껄 웃었다. 그리고 청진기를 말아 가방에 넣고 주사기도 소독해서 넣으면서,

"나도 장가들게 됐는데, 부잣집에 장가드는 게 아니니까 부

인께서는 부조를 해주셔야 합니다."

환자에게 진찰결과를 일러주듯 평이하게, 그러나 웃음 뒤에서 괴이한 느낌이 온다. 서희는 자신도 모르게 당황한다. 그리고 아무 말도 못한다.

"놀라셨습니까?"

"네. 결혼 못하실 줄,"

서희로서는 대단한 오발이다.

"왜 그렇게 생각하셨을까요?"

"그, 그건,"

박의사는 일어섰다. 방문을 열려다 말고 돌아본다. 박의사 뒤통수를 바라보던 서희의 눈과 부딪친다. 서희는 묘하게 사과하는 것처럼 고개를 숙인다.

"환자와 의사, 우리는 끝내 환자와 의사⋯⋯, 진실로 원했는데 말입니다. 그럼 안녕히, 몸조리 잘하십시오."

박의사의 얼굴은 창백했고 가면 같았다. 안경이 희번득였다. 서희의 낯빛도 변했다. 박의사의 감정을 몰랐기 때문이 아니었다. 감정을 그런 식으로 쏟아버릴 줄은 상상조차 한 일이 없었던 것이다.

그것은 어제, 지나가버린 일이다. 그 일은 아직 서희 마음속에 충격을 주고 있는 것이다. 서희는 다시 반듯하게 누우며 천장을 올려다본다. 이성(異性)으로서 호감이나 호기심을 가진 적은 없었다. 의사로서 존경하고 신뢰했던 것만은 틀림이 없다. 그는 직업인으로서 거의 완벽했으니까, 그러나 서희에게는 완벽하지 못했던 것도 사실이다. 부산서 맹장염 수술을 하고 난 뒤 연락을 받고 진주서 달려왔을 때 그 완벽하지 못했던 것은 여지없이 노정되고 말았다. 박의사는 자신의 직업을 망각했을 정도였다. 낯선 곳에서 갑자기 당한 일이었기 때문에 외로웠던 환국이와 서희는 직업을 망각한 의사 박효영을 친척같이 친애의 감정으로 의지한 것은 심리적으로 자연스런 일이었다. 서희를 자동차에 싣고 진주로 들어섰을 때 그때 비로소 박의사의 얼굴은 정상으로 돌아와 있었다. 물론 수술이란 예측키 어려운 것이지만 맹장염이란 그리 중대한 병이 아니다. 환자들 쪽에서는 배를 짼다는 사실만으로 겁을 먹게 되지만 의사의 입장에서, 그도 수술이 끝난 후였었는데 이성을 잃었다는 것은 그야말로 우스운 얘기다. 그는 서희의 창백한 얼굴, 고통을 참는 모습을 괴로워했는지 모른다.

서희는 박의사가 자기를 짝사랑하여 결혼을 안 한다는 항간의 소문도 알고 있다. 어쩌면 환국이도 박의사의 감정을 아는지 모른다. 예민한 환국이 특히 부산서의 박의사 거동에서 그것을 느끼지 않았다면 바보다. 그리고 어쩌면 환국이도 서희와 같은 마음인지 모른다. 그는 시종 신뢰로써 박의사를 대하였고 박의사가 오면 맘을 놓는 것 같았으니까. 한 인간의 진실, 그렇게 받아들인다면 불쾌해할 이유가 없고 경계한다는 것은 무자비한 일이다.

어제 일에 연쇄된 것처럼 보름 전의 일이 생각난다. 아무 예고도 없이 뜻밖에, 참으로 뜻밖에 임명희가 시중꾼을 하나 데리고 서희를 찾아왔던 것이다.

　"부산에 왔다가, 만나뵙고 싶어서,"

했으나 그렇지는 않고 일부러 진주에 온 것 같았다. 그는 수수한 한복차림이었다.

　"모두들 안녕하세요."

　서희는 반갑게 인사를 했으나 명희가 찾아온 목적이 궁금했다. 만나고 싶어 왔다는 것은 구실에 불과하다는 것을 알아차렸던 것이다. 이런저런 얘기 끝에,

　"오신 김에 여독도 풀고 구경도 하시고,"

　서희 말에 명희는,

　"내일 떠나야 합니다."

　묘하게 긴장을 나타내며 말하는 것이었다.

　"그렇게 빨리?"

　"서울을 비울 수가 없어서, 그보다 아이들은,"

　마침 저녁때였기에 윤국이는 귀가해 있었다.

　"유모, 아이들 손님께 인사드리라 이르시오."

　윤국이와 양현이 들어왔다. 명희의 눈은 마치 직선처럼 양현에게 쏠렸다.

　"인사드려라. 서울 임교장님 매씨 되시는 분이다."

　"안녕하십니까. 형님한테 말씀 들었습니다."

윤국은 어른스럽게, 그러나 수줍음을 감춘 어색한 표정으로 인사했다.

"나도 환국이한테서 얘기 많이 들었어요."

부드럽고 점잖은 환국에 비하여 윤국은 용모에서나 표정에서 패기를 느낄 수 있다고 명희는 생각하며 이내 시선을 양현에게로 옮긴다.

"양현아, 인사 올리지 않느냐? 아주머님께 인사드려라."

양현은 고개를 꾸벅 숙이며 말 대신 활짝 웃었다.

"이리 온?"

양현이 다가가자 명희는 안아준다. 그러나 이내 명희 무릎에서 미끄러져 내려앉는다.

"아주머니가 양현에게 주려고 선물을 사 왔다. 아 참, 윤국에게도 줄 선물이 있어."

명희는 흥분한 것 같았다. 허둥지둥 시중꾼을 불러 꾸러미를 가져오게 했다. 서희는 미소 지은 채 풍경을 바라보듯, 그러나 얼굴에는 일말의 의혹이 있었다. 양현이란 이름이 어째서 명희 입으로부터 그렇게 자연스럽게 나왔는지, 서울서는 양현의 존재는 잘 모를 터인데, 선물까지 사오다니, 서희는 궁금했으나 질문을 하지 않았다. 윤국에게의 선물은 스케이트였고 양현에게는 커다란 인형이었다.

"고맙습니다."

윤국이 큰 소리로 말했다. 그 말을 흉내 내듯,

"고맙습니다."

양현이도 큰 소리로 말했다. 명희와 서희는 웃었다.

"어머니 그럼 저는 가보겠습니다. 양현이는 따라오지 마. 공부 방해야."

눈을 부릅뜨는 시늉을 하고 윤국은 명희에게 고개를 숙이며 나갔다.

"든든하시겠습니다. 환국이 못지않게 잘생겼군요."

"성질이 거칠어서 걱정이지요."

"남자는 그래야."

명희의 목소리는 계속 허공에 뜬 것처럼 들렸다.

"양현아."

"네, 어머니."

어머니라는 호칭에 명희는 움찔한다.

"좋으냐?"

"예뻐요. 안고 자도 되지요, 어머니?"

"그럼, 되구말구."

"아주머니?"

양현은 명희를 올려다보며 불렀다.

"우리 큰오빠 알아요?"

"알구말구."

"우리 큰오빠 한 달만 있으면 오신대요."

"그래? 양현이는 학교에 다닌다지?"

"네 일 학년이에요. 나 큰오빠한테 편지 쓴걸요?"

"그랬었니? 참 장하구나."

"하지만요,"

"음?"

"우리 큰오빠도 참 좋지만 난 작은오빠가 더 좋은걸요."

"큰오빠 샘나겠네?"

저녁을 함께 먹고 저물어서, 양현은 유모가 데리고 가서 재운 모양이다. 서희와 명희는 마주 보고 앉았다. 명희는 긴장해 있는 것 같았다. 명희의 긴장은 서희에게 전달이 되었다.

"양현에 대해서는 인실이한테 얘기를 들었지요."

"아아 그러셨어요."

납득이 간다. 그러나 명희가 양현에게 집착하고 있다는 느낌이 가셔지지는 않았다.

"인실이는 부인의 친딸인 줄 알고 있더군요."

서희는 뭔가 아연해지는 기분이다.

"친딸 아닌 것을, 명희 씨는 환국이한테서 들으셨습니까?"

"아닙니다."

명희는 짜르듯, 단호한 것같이 말했다.

"이상현 씨가 편지를 보내왔더구먼요."

"이상현 씨가!"

"네."

"어떻게 알았을까요!"

"그것은 저도."

서희는 생각에 잠긴다. 깨달아지는 일이 있다. 만주를 향해 떠난 혜관이 아직 돌아오지 않고 있는 것이다.

'그러나 혜관스님은 양현이 그분 딸인 줄은 모르신다. 이상한 일이야. 그렇다면 그분은 조선을 떠나기 전에 봉순이가 자기 딸을 낳은 것을 알았더란 말이냐?'

한동안 침묵이 흐른다.

명희는 생각하고 또 생각한 끝에 진주로 왔다. 솔직하게 사무적으로 양현의 일을 상의하리라 생각하고 왔었다. 그러나 자신의 계획에 차츰 자신을 잃어가고 있는 것이다.

"실은, 이선생께서 소설 한 편을 부쳐 보내셨어요. 지난달에 그것이 발표되어 반향이 좋았습니다. 그 원고를 부쳐 보내면서 편지가 함께 왔더군요."

"……."

"앞으로 가능한 한 소설을 쓰실 모양이더군요. 그리고 그 원고료를 양현을 위해 썼으면 좋겠다는 그런 의향을 말씀하셨습니다."

"그랬군요."

서희는 나직이 말했다. 예기치 못했던 감정이었다. 적요한 바람 같은 것, 상현이 지난날의 거역을 보복하기 위한 것이라고는 생각지 않았다. 그랬기 때문에 의식 밑바닥에 가라앉혀 놓은 것이 별안간 일어서며 결별을 고하는 것 같았던 것이다.

"아버지라면…… 당연히 그랬어야 했지요. 아마 이곳서 떠난 스님이 그분을 만난 모양이지요? 스님은 그런 일 모르시지만 양현의 어미가 죽은 얘기는 했을 것입니다."

서희는 깍지 낀 손을 풀었다.

'그들은…… 사랑했구나.'

"제가 여길 내려올 때, 남편하고 상의를 했습니다만, 부인도 아시다시피 소생이 없어서……."

더듬거린다.

"명희 씨가 양현을 양녀로 삼겠다 그 말인가요?"

"네. 가능하다면,"

"이상현 씨의 의사입니까?"

"아닙니다."

"그렇다면 그건 어렵겠습니다. 내게는 양현어미에 대한 의무가 있으니까요. 아버지가 와서 찾아간다면 모르지만."

"허행한 것 같습니다."

명희는 실망을 감추지 않았다.

"하긴 아까 보니까 양현에게는 이곳에 있는 것이 행복하겠구나 생각했지요."

서희 얼굴에서 긴장이 풀린다.

"그 애는 이 집의 꽃입니다. 어느 누구도 남의 자식으론 생각지 않지요. 우리 모두에게 위로가 된다면, 부모 밑에 자라는 것보다는 못하겠지만 그러나 일그러지게 자라지는 않을 겝니다."

"그, 그런 것 같았습니다."

실망에서 절망적으로 명희는 뇌었다. 그리고 명희는 양현의 머리를 쓰다듬고 또 쓰다듬다가 진주를 떠나갔다. 서희는 양현과 이상현을 결부시켜 양현을 내놓으려 하지 않았던 것은 결코 아니다. 그리고 양현이 집안의 꽃이며 위안이기 때문에 내놓으려 하지 않았던 것도 아니었다. 명희가 살고 있는 그 집보다 이곳이 양현을 위해 보다 낫다는 생각이 그로 하여금 떳떳하게 거절할 수 있게 한 것이다.

'육신에는 불가사의한 부분이 있는 것 같다. 정신력인지, 그것만도 아닌 것만 같다. 며칠을 굶고 며칠 밤을 잠자지 않아도 끄떡없이, 쇳덩이같이, 그게 이상하다. 그 쇳덩이 같은 것이 자자부레한 일로 망가지고 무너지는 것이 이상하다. 그런데 몸이 허약해지면 잠결에 뭘 자꾸 먹어댄다. 콩, 어포, 소화가 안 되는 것을 잠결에 먹었는데 체하지도 않는다. 의학으로 설명이 되지 않는다. 육신은 스스로 삶의 의지를 가진 것일까? 내가 지금 허약해져 있는 것은 서울의 환국이아버지 때문이 아니다. 이 허약은 나를 쉬게 하는 것인지 모른다. 나는 지금 어지럽고 잠들고 싶다. 그러나 잠들 수 없다. 잠들 수 없다, 잠들 수 없……..'

하다가 서희는 깜박 잠이 들고 말았다. 꿈결에 윤국의 음성이 들려왔다. 환국의 음성 같기도 했다. 절규하는 것 같은 소리였다. 양현이 울고 있는 것 같았다. 그런데 양현이 아니었고 봉순이었다.

"봉순아 안 되지 응? 안 되지 안 되지 응? 양현이 보내면 안 되지? 안 되는 거지? 봉순아, 봉순아!"

몸을 흔드는 바람에 서희는 눈을 떴다.

"헛소리를 막 하세요. 선생님 뫼시 올까요?"

윤국이 내려다보며 묻는다.

"아니야. 꿈을 꾸었어. 난 아무렇지도 않다. 피곤할 뿐이니까."

"미음 좀 드십시오."

아무리 식욕이 없어도 윤국이가 권하면 먹기 때문에 앓아누웠을 때는 윤국이가 먹을 것을 가져온다.

"음, 양현이 있느냐."

양현이 있는 것은 당연한데 왜 그런 말을 물을까, 윤국은 의아해한다.

"인형 갖고 노는데 왜 그러세요?"

"음, 꿈자리가 좀,"

일어나 앉아 미음을 마신다. 미음 그릇을 비우며,

"이제 한결 나아진 것 같다. 보약도 먹고 기운을 차려야겠지?"

"그럼요 어머님,"

윤국이 기뻐서 얼른 말했다. 그러자 발소리가 타둑타둑 난다. 양현이 방문을 열고 들어온다.

"어머니 미음 다 잡수셨어요?"

미음 그릇을 들여다본다.

"오냐, 다 먹었다."

서희는 양현을 안아준다.

"양현아."

"네."

"넌 윤국이오빠가 젤 좋고 다음이 환국이오빠라 했지?"

"네. 그렇지만 환국이오빠도 이뻐요."

"그럼 어머니는 몇째 번이나 예뻐?"

"첫째 둘째, 그런 거 아니고 이뻐요."

"그래?"

머리를 쓰다듬는다.

"어머님."

윤국이 다소 심각해져서 불렀다.

"왜 그러느냐?"

"광주학생사건 아시지요?"

"음. 일본학생하고 조선학생하고 기차 속에서 패싸움이 붙
었다는 얘기 말이냐?"

"네."

"크게 일이 벌어질 모양입니다. 우리 학교에서도 가만 안
있을 것 같습니다. 연일 학생들이 잡혀간다는 소식이고,"

"설마 네가 주동하는 건 아니겠지?"

"상급생이 있으니까 그렇진 않지만 주동이 되면 안 됩니까?"

모자는 서로 쳐다본다.

"안 된다 할 순 없지만 너는 아버님이 서대문에 계시니까 신중히 처신하는 것이 좋겠구나. 그리고 만용은 금물이니라. 보다 큰일을 위해서 너희들은 자라야 한다."

서희 얼굴에는 애원하고 달래는 빛은 없었다.

"이번엔 어른들의 문제가 아닙니다. 학생들 문제가 아닙니까?"

윤국은 불만을 나타내었다.

"그러나 상대는 어른이다. 어른이다 뿐이겠느냐? 너희들이 사슴이면 그들은 사냥꾼인 게야."

"사자가 되면 될 거 아니겠습니까? 모두 사자가 되면 말입니다. 설사 우리가 학생의 신분을 잃고 정당치 못한 짓을 한다 하더라도 그네들은 근본에서부터 지엽에 이르기까지 정당하지 않았으니까요!"

윤국은 공박으로 나왔다. 눈이 빛난다. 이제 윤국이도 어린아이는 아니었다. 어미 품에서 떠날 차비를 하는 다 자란 한 마리의 매다.

〈13권으로 이어집니다〉

어휘 풀이

경응대학: 게이오대학.

까꾸막: 가풀막. 몹시 가파르게 비탈진 곳.

대나 깨나: 도긴개긴. 아무렇게나.

아이쿠치[습口]: 비수. 날이 예리하고 짧은 칼.

얼산: 마구 어질러져 잔뜩 쌓여 있는 모양. 늑얼상

엉구렁: 구렁텅이. 몹시 험하고 깊은 구렁. 빠지면 헤어나기 어려운 환경을 비
유적으로 이르는 말.

오구삼살방: 오귀삼살방(五鬼三煞方). 가장 좋지 아니한 방향, 혹은 방위.

요타모노[与太者]: 게으름뱅이. 불량배. 깡패.

조도전: 와세다대학.

축축거리다: 부추겨서 마음을 들썩이게 하다.

캉캉모자: 캉캉(긴 치마를 입은 여자들이 줄을 지어 서서 아주 빠른 템포에 맞추어 다리를 번
쩍번쩍 들어 올리며 추는 춤)을 출 때 쓰는 모자.

한정: 한증(汗蒸). 높은 온도로 몸을 덥게 하여 땀을 내어서 병을 다스리는 일.

토지 12 완간 30주년 기념 특별판
3부 4권

특별판 1쇄 인쇄 2024년 6월 14일
특별판 1쇄 발행 2024년 6월 26일

지은이 박경리
펴낸이 김선식

부사장 김은영
콘텐츠사업2본부장 박현미
디자인 정명희
콘텐츠사업6팀장 임경섭 **콘텐츠사업6팀** 정지혜, 곽수빈, 정명희
마케팅본부장 권장규 **마케팅1팀** 최혜령, 오서영, 문서희 **채널1팀** 박태준
미디어홍보본부장 정명찬 **브랜드관리팀** 안지혜, 오수미, 김은지, 이소영
뉴미디어팀 김민정, 이지은, 홍수경, 서가을, 문윤정, 이예주
크리에이티브팀 임유나, 변승주, 김화정, 장세진, 박장미, 박주현
지식교양팀 이수인, 염아라, 석찬미, 김혜원, 백지은
편집관리팀 조세현, 김호주, 백설희 **저작권팀** 한승빈, 이슬, 윤제희
재무관리팀 하미선, 윤이경, 김재경, 임혜정, 이슬기
인사총무팀 강미숙, 지석배, 김혜진, 황종원
제작관리팀 이소현, 김소영, 김진경, 최완규, 이지우, 박예찬
물류관리팀 김형기, 김선민, 주정훈, 김선진, 한유현, 전태연, 양문현, 이민운

펴낸곳 다산북스 **출판등록** 2005년 12월 23일 제313-2005-00277호
주소 경기도 파주시 회동길 490
전화 02-704-1724 **팩스** 02-703-2219
이메일 dasanbooks@dasanbooks.com
홈페이지 www.dasan.group **블로그** blog.naver.com/dasan_books
용지 스마일몬스터피앤엠 **인쇄** 상지사피앤비 **코팅 및 후가공** 제이오엘앤피 **제본** 상지사피앤비

ISBN 979-11-306-9945-5 (세트)